dtv
premium

Manfred Flügge

Figaros Schicksal

Das Leben des Pierre-Augustin Caron de Beaumarchais

Deutscher Taschenbuch Verlag

Originalausgabe
Januar 2001

www.dtv.de

Umschlagkonzept: Balk & Brumshagen
Umschlagbild: ›Pierre-Augustin Caron de Beaumarchais‹ (um 1762) von
Jean-Marc Nattier (© Collections de la Comédie Française)
Satz: Fotosatz Reinhard Amann, Aichstetten
Gesetzt aus der Bembo 10,5/11,25· (QuarkXPress)
Druck und Bindung: Kösel, Kempten
Gedruckt auf säurefreiem, chlorfrei gebleichtem Papier
Printed in Germany · ISBN 3-423-24235-3

für N. J. J.

Von allem bleibt zuletzt ein Lied, weil alles mit Liedern begonnen hat. Vielleicht war es ja so: Schon als Kind hat er gesungen und gespielt, denn immer war ein Instrument zur Hand, Flöte, Laute oder Viola, und immer war jemand zugegen, der ihm zuhörte oder ihn begleitete, die Schwestern, der Vater oder Freunde der Familie. Musizieren, singen und kleine Farcen aufführen im Kreis der Seinen, das war sein Stil, sein Vergnügen, seine Grundsituation, die er später immer wieder und jedesmal neu gestaltet hat. Lieder waren sein Element, sein Lebenselixier, seine natürliche Sprache, Gesang und Vers und spontaner Witz, den Feinden und den Nöten abgetrotztes Lachen. Man muss sich Beaumarchais, den viel Geschmähten, den Geschäftsmann, Agenten, Politiker und Dramatiker, als singenden Aufklärer vorstellen.

Der Mensch ist, was er schreibt. Nein, sagt man sich, das ist ein Scherz. Man versucht den Satz abzuwandeln: der Mensch ist, *wie* er schreibt. Oder ins Gegenteil zu verkehren: der Mensch ist eben *nicht*, was oder wie er schreibt. Doch der größere Reiz, die größere Provokation geht von der spontanen Formulierung aus, eine erschreckte Vermutung eher als eine Theorie.

Geschrieben hat Beaumarchais, und das ist sehr bekannt, folgenden Monolog einer Theaterfigur namens Figaro: »Nein, Herr Graf, Sie werden sie nicht kriegen … Weil Sie ein hoch gestellter Herr sind, halten Sie sich auch für ein Genie! … Adelstitel, Reichtum, Ansehen, Hofämter; das alles macht Sie so stolz! Und was haben Sie tun müssen, um solche Güter zu erwerben? Sie haben die Qual der Geburt erduldet, weiter nichts. Im Übrigen sind Sie ein ziemlich durchschnittlicher Mensch. Ich aber, weiß Gott! Ich kam von ganz unten, ich musste für meine bloße Existenz mehr Intelligenz und Berechnung aufwenden, als man seit hundert Jahren aufgewandt hat, um ganz Spanien samt all seinen Kolonien zu regieren.«

Geschrieben hat er ohne Zweifel:

»Ich möchte keine Mätresse haben, die eine Hure ist, aber es missfällt mir nicht, wenn meine Mätresse sich ein bisschen hurenhaft gibt.«

Sowie:

»Ich bin derb, aber freimütig. Sie, meine Teure, sind manieriert, preziös, und das heißt beinahe unaufrichtig. Die Frauen haben nur einen wahrhaftigen Mund, nur ist es nicht jener Mund, dem ihre Feder beim Schreiben folgt.«

Aus seiner Feder stammt auch folgender Brief:

»Wie geht es unserer lieben Kleinen? Wir haben uns schon lange nicht mehr geküsst. Wir sind doch ein seltsames Liebespaar. Wir trauen uns nicht uns zu treffen, denn wir haben Eltern, die deshalb böse Miene machen: aber wir lieben uns immer noch. Also weißt du, Kleine!«

Doch was bedeutet das? Solche Sätze stehen in den Briefen an seinen wichtigsten Geschäftspartner. Darin geht es oft um *gelbe Blumen*, aber auch um allerlei *Zärtlichkeiten.* Gemeint sind vermutlich finanzielle Transaktionen und Spekulationen. Entschlüsselt hat diese Ausdrucksweise bisher niemand.

Jedoch: Hat der französische Theaterdichter Pierre-Augustin Caron de Beaumarchais im Jahr 1774 ein Pamphlet geschrieben mit dem pompös-umständlichen Titel ›Abhandlung aus einem umfangreicheren Werk gezogen oder Unterrichtung der spanischen Nebenlinie über ihre Ansprüche auf den französischen Thron, die von großem Nutzen sein kann, da der ganzen Familie Bourbon möglicherweise Erben fehlen werden‹?

Darin wurde der Hofklatsch über die Unfähigkeit des jungen Königs Ludwig XVI. ausgebreitet, seine Ehe mit Marie-Antoinette zu vollziehen, und über daraus resultierende Nachfolgeprobleme spekuliert. Hat Beaumarchais mit einer solchen Schmähschrift – deren Urheberschaft er einem italienischen Juden zuschrieb, den er angeblich durch halb Europa verfolgt hat – Politik machen wollen zu seinem persönlichen Vorteil?

»Oh mein tränenüberströmtes Vaterland! Oh unglückliche Franzosen! Was hat es euch genützt, Bastillen gestürmt zu haben, wenn nun Räuber auf deren Trümmern tanzen und uns ermorden?

Wahre Freunde der Freiheit! Bedenkt, dass Rechtlosigkeit und Anarchie die ersten Henkersknechte sind! Schließt euch meinen Rufen an und fordert von den Abgeordneten Gesetze, denn das sind sie uns schuldig, immerhin haben wir sie zu diesem Zweck gewählt. Schließen wir Frieden mit Europa! Geben wir uns eine Verfassung, ohne Debatten, ohne Stürme und wenn möglich, ohne Verbrechen! Eure Leitsätze werden sich ohne Krieg, Mord und Zerstörung viel besser ausbreiten, wenn man nämlich sieht, dass sie euch glücklich machen. Frieden, Gesetze, eine Verfassung! Ohne diese Güter gibt es kein Vaterland und vor allem keine Freiheit!«

Auch das ist ein Text von Beaumarchais, ein mutiges Bekenntnis von 1793, dem Schreckensjahr der Französischen Revolution, in der sein Leben mehr als einmal bedroht war.

Nuancen und Facetten eines Menschen zu verschiedenen Zeiten und in verschiedenen Situationen seines Lebens. Doch das eine Beispiel ragt heraus. Hat er eine Schrift verfasst, in der *das* staatliche Bettgeheimnis des Hofes von Versailles ausgeplaudert wurde, was nicht nur indiskret oder schlüpfrig war, sondern auch handfeste politische Bedeutung hatte? Schrieb er es zu dem einzigen Zweck, sich für die »Beseitigung« dieser Schrift belohnen zu lassen? War er zu solch indirekter Erpressung fähig? Die Biografen sind sich einig: man kann diesen Verdacht nicht beweisen, aber auch nicht ganz von der Hand weisen. Und was hängt davon ab? Unser Bild von diesem Menschen? Trauen wir es ihm zu? Oder müssen wir zuerst ein Bild von ihm haben, ehe wir die Antwort geben können? Da sind wir im Herzen des Rätsels Beaumarchais, eines Mannes, der die Widersprüche seiner Zeit bis zur Neige ausgekostet hat.

Der Mensch ist, was sich von ihm erzählen lässt.

Sein erster Biograf, sein Freund Gudin de la Brenellerie, erzählt folgende Anekdote: Bei einer Reise an die Küste der Normandie erfährt Beaumarchais vom Schicksal einer verlassenen Frau, die aus Verzweiflung ihrem Leben ein Ende setzen will. Ein Marineoffizier hat sie aus dem Pariser Elternhaus entführt, dann aber in einem Hafen zurückgelassen, in dem er an Bord ging. Beaumarchais sucht sie auf, gewinnt ihr Vertrauen, überzeugt sie, keine Verzweiflungstat zu unternehmen, sondern in seiner Begleitung nach Paris zurückzukehren, in ganz kurzen Etappen, um allmählich wieder zu sich zu kommen. In Paris bringt er sie in einem Haus unter, das über jeden Verdacht erhaben ist. Inzwischen sucht er ihre Eltern auf, gut situierte Tuchhändler, deren Vertrauen er gewinnt, indem er einen großen Posten Stoff bei ihnen kauft. Beiläufig bringt er das Gespräch auf die verlorene Tochter, die Mutter reagiert mit großer Rührung, wünscht sie sich zurück; da enthüllt er, dass er weiß, wo sie ist und dass er schon allerlei für sie unternommen hat. So endet alles mit einer großen Szene des Wiederfindens und Verzeihens. Außerdem findet er ein Kloster, in dem die Tochter leben kann, bis die Folgen ihres Fehltritts überstanden sind.

Unglaubhaft ist die Geschichte keineswegs, wenngleich sie einem Rührstück jener Zeit ähnelt. Sie passt gut zu Beaumarchais, der sich mehr als einmal in Dinge eingemischt hat, die ihn nichts angingen. Nur merkt man bald, dass sein Leben als Mosaik von Anekdoten erscheint, die meist auf seine eigene Darstellung oder Inszenierung zurückgehen. Aber wenn sich etwas so schön erzählen lässt, ist es dann noch wahr?

Man traut ihm nicht, man mag ihn nicht, man wahrt seine Distanz. Etwas Abweisendes und Befremdendes ist an seiner Gestalt, das man nicht definieren kann und das spontane Sympathie verhindert. Es gelingt keine Identifikation, dazu wirkt er nicht romantisch genug. Erst wenn man das Leben dieses Verführers im Einzelnen zu erzählen beginnt, regt sich aus unklaren Quellen die Lust, ihm nachzuspüren und es auszumalen. Aus dieser Lust speist sich das Interesse an Biografie, für den Autor wie für den Leser. Dass diese Quellen trübe sind und selbst Gegenstand von Kritik und Analyse sein könnten, erledigt diese sehr geteilte Neugier noch nicht.

Autor und Leser wissen ja, dass jede Lebenserzählung eine Unmöglichkeit ist und eine Unverschämtheit; eine Unmöglichkeit, denn kein Leben lässt sich vollständig oder gerecht erzählen; eine Schamlosigkeit, denn man breitet noch das Intimste aus; doch ohne das Versprechen, ein Geheimnis zu offenbaren, bleibt jede Lebenserzählung fade.

Besser ist es also, keine Argumente zur Rechtfertigung anzuführen und darauf zu vertrauen, dass diese Lust (und die Arbeit) des Erzählens und Nachlesens ihre Rechtfertigung in sich selbst trägt. Was ein Mensch ist, lässt sich dabei allemal lernen. Und bei Beaumarchais haben wir es mit einem ganz besonderen Fall zu tun: einer Perlenkette gelebter Paradoxien, dem objektiv umstürzlerischen Leben eines Menschen, der alles andere war als ein Revolutionär.

Bei Gudin steht: »In alle Ereignisse, die ihn betrafen, mischte sich immer ein Zug des Außerordentlichen.« Und er fügte hinzu: »Manchmal gleicht die Wahrheit einer Fabel.« Dass Beaumarchais selbst zur Figur wurde, gehörte zu seiner Laufbahn. Ja, er war Bühnenfigur fast bevor er Bühnenautor wurde. Sein Weltruhm als Autor beruht auf nur zwei Theaterstücken und einer einzigen Figur: Figaro. Dieser Name war vielleicht eine Verballhornung seines eigenen Namens, so wie die Gestalt eine Art Selbstkarikatur war. Figaro wurde erfunden, als beim Umarbeiten einer Farce zu einer Komödie ein Helfershelfer im Intrigenspiel höher gestellter Leute gebraucht wurde, ein Wasserträger des Schicksals. Aber welches Schicksal hatte er, Pierre-Augustin Caron de Beaumarchais, Figaros Erfinder? Denn *dass* er ein Schicksal hatte, glaubte er selbst.

Musik spielte eine große Rolle im Hause des Uhrmachermeisters André-Charles Caron in der Rue Saint-Denis, an der Ecke zur Rue La Ferronnerie, wo man sie die Große Straße Saint-Denis nannte, weil sie hier, nur wenige Schritte von den Markthallen entfernt, im Herzen des volkstümlichen Paris, besonders belebt war. Ganz in der Nähe hatte zwei Menschenalter zuvor der Sohn des Tapeziermeisters Poquelin seine ersten Streiche gespielt, der sich später einen Namen machte als Komödienschreiber, Schauspieler und Theaterdirektor, aber da nannte er sich schon Molière.

Das Metier des Uhrmachers war in der ersten Hälfte des 18. Jahrhunderts ein schweres, ein achtbares, ein viel beachtetes, und zudem eines, das sich gleichsam unter den Augen der Öffentlichkeit abspielte. Immer war Publikum da, auch wenn man arbeitete, denn man saß in einem schmalen Vorbau, der durch große Glasscheiben von der Straße her einsehbar war, exponiert wie auf einer Bühne. Mit Gold und Edelsteinen wurde bei dieser Arbeit umgegangen, deshalb musste man sie leicht kontrollieren können. Aber nichts eignete sich weniger zur Schaustellung als die Arbeit der Uhrmacher, denn sie bestand im Umgang mit einer komplizierten Mechanik und winzigen Teilen, die nur unter der Lupe zu sehen waren.

Die Uhrmacher mussten sich gegen die Konkurrenz der Goldschmiede wehren, die zahlreicher und auch finanzkräftiger waren und einer besser angesehenen Zunft angehörten. Die Zahl der Uhrmacher war in Paris auf 72 begrenzt, nur bei Vakanz einer Stelle durfte eine neue Lizenz erteilt werden, wozu man in der Regel eine Lehrzeit von acht Jahren nachweisen und katholisch sein musste und außerdem keinem Sohn eines Uhrmachers den Platz streitig machen durfte.

André-Charles Caron war ein Renegat oder Konvertit, wie man will, seine Eltern hatten noch als Außenseiter, Rebellen, heimliche Staatsfeinde gegolten, denn sie hatten nicht der einzigen offiziellen, der katholischen Religion angehangen. Sein Vater, Daniel Caron, stammte aus einer alten Uhrmacherfamilie im Dorf Lizy am Flüsschen Ourcq, östlich von Paris in der Brie gelegen, wo es eine bedeutende hugenottische Tradition gab, die auch nach 1685 fortbestand, dem Jahr der Aufhebung des Edikts von Nantes, also dem Ende der Religionsfreiheit, die Heinrich IV. im Jahr 1598 gewährt hatte. Als Daniel Caron im Jahr 1694 seine Glaubensgenossin Marie Fortin heiratete, da geschah das gleichsam im Untergrund, denn Ehen zwischen Protestanten wurden offiziell nicht anerkannt. Sie ließen sich von einem geheimen Wanderprediger auf einer Waldlichtung trauen. Der Erzbischof des nahe gelegenen Meaux, kein anderer als der berühmteste französische Kanzelredner aller Zeiten, Bossuet, bedachte die Protestanten mit harten, bösen Worten, freilich erfolglos; diese Hugenotten blieben unbekehrbar. Allerdings mussten sie sich von Paris fern halten.

Vierzehn Kinder wurden in dieser Ehe geboren, von denen nur wenige überlebten. André-Charles kam im Jahr 1698 zur Welt, wurde aber schon mit zehn Jahren zu den Dragonern gegeben. 1721 konnte er sich aus der Armee befreien. Damals nannte er sich Caron d'Ailly. Er muss sehr klare Vorstellungen für sein weiteres Leben gehabt haben.

Sein Vater war 1708 gestorben, ohne dass ihm ein kirchliches Begräbnis zuteil geworden war; und seine Mutter war nach Paris übersiedelt. Dorthin zog es auch André-Charles, und – wie einst für König Heinrich IV. – war auch für ihn Paris »eine Messe wert«, denn noch im selben Jahr trat er feierlich zum Katholizismus über. Obwohl er bei seinem Vater nur sehr wenig gelernt und keine Lehre abgeschlossen hatte, beantragte er bei Hofe die nötige Erlaubnis, um sich in der Hauptstadt als Uhrmachermeister niederlassen zu können. Dafür war der Nachweis des katholischen Glaubens wichtiger als ein Meisterbrief. Die Konversion scheint dennoch kein Opportunismus gewesen zu sein. Er schwor der »kalvinistischen Ketzerei« ab und trat in seiner Pfarrgemeinde Saint-André-des-Arcs einer besonders aktiven Gruppe bei, die sich »Neue Katholiken« nannte.

Am 28. Februar 1722 wurde André-Charles Caron das beantragte Patent als *maître horloger* in Paris zuerkannt. Am 13. Juli 1722 heiratete er ein Mädchen aus der Nachbarschaft seines ersten Uhrmacherladens. Marie-Louise Pichon stammte aus einer bürgerlichen Familie, über die man nichts Näheres weiß. 1725 erwarb er den Laden und die Wohnung in der Rue Saint-Denis.

Aus der Verbindung Pichon – Caron gingen in zwölf Jahren zehn Kinder hervor. Pierre-Augustin Caron wurde am 24. Januar 1732 geboren als siebtes Kind nach drei Jungen und drei Mädchen, und vor weiteren drei Mädchen – ein Hauch von Zahlenmagie. Nur sechs Kinder überlebten, Pierre-Augustin blieb der einzige Junge zwischen zwei älteren und drei jüngeren Schwestern. Sie waren sein erstes Publikum, die ersten Bewunderer seines poetischen und musikalischen Talents.

Die älteste dieser Schwestern hieß Marie-Josèphe, sie wurde 1725 geboren. Ihr folgte 1731 Marie-Louise, die von allen Lisette gerufen wurde. Dann waren da noch Madeleine-Françoise, genannt Fanchon, 1734 geboren, Marie-Julie, Jahrgang 1735, die den Spitznamen *Bécasse* erhielt (was Schnepfe bedeutet, aber ein Kosename war, kein Schimpfwort, vielleicht wiederzugeben mit »Schnäbelchen«), sowie Jeanne-Marguerite (die den Beinamen Tonton erhielt), wohl die begabteste Musikerin der Familie. Ihr genaues Geburtsdatum kennt man nicht, da sie auf dem Lande geboren wurde, vermutlich war es 1737.

Pierre-Augustin wurde katholisch erzogen, wusste aber über seine »ketzerischen« Vorfahren Bescheid. Vater Caron hielt seine

Kinder streng zum Kirchenbesuch in der nahe gelegenen Eglise du Saint-Sépulcre an, als wollte er seinen neuen Glauben demonstrativ vorführen. Für Zuspätkommen mussten die Kinder kleine Strafsummen zahlen, die vom Taschengeld abgezogen wurden, wobei nach Minuten abgerechnet wurde. Es war eben eine Uhrmacherfamilie. Pierre-Augustin behielt die Angewohnheit bei, wichtige Abschnitte seines Lebens in Minuten umzurechnen.

Nahezu jeder Uhrmacher hatte damals den Ehrgeiz, die Uhr neu zu erfinden, mit jedem Exemplar technische Verbesserungen zu schaffen. Und jeder neuen Erfindung war ein großes Echo gewiss. Die Uhrmacherei war der technologische Modeberuf des 18. Jahrhunderts.

Nur wohlhabende oder hoch gestellte Personen konnten sich Uhren leisten, wie sie Vater Caron anfertigte, aber reich wurde der redliche Handwerker nie. Immerhin kam er durch seinen Beruf in Kontakt mit Geschäftsleuten, Höflingen, Künstlern. Auch hegte er erfinderischen Ehrgeiz über seinen Beruf hinaus. 1729 präsentierte er ein neues hydraulisches System, mit dem man Schiffe flussaufwärts ziehen konnte. Ein anderer Erfinder beschuldigte ihn des Plagiats, wogegen er sich in einer Streitschrift zur Wehr setzte, die er an die Königliche Akademie für Wissenschaft und Technik richtete. Sein Widersacher hatte mit persönlichen Angriffen gearbeitet und dabei auf seinen »Religionswechsel« angespielt. Das hört sich ja an, als sei ich Moslem geworden, replizierte Caron senior.

Der Uhrmachermeister besuchte die Oper und das Theater, schrieb selbst kleine Lieder, und an manchen Sonntagen gaben befreundete Musiker Konzerte in seiner Werkstatt. Alle seine Kinder konnten Instrumente spielen. Als er merkte, dass Pierre-Augustin besonderes musikalisches Talent hatte, schon bald Gitarre, Geige und Flöte spielte und eigene Melodien erfand, ließ er ihm von einem Flötisten des Opernorchesters Musikunterricht geben.

Zu den Kunden des Vaters gehörte auch der Schauspieler Pierre Louis Dubus, der unter dem Namen Préville auftrat. Dass ihm die Nachwelt Kränze geflochten hat, sollte er vor allem dem kleinen Caron verdanken. An manchen Sonntagen lud man Préville zum

Mittagessen ein und hernach inszenierte er kleine Stücke mit den Caron-Kindern, Farcen von Molière etwa, doch versuchte man sich auch an dessen Meisterwerk *Tartuffe*. Theater spielen war ein Teil des Familienlebens. Aber vor allem wurde gesungen, wurden über alle aktuellen Themen und Personen Chansons improvisiert, meist nach alten Melodien, über die Leute bei Hofe, über die Jesuiten, über Torheiten des Alltags.

Im Haus seines Vaters konnte Pierre-Augustin mehr Wissen und Können erwerben als in einer Lehranstalt. Erst mit zehn Jahren wurde er eingeschult, und zwar im Landstädtchen Alfort. Seltsamerweise ist die Existenz einer Schule für jenen Zeitpunkt dort nicht nachzuweisen. Lesen und Schreiben konnte er längst; er musste nur gut rechnen können, weil das für einen Uhrmacher wichtig war, sollte er doch den Beruf des Vaters erlernen; ein bisschen Latein dazu konnte auch nicht schaden. Zwar handelte es sich wohl um eine von Geistlichen geleitete Schule, aber anders als die großen Autoren der Zeit vor und nach ihm war Pierre-Augustin kein von strengen Jesuiten gründlich ausgebildeter Lateinschüler; im Grunde blieb er ein Autodidakt.

Wenn man einem Brief glaubt, den er viele Jahre später schrieb, dann rührte der stärkste Eindruck seiner Schuljahre von einem Gemälde in einer Kapelle her, einer Darstellung des Jüngsten Gerichts. Immer wieder habe er es anschauen müssen, dazu ermuntert von einem Mönch, der den hübschen Jungen zu sich einlud, von den Freuden des Klosterlebens schwärmte und ihm kleine Kuchen zusteckte.

Mit dreizehn wurde er wieder nach Hause geholt, nun war es Zeit für die Lehre beim Vater, die acht Jahre dauern sollte. In jenem Jahr 1745 erlebten die Bewohner seines Viertels aus Anlass der Rückkehr des Königs von einem Feldzug in Flandern das Spektakel der künstlichen Erleuchtung der Rue La Ferronnerie. Ob der kleine Junge wohl dachte, es würde für seine Heimkehr veranstaltet?

1748 verließen die beiden älteren Schwestern das Haus. Marie-Josèphe heiratete mit 23 Jahren einen Maurermeister namens Louis Guilbert; kurze Zeit später zog das Paar nach Madrid, von einem spanischen Geschäftspartner des Vaters dazu überredet. Dort sollten sie ein Geschäft mit Pariser Luxusartikeln eröffnen, auch mit Uhren von Caron. Die jüngere Schwester Lisette ging mit nach Madrid. Für das Leben von Pierre-Augustin sollte das noch große Bedeutung erhalten.

An die Schwestern im fernen Land schrieb der frühreife Junge gereimte Episteln, aus denen nicht nur sein poetisches Talent sprach, sondern auch eine starke Sinnlichkeit.

Der junge Pierre-Augustin schien sich mehr für das bunte Treiben vor den Glasscheiben der väterlichen Werkstatt interessiert zu haben als für die Arbeit am Schraubstock. Er fiel den schönen Damen auf und ließ sich gern von ihnen einladen. Er trieb sich mit anderen Jungen draußen herum. Sie verkleideten sich mit Richterroben, belästigten Passanten, zettelten Schlägereien an. Nachts lärmten und sangen sie auf den dunklen Straßen. Bald auch machte er Schulden. Um sich Geld zu verschaffen, verkaufte er heimlich Uhren oder lieh sich Geld von Kunden des Vaters, dachte aber nicht ans Zurückzahlen. Als Vater Caron davon erfuhr, verlor er die Geduld und setzte den Sohn kurzerhand auf die Straße, ließ sich weder von seiner Frau noch von seinen Töchtern umstimmen. Dies war die erste Krise im Leben von Pierre-Augustin.

Wir wissen nur wenig über diese Zeit. Dass er in einem Straßentheater oder als Gaukler auftrat, sich vielleicht auch als Bettler oder Dieb durchschlug, war eine spätere Erfindung seiner Feinde.

Müssen wir uns den sechzehnjährigen Pierre-Augustin als Pariser Straßenjungen vorstellen, wie ihn Victor Hugo in seinem Roman *Les Misérables* (Die Elenden) geschildert hat? Als Hugo über hundert Jahre nach Beaumarchais' Jugend den *gamin de Paris* definierte und mit seiner Figur des Gavroche illustrierte, dürfte er ihn als Beispiel vor Augen gehabt haben. Den Begriff allerdings gab es zu Beaumarchais' Zeiten noch nicht.

Alle Verbrechen der Menschen begännen mit dem Vagabundieren der Kinder, glaubte Victor Hugo, außer in Paris, wo die Straßenjungen seelisch intakt blieben, denn die Pariser Luft mache auf gewisse Weise unkorrumpierbar. Daher stamme die herrliche Redlichkeit der dortigen Volksaufstände. Die Haltung des *gamin* ist übrigens für Hugo eine Variante des gallischen Geistes. Der Pariser Gassenbube sei ein Wesen, das sich amüsiere, weil es unglücklich sei. Er sei zu wahrem Heldentum fähig, zu überraschender Größe: siehe Molière, siehe den Revolutionshelden Bara, dessen Opfergang in der Marseillaise verewigt wurde – und siehe eben Beaumarchais. Unter Ludwig XIV. war es gefährlich für die Gassenbuben, schreibt Hugo: Sie wurden von den Straßen weggefischt und auf die Galeeren gebracht, denn die Marine brauchte Ruderer. Auch unter Ludwig XV. wurden die streunenden Jungen von der Straße geholt, aber niemand wusste, was mit ihnen geschah; man munkelte darüber, dass sie Höflingen als Lustknaben dienten.

Solchen Gefahren entging Pierre-Augustin; schon nach zwei Wochen hatte er genug vom Leben auf der Straße. Aber immerhin macht diese Episode deutlich, dass er vom Straßenleben der Hauptstadt berührt und geprägt wurde. Er atmete als Junge die Pariser Luft tief ein.

Pierre-Augustin bat reumütig um Aufnahme zu Hause, doch der Vater erhörte ihn nicht sofort. In einem langen Brief machte er ihm Vorhaltungen und zählte alle seine Untaten auf. Der Sohn bat Bekannte des Vaters um Vermittlung, und dieser ließ sich endlich umstimmen.

Bevor der verlorene Sohn gnädig heimkommen durfte, musste er einen regelrechten Kontrakt mit sechs harten Klauseln unterschreiben; geregelte Arbeitszeit (Aufstehen um sechs Uhr, im Winter um sieben); Ausgehen und Treffen mit Freunden nur am Sonntag; stark eingeschränktes Musizieren; bei freier Kost ein monatlicher Arbeitslohn von achtzehn Livres. Pierre-Augustin, der nun siebzehn Jahre alt war, schrieb einen Brief, in dem er versprach, alle Bedingungen zu erfüllen und sich vor allem um seinen Beruf zu kümmern; die erlittene Demütigung hätte er durchaus verdient.

Selten hat sich eine pädagogische Maßnahme besser bewährt; denn erstens hat es nie wieder einen Konflikt zwischen Vater und Sohn gegeben, im Gegenteil, die Familieneintracht blieb weitgehend ungetrübt und ein zuverlässiger Rückhalt für Beaumarchais; und zweitens übertraf der Erfolg des jungen Uhrmachers alle väterlichen Erwartungen. Wenige Jahre nach dieser Unterwerfung machte er als Erfinder von sich reden. Sein Weg ins Leben, in die Gesellschaft, in den Ruhm führte nur über das beim Vater erlernte Metier.

Die feineren Herrschaften jener Zeit wollten ihre Uhren nicht mehr an Ketten und in Taschen tragen, sondern vorzeigen wie Schmuckstücke oder Spielzeuge in wechselnder Form. Nur hatten die Uhrwerke einen erheblichen Nachteil: sie gingen zu ungenau, zu schnell nämlich, weil sich das Gangrad, das die Zeiger antrieb, ständig beschleunigte und so Abweichungen von mehr als einer halben Stunde innerhalb eines Tages erzeugte. Uhrmacher in England und in der Schweiz arbeiteten an so genannten Hemmungen (auf Französisch *échappement* genannt) in Form eines kleinen Ankers, eines Reglers zwischen der Antriebsfeder, also der Unruhe, und dem Gangrad, das vom Anker kurz arretiert und ruckweise losgelassen wird, wodurch das typische Ticktackgeräusch entsteht und der Gang regelmäßiger wird.

Über dieses Problem dachte auch der neunzehnjährige Pierre-Augustin Caron nach, kaum dass er sich in den Beruf eingearbeitet hatte. Er brachte dabei erstaunliche Geduld auf. Zwei Jahre lang bastelte, rechnete, zeichnete er an einem neuen System. Geduld und Ehrgeiz waren offensichtlich groß genug dafür. Viele Detailprobleme waren zu lösen: der Kontakt des oberen Ankerstückes, der so genannten Ankergabel mit der aufziehbaren Unruh, die Befestigung des Ankerschaftes durch Begrenzungsstifte, das Material und die Form der Paletten, die an beiden Ankerspitzen in das Gangrad greifen, schließlich die Form und die Zahnung des Gangrades selbst.

Da traf es sich gut, dass der Vater den Uhrmacher des Königs kannte, Jean-André Lepaute. Er schaute gelegentlich im Laden in der Rue Saint-Denis vorbei und interessierte sich auch für die Versuche des jungen Caron, der ihm bereitwillig davon erzählte und auch schon Fortschritte erzielt hatte; der Gang der Uhren wurde erheblich regelmäßiger. Allerdings brachen die winzigen Zähne des Steigrades zu leicht. Lepaute zeigte sich begeistert und ermutigte ihn: da war jemand auf dem richtigen Weg.

Ende 1752 hatte Pierre-Augustin das Problem im Prinzip gelöst, der Anker wurde an zwei Punkten statt an einem befestigt, das Gangrad wies statt brüchiger Zähne eine leicht gewellte Form auf. Die Ankerspitzen hatten die Form eines Kommas, weshalb das System auch *échappement à virgules* genannt wurde.

Im Juli 1753 konnte er Lepaute den ersten Prototyp einer neuen

Uhr zeigen. Der aber sagte, dass er die Bauweise nicht recht verstünde. Pierre-Augustin nahm Papier und Bleistift und zeichnete sie ihm auf. Lepaute nahm das Blatt an sich und bat, das Prinzip bei einer Uhr anwenden zu dürfen, die er gerade in Auftrag hatte. Ängste des jungen Erfinders, dass ihm jemand die Idee stehlen könne, hatte er schon zuvor beruhigt. Er riet ihm, das Verfahren bei der Akademie der Wissenschaften zum Patent anzumelden. Zu diesem Zweck baute Pierre-Augustin ein vergrößertes Modell, in das er stolz seinen Namen einprägte: *Caron filius!* Er war einundzwanzig Jahre alt.

Erst im November trat die Akademie zusammen, der junge Erfinder musste sich also gedulden: Da erfuhr er von einem Bekannten, dass in der neuesten Ausgabe der Zeitschrift *Le Mercure*, dem wichtigsten Organ der kritischen Öffentlichkeit, der königliche Uhrmacher Lepaute eine neue Erfindung vorstellte, die er auch schon dem König gezeigt hatte. Der böse Verdacht von Pierre-Augustin wurde schnell zur Gewissheit. Was Lepaute da als neue Ankerhemmung präsentierte, war eine Kopie seiner eigenen Erfindung. Der Uhrmacher des Königs entpuppte sich als vulgärer Ideendieb. Von Kollegen erfuhr Caron Sohn, dass es nicht dessen erstes Plagiat war.

Was macht man, wenn man so beraubt, verhöhnt, getäuscht und für inexistent erklärt wurde? Resignieren? In stummer Wut im Erdboden versinken, in der Bedeutungslosigkeit? Nein, man muss für seine Interessen kämpfen, muss öffentlich auftreten, sich mit den geeigneten Mitteln Gehör verschaffen. Welche Mittel hatte er? Das Wort – und einige Beweisstücke aus seiner Werkstatt. Pierre-Augustin konnte nicht bis November warten. Schon am 11. September reichte er bei der Akademie ein Schriftstück ein, in dem er seine Erfindung darstellte, und er legte zugleich die Bruchstücke und die Notizzettel von seinen früheren Entwürfen vor, die er zum Glück aufbewahrt hatte. Zugleich ersuchte er den Minister Saint-Florentin um eine Audienz und schilderte seinen Fall. Der Minister schien überzeugt worden zu sein, zumal der ebenfalls geladene Lepaute jede Konfrontation verweigerte, doch verwies der Minister an die Akademie, die allein einen solchen Streit entscheiden könne.

Aber es gab noch ein anderes Richtergremium: die Öffentlichkeit. Am 25. September 1753 wurde in Paris ein offener Brief (*mé-*

moire genannt) verteilt: »Über eine Erfindung, die mir der Herr Lepaute stehlen will«. Er schrieb gleichfalls an den *Mercure*, immer bemüht, das Publikum von der Wahrheit zu überzeugen, Bescheidenheit und Respekt für die anderen Uhrmacher zu bekunden, demütig (also mit verkapptem Hochmut) auf sein junges Alter hinzuweisen, aber doch klar und gründlich seine Erfindung und die Stadien seiner Arbeit darzulegen, im anstehenden Verfahren ganz dem Urteil der Akademie zu vertrauen.

Solch ein *Mémoire* war ein wichtiges Medium des 18. Jahrhunderts und es wurde das wichtigste Medium für den streitbaren und umstrittenen jungen Herrn Caron, wie sich noch zeigen sollte. Gewiss hatte die ganze Familie beim Abfassen mitgeholfen, besonders der Vater, der ja schon Erfahrung in solchen Streitigkeiten hatte, aber auch die Schwester Julie, die ein Talent für schlagkräftige Formulierungen besaß.

Bemerkenswert ist der Stil seines öffentlichen Memorandums, eine geradezu revolutionäre neue Sachlichkeit, die klare Prosa eines kritischen Sachbuchs, ein respektvoller und zugleich mutiger Text, ein wirklich offener Brief, freimütig und elegant, aber auch mit gesundem Selbstvertrauen, ohne Furor und Beleidigtsein, immer an das Urteilsvermögen der Leser appellierend.

Und doch steckte hinter dem abgeklärten Ton ein Aufschrei, das Bestreben, nicht unterzugehen, sich nichts gefallen zu lassen, die Öffentlichkeit an seinem Los und seiner Person Anteil nehmen zu lassen, mit ihrer Hilfe aus einer schwierigen Lage gerettet zu werden. Das war, bei aller Nüchternheit des Stils, eine Theatralisierung der Existenz. Dazu gehörte natürlich als wesentliches Element der Feind. Zum ersten Mal hatte Caron junior einen mächtigen Widersacher, was später noch häufig der Fall sein sollte. Sein Leben lang hatte er es immer wieder mit gefährlichen, entschlossenen Feinden zu tun. Lepaute eröffnete deren lange Reihe. Und zuweilen musste man Beaumarchais selbst dazuzählen.

Der mächtige Lepaute reagierte nicht so beherrscht wie der junge Caron, er ließ seine Beziehungen bei Hofe spielen, ließ bereitwillige Zeugen zu seinen Gunsten aussagen und verbarg in einer kurzen schriftlichen Replik kaum seine Wut.

Die Akademie ernannte zwei Gutachter, die am 16. Februar 1754 zu Gunsten von Caron junior entschieden und deren Votum am 20. Februar ratifiziert wurde. Damit öffnete eine königliche Instanz die Pforten des Schicksals. 1754 war das erste Schlüsseljahr im Leben von Beaumarchais; 1764, 1774 und 1784 sollten ebenfalls bedeutend sein – zu viel Zahlenmagie für einen Aufklärer!

Der Kampf um das Patent bildete ein Muster für sein weiteres Leben, seine größeren Kämpfe. Gegen Feinde und Neider setzt man sich öffentlich zur Wehr, mit Wort und Witz, mit Charme und Sachlichkeit. Und es war ein erster folgenreicher Sieg. Denn das Echo auf diesen Triumph war für Pierre-Augustin Caron noch wichtiger als der Erfolg in der Sache.

Es traf sich, dass gerade der fünfte Band der *Encyclopédie* redigiert wurde, jenes Wörterbuchs, das man die Waffenkammer der Aufklärung genannt hat, eigentlich eher eine Sammlung von Essays zu geistigen Stichwörtern der Zeit. Die hohe Bedeutung der Uhrmacherkunst kann man daran ermessen, dass allein dem Stichwort *échappement* (Hemmung) ganze fünfzehn Spalten gewidmet wurden, geschrieben von Julien le Roy, einem der berühmtesten Vertreter seiner Zunft, auch er in einer Familientradition von Uhrmachern stehend. In einem Nachtrag zu seinem Artikel wird auch die Erfindung des jungen Caron erwähnt und dabei vor allem begrüßt, dass die Akademie in einer Frage des Urheberrechts Stellung bezogen hat: »Es wäre zu wünschen, dass die Akademie häufiger in solchen Streitfällen entscheide und dass es in der Republik der Gebildeten ein ähnliches Tribunal gäbe, das die Lust der Plagiatoren bremst, sich die Erfindungen anderer Leute anzueignen, und zugleich die wirklich begabten Erfinder ermutigt, indem es das Eigentum an ihren Erfindungen garantieren würde.«

So kam der junge Caron unter die Aufklärer. Und so wurde er zum Pionier in Fragen des Urheberrechts, ein Problem, das ihn auch auf literarischem Feld beschäftigen sollte.

Vor der *Encyclopédie* hatte schon der *Mercure* für den Ruhm des Erfinders gesorgt. Im April 1754 widmete die Zeitschrift der Affäre vierzig Seiten und so erfuhren die Bürger von Paris und die Leute bei Hofe davon, auch König Ludwig XV., der sich sehr für den neuesten Stand der Uhrentechnik interessierte. Er lud den jungen Erfinder nach Versailles ein.

An jenem Tag Anfang Juni 1754, als Caron junior erstmals den Hof betrat, begann Figaros Schicksal. Bis dahin war alles nur Vorspiel, Vorahnung, Vorbereitung.

Man muss sich in der Öffentlichkeit wirksam präsentieren und sein Bild propagieren, diese Kunst hatte er schon begriffen (und er beherrschte sie). Es reicht nicht, still in seinem Laden zu wirken, man muss die Bühne der Selbstdarstellung betreten und dort brillieren (er tat niemals etwas anderes, und auch sein Theater ist aus diesem Geist entstanden). Es gilt, den Anspruch auf geistiges Eigentum zu verteidigen. Und man muss kämpfen. Nur kämpfend kann man sich behaupten, nur im Kampf bildet sich der Charakter. Diese Philosophie formulierte Beaumarchais erst später; in diesem ersten Streitfall befolgte er sie schon. Allerdings hing seine Gunst ganz von der wohlwollenden Reaktion der Öffentlichkeit und von der Unterstützung durch den Hof ab. Weh ihm, wenn eines von beiden oder gar beides entfiel!

Der König ließ sich bei der morgendlichen Aufstehzeremonie, beim *Lever*, die neue Erfindung des jungen Caron vorführen. Er war interessiert und entzückt, vor allem, weil die neue Bauweise nicht nur einen regelmäßigeren Gang, sondern auch eine Miniaturisierung der Uhren erlaubte. Er bestellte sogleich für sich und Madame de Pompadour sowie für seine Tochter Adelaïde je eine Uhr. Für Madame de Pompadour fertigte Caron junior die damals kleinste Uhr der Welt an, die einen Durchmesser von neun Millimetern hatte und an einem Fingerring zu tragen war. Nach einmaligem Aufziehen ging sie dreißig Stunden lang erstaunlich genau. Die Königstochter erhielt eine kleine Standuhr mit zwei Zifferblättern, die von jeder Ecke des Zimmers her zu sehen waren. Zum Lohn für seine Leistungen wurde Caron junior am 31. Juli 1754 zum Königlichen Uhrmacher ernannt und somit seinem Rivalen Lepaute gleichgestellt. Eine schöne Karriere lag vor ihm. Kunden aus der höfischen Gesellschaft stellten sich alsbald in großer Zahl im väterlichen Laden ein. Was konnte er sich mehr wünschen?

Als er 1755 eine weitere Erfindung machte, eine erneute Verbesserung der Ankerhemmung, zeitgleich mit dem nachmals sehr berühmten Schweizer Uhrmacher Jean Romilly, und als von der

Akademie beiden mit gleichem Recht das Patent zuerkannt wurde, schrieb er noch einmal an den *Mercure*, damit ja niemand glaube, er habe schon wieder einen Streit um das Urheberrecht. Als Skandalmacher wollte er nicht dastehen.

»Ich bin ein junger Handwerker, der bisher lediglich die Ehre hatte, dem Publikum bekannt zu sein durch die Erfindung einer neuen Hemmung für Uhren, welche die Akademie mit ihrer Anerkennung geehrt hat, worüber die Zeitungen im letzten Jahr berichtet haben. Dieser Erfolg bestimmt mich auf Dauer zum Beruf des Uhrmachers, und ich beschränke meinen Ehrgeiz ganz darauf, das Wissen zu erwerben, das zu meiner Zunft gehört. Ich habe niemals mit Neid auf die Erzeugnisse meiner Berufsgenossen geschaut (wie dieser Brief beweist), ich habe nur das Unglück, dass ich sehr darunter leide, wenn man mir das Stückchen Land wegnehmen will, das ich durch Arbeit und Fleiß bestellt habe.«

So habe er keinen Streit mit Romilly, und dieser nicht mit ihm, es bestünde kein Vergleich zu jener unangenehmen Sache mit Lepaute. Nebenbei rühmte er die Vorzüge seiner Uhren und erwähnte auch, dass man sie schon bei Hofe trage, der König selbst und auch Madame de Pompadour; er habe die neuen Modelle mit seiner Sekundenuhr mehrere Tage lang überprüft. Übrigens könne er Uhren bauen, die so klein und flach seien wie nur gewünscht.

Selbstdarstellung und ein wenig Werbung, demonstrative Bescheidenheit und Stolz des Handwerkers – und doch muss es schon ein paar Leute gegeben haben, die dergleichen geärgert hat und die bei sich dachten: eine kleine Lektion könnte diesem Geck nicht schaden.

In dieser Zeit firmierte er als *Caron fils horloger, Rue Saint-Denis près Sainte Catherine* und nannte sich Künstler, nicht Handwerker.

Angemerkt sei nur noch, dass der königliche Uhrmacher Lepaute einige Jahre nach dem Streit von 1754 doch noch ein Patent für die Ankerhemmung erwarb. Beaumarchais, wie er da schon hieß, nahm es widerspruchslos hin; die Uhrmacherei interessierte ihn längst nicht mehr. Erhalten hat sich nur eine einzige Uhr von Caron junior, Anfertigungen von Caron Vater gibt es noch in mehreren Exemplaren.

Bei Hofe gefiel wohl nicht nur der Erfinder, sondern auch der hübsche junge Mann. Er hatte nicht einfach einen neuen Kundenkreis und großen Ruhm gewonnen, sondern ein neues Feld betreten, neue Ziele für seinen Ehrgeiz entdeckt. Die Uhrmacherkunst hatte Pierre-Augustin die Tore von Versailles geöffnet. Die Musik sollte ihn bis in die höchsten Gemächer führen. Doch musste er gleichsam einen biografischen Umweg nehmen. Zumindest erscheint es so in der Nachbetrachtung. Aber im Nachhinein erscheint ja jedes Leben wie ein abgekartetes Spiel, als dessen Fadenzieher man sich ausgibt, indem man es erzählt.

Caron junior lernt eine verheiratete Frau kennen, deren kranker Mann ihm sein Hofamt abtritt und bald darauf stirbt; nach unangemessen kurzer Frist heiratet Caron die Witwe, die ihrerseits nach nicht einmal zwölf Monaten Ehe stirbt; zurück bleibt ein junger Witwer mit einem einträglichen Amt, einem Erbanspruch und einem Adelsnamen.

So knapp zusammengefasst erscheint die nächste Lebensetappe befremdlich, ja suspekt. Seine Feinde haben später behauptet, dabei sei nicht alles mit rechten Dingen zugegangen.

Madeleine Franquet, geborene Aubertin, war eine gute Kundin der Firma Caron; seit siebzehn Jahren war sie verheiratet mit Pierre-Augustin Franquet, Inhaber mehrerer Ämter bei Hofe, allerdings seit Jahren meist krank zu Hause liegend. Die Ehe blieb kinderlos, Madeleine lebte von ihrem Ehemann getrennt in der Rue de Vaugirard.

Es heißt, sie habe den jungen Caron unter dem Vorwand einer Uhrenlieferung zu sich bestellt und ein Verhältnis mit ihm angefangen. Es heißt aber auch, Madeleine habe den jungen Uhrmacher ihrem Mann vorgestellt, der sich bald mit ihm angefreundet habe. Ehe zu dritt oder zweideutige Freundschaft? Genau wissen wir es nicht, aber unsere Fantasie und die der bisherigen Biografen glaubt es genau zu wissen. Vielleicht hat der identische Vorname beider Männer eine Rolle gespielt? Man ahnt ihre Scherze über die Verjüngung des Partners.

Der angeblich schwer kranke Herr Franquet war es, der Caron junior das erste Amt bei Hofe verschaffte: das Amt des königlichen Fleischvorsetzers, der offiziell *Contrôleur clerc d'office de la maison du roi* hieß, meist übersetzt mit *Oberaufseher der Hofküchenschreiber*, was pompös klingt und nichts bedeutet, es war nur eines der zahllosen, heute reichlich absurd anmutenden Hofämter, die sich um die elementaren Gesten im Tagesablauf Seiner Majestät rankten, vom Aufstehen bis zum Schlafengehen, vom Essen bis zum An- oder Auskleiden, als sei der allerchristlichste König eine Art großes Kind, das von seinen Adligen gehätschelt werden müsse. Die Ämter wurden je nach Bedarf der königlichen Kasse geschaffen, denn sie wurden teuer verkauft und von den staatlichen Zuwendungen wurde ein Teil abgezogen, als eine Art Steuer auf die Eitelkeit der Untertanen, die sich nach solchen Ämtern drängten. Das Verfahren hatte um 1680 der Sonnenkönig Ludwig XIV. eingeführt.

Am 9. November 1755 wurde der junge Uhrmacher Caron zum Höfling. Für sein Amt erhielt er 600 Livres pro Jahr (von denen nur 400 ausgezahlt wurden) und andere Vergünstigungen (er durfte gemeinsam mit anderen Amtsinhabern in einem besonderen Raum des Schlosses Versailles speisen). Den nötigen Kredit für den Kauf des Amtes hatte Franquet gewährt, der sich im Gegenzug eine hohe Leibrente zusichern ließ. Da Hofamt und Handwerk einander ausschlossen, endete Carons kurze Karriere als Uhrmacher. Noch bevor die acht Jahre um waren, die seine Lehrzeit dauern sollte, hatte er sich an die Spitze seines Berufes gesetzt und dann den Beruf selbst hinter sich gelassen, der nur eine erste Etappe seines Aufstiegs war. Die kurz zuvor im *Mercure* abgegebene Beteuerung der Treue zu seinem Metier spielte keine Rolle mehr. Treue und Konstanz waren keine Tugenden in jener Zeit, als die Bürgerlichen versuchten, es dem Adel gleichzutun.

Drei Monate in jedem Jahr versah Caron seinen Dienst bei Hofe; er gehörte zu der Eskorte aus Amtsträgern und Küchenpersonal, die den Topf mit dem Fleisch ins Esszimmer des Königs geleitete, in feierlichem Gewand, ein Schwert an der Seite, sozusagen als Leibwächter des Hasenbratens. Vor dem Tisch des Königs angekommen war es die Aufgabe des Hofküchenschreibers, den Deckel vom Topf zu heben, das Fleisch auf einen Teller zu legen und dem König vorzusetzen. Gut, dass er als Uhrmacher eine ruhige Hand hatte.

Aber dieses Amt war nur ein bescheidener Anfang. Caron wollte von Franquet noch dessen Amt als Kriegskassenkontrolleur kaufen, das wie kaum ein anderes ermöglichte, sich an öffentlichen Geldern zu bereichern, etwa durch Berechnung nie unternommener Dienstreisen. Doch zu diesem Handel kam es nicht mehr. Und nun begann die Kette von Zweideutigkeiten in seinem Leben, die Schattenspur seines Aufstiegs.

Kurz bevor die erste Rate der Leibrente an seinen Vorgänger fällig wurde, starb Franquet am 27. Januar 1756. Am Tag vor seinem Tod wurde Caron junior in der Nähe von dessen Haus gesehen. Der junge Mann kümmerte sich sogleich mit Energie und kühlem Kopf um die finanziellen Interessen der Witwe. Pierre-Augustin hatte inzwischen eine eigene Wohnung in der Rue de Tournon genommen, nicht weit von Madeleines Logis entfernt. Als er entdeckte, dass der Staat Franquet noch 900 Livres schuldete (für eine fiktive Inspektionsreise), half er ihr, die nötigen Briefe zu schreiben und bei den Kassenhütern vorstellig zu werden, auch leicht erpresserischen Druck auszuüben (nämlich mit Enthüllungen zu drohen über die Betrügereien der Kriegskassenkontrolleure); er kannte dabei keinerlei Skrupel, unter falschem Namen zu schreiben oder aufzutreten. Madeleine erhielt das Geld.

Noch vor Ablauf des Trauerjahres heiratete Pierre-Augustin Caron die Witwe Franquet, die zehn Jahre älter war als er. Die Trauung fand am 27. November 1756 in der Kirche Saint-Nicolas des Champs statt. Von der Caron-Familie war niemand bei der Hochzeit anwesend. Ob sie diese billigten, wissen wir nicht, den Heiratsvertrag hatten sie aber alle unterschrieben. Doch dann machte Pierre-Augustin einen schweren Fehler.

Das Paar wohnte bei der Mutter von Madeleine, Catherine Frion, in der Rue de Braque. Der Ehevertrag vom 22. November 1756 sah Gütergemeinschaft vor, man vergaß aber, die Akte im Châtelet (dem Amtsgericht) registrieren zu lassen, somit war der Vertrag nicht rechtskräftig. Am 29. September 1757 starb Madeleine (angeblich an einer Lungenentzündung, vielleicht aber auch an Typhus). Acht Tage lang hatte sie mit Fieber im Bett gelegen. Nach ihrem Tod wurde die Wohnung versiegelt, um das Inventar zu machen, und Pierre zog in das Haus Nummer 17 in der Rue Basse-du-Rempart (nahe dem heutigen Boulevard des Capucines), dort wohnte er bis 1763 im zweiten Stock.

Dem Witwer wurde die prekäre Geschäftslage bewusst. Noch am Tag der Beisetzung seiner Frau ließ er die Schwiegermutter einen Text unterschreiben, in dem sie bestätigte, dass der Heiratsvertrag Gütergemeinschaft vorsah. Dieses Dokument hinterlegte er rasch im Châtelet. Aber einige Tage später widerrief Catherine Frion ihre Erklärung, gewiss nicht aus eigenem Antrieb; sie sei überrascht worden, erklärte sie, in ihrem Schmerz habe sie nicht verstanden, was sie da unterschrieb. Ein Rechtsstreit begann, der sich auch auf den Wortlaut des Dokuments und die unlesbare Handschrift der alten Frau bezog – ganz wie es eine Szene später in *Figaros Hochzeit* nachspielt (aber wenn wir fragen: wann tauchen Motive aus seinen Stücken in seinem Leben auf, dann ist unsere Perspektive chronologisch seitenverkehrt). Die Verwandten der beiden verstorbenen Franquets machten dem Witwer jeden Anspruch auf das restliche Vermögen und das Amt des Kriegskassenkontrolleurs streitig. Und so begann sein erster Prozess. Eigentlich sollte man von seinen juristischen Kriegen sprechen, wie man es für Staaten und Monarchen tut, denn mit diesem Erbstreit begann die Reihe langanhaltender, ärgerlicher, rufschädigender und manchmal auch gefährlicher Prozesse im Leben von Beaumarchais.

Beaumarchais – dieser Name ist das wahre Erbe der Ehe mit Madeleine.

Die Werke eines Autors beginnen bei seinem eigenen Namen, obwohl hier kein Autorenname gewählt wurde, denn von Schreiben war noch keine Rede, sondern ein Name, der bei Hof Effekt machen konnte. Wer sich einen Namen machen will, der als Begriff und Wert für die Ewigkeit gelten soll, muss sich schon überlegen, welche Silben und Laute seine phonetische Erscheinungsform bestimmen sollen. Solch ein Name musste in der Realität, in der höfischen Gesellschaft, in der Literaturgeschichte und auf der Bühne wirksam sein. Und noch im Munde seiner Feinde musste der Vorzeigename erhaben klingen.

Franquet hatte ein Landhaus gekauft in Vert le Grand (oder Valgrand), bei Arpajon, südlich von Versailles. Das Haus und das zugehörige Wäldchen hießen nach seinem Vorbesitzer *Beaumarchet* (aber vielleicht auch *le bois Marché* – zuverlässige Namensformen gab es in jener Zeit nicht); diesen Namen eignete sich der junge Caron an und verschönerte ihn zu *Beaumarchais*. Die Wahl war nicht übel, mit so einem Namen konnte man klassisch werden. Er ließ sich zugleich ein Wappen mit goldenen Löwen entwerfen.

Caron Junior entschied sich also für einen Flurnamen, dem er reichlich unverfroren das Adelsprädikat *de* hinzufügte, auf das er noch keinerlei Anspruch hatte, genau nach dem Schema, das der Komödiendichter Molière, der eigentlich Poquelin hieß, in seinem Stück *Le Misanthrope* geschildert und verlacht hatte; aber das konnte den künftigen Komödiendichter Caron nicht davon abhalten, es ebenso zu tun. Sein Vater besaß übrigens ein Grundstück in seinem Geburtsdorf Lizy, aber de Lizy hat sich Beaumarchais nicht genannt. Seinen neuen adligen Namen findet man erstmals auf einer Schneiderrechnung vom Januar 1757. Und er ließ sich viele schöne Kleider aus teuren Stoffen machen. 1759 war er nur noch unter seinem erdichteten Adelsnamen bei Hofe bekannt, wie er einen Korrespondenten ungnädig wissen ließ, der es gewagt hatte, ihn als Herrn Caron anzuschreiben.

Die Ehe mit Madeleine war nicht glücklich, von einer Liebesheirat konnte nicht die Rede sein. Es gab viel Streit und begründete Eifersucht. Durch den Prozess um die Erbschaft war er nach dem Tod seiner Frau ruiniert. Nicht ihm, sondern den Angehörigen wurden zunächst von den Richtern die 900 Livres Vermögen und vor allem der Grundbesitz zugeschlagen. Nach vielen Jahren, in denen sich dieser Prozess von Instanz zu Instanz schleppte, erhielt Beaumarchais 1787 schließlich das Erbe zugesprochen, aber da konnte er auf die Auszahlung verzichten. Er rechnete längst mit anderen Summen.

Dass er nicht unmittelbar vom Tode seiner Frau profitiert hat (von der Ehe hatte er sehr wohl profitiert), kann als Entlastungsargument gelten angesichts der Gerüchte, die von seinen Feinden alsbald gestreut wurden: Der ehrgeizige, geldgierige Caron habe in beiden Todesfällen Franquet ein wenig nachgeholfen … Hier betritt eine böse Fee die Szene, oder soll man sagen eine zehnte Muse, die eine Hauptrolle in seinem Leben und seinem Werk spielen sollte: die Verleumdung. Denn nicht wahr – es ist alles nur üble Nachrede. Es kann ja nichts anderes sein. Können wir uns Figaros Erfinder als (zweifachen) Giftmörder vorstellen?

Sein Leben lang hat ihn die schwarze Legende begleitet, die parallele Geschichte seiner Laufbahn. Sein Bild, sein Ruf, seine wirklichen oder möglichen Taten und Untaten bestimmten seine Stellung und sein Wirken. Beaumarchais lebte im Echo der Erzählungen über ihn. Deshalb verwandte er besondere Sorgfalt auf die Ausschmückung und Verbreitung der Anekdoten über seine Taten und seine tollen Tage.

Unsere Vorstellung vom ehrgeizigen jungen Caron, pardon: von Herrn de Beaumarchais, wird durch ein Gemälde des Hofmalers Jean-Marc Nattier unterstützt, das um 1760 entstanden ist. Auf diesem Porträt sieht Beaumarchais wirklich nicht unglücklich aus. Ein glattes, offenes, gefälliges Gesicht, eine hohe gewölbte Stirn, ein nicht sehr breiter, sinnlicher Mund, weichliche und dezent rote Wangen, ein kräftiges, fleischiges Kinn. Der spöttische Blick weicht dem Betrachter aus und geht in unbestimmte Ferne. Der Porträtierte scheint sich ein überlegenes Lächeln zu verkneifen. Kennt er besondere Geheimnisse oder freut es ihn, dass ihn niemand durchschaut? In der rechten Hand hält er den Druck eines Musikstückes, ein Hinweis auf das kleine Singspiel, das er gerade geschrieben hat, vielleicht auch darauf, dass er zum Musiklehrer der Königstöchter avanciert ist. Und ein Omen, dass er (zumindest außerhalb von Frankreich) als Verfasser von Opernvorlagen überlebt hat – so wie heute manche Bücher ihr Überleben dem Film verdanken. Das ist kein unpassender Vergleich, und genauso gut könnte man sich fragen, ob er nicht in gewisser Weise die aktualisierende Soap-Opera erfunden hat (wo doch sein berühmtester Bühnenheld in drei Folgen nacheinander auftritt und obendrein von Berufs wegen andere Leute einseift ...).

Nattier war damals schon ein alter Herr, Jahrgang 1685, also beinahe achtzig Jahre alt, und außerdem in großen Finanznöten. Diese sonderbare Person muss ihn aber gereizt haben, denn er schuf ein großes Gemälde, wenn auch ein geschmeicheltes Abbild. Die wesentliche Korrektur betrifft wohl die Nase, die bei Caron junior eher lang und spitz war, auch war sein Gesicht etwas breiter und nicht so oval, wie es Nattier gemalt hat, legt man andere Porträts zugrunde.

Tatsache ist, dass Pierre-Augustin ein gefälliger, ja ein schöner Mann war; dass sich die Frauen von ihm angezogen fühlten, denn oft waren sie es, welche die Initiative ergriffen (bei allen wichtigen Liebschaften und allen drei Ehen war dies der Fall). »Sobald Beaumarchais in Versailles erschien, waren die Frauen beeindruckt von seiner hohen Gestalt, von seiner schlanken und wohlgeformten Hüfte, von der Ebenmäßigkeit seiner Züge, von seinem lebhaften Teint, von diesem beherrschenden Blick, der sich über alles ringsum zu erheben schien, von dieser Glut, die unwillkürlich in ihm aufloderte, sobald er sie erblickte.« So schilderte ihn Gudin, der seine Anfänge in Versailles gar nicht miterlebt hatte. Und doch mag es so gewesen sein. Dafür hat er sich bei den Männern sehr oft Feinde gemacht, außer bei solchen, die für männliche Schönheit empfänglich waren.

Ja, Pierre-Augustin war in dieser ersten Zeit seiner Laufbahn bei Hofe ein begabter Junge, ein brillanter Geist, ein verführerischer Mann und ein hemmungsloser Karrierist, bebend vor Ehrgeiz und Durchsetzungswillen. Dieses Subjekt war ein lohnendes Sujet für einen Maler (auch für einen Romancier oder Dramatiker), aber kein angenehmer Zeitgenosse. Er war voller Unduldsamkeit gegenüber jedem, der ihm den Respekt versagte, auf den er Anspruch zu haben glaubte. So verpasste er einem Kutscher, der sich weigerte ihn mitzunehmen, Stockhiebe. Als er stolz seinen englischen Windhund ausführte und dieser vom Bastard eines Bauarbeiters angegriffen wurde, geriet er darüber so in Wut, dass es zu einer wüsten Prügelei kam, in die auch Kollegen des Maurers eingriffen. Beaumarchais zog sein Schwert, die anderen flohen, erst die Polizei konnte den Streit schlichten.

Um nicht mehr für einen aus dem Volk gehalten zu werden, benahm er sich besonders rüde. Er war entschlossen, Anerkennung zu erringen. Er ließ sich nichts gefallen. Aber seinen gesellschaftlichen und persönlichen Stil musste er noch finden. Das ging nicht ohne Nachhilfe von außen, von oben. Seine Familie hatte zu diesem Zeitpunkt keinen Einfluss mehr auf ihn. Am 17. August 1758 war seine Mutter gestorben, weniger als ein Jahr nach dem Tod seiner Frau. Aber Pierre-Augustin hatte längst Umgang mit einer ganz anderen Familie.

Wie im Märchen tauchen in diesem Leben die Figuren auf, deren die Geschichte bedarf, die Bösen und die Guten, die Helfer und die Hinderer, obwohl eine Geschichte nur Helfer kennt, denn gerade die Bösen bringen sie voran. Ohne Hindernis keine Intrige, ohne Feinde und Gefahren keine Spannung, ohne Abenteuer kein Geschmack am Sieg. Es war, als hätte eine höhere Macht beschlossen, aus diesem Leben ein Exempel zu machen, eine abenteuerliche Geschichte, die zugleich ihre Epoche beleuchtete, von der Gosse bis zu den Thronen, von den Handelskontoren bis zu den Kabinetten, von den Gefängniszellen bis zur Theaterbühne, von den Druckereien bis zu den Alkoven. Wenn man das nicht ein Schicksal nennen soll!

So tauchen auch die Töchter des Königs auf. Es gäbe mancherlei Unfreundliches über sie zu sagen, aber aus der Sicht unseres Helden sind sie Helferinnen. Sie treten auf, wo und wie es sein muss, als hätten sie nie einen anderen Lebenszweck gehabt, ein bisschen wie die drei Damen in der *Zauberflöte*, obwohl sie vier sind, Adelaïde, Victoire, Sophie und Louise, und das fragliche Instrument eher die Harfe ist. Sie tauchen auf, als sie dem Schicksal weiterhelfen können, und sie verschwinden wieder im Dunkel der Bedeutungslosigkeit, sobald sie den Horizont unserer Geschichte verlassen.

Schönheiten waren sie nur auf den Bildern des Hofmalers Nattier, dessen Porträts stets eine Art optische Schönheitschirurgie bewirkten. Nattier war Porträtmaler in der zweiten Generation, seine Laufbahn hatte er als Graveur und Zeichner im Atelier von Rubens begonnen. Nachdem er beim großen Finanzskandal von 1720 sein Vermögen verloren hatte, verdiente er seinen Lebensunterhalt durch Porträts von Persönlichkeiten. Durch die Gunst der Königin wurde er 1742 zum offiziellen Porträtmaler der Herrscherfamilie. Er war dafür berühmt, dass er die unansehnlichsten Gestalten als angenehme Erscheinungen darstellen konnte. Außerdem wusste er seinen Modellen dadurch zu schmeicheln, dass er ihnen Attribute aus der griechischen Mythologie verlieh und seine Porträts durch prächtige blaue Stoffe und zartrosa Fleischtöne aufwertete.

Giacomo Casanova, der sich 1750 erstmals in Paris aufhielt und dann wieder 1757, schätzte Nattier besonders, weil er wie kein anderer Schönheit malen konnte, von Casanova als *forme par excellence* definiert. Casanova bewunderte besonders, dass es Nattier gelungen war, die Königstöchter »so schön wie Sterne« aussehen zu lassen. Der Maler antwortete ihm: diese Feststellung zeige nur die Göttlichkeit der Schönheit; alle bewunderten sie und niemand könne sie definieren; der Unterschied zwischen einer schönen und einer hässlichen Physiognomie sei ganz gering, ja fast unmerklich, auch wenn er aller Welt sehr groß vorkomme.

Einen schönen Zug hatten alle vier höchsten Töchter: sie musizierten gern. Das ist der Punkt, an dem sie für unsere Geschichte interessant werden. Musik hilft in ihr immer weiter. Wenn das kein Beweis für wirkenden Zauber ist ...

Ihr eigenes Schicksal war eher betrüblich. Des Königs unverheiratete, unverheiratbare Töchter waren eigentlich nur dynastischer Ballast, überflüssige Menschen hätte man sie bei Tschechow genannt. Kein europäischer Monarch fiel für sie ab. Unter einem gewissen Niveau konnten sie eben nicht heiraten. Der Vater war ein viel geliebter und viel liebender Herr. In seinem Park jagte er Frauen als Freiwild, was keine bloße Metapher war. Aber seine Töchter lebten außerhalb der Liebe.

Ihre Bildung war eher dürftig; ihr Erzieher, der Kardinal Fleury, hatte sie in ein Kloster stecken lassen, wo sie nicht sehr viel lernten, etwas Musik gewiss, aber sie konnten nicht einmal korrekt schreiben. Doch sie waren die Töchter des Königs und wurden nach dem Tod ihrer Mutter im Jahr 1768 die ersten Damen am Hofe – bis ihr Neffe Ludwig, der künftige Thronfolger, verheiratet wurde und diese kleine Österreicherin Marie-Antoinette daherkam und als künftige Königin den ersten weiblichen Rang bei Hofe einnahm. Aber zuvor musste man ihr die Versailler Töne beibringen und sie als Instrument im Intrigenspiel gegen die neue Mätresse des Königs, Madame Du Barry, benutzen. Für Marie-Antoinette waren sie vielleicht böse Feen, für den kleinen Caron waren sie Gabenfeen, die ihm ein wahres Füllhorn bescherten und eine wesentliche Seite seines Lebens erschlossen, obwohl sie ihn zuerst tüchtig her- und ausnahmen. Alles hat seinen Preis.

Ludwig XV. war der Enkel des Sonnenkönigs, wie ihm selbst ein Enkel auf dem Thron folgte. Als er 1715 König wurde, war er ein fünfjähriges Kind, sein Onkel Philipp von Orleans regierte zunächst für ihn, sodann der Herzog von Bourbon, schließlich der Kardinal von Fleury. In jener Epoche der so genannten Régence herrschte eine ungewohnte Freiheit des Schreibens und Denkens, entstand der eigentliche Stil des 18. Jahrhunderts, gemischt aus Kritik, Eleganz, Witz und Erotik. 1743 beschloss Ludwig, selbst zu herrschen, doch gab er bald die Macht an seine deklarierten Mätressen ab, nacheinander Madame de Châteauroux, Madame de Pompadour, Madame Du Barry, und kümmerte sich vor allem um sein Privatvergnügen. Resultat war eine Günstlingswirtschaft und Cliquenrivalität in Versailles und ein in ganz Europa agierendes und in seiner Art einmaliges Netz der Geheimdiplomatie, mit Agenten und vor allem Agentinnen in allen Hauptstädten. Alle Ansätze zur Reform des ungerechten Steuerwesens wurden von den privilegierten Klassen verhindert. Verhängnisvolle Kriege wurden angefangen. Der König schaute zu oder schaute weg, duldete allerdings keinen Versuch, seine absolute Macht einzuschränken. Als Liebhaber soll er aber sehr galant gewesen sein. Nicht belegt ist ein ihm zugeschriebener Ausspruch, der zu seiner Person und seiner Herrschaft vortrefflich passt: »An meinem Hof kann es kein anständiger Mensch lange aushalten.«

Verheiratet hatte man ihn mit der polnischen Königstochter Maria Leszczynska. Von den zehn Kindern aus dieser Ehe überlebten neben einem Sohn auch fünf Töchter, von denen nur eine, Louise-Elisabeth, verheiratet werden konnte, und zwar mit dem Herzog von Parma, eine eher bescheidene Partie (Casanova begegnete ihr dort), die vier anderen blieben ledig.

Adelaïde, die älteste, wird als herbe Schönheit mit eher männlichen Zügen beschrieben, deren Stimme wie ein Bariton klang. Schon als Kind soll sie geäußert haben, dass sie lieber ein Prinz wäre als eine Prinzessin. In barschem Ton reglementierte sie alle anderen am Hofe, bis hinauf zu ihrem königlichen Vater. Mehrere Heiratspartien im In- und Ausland wurden für sie erwogen und verworfen. Nachdem sie die Klosterschule verlassen hatte, entwickelte sie großen Lerneifer, las sehr viel, fand Geschmack an Mathematik und Musik und wollte viele ungewöhnliche Musikinstrumente ausprobieren, das Waldhorn etwa oder die Maultrommel. Am liebsten aber war ihr die Geige. Als der zehnjährige Mozart 1766 am Hofe von Versailles auftrat, durfte er auf dem Instrument der Königstochter spielen, das ein italienischer Geigenbauer speziell für sie angefertigt hatte.

Victoire muss man sich als gutmütig und träge vorstellen, als rechtes Naschmaul, dicklich und unter Alpträumen leidend. Ihr bevorzugtes Instrument war das Spinett. Sie war der Liebling ihres Vaters, der sie besonders verwöhnte.

Sophie, die ihrem Vater sehr ähnlich sah, wirkte wie ein scheuer Vogel; sie schaute niemand an, hatte sich wohl nie von der harten Klostererziehung erholt. Sie verabscheute öffentliche Zeremonien, zog sich meist zu ausgiebiger Lektüre zurück. Sie sprach nur im kleinsten Kreise, dann aber soll sie durchaus geistreich gewesen sein. Vor Gewittern hatte sie panische Angst.

Louise gab sich stolz, hochnäsig, hoheitsvoll, vielleicht um ihre unvorteilhafte Erscheinung zu überdecken; sie war klein und hinkte sehr stark. Ihre letzten Jahre verbrachte sie in einem Karmeliter-Kloster.

Im Hofjargon wurden die Königstöchter *Mesdames* genannt. Der König gab ihnen reichlich derbe Beinamen, was aber in Versailles üblich war, wo auch jeder Minister seinen Spottnamen hatte. Ludwig nannte sie: Coche (Victoire), Loque (Adelaïde), Graille (Sophie) und Chiffe (Louise), was der erste deutsche Biograf von Beaumarchais, Anton Bettelheim, übersetzte mit: Schmutzkäthe, Wisch, Sau und Schlampe.

Jeden Tag trugen sie ein anderes Kleid, aus Seide oder Brokat, in Grün oder in Blau. Jeden Morgen besuchte sie der König. Er kam mit selbst gemachtem Kaffee in das Zimmer von Adelaïde, die ihre Schwestern herbeiläutete. Abends, wenn der König von der Jagd zurückkehrte, wohnten sie in seinen Gemächern der Zeremonie des Stiefelausziehens bei.

Alle vier traten stets *en bloc* auf, wie ein einziges Wesen, und alle vier vergötterten ihren Vater, der ihnen keinen Wunsch verweigerte. Mündlich und schriftlich zirkulierten Gerüchte über inzestuöse Verhältnisse in der königlichen Familie, aber das bekümmerte niemanden, Hofklatsch gehörte zum üblichen Zeitvertreib.

Seit etwa 1750 war ein neues Musikinstrument in allen Salons zum exquisit geschmückten Modegegenstand geworden: die Harfe.

Um 1720 hatte der deutsche Instrumentenbauer Jakob Hochbrucker sie durch die Einführung von Pedalen (zunächst fünf, dann sieben) so verbessert, dass Modulation von Tonarten möglich wurde, ohne dabei die Hände zu benutzen. Seine neue Erfindung hatte er persönlich in Paris vorgeführt. Vor allem Frauen wollten auf diesem Instrument spielen, das ihre Schönheit gut zur Geltung kommen ließ. Der Pariser Instrumentenbauer Sébastien Erard verbesserte nach 1800 das Pedalsystem und soll dabei auch Anregungen von Beaumarchais gefolgt sein, der nicht nur ein vorzüglicher Harfenspieler, sondern auch ein begabter Mechaniker war.

Jahr um Jahr geleitete Herr von Beaumarchais in pompösem Zug die Fleischmahlzeit von der Küche des Schlosses Versailles zum Tisch des Königs. Es galt eben, auf seine Chance zu warten, das Hofleben zu beobachten, Folgerungen zu ziehen, Umgangsformen zu erwerben. Immerhin sprach es sich herum, dass der junge Mann nicht nur gut aussah, sondern auch Geist hatte, witzig war, unterhaltsam. Auch die vier Töchter des Königs hörten von ihm, vielleicht über den Hofmaler Nattier, und wurden neugierig. Als sie vom musikalischen Talent des königlichen Fleischvorlegers hörten und seiner Meisterschaft auf der Harfe, wollten sie ihn unbedingt zum Musiklehrer haben. Ihr Vater gewährte ihnen diesen Wunsch, und so unterrichtete Beaumarchais die Prinzessinnen schon bald im Harfenspiel.

Es schien, als hätte Pierre-Augustin den Kreis seiner Schwestern wiedergefunden. In seinem Leben wiederholten und verwandelten sich einige Grundkonstellationen und Motive, fast wie im Theater, und nahmen dabei immer größere oder tragischere Ausmaße an. Wir sind in den Jahren, als in Europa der Siebenjährige Krieg tobte. Pierre-Augustin und *Mesdames* übten sich in Harmonien.

Beaumarchais organisierte mit ihnen auch kleine Konzerte, wie einst im Hause seines Vaters, nun aber im Kreis der ganzen Königsfamilie. Er selbst spielte dann auf der Flöte oder der Harfe. Angeblich soll er auch dem König auf der Harfe vorgespielt haben (wie David in der Bibel?). Es hieß, der König habe ihn dabei genötigt, in seinem Sessel Platz zu nehmen. König für einen Moment! Musste ihm das nicht zu Kopf steigen?

Da *Mesdames* ihren goldenen Käfig Versailles nur selten verlassen durften, wurde Beaumarchais ihr Einkäufer, wenn sie bestimmte Instrumente, etwa ein Tamburin, oder die Noten von neuen Stücken haben wollten. Ihre Wünsche und Launen mussten rasch erfüllt werden, das waren sie von ihrem Vater gewohnt; aber Beaumarchais war nun einmal kein kleiner König, auch wenn er sich so gefühlt haben mag. Nur dachten sie nicht daran, ihm die Auslagen zu erstatten; Beaumarchais hatte als Einkünfte nur das bescheidene Honorar für sein Hofamt. Zuweilen schrieb er an die Verwalterin des Budgets der Prinzessinnen, um sich Unkosten erstatten zu lassen. Aus den erhaltenen Briefen ersieht man, dass seine Ausgaben für Käufe und Fahrten manchmal 2000 Livres im Monat betrugen.

Bezahlt wurde nicht, der junge Herr tat es zum allseitigen Vergnügen, und er wusste gewiss, dass es keine verlorene Liebesmühe war. Dergleichen erträgt man nur, wenn man auf höhere Weihen hofft, auf noch größeres Glück, und vergisst, dass man selbst vielleicht nur das Instrument und Spielzeug einer vorübergehenden Laune ist. Denn seine Stellung war sehr unklar, eben noch Uhrenlieferant, dann ein vages Hofamt, ein unechter Adelsname, keine weiteren Verdienste als geistreiche Unterhaltung und angenehme Musikabende.

Dafür aber erntete er den Neid der anderen. Seine Feinde schliefen nie. Und irgendjemand merkte sich alle seine Schritte und Fehltritte, alle Taten und Untaten, als hätte er unwissentlich einen Pakt mit dem Teufel geschlossen, nicht dergestalt, dass der Teufel ihm half und im Notfall allerlei Wunder verschaffte, sondern immerfort gegen ihn spielte, indem er sein Bild ins Diabolische verkehrte, weil er sich nur in Kämpfen und Gefahren entwickelte, weil ihn nur das Ewigfeindliche voranbrachte.

Man intrigierte gegen ihn bei den Königstöchtern, ließ sie glauben, er habe sich mit seinem Vater zerstritten. Was machte Beaumarchais? Er lud seinen Vater ein, einmal mit ihm das Schloss Versailles zu besichtigen, er führte ihn überall herum, wobei er natürlich dafür sorgte, dass ihn auch *Mesdames* im Vorübergehen sahen. Die fragten ihn bei der nächsten Musikstunde, mit wem er denn den ganzen Tag unterwegs gewesen war. Mit wem? Mit meinem Vater. Wenn Sie nur wüssten, wie sehr ich ihn verehre! *Mesdames* wollten

Vater Caron kennen lernen, und tatsächlich durfte der alte Uhrmacher ihnen bald seine Aufwartung machen. Die Intrige war geplatzt, und Beaumarchais hatte seinen Sinn für theatralische Szenen bewiesen.

Aus solchen Anekdoten bauen wir uns sein Bild. Wir denken nicht daran, sie zu überprüfen. Wir könnten es auch gar nicht. Immerhin stimmte es, dass es Neider gab, Provokateure, Hinterhalte. An diese Stelle gehört eine Anekdote, die etwas zu grob, aber doch passend erfunden wirkt. Ein Marquis trat in einem belebten Vorzimmer auf Beaumarchais zu und bat ihn, seine Uhr zu prüfen, er sei doch Uhrmacher gewesen. Das ist lange her, sagte Beaumarchais, ich warne Sie, ich bin sehr ungeschickt geworden. Da der Marquis insistierte, nahm er die Uhr trotzdem, schaute sie kurz an und ließ sie fallen. Die Bruchstücke lagen auf dem Boden, ohne dass Beaumarchais daran dachte, sie aufzuheben. Ich hatte Sie gewarnt, waren seine letzten Worte in dieser Szene (die vielleicht nur eine tatsächlich erlittene Demütigung in der literarischen Nachbearbeitung umbog). Und wenn die Szene wahr wäre, würde sie eher für die Unbedachtsamkeit von Beaumarchais sprechen, seine mangelnde Vorsicht im Umgang mit Feinden.

Etwas ärger ging es schon zu, als ihn ein Ritter von C. dermaßen beleidigte, dass Beaumarchais zur Rettung seiner Ehre nur die Entfernung vom Hofe oder ein Duell blieb (aber unsere Quelle, Gudin, nennt weder den vollen Namen des Gegners noch die Art der Beleidigung). Das Duell wurde im Wald von Meudon ausgetragen. Beaumarchais, der also Fechtunterricht genossen haben musste, verwundete den Gegner im Kampf mit dem Degen tödlich. Beaumarchais wollte ihn verbinden, aber der Sterbende, der sich plötzlich ritterlich gab, beschwor ihn, schnell zu fliehen, um sich einer Bestrafung zu entziehen. Beaumarchais holte gleichwohl einen Arzt herbei, ließ den Verwundeten nach Hause bringen. Er lebte noch ein paar Stunden, dann starb er, ohne etwas verraten zu haben. Auf dem Totenbett hatte er Beaumarchais verziehen: Ich habe es verdient, ich hatte Sie ja provoziert. Beaumarchais informierte die höchsten Töchter von dem Ereignis, die es ihrem Vater erzählten, aber der König befahl, die Sache zu vergessen. Die Biografen vergaßen sie nicht.

Lehrjahre waren es für Beaumarchais, nicht nur was die Umgangsformen in den höfischen Kreisen betraf. Er verbesserte auch seine literarische Bildung. Der frisch gebackene Höfling las sehr viel, lernte, eignete sich den Literaturkanon seiner Zeit an, weil er verstanden hatte, dass literarische Bildung und schöne Sprache ein Mittel des gesellschaftlichen Erfolges, ein Element des Lebens bei Hofe waren. Er las einige antike Autoren, Lukrez, Seneca, Horaz, und gewöhnte sich an, echte oder erfundene lateinische Zitate in seine Briefe einzustreuen, er las Montaigne und Rabelais und die schon klassisch gewordenen Autoren des 17. Jahrhunderts, Corneille und La Fontaine, Molière und La Bruyère, Racine und Pascal, aber auch die Schriftsteller seiner Zeit, Voltaire, Diderot, Rousseau. Die Erfolgsbücher des englischen Romanciers Samuel Richardson, der seine Laufbahn als Drucker begonnen hatte, rührten ihn zu Tränen.

Dass man sozialen Erfolg durch eine elegante Erscheinung und geistvolle Bemerkungen erringen konnte, hatte Casanova bewiesen, als er 1750 in einer Pariser Opernloge die Aufmerksamkeit von Madame de Pompadour errang und in der Folge ehrenvolle Einladungen von hoch gestellten Hofleuten erhielt.

Beaumarchais schrieb sich viele Sätze seiner literarischen Vorbilder auf, versuchte sich auch an eigenen Versübungen, die aber recht mittelmäßig blieben. So verfasste er ein langes Gedicht über den Optimismus, nachdem er Voltaires Erzählung *Candide* gelesen hatte, die von der Zensur unterdrückt wurde und nur als Manuskript zirkulierte. Sein Gedicht enthielt Schmeicheleien für Madame de Pompadour und eine Hommage für Voltaire. Er wusste, was er den Göttern seiner Zeit schuldete.

Sollte der kleine Herr Caron, wie er nicht mehr genannt werden wollte, mit den Königstöchtern nicht nur musiziert haben? Das war bösartiger Hofklatsch und völlig unbeweisbar, eigentlich auch nicht sehr wahrscheinlich. Zumindest haben es ihm die Neider zugetraut (die ihm seinen Einfluss und seine neue Protektion nicht gönnten). Außerdem war gerade dieser Bereich des Privatlebens im Herrschaftsbereich von Ludwig XV. gar nicht so privat.

Denis Diderot hatte 1748 einen erotischen Roman im orientalischen Stil geschrieben: *Les bijoux indiscrets* (›Die geschwätzigen Kleinode‹). Dieses schlüpfrige Stück Prosa hatte er aus Geldnot in kaum zwei Wochen verfasst und vorsichtshalber in Holland drucken lassen. Es wurde eines seiner erfolgreichsten Bücher, in vielfacher Auflage in Frankreich und ganz Europa verkauft.

Es ist eine Ringparabel der anderen Art, die Geschichte eines Sultans und seiner Geliebten, die mit Hilfe eines Silberringes ihre (hypnotisierten) Hofdamen dazu bringen, von ihrem Liebesleben zu erzählen, aber nicht mit dem Munde, sondern mit dem »freiesten Teil ihres Körpers«, der bei diesem Thema am meisten zu sagen hätte und den man (auch) mit dem Symbolwort *bijou* (Schmuckstück) bezeichnet.

Diese Fabel vom Lauschangriff auf die edelsten Teile besaß als realen Hintergrund die Überwachungsmanie von Ludwig XV., der das Intimleben seiner Umgebung ausspionieren ließ. Die Sittenpolizei stand unter Leitung von Louis Marais (dem Herrn des Sumpfes gewissermaßen), der seinem König von Zeit zu Zeit Bericht erstattete. Jede Zeit hat eben ihre Form des Klatsches. Die Akten sind erhalten und nicht ohne Witz verfasst. Und so wissen wir, dass Beaumarchais' Gespielinnen aus dem Milieu der »Mädchen von der Oper« stammten und zunächst Mademoiselle Lacour oder Mademoiselle Lacroix hießen, bald aber Mademoiselle Laforest oder Mademoiselle Deschamps. Zuweilen musste er die Gunst dieser Damen mit anderen Herren teilen, auch das ist jeweils notiert. Einmal gab es eine Affäre um ein gestohlenes Diamantenarmband. Diderot hätte seine Freude daran gehabt.

Lehrer der Königstöchter zu sein, war aber erst das halbe Glück. Denn nun fügte es das Schicksal, dass zwei Gönner auftraten, die seinen Weg in die Zukunft ebneten, ein Adliger mit einem Privattheater und ein Finanzier mit europaweiten Geschäften. Beaumarchais hatte eben nicht nur Feinde, sondern auch Förderer, die beiden Franquets waren die ersten in dieser Reihe gewesen.

Charles Guillaume Borromée Le Normant, geboren 1717, könnte man mit billigem Witz als »Herrn de Pompadour« bezeichnen, er war der nominelle Ehegatte der Favoritin des Königs. Zuvor war sein Bruder der Geliebte der späteren Marquise gewesen, der sie auch bei Hofe eingeführt hatte. Wie Beaumarchais ihn kennen lernte, weiß man nicht, aber sie verstanden sich auf Anhieb, und es wurde eine dauerhafte Freundschaft, ja Komplizenschaft. Durch mehrere wichtige Hofämter war Le Normant zu großem Reichtum gekommen und hatte im Pariser Umland nahe der Stadt Corbeil das Schloss Etiolles errichten lassen. In der Mitte des 18. Jahrhunderts bauten sich immer mehr Adlige, aber auch reiche Geschäftsleute im Pariser Umland kleine Schlösser, ihr privates Versailles sozusagen. An die 600 Herrensitze zählte man um 1750, die wie durch Feenzauber entstanden zu sein schienen mit ihren grandiosen Gärten und Parks und ihrem barocken Dekor. Schriftsteller wie Voltaire, Montesquieu und Fontenelle waren in Etiolles zu Gast sowie Diplomaten aller Länder. Prachtstück des Schlosses war ein schmucker Theatersaal mit der neuesten technischen Ausstattung jener Zeit.

Die Marquise de Pompadour (1721 – 1764) hieß mit bürgerlichem Namen reichlich unpoetisch Jeanne Antoinette Poisson, ihr Vater war Geschäftsmann und dem Bankhaus der Brüder Pâris verbunden, dessen Interessen sie nicht vergaß, als sie 1745 die Geliebte des Königs wurde. Einen anderen Weg an die Spitze der Politik gab es für Frauen im Frankreich jener Jahre nicht.

Als sich Ludwig der Vielgeliebte nach fünf Jahren wieder von ihr abwandte, suchte sie seine neuen Gespielinnen aus, dafür griff sie nunmehr stärker in die Politik ein, für sie vor allem eine Sache von Personen, die ihr wohlgesonnen oder feindlich waren, und entsprechend persönlich handelte sie. Entscheidungen über Krieg und Frieden hingen in erster Linie davon ab, ob sie den jeweiligen Kriegsminister mochte oder nicht. Umstritten ist, wieweit sie verantwortlich war für das Bündnis mit Österreich, eine Umkehrung traditioneller Allianzen, die zum Siebenjährigen Krieg führte, in dem Frankreich seine überseeischen Kolonien in Kanada und Indien an England verlor. Aktiv war sie auch auf kulturellem Sektor und protegierte kritische Autoren wie Voltaire, mit dem sie korrespondierte und der sie sehr schätzte, wie auch die Verfasser und Herausgeber der Enzyklopädie.

Ein wichtiger Tag im Leben von Le Normant war stets der 4. November, der Tag des Heiligen Charles und somit der Namenstag des Hausherren von Schloss Etiolles. Das war jedes Mal Anlass für eine kleine Premiere in seinem Privattheater. Dann traten auch Mitglieder der Comédie Française auf, unter anderem Préville, der Caron junior auf all seinen Etappen zum literarischen Ruhm begleitete. Für diesen Anlass schrieb Beaumarchais kleine Farcen mit Liedern, eine Art Boulevardtheater im Salon, *Parades* genannt. Die Musik zu den Liedern komponierte Beaumarchais selbst, einige Notenblätter von seiner Hand sind erhalten. Manchmal hat er auch nur frühere Stücke überarbeitet, ergänzt, verändert. Eine der Farcen endete mit einem köstlich komischen Lied auf den allseits beliebten Charles (Le Normant).

In dieser schlichten und reichlich derben Form liegen die Anfänge von Beaumarchais als Dramatiker. Die Figuren heißen immer Colin, Colette, Cassandre, Léandre, Isabelle, Gilles oder Arlequin, konventionelle Namen nach dem Vorbild des italienischen Theaters, und müssen so oder so miteinander verheiratet werden. Sie sprechen ein künstliches Gassenfranzösisch, sind schlichten Gemüts, stammen aus dem untersten Volk und bieten den Vorwand für allerlei anzügliche Witze, zum großen Vergnügen der hohen Herrschaften, auch der anwesenden Damen. Die Ursprünge dieser Theaterform liegen bei den kleinen Farcen – Anton Bettelheim nennt sie *Brettl-Stücke* –, die auf Podien draußen vor den Eingängen des Theaters gespielt wurden, um Publikum anzulocken.

In den Farcen verarbeitete Beaumarchais vermutlich Erinnerungen aus seiner Jugend auf den Pariser Straßen. Es war pure Zerstreuung ohne literarische Ambition, doch entwickelte er hier seine theatralischen Mittel, seine Sprache und Figuren, Dialogformen und musikalischen Einlagen, hier gewann er Erfahrung mit der Regiearbeit. Es war eine amüsante Nebenbeschäftigung, aber ein ständiges Element in seinem Leben. Manche seiner Lieder wurden durchaus populär, etwa eine Einlage aus dem Stück *Jean Bête à la foire*. Die Paraden oder Farcen bildeten ein Mittel, über den alltäglichen Verdruss, über eigene Erlebnisse zu lachen. Seine Theaterarbeit war die Verlängerung und der natürliche Ausfluss seiner gesellschaftlichen Aktivitäten.

Niemals dachte Beaumarchais daran, seine *Parades* zu veröffentlichen; aber einige sind erhalten und wurden hundert Jahre nach seinem Tod gedruckt. Als er versuchte, ein respektabler Autor zu werden, distanzierte er sich von diesen Bühnenspäßen. Und doch sollte sein Weg zum literarischen Ruhm dem Geist dieser Farcen mit Liedern zu verdanken sein. Auch in seinen beiden großen Komödien finden sich Elemente wieder, die in den *Parades* vorgebildet sind. Aber noch war er Lehrling, noch war ihm keine neue Erfindung auf dem Gebiet der Intrigenmechanik gelungen.

In Anlehnung an den Titel des mittelalterlichen Epos *Die vier Haymonskinder* könnte man eine Saga aus der Frühzeit des Kapitalismus schreiben über die vier Brüder Pâris, die aus bescheidenen Verhältnissen stammten und zu den mächtigsten Unternehmern und Bankiers (das war im 18. Jahrhundert noch nicht so strikt getrennt) des französischen Königreichs wurden. Der bekannteste und mächtigste von ihnen nannte sich Joseph Pâris-Duverney. Als Beaumarchais ihn 1759 kennen lernte, war er schon ein älterer Herr (Jahrgang 1684).

Pâris-Duverney hatte einst im Gasthof seines Vaters die Pferde der Reisenden gefüttert, nun war er der größte Nahrungsmittellieferant für die Armeen des Königs, was ihm den Spottnamen »der Mehlgeneral« einbrachte. 1720 hatte er gegen das Finanzsystem des Schotten John Law opponiert und spekuliert, der in Frankreich eine Staatsbank gründen und von dieser garantiertes Papiergeld in Umlauf bringen wollte, damit aber scheiterte, was einen großen Staatsbankrott und Laws Flucht nach Italien zur Folge hatte. Pâris-Duverney, der eine Zeit lang ins Exil gezwungen worden war, kehrte zurück, sanierte erfolgreich die Staatsfinanzen und machte dabei gute Geschäfte. Allerdings verzögerte sein Erfolg die Einführung eines modernen Finanzsystems in Frankreich um viele Jahrzehnte.

Gerechnet wurde damals in Livres oder Francs (was gleichbedeutend war). Es handelte sich um reine Verrechnungseinheiten im Bankverkehr. In Umlauf waren nur Münzen. Einem Louisdor entsprachen 20 Livres. Ein Livre bzw. ein Franc hatte einen Wert von etwa einem heutigen Dollar und wurde unterteilt in 20 Sols; auf einen Sol kamen 12 Deniers. Es gab auch Silbermünzen (*écu d'argent*) im Wert von drei Livres oder Francs. Ein billiges Theaterbillet kostete etwa 25 Sols, das war der Tagesverdienst eines gewöhnlichen Handwerkers. Erst 1795, in der Zeit des so genannten *Directoire*, wurde der Franc zur alleinigen Währungseinheit.

Pâris-Duverney, der meist auf seinem Landsitz bei Plaisance lebte, wurde nicht nur Finanzberater des Königs, sondern auch von Voltaire. Als er 1741 die Verpflegung der Armeen übernahm (als so genannter *munitionnaire*), hatte er Voltaire an seinen Geschäften beteiligt und zu beträchtlichem Wohlstand verholfen. Der Bühnendichter und Philosoph war leicht zu überzeugen gewesen, dass nur ein ausreichendes Vermögen die Unabhängigkeit eines Autors sichern könne. Voltaire bezeichnete seinen Gönner denn auch als einen der nützlichsten Bürger des Landes. Der Mehlgeneral hatte also Verbindungen ins intellektuelle Milieu, schließlich sind wir in Frankreich: Autoren und Philosophen sind ein Teil des öffentlichen Lebens, ihre Schriften haben politische und gesellschaftliche Wirkung und manchmal eben auch geschäftliche.

Pâris-Duverney hatte sich für seine Unternehmungen die Protektion der jeweiligen herrschenden Mätressen gesichert, so auch die von Madame de Pompadour. Im Zusammenwirken mit ihr sorgte er dafür, dass Frankreich in den Siebenjährigen Krieg eintrat, weil er sich gute Geschäfte davon erhoffte. Er hatte keine ehelichen Kinder, aber ein Lieblingsprojekt: Er wollte dem französischen Königreich eine Ausbildungsstätte für künftige Offiziere verschaffen. Seit 1748 verfolgte er den Plan einer Militärschule. An der *Ecole Militaire* sollten jeweils fünfhundert junge Adlige ausgebildet werden, deren Väter bereits in der Armee gedient hatten. Nach einer Lehrzeit von vier Jahren sollten sie das Leutnantspatent erhalten.

In demselben Band fünf der Enzyklopädie, in dem die Erfindung des jungen Uhrmachers Caron erwähnt wurde, steht auch ein Artikel über die *Ecole Militaire*, die in diesem Jahr 1755 weitgehend noch Projekt war. Den Artikel verfasste Pâris-Demeyzieu, ein Bruder des Gründers, der am Ende allerdings auch genannt wird. Darin wird vor allem das Erziehungsprogramm dargelegt und immer auf den König abgehoben, dessen höherem Ruhm die Militärschule dienen soll, »das schönste Etablissement der Welt, das der erhabenen Größe unseres Monarchen würdig ist«. Die jungen Leute sollten nicht nur die Kriegskunst erlernen. Man wollte Militärs und Bürger bilden, *citoyens*. Gelehrt werden sollten auch Religion, Grammatik, Latein, Deutsch und Italienisch (»weil unsere Armeen stets nur in Deutschland oder Italien operieren«), ferner Mathematik, Geographie, Reiten, Schwimmen, Fechten und Tanzen.

Dank der Unterstützung von Madame de Pompadour erließ der König im Januar 1751 ein Edikt, mit dem die Gründung beschlossen wurde, und noch im selben Jahr begannen die Bauarbeiten nach Plänen des Architekten Jacques Ange Gabriel nahe der Seine zwischen den Flecken Grenelle und Gros-Caillou (ein Name, der später in einer Farce von Beaumarchais auftaucht), auf einem großen, freien Exerzierfeld, das deshalb auch *Champ de Mars* hieß (und heute noch heißt: der Park, an dem der Eiffelturm gebaut wurde). Im Laufe der Jahre erwies sich die Finanzierung als schwierig, die Arbeiten stockten und drohten 1755 ganz eingestellt zu werden.

Man dachte daran, Sonderabgaben zu erheben, Pâris-Duverney schoss eigenes Kapital vor. Trotz aller Probleme zogen 1758 die ersten Eleven in das unfertige Haus ein, zu dessen Intendant Pâris-Duverney ernannt wurde. Da lernte er einen italienischen Abenteurer und Literaten kennen, der 1757 zum zweiten Mal nach Paris gekommen war, Giacomo Casanova, der die Aufmerksamkeit aller Salons damit gewann, dass er die Geschichte seiner Flucht aus den Bleikammern von Venedig zum Besten gab. Casanova hatte eine fixe Idee: Überall in Europa, wo er auftauchte, von Madrid bis Potsdam, von London bis Sankt Petersburg, versuchte er Lotteriesysteme einzuführen, und zwar nach dem Vorbild der Stadt Genua, und so probierte er es auch in Paris, als er Pâris-Duverney traf und von dessen Finanzierungsproblemen hörte. (Es ist nicht das einzige Mal, dass sich die Wege von Beaumarchais und Casanova indirekt und zeitversetzt kreuzen. Ein Kontrastbild beider kann unseren Blick für die unterschiedliche Persönlichkeit und Literaturpraxis dieser beiden repräsentativen Gestalten ihres Jahrhunderts schärfen.) Direktor der neuen Lotteriegesellschaft wurde Casanova. Und tatsächlich kam etwas Geld herein, aber nur kurze Zeit, denn schon 1760 war die Kasse wieder leer. Jetzt konnte nur noch der König helfen, aber der blieb uninteressiert, und Madame de Pompadour hatte inzwischen an Einfluss verloren, weil ihre Kriegspolitik in der Alten wie in der Neuen Welt nur Misserfolge gezeitigt hatte. Verkaufsaktionen zugunsten der Militärschule wurden angeordnet, waren aber im Volk sehr unbeliebt, die allgemeine Stimmung war nun gegen alles, was mit Krieg zu tun hatte.

Jetzt schlug die Stunde von Beaumarchais. Vermutlich auf dem Schloss Etiolles bei Charles Le Normant lernte er Pâris-Duverney kennen, der mit jenem verwandt war. Der Finanzmann und Unternehmer mochte den ehrgeizigen jungen Mann auf Anhieb. Er lud ihn auf seinen eigenen Landsitz ein, wo Beaumarchais lernte, was Reichtum bedeutet: große Empfänge und Menüs mit einhundertsechzig verschiedenen Desserts.

Als Pâris-Duverney erfuhr, dass Beaumarchais täglich Umgang mit den Königstöchtern hatte, kam ihm der Gedanke, den jungen Höfling als seinen Figaro, pardon: als seinen Intrigeneinfädler zu benutzen. Beaumarchais sollte die Königstöchter zu einem Besuch der Ecole Militaire bewegen. Dank seiner Überredungskunst genehmigten sich die Schwestern am 11. April 1760 einen ihrer seltenen Ausflüge, besichtigten die neue Schule und waren ganz begeistert von der Reiterparade der jungen Offiziersschüler in ihren schmucken Uniformen unter der Frühlingssonne. Sie schwärmten ihrem Vater so lange davon vor, bis er tatsächlich am 12. August 1760 die Ecole Militaire besuchte und sie damit in den Rang einer offiziellen Institution des Königreichs erhob, wodurch ihr wiederum Kredite aus der Staatskasse zustanden. Damit war das Lebenswerk von Pâris-Duverney gerettet, seine Gabe an die Nation.

Es war zugleich ein Glückstag für Beaumarchais. Für ihn öffnete sich das Tor zur Welt der großen Geschäfte. Denn der Bankier zeigte sich für seine Vermittlung sehr erkenntlich und machte ihn zu seinem Geschäftspartner. Erneut nahm unser Figaro eine Schwelle des Schicksals und fügte seinem Leben eine weitere Facette hinzu. Das Gebäude der Militärschule steht noch heute, indirekt auch als sein Denkmal.

Von einer literarischen Laufbahn war bei all dem niemals die Rede.

Pâris-Duverney behandelte Beaumarchais wie einen Sohn; er setzte ihm eine Leibrente von 6 000 Livres im Jahr aus; er beteiligte ihn an seinen Finanzspekulationen, in deren Geheimnisse er ihn einweihte. Und er kaufte ihm ein neues Hofamt. Später wird Beaumarchais von Pâris-Duverney sagen: »Wenn ich etwas wert bin, dann nur durch ihn.«

Bei Pâris-Duverney erhielt er also die nächste Ausbildung. Dabei wurde im Leben von Beaumarchais ein weiteres Paradox deutlich: Er war frühreif und zugleich ein Spätentwickler; er musste ja so vieles lernen, so viele Rollen spielen, auf so vielen Hochzeiten tanzen, das dauerte seine Zeit und das konnte nicht immer glatt gehen. Seine großen Erfolge im Geschäft, in der Politik, in der Liebe und im Schreiben kamen verhältnismäßig spät, auch wenn er mit zwanzig Jahren schon in der Enzyklopädie genannt worden war.

Aber hier lag auch ein Geheimnis, es betraf nicht nur Art und Umfang der Geschäfte von Pâris-Duverney, den Grad ihrer Legalität, sondern vor allem den speziellen Umgang der beiden Männer miteinander. Denn als Geheimcode diente in ihren Briefen die Sprache der Liebe, oft in ihrer obszönsten Form. Das kann nicht ganz ohne Bedeutung gewesen sein, vor allem, wenn man die Folgen bedenkt.

Anton Bettelheim sprach von dem »widerlichen Eindruck der Geheimkorrespondenz«. Die Briefeschreiber selbst nannten es ihren »orientalischen Stil«. Immer wieder ging es um »schöne gelbe Blumen« und um Schäferstündchen; sie redeten sich an mit »meine Liebste« oder »meine kleine Schöne«. Da stand etwa: »Lies einmal, meine Kleine, was ich dir schicke, ich bestelle dir keine Grüße von unserer Schönen, was sie dir schreiben wird, ist klar genug.« Das war unklar genug für unbefugte Leser. Pâris-Duverney immerhin hielt unseren Helden für aufrecht und ehrenhaft, für einen kultivierten Mann mit guten Eigenschaften.

Beaumarchais war zunächst aller Geldsorgen ledig. Im Dezember 1760 lieh ihm sein Gönner 70 000 Livres, damit er die Stelle eines königlichen Sekretärs kaufen konnte, wofür er 85 000 Livres aufbringen musste. Nun war er *Conseiller-Secrétaire du Roi, Maison et couronne de France, Contrôleur en la Chancellerie*. Das neue Amt bedeutete eine geringfügige Beschäftigung in der Kanzlei, gleichwohl nicht ohne praktischen Nutzen. Er musste die Briefe des Königs vor das Siegelwachsgerät (*chauffe-cire*) legen, mit dem sie verschlossen wurden; außerdem hatte er die Briefe der königlichen Kanzlei zu kollationieren, das heißt, er musste Urschrift und Abschriften miteinander vergleichen. Dabei lernte er einiges über offiziellen Schriftverkehr, was ihm später bei seinen vielen Prozessen zugute kam.

Als Sekretär des Königs gehörte er dem erblichen Adel ersten Grades an. Damit war allerdings unvereinbar, dass der Vater ein Handwerk ausübte (Adel arbeitet nicht oder Arbeit schändet den Adel oder wie auch immer), und so musste er seinen Vater 1761 in einem förmlichen Brief bitten, die Uhrmacherei aufzugeben. Vater Caron hatte sich de facto schon seit 1756 aus dem Uhrmacherladen zurückgezogen, 1761 gab er seinen Handwerkerberuf auch nominell auf. Aufschlussreich ist ein Satz aus dem Brief von Beaumarchais an den Vater: »Da ich dieses Vorurteil nicht ändern kann, muss ich mich ihm unterwerfen, denn darin liegt der einzige Weg zum Fortkommen, welches ich zum gemeinsamen Glück unserer ganzen Familie wünsche.« Das war die Maxime des jungen Caron: er musste die Komödie der vorgefundenen Gesellschaft mitspielen, wollte er erfolgreich sein. Er musste sich in die Niederungen, die Vorurteile und die Formen der Gesellschaft begeben, musste die eigentümlichsten Verrenkungen anstellen und Schleichwege benutzen, musste sich durch seine Epoche bilden und prägen lassen, um sie schließlich als unverwechselbare und aufrechte Gestalt zu überragen.

Im übrigen war das neue Hofamt von Caron junior ein schlechtes Geschäft, außer dem legalen Adelstitel brachte es nichts ein. Es gab viertausend Inhaber desselben Amtes. So mussten also andere Ämter her, lukrativere. Beaumarchais versuchte es mit einer Stelle als Großmeister der Gewässer und Forste, die nicht nur eine höhere Adelsstufe bedeutet hätte, sondern auch die Möglichkeit, den sehr einträglichen Holzhandel zu betreiben. Ein solcher Platz war gerade vakant (es gab zwölf insgesamt), man musste ihn aber für über 500 000 Livres kaufen. Mit der Hilfe von Pâris-Duverney wäre es möglich gewesen, aber die anderen Großmeister wollten ihn nicht als ihresgleichen anerkennen, der Adel von Beaumarchais war ihnen doch zu frisch. Vergeblich intervenierte Beaumarchais bei Hofe. Einer der Großmeister, der zugleich Minister des Königs war, nämlich Saint-Florentin, eben jener, der ihm 1754 im Streit um das Uhrenpatent den Weg zur Königlichen Akademie geöffnet hatte, legte ein Veto ein. Beaumarchais hatte es einfach zu eilig.

Auf die Ablehnung reagierte Beaumarchais mit einem satirischen Brief, in dem er darlegte, dass die anderen Großmeister ja auch aus einst bürgerlichen Familien stammten und dass er für seinen Adelstitel eine korrekte Quittung vorlegen könne. Zugleich sprach er von einer nachhaltigen Lektion, einem wichtigen Moment im »philosophischen Roman« seines Lebens.

1763 endlich erhielt er ein Amt, das in Rang und Entgelt angemessen war. Beaumarchais wurde Generalleutnant der königlichen Jagden. Er musste als Richter in Fällen von Jagd- und Waldfrevel in den königlichen Wäldern Recht sprechen; zuständig war er für den Bezirk im Südwesten von Paris, der von Fontainebleau über Meudon bis Compiègne reichte. Das Amt eines Kanzleisekretärs behielt er vorerst, nur sein erstes Hofamt, das Amt des königlichen Fleischvorsetzers, verkaufte er weiter.

Seit dem 17. September 1763 wurde er im Königlichen Jahrbuch mit seinem neuen Amt vermerkt. Das Patent unterzeichneten der König und der Minister Saint-Florentin. Den Vorsitz des Tribunals hatte eigentlich der Herzog von La Vallière inne, als *Capitaine-général des Chasses*, aber da er selten anwesend war, vertrat ihn meistens Beaumarchais. Der nahm die Funktion als Richter, trotz aller Spottverse, die er selbst über abzuurteilende Marodeure und »bleiche Kaninchen« verfasste, durchaus ernst. Er versäumte keine Sitzung, außer wenn er gerade im Gefängnis oder im Ausland war, und ausgerechnet dieses Amt hatte er am längsten inne, nämlich bis zum Revolutionsjahr 1789, also sechsundzwanzig Jahre lang. Wieder lernen wir eine Facette kennen, die man leicht übersehen könnte.

Diese Gerichtsbarkeit war durchaus feudalistisch und im Volk nicht sonderlich beliebt, denn sie sollte das »Vergnügen des Königs« wahren, sein exklusives Jagdrecht in den Wäldern des Pariser Umlands. Die Sitzungen des Gerichts fanden zweimal im Monat statt, jeweils dienstags, und zwar im Louvre. Beaumarchais zog feierlich in den Saal ein, mit langer Robe, Perücke und Samtbarett, und verhandelte dann über Fälle von Wilderei, über Angriffe gegen Jagdwächter, Prügeleien unter Bauern, über baufällige Mauern und schlecht unterhaltene Zäune, über streunende Hunde und verirrte oder gestohlene Schafe.

Gleich bei Amtsantritt hatte er genau notieren lassen, welche Rechte ihm zustanden, etwa dass er allein über die Zuteilung von Kerzen zu bestimmen hatte. Er wollte eben immer ins rechte Licht gerückt werden. Als er 1764 nach Spanien aufbrach, nahm er ein ausführliches Dokument mit, um die Frage beantworten zu können, was er denn eigentlich sei. Dort las man: *Messire Pierre-Augustin Caron de Beaumarchais, Ecuyer, Conseiller du Roi, Lieutenant général au Bailliage et Capitainerie des Chasses de la Varenne du Louvre, grande Vennerie et Fauconnerie de France.* Auch das muss Musik in seinen Ohren gewesen sein.

Als er 1773 im Gefängnis saß, bat er seinen Vorgesetzten La Vallière in einem langen Brief, darauf zu achten, dass alle seine Rechte gewahrt blieben, vor allem das Kerzenmonopol. Bei Ausbruch der Revolution übte er noch immer das Richteramt aus; doch die *Constituante*, die erste verfassunggebende Versammlung, schaffte die feudale Institution der Jagdrichter ab. Das freie Jagdrecht war eine der wesentlichen Forderungen gewesen, die beim Ausbruch der Revolution eine Rolle gespielt hatten, und bis heute wird diese revolutionäre Errungenschaft in Frankreich resolut verteidigt.

Immer noch versuchte Beaumarchais ins Holzgeschäft einzusteigen, aber hier war ihm kein Glück beschieden. Da sein Amt als Jagdrichter damit nicht vereinbar war, schob er beim Kauf eines Waldstücks einen Strohmann vor, seinen Diener Charles-César Lesueur, der ihn aber betrog, so dass Beaumarchais einen königlichen Haftbrief (*Lettre de cachet*) gegen ihn erwirkte, der den Treulosen in die Bastille brachte; wenn es um seine Ansprüche ging, konnte Beaumarchais sehr hartnäckig sein. Erst 1781 verzichtete er endgültig auf jeden weiteren Versuch, mit Holz zu Gold zu kommen. Vielleicht hätte er es ja mit einer Uhrenfabrik versuchen sollen wie Voltaire, der seit 1770 ein sehr erfolgreicher Unternehmer und Herr über vierzig Angestellte war, seine Uhren in ganz Europa vertrieb, besonders an den Höfen, und damit einen Jahresumsatz von 500 000 Livres erzielte.

Übrigens hatte Beaumarchais' Schwester Madeleine-Françoise (Fanchon genannt) den Uhrmacher Jean-Antoine Lépine geheiratet, einen Mann, der zunächst in Voltaires Uhrenfabrik gearbeitet hatte und nun dessen Interessen in Paris vertrat, wo er es zu großem Ruhm als Uhrmacher brachte und dieses Handwerk in der (erweiterten) Familie hielt, als Vater und Sohn Caron es längst aufgegeben hatten.

Als Jagdrichter lernte Beaumarchais gewiss einiges über die soziale Realität, über Konflikte zwischen oben und unten. Außerdem konnte er nützliche Beziehungen anknüpfen. Eines Tages musste er über einen Adligen befinden. Der Prinz von Conti hatte in unerlaubter Weise eine Mauer zu einem Nachbargrundstück eingerissen, die ihn bei der Jagd gestört hatte. Beaumarchais verurteilte ihn ganz nach Gesetz zum Wiederaufbau der Mauer, was den Prinzen wütend machte. Daraufhin suchte Beaumarchais ihn während einer Jagd auf und redete so überzeugend auf ihn ein, dass der Prinz das Urteil anerkannte, mehr noch: er war von Beaumarchais und seinem Vorgehen so sehr beeindruckt, dass er sich mit ihm anfreundete – eine folgenreiche Beziehung. Denn in ihm fand Beaumarchais einen hoch gestellten Protektor in den kommenden Kämpfen und Intrigen. Übrigens war schon Molière von einem Prinzen Conti protegiert worden, aber nur eine begrenzte Zeit, in seinen theatralischen Anfängen in der Provinz.

Louis-François de Bourbon, Prince de Conti wurde 1717 in einer sehr zerrütteten Familie geboren und hat sich zeitlebens in chaotischen Privatverhältnissen befunden; er hatte zahlreiche uneheliche Kinder, die er aber nie anerkannte. Seit 1735 übte er diverse Hofämter aus und bewährte sich auf Feldzügen. Bei seinen Soldaten war er sehr beliebt, weil er sich selbst in vorderster Reihe exponierte und in denselben elenden Bedingungen lebte wie sie. Sein politischer Ehrgeiz wurde bald gebremst, als er sich mit Madame de Pompadour verfeindete, die ihn aus der politischen Machtsphäre drängte. Seither gehörte er zu den adligen Opponenten gegen die Krone. Der Libertin Conti war hoch gebildet und ein führendes Mitglied des Malteserordens.

So begann der Reichtum des geadelten Herrn Caron, der kaum dreißig Jahre alt war. Die Krönung seines Erfolges war der Kauf eines repräsentativen Hauses, das er in den nächsten sechzehn Jahren bewohnte, der Nummer 26 der Rue de Condé, ein Gebäude aus der Mitte des 17. Jahrhunderts, das noch heute steht und seit langem Sitz des Verlages *Mercure de France* ist. Und da bei ihm stets alles symbolisch und anekdotisch zusammenpasste, zierten die Eisengitter an den kleinen Balkons des Gebäudes die Buchstaben A und C, was man als Augustin Caron lesen konnte, aber immer schon dort gestanden hatte. Die 44 000 Livres des Kaufpreises hatte ihm wiederum Pâris-Duverney vorgeschossen.

An dieser Stelle seines Lebens erinnerte er sich an seine Familie und nahm seine beiden unverheirateten Schwestern Marie-Julie (Bécasse) und Jeanne-Marguerite (Tonton) sowie seinen Vater zu sich ins Haus. Der Vater hatte finanzielle Probleme, weil viele nach Spanien verkaufte Uhren nicht bezahlt worden waren. Mit rücksichtsvoller Eleganz schaffte es der Sohn, ihn zum Einzug zu bewegen. Pierre-Augustin bewohnte den ersten, die anderen den zweiten und dritten Stock. Es gab eine Remise für die Kutsche, einen Stall für die beiden Pferde, ein Gartenhaus für die Hausangestellten, eine große Küche, einen schönen Ziergarten. Beaumarchais hatte nicht nur Sinn für Repräsentation, sondern auch eine gewisse Utopie vom Wohnen. Er fand nun seine eigentliche Lebensform, die er bis zum Ende beibehalten sollte: eine um Freunde und Verwandte erweiterte Familie in einem Haus, das groß genug war, damit ein jeder seine Unabhängigkeit behielt. Bisher hatte er sich von seiner Familie entfernt, von der Uhrmacherei, von der bürgerlichen Herkunft, von der fröhlichen Redlichkeit und Bescheidenheit der Konvertiten. Nun hatte er seine ersten Erfolge und einen ansehnlichen Status errungen, nun konnte das Leben beginnen. 1763 endeten die Lehrjahre des jungen Caron. Es begann seine große und schwierige Zeit, zwanzig Jahre voller Kämpfe und Erfolge und Krisen, bis dann nach 1784 ein neuer Zeitabschnitt begann. Seine Familie vergaß Beaumarchais dabei nie; jetzt war er derjenige, der für alle sorgte, für die Schwestern wie für seinen Vater. Diese Facette darf man auf keinen Fall übersehen; der Familiensinn ist eine der wichtigsten Eigenschaften von Beaumarchais.

Die alte Atmosphäre kehrte wieder ein. Es wurde gesungen und gespielt wie einst in der Rue Saint-Denis; befreundete Musiker und Schauspieler wie Préville waren zu Gast, aber auch allerlei schöne Damen und Herren, ja das Haus wurde »ein rechtes kleines Liebesnest«, wie Marie-Julie es in einem Brief nannte; sie selbst zeichnete seit dieser Zeit mit dem Namen Mademoiselle Julie de Beaumarchais. Und auch Tonton brauchte nun einen feineren Namen, sie nannte sich Mademoiselle de Boisgarnier, nach einem Onkel. Nur der Vater behielt den bürgerlichen Namen Caron. Man gab jetzt auch Empfänge, einmal in der Woche, immer am Freitag.

In der ansteckend sinnlichen Atmosphäre, die Pierre-Augustin um sich verbreitete, gewann auch Julie einige Verehrer, doch von Heirat war nie ernsthaft die Rede. Von ihr sind einige Chansons und Gedichte überliefert; im Leben von Beaumarchais war sie eigentlich die Frau an seiner Seite oder eher: in seinem Schatten. Sie bewunderte ihn und arbeitete ihm zu. Man könnte meinen, Julie sei in den Bruder verliebt gewesen. Um sich über die ambivalenten Gefühle ihm gegenüber klar zu werden, führte sie ein Tagebuch. Sie spielte Harfe und Cello, sprach Italienisch und Spanisch. Ihre Schönheit war nicht makellos, wie sie selbstironisch feststellte.

Der verwitwete Vater fand, von seinem Sohn ermutigt, eine neue Frau, eine Witwe Henry, die er aber erst nach langem Zögern 1766 heiratete.

Pierre-Augustin mischte sich durchaus in die Heiratspläne seiner Schwestern ein, bevormundete sie dabei ungeniert, er war nun der Chef der Familie. Als sich ein von ihm abgewiesener Liebhaber Tontons beschwerte, schrieb er einen arroganten, bösen Brief, in dem folgende Maxime stand: »In Gesellschaft verzeihe ich anderen Menschen ihre lächerlichen Seiten, damit sie mir die meinen durchgehen lassen. Aber in Geschäften suche ich zwei Dinge: persönliche Konsistenz und welche Beziehung der andere zu meinen Interessen hat.« Und mit schwacher Selbstironie bezeichnete er sich als tyrannischen Vormund seiner Schwestern.

1767 heiratete Tonton dann doch, nach vielem Hin und Her, ihren Janot de Miron, aber sie starb 1773, noch keine vierzig Jahre alt. Sie hinterließ eine Tochter, die genauso begabt für den Gesang war wie sie und ein bescheidenes Leben in der Stadt Orleans führte, als deren Muse sie ein wohlwollender Chronist bezeichnet hat.

Pierre-Augustin selbst verbrachte seine intimen Stunden weiterhin mit den Opernmädchen. »Mit ihnen entspanne ich mich von meinen Geschäften«, schrieb er und gebrauchte dabei denselben Ausdruck, mit dem er das Schreiben bezeichnete. Die Liebe, hieß es in einem Brief, ist nur eine Verlängerung der Eigenliebe, Glück ist Selbstgenuss. Die oder der Geliebte spiegelt uns selbst wider: »Alles Glück oder Unglück im Leben kann nur in einer Weise verstanden werden, nämlich im Hinblick auf uns selbst.«

Und doch ergab sich auch für ihn eine ernstere Partie. Pierre-Augustin lernte um 1760 eine entfernte Verwandte kennen, Pauline Le Breton, gerade achtzehn Jahre alt, eine Vollwaise und auf den Antillen geborene Kreolin, die mit einer Tante nach Paris gekommen war. Beaumarchais war hingerissen von der dunkelhäutigen Frau, die geistreich, schön und elegant war. Sie ging im Haus von Beaumarchais in der Rue de Condé ein und aus, die Schwestern Caron mochten sie, Pauline hatte guten Grund, sich als seine Verlobte zu betrachten. Aber das entscheidende Wort fiel nicht. In seinen Briefen hielten sich Zärtlichkeit und Berechnung die Waage. So schrieb er etwa inmitten seiner Liebesbeteuerungen: »Um glückliche Tage zu verleben, muss man ohne Sorgen sein über den künftigen Wohlstand.« Bei einer Heirat galt es eben auch an das Geschäftliche zu denken.

Pauline wollte ihn durchaus, den lieben guten Freund, der sie so auf die Folter spannte; sie versuchte, ihm vernünftig zu antworten, aber es ging fast über ihre Kräfte, und sie zweifelte leise, ob er sie wirklich so zärtlich liebte, wie er stets beteuerte. Sie war Erbin einer Domäne auf Santo Domingo, einer Zuckerplantage, die aber als heruntergewirtschaftet galt. In Paris lebte ein wohlhabender Onkel, der jedoch keine verbindliche Zusage über ihr zu erwartendes Erbe machen wollte. Schließlich schickte Beaumarchais einen Bruder seiner Mutter als Vertrauensmann nach Santo Domingo, um Erkundigungen einzuziehen. Zucker war damals ein wichtiges Geschäft, in dem Frankreich eine führende Stellung innehatte. Beaumarchais hätte mit Pauline dorthin übersiedeln müssen, ein Gedanke, den er wohl ernsthaft erwog. Auch in der Zeit der unausgesprochenen Verlobung mit Pauline traf er seine Gespielinnen und schrieb ihnen sehr freizügige Briefe. Er war ein Taktiker der eigenen Gefühle und Gelüste. Mit der Heirat hatte er es nicht eilig. Und dann griff das Schicksal ein und rief ihn auf einen anderen Schauplatz.

Beaumarchais hatte sich nicht in Amt und Haus eingerichtet, um ein bequemes Leben zu führen, sondern um einen Ausgangspunkt zu haben für neue Unternehmungen. Denn schon bald nach seinem Umzug in die Rue de Condé brach er auf zu seiner ersten großen Reise: nach Spanien. Dort sollte er in einer familienpolitischen Angelegenheit intervenieren und kam erstmals in Berührung mit der großen Politik.

Die spanische Reise war, wie alle wichtigen Momente im Leben von Beaumarchais, eine wahre Geschichte und ein echter Theaterstoff mit verwickelten Intrigen. Sie wurde später in vielfacher literarischer Abschattung bedeutsam. Die Nacherzählung des Lebens nimmt sich dabei aus wie ein fahler Abklatsch der Literatur, eine pedantische Korrektur der großen Bögen und Figuren der gefälligen Umgestaltungen der Imagination. Beaumarchais war aus dem Stoff, aus dem man Helden von Roman, Theater und Leinwand macht. Was hier noch zu beweisen ist.

Nach Spanien ging er als Glücksritter, erlitt dort aber nur Misserfolge (wenn man von einem Liebesabenteuer absieht, das allerdings von seiner großen Liebe zu Hause ablenkte). Und doch hat ihm Spanien Glück gebracht, viel später und ganz indirekt. Zunächst war es nur eine weitere Etappe in seinem umwegreichen Bildungsroman.

Seit 1748 lebten zwei seiner Schwestern in Madrid, die eine verheiratet, die andere nicht. Die Caron-Töchter, *Las Caronas*, wie man sie dort nannte, führten eine erfolgreiche Luxusboutique an einer wichtigen Straße der spanischen Hauptstadt, aber privat waren sie eher unglücklich. Der Kunde ihres Vaters, der sie dorthin gelockt und ihnen auf leicht zweideutige Weise Schutz versprochen hatte, war bald nach ihrer Ankunft gestorben; der Ehegatte von Marie-Josèphe, Louis Guilbert, erwies sich als Alkoholiker, als Verschwender, als Schläger. Marie-Louise, genannt Lisette, die Unverheiratete, inzwischen dreiunddreißig Jahre alt, hatte sich mit einem zwei Jahre älteren spanischen Schriftsteller und Hofbeamten ... ja, was? angefreundet? verlobt? eingelassen? Zweimal hatte er ein Eheversprechen gegeben und gebrochen. Sechs Jahre schon zog sich diese ungute Sache hin, doch der spanische Verlobte ließ sich Zeit mit dem Jawort, wie in Paris auch Pierre-Augustin Caron alias Beaumarchais gegenüber seiner Pauline. Lisette war schwer krank geworden, brieflich wurde die Familie in Paris und vor allem der Bruder, der ja Zugang zum Hof hatte, um Intervention gebeten, etwa über den französischen Botschafter in Madrid. Beaumarchais, der seine beiden Schwestern seit achtzehn Jahren nicht mehr gesehen hatte, sollte die Affäre entwirren und Lisette glücklich unter die Haube bringen.

Er sollte auch Gelder von säumigen Kunden des Vaters eintreiben. Vor allem aber sollte er die politischen und wirtschaftlichen Interessen von Pâris-Duverney vertreten. Auf diesen Teil der Mission hatte er sich mehrere Wochen lang vorbereitet. Damit er sich in die Arena der großen Politik begeben konnte, hatte er sich vor der Reise nach Madrid mit Hilfe der Königstöchter Empfehlungsschreiben des Marine- und Kriegsministers Choiseul verschafft. Beaumarchais erhielt eine vom König unterzeichnete Erlaubnis, sechs Monate in Madrid zu verweilen und in »Angelegenheiten, die ihn besonders angingen«, tätig zu werden, ferner einen Brief an den französischen Gesandten in Madrid, den Marquis Pierre-Paul d'Ossun, und einen an den spanischen Minister Grimaldi.

Die Familiensache konnte für ihn nicht so dringend sein. Als Pierre-Augustin im Frühjahr 1764 abreiste, ließ er sich viel Zeit und machte mehrere Zwischenstationen, zum Beispiel in Bordeaux, wo er sich über die Geschäfte mit der Neuen Welt und das Funktionieren eines großen Hafens informierte.

Noch am Tag seiner Ankunft in Madrid, dem 18. Mai 1764, suchte er den ehemaligen oder vermeintlichen Verlobten von Lisette auf, der einen stolzen Namen trug: Don José Clavijo y Fajardo. Inzwischen hatte Lisette schon andere Heiratsabsichten, es gab da einen Franzosen namens Jean Durand, der sich um sie bemühte, und alles schien bereits geklärt zu sein. Der Vater in Paris war unterrichtet worden und hatte brieflich sein Einverständnis signalisiert. Aber das hieß, die Rechnung ohne den künftigen Dramatiker zu machen. Denn Beaumarchais ließ Clavijo eine Erklärung unterschreiben, in der er seine alte Heiratszusage bekräftigte. Den neuen Verlobten Jean Durand ließ Pierre-Augustin in einem kühlen Brief wissen, dass dessen soziale Situation nicht genügend Sicherheit für seine Schwester biete. Wahrscheinlich hatte er dabei weniger Lisettes Glück vor Augen als die Überlegung, dass ihm Clavijo bei den kommenden Verhandlungen mit spanischen Politikern von großem Nutzen sein könnte; sein erster Irrtum in Madrid.

Clavijo y Fajardo wurde auf der Insel Lanzarote geboren. Nach einer gründlichen Erziehung in einer Klosterschule bekleidete er einen militärischen Posten in Ceuta und kam um 1750 nach Madrid. Dort erhielt er eine Stelle im Kriegsministerium und arbeitete zehn Jahre lang an einem Buch über das spanische Heerwesen. Dann verlegte er sich auf kleinere literarische Arbeiten, die man heute Feuilletons nennen würde. 1762 gründete er die Zeitschrift *El Pensador.* Zugleich fand er eine Anstellung im Staatsarchiv.

Da kam jählings ein Ungeheuer aus Frankreich, welches das Geschick Clavijos in Verwirrung stürzte und seine nützlichen Arbeiten zum Stillstand brachte – hieß es in einer Biografie des Helden wider Willen, die noch zu seinen Lebzeiten erschien. Ein gewisser Pedro Caron de Beaumarchais, der in ganz Europa wegen seiner Prozesse, Abenteuer und liederlichen Schriften berüchtigt war, führte sich als Don Quichotte seiner Schwester Lisette Caron auf. Was war denn schon gewesen? Clavijo hatte ein Verhältnis mit einer nicht mehr ganz jungen Französin gehabt, die schon eine Zeit lang in Madrid lebte, wo ihr Ruf ohnehin nicht der beste war; vielleicht war auch einmal von Verlobung die Rede gewesen, aber wer nahm das schon ernst? War das ein Grund, so viel Theater zu machen?

Ins Theater drängte es auch den ganz realen Clavijo. In den siebziger Jahren wurde er Leiter des königlichen Theaters in Madrid und ließ dort auch Beaumarchais' *Barbier von Sevilla* aufführen! Der Mann besaß also Humor und Sinn für Ironie und war auf keinen Fall nachtragend.

Noch später wurde er Chefredakteur des *Mercurio historico e politico de Madrid* und verfasste für die Regierung Schriften gegen die allzu mächtig gewordenen Jesuiten. In seinen Mußestunden übersetzte er die Werke des bedeutenden französischen Naturhistorikers Buffon, um seine Ernennung zum Direktor des königlich-spanischen Naturalienkabinetts nachträglich zu rechtfertigen. Vielleicht fühlte er sich selbst inzwischen als Kuriosum und Ausstellungsstück, denn oft kamen Besucher aus Deutschland oder England, die eine sonderbare Neugier zeigten, deren Grund darin lag, dass ihn im Jahre 1774 ein junger Frankfurter Dichter zum Titelhelden eines Theaterstücks gemacht hatte, wenn auch leicht umbenannt in *Clavigo*. Die Besucher fragte er nach seinem Doppelgänger auf den deutschen Bühnen, und sie nahmen von ihm einen eher positiven Eindruck mit, der so gar nicht zu seiner Rolle in jenem Stück passen wollte. Er starb übrigens 1806 in Madrid.

In einer Selbstbeschreibung schilderte sich Clavijo als klein, dick, rotgesichtig, als gemütlichen und leutseligen Moralisten, einen Bruder von Sancho Pansa. Und eigentlich war auch Beaumarchais von seinem Geist entzückt, hätte sich wohl bestens mit ihm verstanden, wenn es da nicht diese Heiratsquerelen gegeben hätte. Zwar kursierten Gerüchte, Clavijo hätte versucht, Beaumarchais festsetzen und nach Afrika deportieren zu lassen, doch auch das war vielleicht nur eine Finte, ein Versuch, den lästigen Franzosen einzuschüchtern.

Das Hin und Her der Intrigen nachzuzeichnen wäre nicht sehr amüsant. Wahrscheinlich hätte Lisette Durand geheiratet, wäre nicht ihr Bruder aufgetaucht, aber letztlich heiratete sie weder Clavijo noch Durand. Seltsamerweise wurde Jean Durand nach der Abreise von Beaumarchais dessen Bevollmächtigter in Madrid. Lisette blieb ledig, kehrte Jahre später nach Frankreich zurück, was aus ihr geworden ist, weiß man nicht; vielleicht lebte sie in einem Kloster, vielleicht wanderte sie nach Amerika aus. Als Goethes Theaterfigur Marie Beaumarchais sollte sie (zehn Jahre später) auf der Bühne erscheinen und (Jahrzehnte später) den dänischen Philosophen Søren Kierkegaard zu endlosen Meditationen über die Unmöglichkeit der Ehe anregen.

Ganze drei Wochen befasste sich Beaumarchais mit Lisettes Hochzeitsplänen. In Madrid blieb er aber zehn Monate. Das relativiert die Affäre um Clavijo, die nur wegen ihres literarischen Nachspiels so bedeutsam geworden ist. Für das Leben von Beaumarchais waren andere Ereignisse in Madrid viel folgenreicher.

Pâris-Duverney verhandelte schon länger mit der spanischen Regierung; er wollte auch die Verpflegung der spanischen Truppen übernehmen, das Monopol auf den Handel mit der Kolonie Louisiana erlangen, die Frankreich 1763 im Pariser Vertrag an Spanien verkauft hatte, und er wollte die Besiedelung der fruchtbaren, aber menschenleeren Landschaft der Sierra Morena durchführen. Außerdem bemühte er sich um das Monopol für die Belieferung sämtlicher spanischen Kolonien in der Neuen Welt mit Arbeitssklaven aus Afrika. In all diesen Angelegenheiten machte er seinen jungen Mann, Pierre-Augustin Caron de Beaumarchais, zu seinem Bevollmächtigten. Er hatte ihm Schecks im Wert von 200 000 Livres mitgegeben, die der Gründung einer französischen Handelsgesellschaft dienen sollten. Moralische Skrupel in der Sklavenfrage waren bei Beaumarchais nicht festzustellen.

In Aranjuez suchte Beaumarchais den französischen Botschafter auf, den Marquis d'Ossun. Im Escorial besichtigte er die riesige Bibliothek, in der sich kein einziger Band von Voltaire oder Diderot oder anderen kritischen Zeitgenossen befand. Mit Voltaire tauschte er übrigens gerade um diese Zeit erste Briefe aus. Er hatte Umgang mit Botschaftern und Ministern, amüsierte sich wie ein König und schrieb stolz an seinen Vater nach Paris: »Meine Mittel finde ich hier in der feinen Gesellschaft, für die ich eigentlich geboren bin.«

Häufig war er Gast beim englischen Botschafter in Madrid, Lord Rochford. Beim russischen Botschafter, Graf Buturlin, musste er Karten spielen (»Pharaoh«), auch wenn er sich dabei langweilte, und zwar um viel Geld, wie in der damaligen feinen Gesellschaft üblich, was nicht immer ohne Streit ausging. Auf seine anregende Konversation, seine charmante Gesellschaft und seine kleinen musikalischen Einlagen legte man großen Wert, vor allem die Damen, und er wusste es zu nutzen. Vermutlich hatte er eine kurze Affäre mit der jungen Frau des russischen Botschafters. Monate später wird er ihr aus Paris wertvolle Geschenke schicken. »Meine unerschöpfliche gute Laune verlässt mich nicht einen Augenblick«, schrieb er an seinen Vater.

Die Spanier fand er etwas zu langsam, aber gutmütig und geduldig. Sie seien zugleich höchst abergläubisch und sittlich verdorben. Die Damen der Hauptstadt seien sehr frei und wüssten ihre Freiheit zu nutzen. Besonders gefiel ihm, dass immer und überall gesungen wurde. Die spanischen Melodien und Rhythmen begeisterten ihn, er ging umher, hörte zu, lernte viel, spielte alles auf der Gitarre nach, schrieb französische Texte zu spanischen Segeduillas. An die Familie daheim schickte er seine neuesten Lieder. Die Schwüre der Liebenden sind leicht wie der Wind, ihre süßen Worte sind nur Täuschungen, unter Blumen verborgen, dichtete er in einem Chanson. So muss man ihn sich vorstellen: wo er auch ist, was er auch treibt – er schreibt. Und singt. Und verarbeitet alles zu kleinen Versen. Wie andere Leute essen und trinken.

Auch für seine Theaterarbeit hat er in Spanien profitiert. Er lernte andere Formen und Figuren der Komödie kennen, zum Beispiel den *sacristán*, den handfest und durchaus komisch agierenden Geistlichen. Beaumarchais schrieb aber nicht nur Verse, sondern auch lange Berichte über seine spanischen Impressionen und schickte sie nach Paris an den Herzog von la Vallière, der gewiss ungeduldig darauf wartete, den Vorsitz des Jagdgerichts wieder an ihn abgeben zu können.

Zu den Schuldnern seines Vaters, deren Zahlungen er einzutreiben hatte – was ihm fast ausnahmslos gelang –, gehörte auch die Gräfin von Fuen-Clara, die sein Schutzengel in der fremden Hauptstadt wurde, ihn überall einführte, wo es nützlich war. Sie war so verliebt in Pierre-Augustin, dass sie es an dessen Schwester Julie schrieb, die es wiederum ihrem Bruder brieflich weitererzählte. Aber nicht sie wurde seine Gespielin, sondern eine Freundin, die sie ihm vorgestellt hatte: die Marquise de Sainte-Croix, Tochter eines provenzalischen Edelmanns und Nichte des Bischofs von Orléans, Monseigneur de Jarente, der ein großer Libertin und politischer Intrigant war. Verheiratet war sie mit einem französischen Offizier, der nun in spanischen Diensten stand. In Madrid lebte sie von ihrem Gatten getrennt und führte ein mondänes Leben. Sie besaß in Paris politische Unterstützung an höchster Stelle, was vermuten lässt, dass sie in Madrid einen politischen Geheimauftrag hatte. Solche abenteuerlichen Agentinnen im geheimen Dienst von Ludwig XV. gab es an allen wichtigen Höfen Europas.

Und Beaumarchais sollte noch andere derartige Personen näher kennen lernen.

Schon nach wenigen Tagen Bekanntschaft war die Liaison der Marquise de Sainte-Croix mit Beaumarchais quasi offiziell, überall traten sie gemeinsam auf. Seine Schwester Lisette musste weiterhin allein leben, seine Braut in Paris weiter auf ihn warten, aber er hatte in Madrid rasch eine Gefährtin gefunden. Vom Temperament her müssen die Bischofsnichte und der Uhrmachersohn gut zusammengepasst haben, es verband sie der gleiche Appetit auf Leben, die gleiche singende Fröhlichkeit, die gleiche Unverschämtheit, der gleiche Spaß am geheimen politischen Spiel.

Denn die Politik vergaß er nie. Er führte eine extravagante Existenz, aber mit Methode. Beaumarchais liebte das Leben und genoss es in vollen Zügen, aber er war kein Bohemien, im Gegenteil: System, Energie und Stil gingen bei ihm über alles. Nur mit diesen Tugenden konnte er sein nicht immer tugendhaftes Leben bewältigen. Tatendurst, Lust und Selbstbeherrschung hätte seine Devise lauten können. In Madrid führte er im Grunde zum ersten Mal das vielfältige und dynamische Leben, das zu ihm passte, das er bis zum Ende führen sollte, randvoll mit Liebesaffären, Gesellschaftsaffären, Finanzaffären, Politikaffären und obendrein Schreibaffären.

Er muss sich grandios gefühlt haben. Er warf einen spanischen Mantel über seine Schultern, setzte einen Sombrero auf und ging durch die volkstümlichen Viertel von Madrid. Und er wunderte sich selbst: »Als ich vierundzwanzig war (schrieb er an die Seinen in Paris), saß ich noch zwischen den vier Glasscheiben einer Uhrmacherwerkstatt; nun bin ich fast vierunddreißig und lache in mein Kopfkissen, wenn ich daran denke, wie sich doch die Dinge in der Welt verketten.« Das klingt fast nach Übermut. Doch er ahnte, dass er ein ungewöhnliches Schicksal hatte, er begann eine Lebensansicht zu entwickeln. Er schrieb: »Wie vielfältig und seltsam sind doch die Wege des Schicksals – und vor allem, wie sehr kann eine über alle Wechselfälle erhabene Seele immerfort sich selbst genießen.«

Von Casanova hätte er sich sagen lassen können, dass Fortuna in einem abenteuerlichen Leben abwechselnd Freundin und Feindin ist. Denn auch an dieser Stelle berührte sich sein Weg indirekt mit dem von Casanova, der diesmal aber nach ihm kam. Casanova traf

Ende 1767 in Madrid ein, auch er kümmerte sich um geschäftliche Möglichkeiten, und auch er schrieb, wie schon Beaumarchais, ein Gutachten für den spanischen König über die mögliche Besiedelung der menschenleeren, aber fruchtbaren Landschaft der Sierra Morena, etwa durch Schweizer Kolonisten; geschäftlichen oder politischen Erfolg hatte keiner von beiden.

In Madrid entdeckte Beaumarchais seinen Geschmack an der Politik und dachte bei alledem: Wäre mein Vater ein Edelmann gewesen, stünde ich längst auf der Liste der großen Leute, wäre ich vielleicht schon Minister. Aber so waren die ersten Plätze der Politik für ihn versperrt. Er konnte immer nur hinter den Kulissen agieren.

Zwölf Denkschriften verfasste er über spanische Themen, von der Wirtschaftspolitik bis zum Heereswesen. Aber auch allgemeinere Überlegungen stellte er an. So versuchte er das Wesen der Politik und Leitlinien des politischen Handelns zu definieren. Er unterschied nationale Politik und Kabinettspolitik. Dabei räumte er für erstere dem Genie des Volkes eine besonders große Rolle ein: die Regierenden müssten ihr Volk genau kennen; überdies seien Marine, Kolonien, einheimische Produkte und die Handelspolitik maßgebend. In der Kabinettspolitik, also in den Beziehungen der Mächte untereinander, gelte die Maxime, man müsse seine Feinde schwächen und seine Verbündeten beherrschen.

Im Überschwang seiner Gefühle, der sich in den Briefen an den Vater ausdrückt, überschätzte er seinen Einfluss, seinen Rang. Er benahm sich, als wäre er ein Sonderbevollmächtigter des französischen Hofes. Er wollte ein Bündnis zwischen Frankreich und Spanien herbeiführen, das gegen England gerichtet wäre, ein weitgehendes Handelsabkommen enthielte und an dem Pâris-Duverney verdienen würde.

Aber er hatte nur den Kammerdiener des Königs als Verbündeten, dem er Briefe zukommen ließ, deren Inhalt für den König bestimmt war. Die allgemeine Stimmung in Madrid war antifranzösisch, vielleicht aus einem Unterlegenheitsgefühl und aus Ablehnung des kommerziellen Denkens (da die meisten Franzosen in Madrid Händler waren). Der Kronprinz und künftige König Karl IV. war genauso vehement antifranzösisch wie sein Volk.

Was konnte da helfen? Intrigen. Man musste jemanden in die Nähe des Königs bringen, der ihn beeinflussen konnte. Wen? Die eigene Mätresse! Die Marquise de Sainte-Croix sollte nach dem Vorbild von Madame de Pompadour den König von Spanien um den Finger wickeln. Karl III. war seit vier Jahren Witwer, eher puritanisch veranlagt und alles andere als eine Schönheit. Sein Schafsgesicht hatte schon die kurz erwogene Heirat mit Adelaïde von Frankreich verhindert, für ihn wollte sie die seligen Gefilde von Versailles nicht verlassen. Es gab ein seltsames Theater mehrfacher Verabredungen und heimlicher Treffen von König und Marquise, aber ohne Ergebnis. Beaumarchais konnte keine Liaison stiften, wie schon für seine Schwester Lisette nicht. Von Figaros Hochzeiten konnte in Spanien keine Rede sein. Soll man daraus schließen: in Beaumarchais' Leben war alles immer genau andersherum, als er es literarisch darstellte?

Die Belohnung des Königs fiel allerdings so aus, als hätte er Grund zur Dankbarkeit: die Marquise wurde zur Ehrendame am Hof ernannt und erhielt eine Pension, ohne dienen zu müssen; ihr offizieller Gatte wurde befördert und mit einem militärischen Orden sowie diamantenbesetzten Schmuckstücken belohnt. Später kehrte die Marquise nach Frankreich zurück, wo sie sich der Religion zuwandte und allmählich ins Lager des Illuminatentums, der Mystik und der Esoterik abdriftete. Am Ende ihres Lebens soll sie das Kommen des Satans erwartet haben. Aber vielleicht war das ja nur eine verklärte Erinnerung an den Geliebten der spanischen Jahre?

Mit den Geschäften lief es nicht besser für Beaumarchais. Das Monopol auf den Handel mit Louisiana erhielt ein Konkurrent aus Cadiz, der aber nur Strohmann englischer Firmen war. Seine spanischen Pläne waren allesamt gescheitert, übrigens hätte er kaum in Paris die nötige Rückendeckung für seine politischen Manöver erhalten. Es war alles Haschen nach Wind. Er hatte viel erlebt, viel gelernt und gar nichts erreicht. Doch er hatte seine wahre Persönlichkeit entfaltet.

War es also nur eine Reise zu Übungszwecken, ein Teil seiner Ausbildung und Vorbereitung, eine Anlage in die Zukunft hinein, die noch immer nicht begonnen hatte? Oder war eben dies typisch für sein Leben? Immerzu prekäre, provisorische Situationen, immerzu großartige Visionen und Ansprüche, immerzu riskante Versuche und nur wenige dauerhafte Erfolge? Wenn man diesen zerrissenen Charakter seines Lebens sieht, seine Art, gefährlich zu leben, Glück und Erfolg und Ansehen immer nur in Augenblicken, ja in knappen theatralischen Situationen zu finden, dann versteht man, warum Liebschaften und Leidenschaft, aber auch die Permanenz der Familie eine große Rolle spielten. Theatertage und Familienruhe waren die beiden Hauptmomente seiner Existenz.

Am 22. März 1765 verließ Beaumarchais Madrid. Er reiste wieder über Bordeaux und traf am 9. April zu Hause ein. In Madrid kümmerte sich nun Durand um seine Geschäfte, denn er hatte dort einiges Geld investiert. In Versailles versuchte er, sich zum französischen Konsul in Madrid ernennen zu lassen, aber trotz seiner Denkschriften über die spanischen Verhältnisse, die ihn durchaus als gut informierten und weitsichtigen Mann zeigen, legte der Minister Choiseul keinen Wert auf seine Dienste. Er ließ in den Akten vermerken: »Unbedingte Ausschließung dieses Individuums von jeder Spanien betreffenden Mission.« Diese Erfahrung sollte Beaumarchais nicht davon abhalten, auch in anderen politischen Fragen Denkschriften zu verfassen und sich in Dinge einzumischen, die eigentlich nicht seine Sache waren – eine Angewohnheit, die er bis an sein Lebensende beibehalten sollte.

Nach der Spanienreise fand Beaumarchais in Versailles veränderte Verhältnisse vor. Madame de Pompadour war 1764 an einer Lungenentzündung gestorben, ebenso der Dauphin, der designierte Thronfolger, der Beaumarchais übrigens nicht gemocht hatte. Von nun an wartete dessen ältester Sohn Ludwig auf den Tag seiner Thronbesteigung. Die Musikstunden bei den Königstöchtern wurden nicht fortgesetzt. Man riet Beaumarchais sogar, er solle sich eine Zeit lang nicht bei Hofe sehen lassen.

Auch privat folgte auf die tollen Wochen in Madrid keine rosige Zeit. Nicht nur die spanische Ehe der Schwester war dem Mittler misslungen; auch in seinen eigenen Herzensangelegenheiten versagte er: er leistete sich eine Fehlkalkulation aus einem Übermaß an Berechnung.

Der Onkel Pichon, der als sein Gesandter die Besitzungen von Pauline Le Breton in Santo Domingo inspizieren sollte, war dort unter ungeklärten Umständen ums Leben gekommen. Die ihm anvertrauten 10 000 Livres waren verloren. Die schöne Kreolin Pauline war des sechsjährigen Wartens aber müde geworden, und während Beaumarchais noch bei ihrem Onkel sondierte, wie es mit dem zu erwartenden Erbe stünde, schuf sie vollendete Tatsachen und verlobte sich mit einem Cousin, dem Chevalier de Séguirard.

Der in Liebesdingen völlig eigensüchtige Beaumarchais wurde von Eifersucht gepackt und schrieb einen bösen Brief: »Sie erteilen mir die grausame Lektion, dass es keine noch so ehrenhafte und zärtliche Frau gibt, die nicht verführt und anderen Sinnes gemacht werden könnte.« (Als gehe es um die Handlung einer kleinen Oper im Stil von *Cosi fan tutte* ...)

Pauline heiratete ihren Ritter im Oktober 1766, und Beaumarchais zeigte einen unangenehmen Zug seines Charakters: kleinliche Berechnung. Er schickte dem Ehemann eine penible Aufstellung all seiner Auslagen für Pauline. Séguirard ließ seinen Bruder, einen Geistlichen, mit Beaumarchais verhandeln. Pauline anerkannte Vorleistungen in der Höhe von 24 441 Livres, kam aber nie in die Lage, sie zurückzuzahlen, denn ihr war kein gutes Schicksal beschieden. Der Chevalier starb schon nach einem Jahr Ehe. (Seltsam, dass keinem zeitgenössischen oder postumen Verleumder von Beaumarchais dieser Tod verdächtig vorkam.) Die Witwe blieb in lockerem Kontakt dem Hause Beaumarchais verbunden, aber ihr gegenüber war Beaumarchais nicht so großzügig wie gegenüber seiner Familie. Ein bisschen Rachsucht hatte wohl überlebt. Die weibliche Hauptfigur in seinem Drama *Les deux amis* nannte er noch Pauline; aber in den verschiedenen Textfassungen des *Barbier von Sevilla* wurde aus der ursprünglichen Pauline die klassisch gewordene Rosine.

Aber vielleicht hatte er ja jetzt eine neue Aufgabe – das Schreiben? Jedenfalls nahm er sich nach der Spanienreise plötzlich als Autor ernst, und wie so viele Spaßmacher glaubte er, dass er es mit einem seriösen Genre versuchen sollte. Er wollte über seine kleinen Farcen und derben Liedchen hinaus wachsen und nahm sich vor, ein Theater der sozialen Realität zu schaffen, wie einige andere schreibende Zeitgenossen auch. Er schrieb *Eugénie*, ein Stück in fünf Akten, das er 1767 zur Aufführung durch die erste Bühne des Landes, die Comédie Française, brachte und noch im selben Jahr als Buch erscheinen ließ, mit einem langen programmatischen Vorwort, einem Essay über das »ernsthafte«, das heißt realistische dramatische Genre.

Dennoch war das *drame* für ihn persönlich wie für die Bühne seiner Zeit eine Sackgasse. Auch im Schreiben musste Beaumarchais einen Umweg gehen. Und typisch Beaumarchais, oder soll man sagen typisch Autodidakt: er will nicht einfach gegebene Formen und Forderungen erfüllen, er will etwas ganz Neues schaffen helfen, eine neue Art von Theater.

Bemerkenswert ist dabei, dass ein Spaßvogel, ein Farcenschreiber, ein Harlekin, wenn er literarisch Ernst macht, die Leute zu Tränen rühren und von Tugend sprechen will. Mit diesem Versuch stand Beaumarchais nicht allein; Diderot hatte in Theorie und Praxis dem Genre des *drame* zum Bühnenleben verhelfen wollen, als dessen bestes Beispiel noch heute das Stück *Le Philosophe sans le savoir* von Michel-Jean Sedaine gilt. Solche Versuche zielten nicht nur auf das unterstellte ästhetische Interesse des aufstrebenden Bürgertums, sie hatten auch politische Absichten. In einem Brief an die Königstöchter, denen er den Text seines neuen Stückes zueignete, nannte Beaumarchais das Theater »eine Schule der guten Sitten«, also eine moralische Anstalt.

Interessant ist der Anfang seines theoretischen Vorworts, eine Selbsteinschätzung, die den Auftakt seiner literarischen Laufbahn markiert, auch wenn er hier das Gegenteil behauptet. Mit folgenden Sätzen betrat Pierre-Augustin Caron de Beaumarchais die Szene der französischen Literatur:

»Ich darf mich nicht Autor nennen; dazu haben mir sowohl die Zeit wie das Talent gefehlt; aber es ist nun schon acht Jahre her, dass ich zu meinem Vergnügen einige Ideen über das ernsthafte dramatische Genre auf das Papier geworfen habe, über jene Zwischenform zwischen der heroischen Tragödie und der gefälligen Komödie. Unter den verschiedenen literarischen Genres, für die ich mich hätte entscheiden können, war jenes vielleicht das unbedeutendste; eben deshalb gab ich ihm den Vorzug. Ich hatte stets zu viele ernsthafte Beschäftigungen, um im Schreiben etwas anderes zu suchen als eine achtbare Zerstreuung.«

Wichtiger als alle graue Theorie und vielleicht auch als der Text des Stückes selbst sind die kleinen Zusätze, die er ihm beifügte: die genaue Beschreibung des szenischen Spiels, die Kennzeichnung der Charaktere und die Anleitung zur Darstellung sowie Angaben für die stummen Zwischenspiele zwischen den fünf Akten, jeweils von Musik untermalt, die der Autor selbst komponiert hatte. Bei ihm war alles vom Bühneneffekt her definiert, wie er auch seine Stücke im Kontakt mit dem Publikum erarbeitet hatte (immer wieder las er seine Texte vor und korrigierte sie dann). Hier lag die eigentliche Revolution auf dem Theater durch Beaumarchais: Er dachte und agierte szenisch, als Regisseur, er war einer der Erfinder der Theaterregie im modernen Sinn.

Zugleich sieht man, worauf seine Ästhetik hinausläuft; er will das schlichte Schauspiel überwinden, hin zu einem realistischen Gesamtkunstwerk mit seiner eigenen zeitlichen Kontinuität, seinem eigenen, musikalisch getragenen Verlaufsrhythmus. Beaumarchais war ein ästhetischer Revolutionär, der weit über seine Zeit hinaus dachte. Und doch machte er seine wesentliche Erfahrung im Gesellschaftstheater auf Schloss Etiolles und natürlich auch bei den Zeremonien im Schloss von Versailles.

Der bestellte Zensor, François Louis Claude Marin, hatte keine Einwände gegen das Stück und so konnte die Premiere von *Eugénie* von der Comédie Française für den 29. Januar 1767 angesetzt werden. Weder Autor noch Zensor ahnten zu diesem Zeitpunkt, dass sie einmal erbitterte Gegner sein würden. In einer Nebenrolle trat auch Préville auf, der eigentlich ein Gegner dieser Art von Dramen war, doch an diesem wichtigen Ereignis im Leben eines Freundes mitwirken wollte.

Welches Bild zu diesem Zeitpunkt die Öffentlichkeit von Beaumarchais hatte, bezeugt die Aufzeichnung eines Zeitgenossen (die in den *Geheimen Erinnerungen* von Bachaumont überliefert ist, einer wichtigen Quelle über das literarische Leben jener Jahre):

»(Dieses Stück) stammt von einem Mann, der sich sehr breit macht, aber keinerlei Achtung genießt; es ist ein gewisser Caron de Beaumarchais, der in literarischen Kreisen kaum bekannt ist. Seine ersten Lebensjahre hat er damit zugebracht, Fähigkeiten auf dem Gebiet der Mechanik zu erwerben. Als Sohn des Uhrmachers Caron schlug er mit großem Erfolg die Laufbahn seines Vaters ein. Da er aber mit einer gewissen Portion Geist auf die Welt gekommen war sowie mit einer natürlichen Begabung für die schönen Künste, hat seine Neigung zur Musik es ihm erlaubt, die Distanz zu überbrücken, die ihn von der feineren Welt trennte. Es gelang ihm, Zugang zum Hof zu finden, und er war glücklich genug, dort mit seinen Talenten zu gefallen und dies auszunutzen, um sich eine Protektion zu sichern, welche ihn in die Lage versetzte, ein beträchtliches Vermögen zu erwerben. Die dicht aufeinander folgenden Todesfälle eines Mannes und dessen Ehefrau, die er geliebt und später geheiratet hat, sowie der Tod eben dieser Frau, die ihm zuvor alle ihre Güter übertragen hatte, werfen auf sein Ansehen ein wenig vorteilhaftes Licht; verschiedene Hofämter, die er anstrebte, wurden ihm verweigert.«

Beaumarchais, der in seinem engeren Kreis sehr beliebt war und im Privattheater von Le Normant gefeiert wurde, musste also mit einer eher ablehnenden Öffentlichkeit rechnen. Die Premiere war denn auch kein Erfolg, doch Beaumarchais nahm dies ganz pragmatisch auf und arbeitete das Stück innerhalb von zwei Tagen um, kürzte es, machte den Dialog noch leichter, noch einfacher, denn das war seine Hauptmaxime: einfach sein – aber wie schwer das ist! stöhnte er –, und von da ab wurde es ein großer Erfolg, zuerst in Paris, dann stärker noch in den Theatern der Provinzstädte und bald auch im Ausland, bereits ein Jahr später in Italien und in Deutschland und dann 1769 in England unter dem Titel *The School for Rakes*.

Die Einnahmen für das Stück schwankten zwischen 1423 und 2616 Livres. Beaumarchais hatte zuvor auf alle Tantiemen verzichtet und sich so die Schauspieler zu Freunden gemacht (aber gerade in dem Punkt sollte sich das Verhältnis noch ändern). In Paris wurde es immer wieder aufgenommen, 104 Mal bis zum Ende des Jahrhunderts, zwischen 1800 und 1863 wurde es 88 Mal allein an der Comédie Française gespielt, danach aber niemals wieder. Mit einem Schlag war die Karriere dieses Stücks beendet.

Acht Jahre habe er an *Eugénie* gearbeitet, schrieb Beaumarchais, das hieße also, er hätte das Stück schon vor der Spanienreise begonnen, wenngleich wir zu spüren meinen, dass er als ein anderer Mensch zurückgekehrt ist. Interessant ist, dass er in dem vorangestellten Essay, der ein ästhetisches Programm darlegen soll, zunächst von sich redet; er entwirft darin sein Bild für die Öffentlichkeit. Das hatte er schon in der Streitschrift über die von ihm erfundene Ankerhemmung getan. Ein Bild von sich zu geben war Teil seines Programms, er wird es bis zuletzt immer wieder tun, und seine Theaterfiguren verhalten sich ähnlich; es muss dieser Zug gewesen sein, der seine Feinde gereizt hat; deren Angriffe, wie niedrig auch immer, waren eine indirekte Hommage und sicherten ihm auf jeden Fall größere Publizität. Man kann nicht ausschließen, dass Beaumarchais selbst zuweilen Spottverse gegen sich unter die Leute brachte, vielleicht weil es seine Ironie gereizt hat, vielleicht weil er die Qualität der Beaumarchais-Polemik verbessern wollte. Niveaulosigkeit konnte er nur schwer ertragen, auch in den Angriffen auf seine Person.

Mit etwas Zynismus könnte man sagen, eine Tragödie ist ein Stück, in dem ein Liebesobjekt vergeblich begehrt wird, weshalb allerlei Unheil geschieht; in einer Komödie wird hingegen nach einem Hindernislauf die Heirat ermöglicht, kurz bevor der Vorhang fällt, hinter dem dann vermutlich die Liebenden miteinander glücklich werden; im *drame*, das die Mitte zwischen beiden Gattungen hält, ist die Ehe schon vollzogen, ist die Braut schon geschwängert, ist eben alles wirklichkeitsnäher und handfester.

Aber dieser Realismus ist eine zähe Kost, dieses »Abbild der realen Vorgänge in der Gesellschaft« (so definiert Beaumarchais sein Theater) scheint seine Rechtfertigung gerade nicht in sich selbst zu tragen, im Gegensatz zu Stücken, welche die überlieferten Spielkonventionen respektieren. Denn die Spannung, die Anteilnahme des Publikums, das Mitträumen jeder Fiktion wurzelt eben in der Unerreichbarkeit des Liebesobjekts, zumindest innerhalb der Zeitspanne des Stückes; das ist ein Hemmnis für jeden Realismus. Realismus bedeutet auch einen stärkeren politischen Gehalt, der in diesem Fall dadurch gemildert wird, dass *Eugénie* in England spielt (im Gegensatz zur ersten Fassung, deren Schauplatz eine französische Provinz war).

Ein Lüstling heiratet aus Liebe, aber erst, als er von der Familie, den Umständen, der Noblesse seiner Geliebten und seinem eigenen Gewissen überzeugt wird, das ist die ganze Handlung. Eugénie ist schon schwanger, als das Stück beginnt. Sie hat heimlich den Grafen Clarendon geheiratet, zumindest glaubt sie dies, sie muss es nur noch ihrem Vater schonend beibringen; ihre Tante als ihre Vertraute hat die Sache mit eingefädelt. Die Ehe ist vollzogen, die Braut ist guter Hoffnung. Aber die Hochzeitszeremonie war eine Farce, ein Freund von Clarendon hatte sich als Priester verkleidet, ein grausamer Scherz mehr in der Laufbahn dieses stadtbekannten Libertins (aber Eugénie lebt fernab auf dem Lande). Clarendon will am nächsten Tag in London eine einträgliche Ehe schließen, diesmal »richtig«, sein Diener Drink soll ihm helfen, vorerst alles zu vertuschen. Die Handlung zeigt nun, wie dies misslingt, wie durch Seelenqualen des falschen Bräutigams und die Intervention eines wieder aufgetauchten Bruders der betrogenen Braut alle Pläne und Racheakte scheitern, am Ende doch die Heirat von Clarendon und Eugénie zustande kommt und ein Loblied (wenn auch in Prosa) auf die Tugend und die Ehe gesungen wird, definiert als »Vereinigung der süßen Gewissheit ehrenhafter Lust mit einer heftigen und immer wieder erneuerten Leidenschaft«.

Clarendons käuflichem Diener kommt zwar kaum eine echte Funktion zu, er muss aber dennoch als Figaros Ahnherr gelten, als erste Inkarnation der wichtigsten Figur im Theater von Beaumarchais, wie auch viele andere Elemente schon auf das spätere Stück hindeuten. Auch scheint es einen vagen Bezug zu Beaumarchais' eigener Affäre mit der armen Pauline zu geben. In diesem wie in späteren Stücken geht es stets um einen einzigen tollen Tag, an dem eine Heirat beschlossen und durchgeführt werden muss, sowie um die nutzlosen Vorsichtsmaßnahmen von Eifersüchtigen oder Vormündern, die sie verhindern wollen; in diesem Stück ist es nutzlos, dass der Held, der zugleich der Schurke ist, der verführten, betrogenen Eugénie die wahre Heirat verschleiert, ja es ist nutzlos, dass er sich selbst etwas vormacht und weiterhin den Libertin spielt. Er kapituliert vor keinem Zwang und keiner List, sondern vor der Stimme seines Herzens.

Beaumarchais erlaubt sich auch eine kleine politische Einlage, als er den Vater von Eugénie, einen Baron, von der Güte des Königs reden lässt und von der Gleichheit aller Menschen, unabhängig von ihrem Stand: »Der König ist gerecht; vor ihm haben alle Rangunterschiede keinerlei Bedeutung; Erhöhung gibt es nur in den Augen desjenigen, der von unten hinaufblickt; oberhalb ist alles gleich; und ich habe selbst erlebt, dass der König voller Güte mit dem Geringsten seiner Untertanen gesprochen hat wie auch mit den Höchsten.« Eine mutige Utopie! Sie zeigt, dass das Drama auf eine moralische Adelung des Dritten Standes abzielt: durch literarisches Ernstnehmen seiner Probleme, Gefühle, Erfahrungen und Ansprüche.

Eugénies Vater gebraucht den Begriff der natürlichen Gerechtigkeit, die über alle Intrigen und Machenschaften siegen werde. Gerechtigkeit für den Autor gab es nicht. Die offiziellen Kritiker fielen über das Stück her; sie akzeptierten Beaumarchais nicht als Autor, er gehörte nicht dazu, und man ließ es ihn spüren. Melchior Grimm sah bei dem Verfasser keinen Funken Talent und riet ihm, lieber gute Uhren zu verfertigen als schlechte Stücke. Fast alle Kritiker führten seinen schlechten Ruf an, für sie war er ein ehrgeiziger Emporkömmling, der sich aus Eitelkeit nun auch als Autor versuchte.

Als der Text gedruckt vorlag, verschärfte Grimm sein Urteil: Beaumarchais habe nichts an sich, was ihn dazu befähige, sich mit den schönen Künsten abzugeben. (Vielleicht hätte er ihn kennen lernen sollen?) Beaumarchais überbrachte seinem Vorbild Diderot ein Exemplar seines Werkes; der aber sagte nur: In welches Wespennest haben Sie da gestochen!

Das Echo war aber doch groß genug, dass man ihn von nun an in Paris und in der Provinz als Autor kannte. Also ließ er es auf einen zweiten Versuch ankommen, er meinte sein Programm wirklich ernst. 1770 wurde ein zweites Drama von Beaumarchais aufgeführt: *Les deux amis ou Le négociant de Lyon* (›Die zwei Freunde oder Der Kaufmann aus Lyon‹). Der Spielort der Comédie Française hatte in diesem Jahr gewechselt, die erste Truppe des Landes hatte einen Theatersaal im Tuilerien-Palast gefunden, bis dahin hatte man in der Rue des Fossés-Saint-Germain-des-Prés gespielt, der heutigen Rue de l'Ancienne Comédie, einer Nebenstraße des Boulevard Saint-Germain.

Das neue Stück hatte fünf Akte, nunmehr ohne musikalisch unterlegte Zwischenspiele, da die Schauspieler diese Neuerung nicht übernehmen wollten, aber Beaumarchais gab sehr ausführliche Beschreibungen der Bühnenbilder und der handelnden Gestalten, er hatte den Ablauf der einzelnen Szenen immer schon vor Augen, arbeitete auch an der Einstudierung mit.

Das Stück spielt im Milieu der Finanzleute und ist ebenfalls die Geschichte einer Verheiratung. Zwei Händler lieben dieselbe junge Frau, aber die Rivalität endet gütlich und friedlich (als sich die Verwandtschaftsverhältnisse klären). Bei Racine spielte dergleichen unter antiken Helden und ging ungut aus. Beaumarchais aber wollte bürgerliche Finanzleute zu Helden machen, wollte auch ihnen Gefühle und rührende Geschichten zugestehen, in der Annahme, dass dies dem Dritten Stand gefallen müsse. Und gewiss dachte er dabei auch an sich selbst; warum sollen Händler und Makler keine Herzensnöte kennen? (Eine solche Geschichte gelang überzeugend erst in einer Hollywood-Romanze.)

Doch dieses Mal bot er zu viel Realismus; finanztechnische Details wurden ausgebreitet, die kaum jemand verstand und die nur Spott hervorriefen: hier werde viel Geld in Umlauf gebracht, ohne etwas abzuwerfen. Ein Kritiker schrieb, das Stück sei nur eine Nachäffung des unerreichbaren Vorbildes Diderot. Auf die Theaterplakate wurde unter den Titel *Die zwei Freunde* geschmiert: »von einem Mann, der keine hat«. Aber das stimmte nun wirklich nicht!

Auch in diesem Drama gab es eine interessante Dienerfigur. Der Abbé Galiani, einer der wenigen wohlwollenden Kritiker des Stücks, lobte gerade diese Gestalt. Beaumarchais war eben der Dramatiker der Diener.

Es gab nur elf Aufführungen in Paris, 1783 wurde das Stück noch einmal kurz aufgenommen und gleich wieder abgesetzt; in Lyon, Marseille und Rouen wurde es allerdings öfter gespielt, auch im Ausland. Die gedruckte Kritik war verheerend, aber auf sie gab Beaumarchais nicht viel. Gleichwohl musste er einsehen, dass es auf diesem Wege nicht weiterging. Zudem begannen nun sehr schwierige Jahre, in denen er literarisch zum komischen Genre zurückfand, als falle es ihm leichter zu lachen, wenn es ihm an den Kragen ging.

Auf dem Theater hatte seine Heiratsgeschichte keinen großen Erfolg, in seinem Leben sah es in jener Zeit aber anders aus. Eine Heiratsvermittlerin hatte bei Beaumarchais ihr Glück versucht. Sie brachte ihn Anfang 1768 in Kontakt mit einer Witwe von 37 Jahren (Beaumarchais war 36), Geneviève-Madeleine Lévêque, geborene Wattebled, die sich in den Autor des Rührstückes *Eugénie* verliebt hatte. Ihr erster Mann, Antoine-Angélique Lévêque, hatte in Versailles das einträgliche Amt des *garde général des menus plaisirs* innegehabt, des Verwalters des Hoftheaters. Dieses Mal wurde ein formgerechter Ehevertrag geschlossen, und zwar am 31. März 1768, und auch dieses Mal hatte man nicht das Trauerjahr abgewartet: Madeleine war schwanger. Das erinnerte fatal an sein Stück *Eugénie*! Sollte sein Schreiben auf das Leben abgefärbt haben? Der Mensch wird, was er schreibt?

Die Hochzeit fand am 11. April 1768 statt und war keine pure Interessenheirat. Hatte sich der Dramatiker seine eigenen Dialogsätze über Liebe und Ehe und Libertinage zu Herzen genommen? Das neue Liebesglück dauerte kaum zwei Jahre. Zwei Kinder wurden geboren, im Dezember 1768 ein Sohn, Augustin, der nur vier Jahre alt wurde, und 1770 kam eine Tochter zur Welt, Aimable-Eugénie, die nur ein paar Tage lebte. Geneviève erholte sich nicht mehr von dieser zweiten Geburt. Es ist glaubhaft bezeugt, wie rührend sich Beaumarchais in ihren letzten Tagen und Stunden um sie kümmerte. So endete auch die zweite Ehe von Beaumarchais tragisch. Der Tod war ein ständiger Begleiter dieses nur auf den ersten Blick strahlenden Lebens. Doch die Verleumder ließen nicht auf sich warten, auch bei diesem Tod sahen sie die Hand eines Meuchlers im Spiel. Als während einer *Eugénie*-Aufführung bezahlte Störer Verleumdungen gegen den »Giftmörder« riefen, setzte sich Beaumarchais mit kräftigen Worten laut zur Wehr.

Allen üblen Gerüchten zum Trotz hatte Beaumarchais keinen materiellen Vorteil durch den Tod von Geneviève. Zu erben gab es nicht viel, sie hinterließ nur Schmuck im Wert von etwa 50 000 Livres. Dem Witwer stand aber eine Ratenzahlung von 25 000 Livres ins Haus, für den Kauf eines Waldstückes bei Chinon, weshalb er erwog, den Schmuck seiner verstorbenen Frau zu verkaufen.

Am 20. November 1770 schrieb Beaumarchais an den Marquis de la Rochefoucauld, einen jungen Adligen, der einen sehr freien Lebenswandel führte, aus Gründen der Familienraison aber heiraten wollte, und bot ihm Diamanten und Schmuckstücke zum Kauf an, die für ihn nun nutzlos seien. Der Marquis sah sich die Stücke an, nahm sie für ein paar Tage zu sich, schien sehr interessiert zu sein, sagte dann aber nach längerem Hin und Her doch ab. Dafür zeigte er die Briefe von Beaumarchais in den Salons herum, um den Witwer lächerlich zu machen, der den Schmuck seiner verstorbenen Frau so rasch versetzen wolle. In einer scharfen Replik schrieb Beaumarchais, er habe zu Unrecht auf die Noblesse vertraut. Wie wenig nobel sich manche Adlige verhielten, sollte er bald schmerzhaft erfahren.

Ende 1770 lernte er bei seiner Schwester Tonton, nunmehr Madame de Miron, einen jungen Dichter kennen, Paul-Philippe Gudin de la Brenellerie. Auch er war Sohn eines Uhrmachers, des Schweizer Protestanten Jacques Gudin, der nach Paris gezogen war, wo Paul-Philippe am 6. Juni 1738 geboren wurde. In Genf hatte er ein wenig Theologie studiert, dann aber wollte er Schriftsteller werden, obwohl Voltaire, den er in seinem Schlösschen in Ferney besuchte, dringend davon abgeraten hatte. Gudin versuchte sich an Versepen, Historienstücken und Tragödien, die aber keinen Erfolg hatten, auch wenn manche von ihnen in Rom auf den Index gesetzt und als Werke eines Ketzers verbrannt wurden. Die beiden Dramen von Beaumarchais hatten ihn begeistert, und so war er sehr erfreut, als er in einem Pariser Salon die Schwester des Dichters kennen lernte. Erst beim dritten Versuch gelang es ihm, den Autor selbst zu treffen. Er fand ihn so gar nicht seinem schlechten Ruf entsprechend (obwohl die erste Einladung einem gemeinsamen Besuch bei dessen Mätresse galt, was Gudin ablehnte). Beaumarchais wirkte schlicht und direkt im Umgang mit den Seinen, brillant im größeren Kreise. Er war ein guter Bruder, ein guter Gatte, ein guter Vater, der hinter aller Leichtigkeit und Lustigkeit doch einen ernsten Kern verbarg, Vorurteile und unbegründete Meinungen verachtete und wenn hinter jemandes Rücken schlecht geredet wurde, immer dessen Partei ergriff, auch nie schlecht über seine zahlreichen Feinde redete – so porträtierte ihn Gudin, der sehr rasch der engste

Freund und Vertraute von Beaumarchais wurde. Dieser stellte Gudins Bruder Philippe-Jean als Kassenwart an. Paul-Philippe aber wurde Helfer und Sekretär, Gesprächspartner und Protokollant, und später der erste Herausgeber seiner Werke und sein Biograf (oder soll man sagen: sein erster Anekdotensammler?), eine Art Eckermann – lange vor Eckermann. Einen guten Freund konnte Beaumarchais brauchen, denn nun begann eine schwere Zeit, seine sieben mageren Jahre.

Die Geschäfte gingen nicht mehr so glänzend, seit Beaumarchais aus Spanien zurück war. Er konnte mit einer Rente von mehr als 15 000 Livres im Jahr rechnen. 1766 hatte er sich wieder einmal vergeblich bemüht, in das Holzgeschäft einzusteigen und einen Wald in der Tourraine zu erwerben, und zwar bei Chinon, der Geburtsstadt von Rabelais.

Auch hatte sich das Verhältnis zu Pâris-Duverney abgekühlt, der nun weit über achtzig Jahre alt war. Anonyme Briefe kursierten, die seine Geschäfte und seinen Umgang mit dem Mehlgeneral anprangerten. Beaumarchais verstand, dass es an der Zeit war, die beiderseitigen Verbindlichkeiten in einem abschließenden Vertrag zu regeln.

Nachkommen besaß Pâris-Duverney nur in indirekter Linie, nämlich die Kinder einer Tochter, die ihm 1723 seine Mätresse Louise Jacquin geboren hatte. Da uneheliche Kinder im Erbschaftsrecht nicht anerkannt wurden, hatte er diese schon vorab mit Zuwendungen bedacht.

Doch hatte Pâris-Duverney einen Urgroßneffen, Joseph-Alexandre Falcoz, Graf von La Blache, eines von elf Patenkindern, ein hübscher, junger Mann mit glatten, roten Wangen. Beaumarchais nannte ihn einen niedlichen Clown und aufgeblasenen Chérubin. Ihn hatte Pâris-Duverney in einem Testament von 1761 als Erben seines großen Vermögens eingesetzt. La Blache, der immer in der Nähe seines Urgroßonkels gelebt hatte, war es gelungen, einen ursprünglich vorgesehenen Neffen als Erben auszustechen. Er sah es auch ungern, dass ein Fremder wie dieser Herr Beaumarchais so engen Umgang mit dem Mehlgeneral pflegte.

La Blache hatte im Jahr 1739 das Licht der Welt erblickt und dank der Protektion seines Urgroßonkels rasch Karriere in der Armee gemacht. Er war mit achtzehn Jahren Hauptmann geworden, hatte im Siebenjährigen Krieg das Große Ludwigskreuz und den Rang eines Generals erhalten. Bereits 1770 war er zum Feldmarschall avanciert, hatte aber den Dienst verlassen und eine geborene de Beaumanoir geheiratet.

Im April 1770 drängte Beaumarchais den kranken und zögernden Pâris-Duverney, eine abschließende Vereinbarung zu treffen, und siehe da, bei Durchsicht aller Posten ergab sich ein Überschuss von 15 000 Livres zu seinen Gunsten. Auch hatte ihm der Mehlgeneral einen Kredit von 75 000 Livres in Aussicht gestellt, zinslos auf fünf Jahre angelegt, sowie die Überschreibung eines Waldbesitzes bei Chinon. Leider ließ sich Pâris-Duverney mit der Überweisung viel Zeit, und Beaumarchais versäumte es, sie nachdrücklich zu fordern. Beim Abschluss des Vertrages war kein Notar zugegen, nur ein privates Siegel wurde angebracht. Ein Exemplar verblieb bei Beaumarchais, der die Zahlenkolonnen von eigener Hand geschrieben hatte, eines bei Pâris-Duverney, der das Abkommen mit dem Datum versehen und unterschrieben hatte. Allerdings behielt Beaumarchais mehrere Notizzettel mit diversen Berechnungen.

Im Juli fühlte Pâris-Duverney, dass es mit ihm zu Ende ging; er ließ Beaumarchais zu sich rufen, der in jenen Tagen selbst schwer erkrankt war, aber trotz seines Fiebers kam. Am 3. oder 4. Juli sah er den Bankier zum letzten Mal.

Am 17. Juli 1770 starb Pâris-Duverney im Alter von 87 Jahren in seinem Haus im Marais. La Blache war beim Ableben seines Erblassers zugegen und versuchte vergeblich, den Sterbenden mit Tropfen zu reanimieren, um ihm eine Unterschrift zu entlocken, mit der er seiner eigenen Mutter die ihr zugestandenen 5 000 Livres streitig machen wollte, eine gespenstische Szene der Gier, wie von Balzac erdacht. Das Haus des Toten wurde versiegelt, alle Papiere befanden sich darin, auch der Vertrag mit Beaumarchais.

Nach dem Tod von Pâris-Duverney ließ Beaumarchais einen Monat verstreichen, ehe er sich bei La Blache mit seinen Ansprüchen meldete. Der zögerte seine Antwort hinaus, suchte allerlei Ausflüchte, fand sich schließlich doch bereit, in Begleitung eines

Notars bei Beaumarchais zu erscheinen. Man verglich die Papiere, alles schien korrekt, auch der Notar äußerte keinen Widerspruch. Nach Hause zurückgekehrt soll La Blache wütend ausgerufen haben: »Ehe der sein Geld bekommt, werden zehn Jahre vergehen, und bis dahin werde ich ihm gehörig zugesetzt haben.« Acht Jahre sollten vergehen, und Probleme bereitet hatte er ihm wirklich bis dahin. La Blache erwies sich als der schlimmste und entschlossenste Widersacher von Beaumarchais.

La Blache hatte nur eines im Sinn: Beaumarchais zugrunde zu richten. Sein Hass auf ihn war so maßlos, dass man auch irrationale Motive vermuten muss, wenn nicht gar eine Art nachträglicher oder aufgesparter Eifersucht. Wie anders soll man seine Äußerung verstehen: »Seit zehn Jahren hasse ich diesen Menschen so, wie man sonst nur seine Mätresse liebt.« Welche verschobenen Affekte spielten da eine Rolle? Hatte er vielleicht den Briefwechsel mit den gelben Blumen und den Liebesschwüren gelesen und alles vordergründig verstanden? Hatte er gar Grund dazu? Jedenfalls ging es nicht nur um das Geld; es waren Hass und Vernichtungswille im Spiel, nicht nur Habgier. La Blache hatte von seinem Urgroßonkel anderthalb Millionen Livres geerbt. Im Vergleich dazu waren die Ansprüche von Beaumarchais unbedeutend.

Am 15. Oktober 1771 beantragte La Blache vor dem zuständigen Gericht eine Annullierung des Abkommens vom 1. April 1770 wegen eines Formfehlers; andererseits verlangte er, dass Beaumarchais an ihn die 138 000 Livres zahle, die er seinem Onkel schuldete; aber das angefochtene Dokument entlastete Beaumarchais gerade von dieser Verpflichtung. Vor einer Anklage wegen Fälschung schreckte er noch zurück. Beaumarchais war 1770 nicht in Geldnöten, warum hätte er für 15 000 Livres eine Fälschung begehen sollen? Die bei Pâris-Duverney hinterlegte Abschrift des Abkommens verschwand bald auf ungeklärte Weise.

Beaumarchais war zuversichtlich, sein Hauptinteresse galt nun einem neuen Theaterstück. Allerdings beging er kurz vor dem ersten Urteil Anfang 1772 eine große Ungeschicklichkeit. La Blache hatte verbreitet, dass Beaumarchais bei Hofe in Ungnade gefallen sei und dass die Königstöchter ihn verstoßen hätten. Der gerade mit Theaterintrigen beschäftigte Autor übersah die Fußangel. Er schrieb an die adlige Ehrendame der Prinzessin Victoire, eine Gräfin von Périgord, und ließ die Königstöchter, insbesondere die Prinzessin Victoire bitten, ihm doch, wenigstens indirekt, zu bestätigen, dass die Äußerungen von La Blache grundlos seien, auch wenn er seit seiner Spanienreise nicht mehr mit ihnen musiziert habe. Die Antwort der Gräfin vom 12. Februar enthielt den Satz, die Prinzessin Victoire habe niemals ein Wort gesagt, das seinem Ruf schaden könne. In einem Memorandum gegen La Blache veröffentlichte Beaumarchais diesen Brief der Gräfin, wobei er ihn in eigenen Worten so resümierte, dass man glauben konnte, die Prinzessinnen unterstützten ihn in seinem Prozess. Das war ein Missgriff, denn es ging auf keinen Fall an, die Königstöchter in eine Privatangelegenheit hineinzuziehen und das auch noch schriftlich zu verbreiten. Daraufhin ließen ihn seine Feen fallen. Sie unterzeichneten in Versailles am 15. Februar 1772 folgendes Billett:

»Wir geben zu wissen, dass wir keinerlei Anteil an Herrn Caron de Beaumarchais und seiner Angelegenheit hegen und wir ihm keineswegs die Erlaubnis erteilt haben, in einem gedruckten und veröffentlichten Memorandum zu behaupten, er besäße unsere Protektion.«

Und sie setzten ihre klangvoll langen Namen unter diese Absage, diesen Stoß in den Rücken, dieses Adieu:

Marie-Adelaïde, Victoire-Louise
Sophie-Philippine-Elisabeth-Justine.

Mit diesem Brief endete vorerst das rasche Glück von Beaumarchais. Wie im Märchen hatte er die falsche Frage gestellt, das falsche Obst gegessen, die falsche Tür geöffnet, und es folgten böse Jahre, die man bei großzügiger Rechnung auf die Märchenzahl sieben bringen kann.

Damit verlassen aber auch die Königstöchter die Bühne unseres Interesses, *en bloc*, wie stets, auch wenn eine schon fehlte, die ins Kloster gegangen war. Nur einmal noch spielten sie eine gewisse Rolle, nämlich 1774, als ihr Vater an den Blattern starb, die er sich bei einer Gespielin aus dem Volke geholt hatte, und sein Leichnam so entsetzlich stank, dass es niemand in seiner Nähe aushalten konnte – außer ihnen. Sie wuschen diesen als heilig angesehenen Körper, der das Gottesgnadentum und die höhere Gerechtigkeit auf

Erden darstellte, den Körper, der sie gezeugt und alle Lust gekannt hatte und der nun zum Symbol eines langsam verfaulenden Regimes geworden war. Wir wissen gerade noch, dass Adelaïde de France und ihre Schwestern den Wirren der Revolution entgingen und 1791 nach Triest flüchteten, wo sie ihre letzten Jahre verbrachten. Wer aber hätte ihrer jemals gedacht, wären sie nicht eine Fußnote in der Geschichte des jungen Caron gewesen?

Die Prinzessinnen sandten ihr böses Billet auch an La Blache, der es sofort kopieren und verbreiten ließ und persönlich allen Richtern seines Prozesses zustellte. Zugleich setzte er das Gerücht in die Welt, Beaumarchais habe einen gefälschten Brief der Prinzessinnen benutzt. Man sieht, wie diese Schlacht lief. Der allzu brillante Gegner wurde mit Dreck beworfen, und es blieb wirklich etwas hängen. Beaumarchais musste in viele Salons eilen und sich überall rechtfertigen gegen diese Gemeinheit des kleinen Adligen, der durch das bloße Verdienst seiner Geburt reich geworden war.

Das zuständige Gericht, das im Louvre tagte, unweit des Saales, in dem Beaumarchais über Wildfrevel urteilen musste, entschied Ende Februar 1772. Die Sache war einfach: Die Forderungen von Beaumarchais bestanden zu Recht, das Abkommen mit Pâris-Duverney war gültig. Ein zweites Urteil forderte La Blache Mitte März auf, die Summe auszuzahlen und Beaumarchais den entstandenen Schaden zu ersetzen. Dessen Ruf hatte inzwischen sehr gelitten, denn es kursierten immer mehr Gerüchte über Fälschungen, krumme Geschäfte und »widernatürliche« Beziehungen zu seinem einstigen Förderer.

La Blache gab sich noch nicht geschlagen. Er rief nun den höchsten Gerichtshof des Landes an, das Parlament von Paris. Und damit erhielt der Fall eine Wendung ins Politische. Denn diese Institution stand im Mittelpunkt eines Verfassungskonfliktes, der sich gerade in jenen Monaten verschärft hatte. Außerdem erhob er nun auch den Vorwurf der Urkundenfälschung.

Im Namen des Königs sprachen die »Parlamente« als oberste Gerichtshöfe der einzelnen Provinzen Recht, zugleich besaßen sie einige politische Befugnisse. Als Hüterin des Grundgesetzes musste das Parlament von Paris alle Gesetze ratifizieren, die ihm der König vorlegte. Dass es oft Einspruch erhob und Gesetze verzögerte, war eine Quelle ständiger Konflikte. Ludwig XV. war sehr erbost über diese Obstruktion, noch mehr aber über die immer wieder erhobene Forderung, die Generalstände einzuberufen. Der König berief sich auf Gott, der ihm allein die Krone und damit die Macht verliehen habe, Gesetze zu erlassen.

Etienne-François Choiseul, Herzog und Außenminister, gehörte zu jenen Politikern, die mit Hilfe der Parlamente die absolute Macht des Herrschers einschränken wollten. Die Gegenpartei, die die Macht des Königs eher noch stärken wollte, wurde geführt von seiner neuen Mätresse, einer Frau aus dem untersten Volk, die schlicht Jeanne Bécu hieß und zur Gräfin Du Barry geadelt worden war. Ihr Vater war ein Mönch, ihre Mutter eine gewisse Anne Bécu aus Vaucouleurs, dem Schauplatz einer wichtigen Episode in der Geschichte von Jeanne d'Arc. Als Prostituierte war die neue Jeanne nach Paris gekommen, hatte bald die Protektion des Grafen Jean Du Barry errungen, der sie 1769 bei Hofe einführte, nachdem er sie ein Jahr zuvor mit seinem Bruder Guillaume Du Barry verheiratet hatte; sie beschritt also denselben Weg wie vor ihr Madame de Pompadour. Den Minister Choiseul betrachtete sie als ihren persönlichen Feind, nicht ohne Grund, denn er brachte gehässige Lieder über sie in Umlauf.

Ihr Verbündeter im Kampf gegen Choiseul war René-Nicolas Charles Augustin de Maupeou (ausgesprochen: Mopu), der von seinem Vater das Amt des Justizministers geerbt hatte, ein talentierter und scharfzüngiger, sehr autoritärer Politiker. Im Dezember 1770 hatte er Choiseul, den bis dahin mächtigsten Minister, ausgebootet und ihn durch einen Erlass des Königs zur Demission und zum Rückzug auf seine Ländereien außerhalb der Hauptstadt gezwungen. Zu den Verbündeten der Du Barry gehörte auch der zeitweilige Außenminister, Emmanuel Armand de Vignerot du Plessis de Richelieu, Herzog von Aiguillon, ein enger Vertrauter des Thronfolgers und Jesuitenfreund wie dieser. Vervollständigt wurde das Triumvirat, das nun die französische Politik beherrschte, durch einen Finanzfachmann, den Abbé Terray.

Im Januar 1771 wurde das alte Parlament aufgelöst, alle seine Mitglieder wurden aus Paris verbannt. Das neue Übergangsparlament, das nach seinem Präsidenten als »Parlament Maupeou« bezeichnet wurde, erließ einige durchaus sinnvolle Justizreformen, welche die Käuflichkeit wichtiger Ämter und Geldgeschenke an die Richter abschafften. Voltaire begrüßte solche Reformen von oben, im Volk aber waren die Auflösung des alten Parlaments und vor allem die eiserne Sparpolitik von Terray sehr unbeliebt.

Beaumarchais und seine Freunde, wie Le Normant oder Conti, hielten zu Choiseul und dem alten Parlament, La Blache aber zum anderen Lager. Und so bekam ihr Disput eine zusätzliche Brisanz als indirekte Machtprobe zwischen zwei politischen Gruppierungen.

Pierre-Augustin hatte gewiss viele Fehler, nur den einen nicht, aus seinen Fehlern nichts zu lernen. Nach dem Misserfolg seines zweiten Versuchs mit einem Drama machte er sich an ein ganz anderes Werk, das an seine ursprüngliche Theaterarbeit, die kleinen Farcen, anknüpfte. Dabei entstand, wie von allein, sein erstes Meisterwerk. Man konnte literarischen Ehrgeiz auch an diese kleine Form wenden.

In einem Brief schrieb er: »Ich habe mich meinem eigentlichen Charakter hingegeben und versuche nun, die alte und offene Fröhlichkeit auf unsere Bühnen zurückzubringen, indem ich sie verbinde mit dem leichten, feinen und delikaten Ton unserer heutigen Art zu scherzen.« Das alte Komödienschema in zeitgemäßer Sprachform, weil dies seinem Wesen und seiner Schreibweise entspricht – klarer konnte er nicht sagen, was er nun vorhatte. Und doch ist nichts so schwer zu erneuern wie die Komödie.

Vielleicht lag es ja daran, dass er nach dem Tod seiner zweiten Frau und dem Ende der kurzen Familienidylle seine frühere Lebensweise aufnahm und sich nun wieder häufiger bei seinem Freund Le Normant auf Schloss Etiolles zeigte, auf jeden Fall schrieb er eine neue Farce, aber in spanischem Dekor, als später Nachklang seiner Reise, die bald auf ganz andere Weise wieder aktuell werden sollte. Und er übernahm aus dem spanischen Theater die Figur des *Sacristán*, des Geistlichen, wenn auch in der ersten Fassung nur als Verkleidung für einen Adligen aus Madrid, der in der Provinzstadt Sevilla eine hübsche Frau erobern will, die von ihrem eifersüchtigen Gatten vor aller Welt versteckt wird. Denn das ist die Situation in dem schlichten und konventionellen »Zwischenspiel nach spanischem Vorbild«, das er zunächst schrieb. Wie es ausging, wissen wir nicht genau, denn von dem ersten Versuch, *Le Sacristain* genannt, blieb nur ein Fragment erhalten. Darin träumt eine mit einem Bartholo unglücklich verheiratete Pauline von ihrem geliebten Lindor, der sich als Geistlicher verkleidet einschleicht. Wahrscheinlich sollte zuletzt ein Gewitter helfen, die Entführung der Geliebten durch ein »Gespenst« zu ermöglichen.

Es gibt eine zweite Fassung, in der die weibliche Figur Rosine heißt und der Liebhaber geadelt wird, er ist ein Graf Almaviva, der unter dem Decknamen Lindor auftritt. Eine Fassung ist als Parade voller Derbheiten auf Schloss Etiolles gespielt worden. Darin beklagt sich Rosine über die Impotenz ihres Mannes Bartholo, während sie die Liebeskräfte von Lindor rühmt.

Es handelt sich um eine Art Don-Juan-Geschichte: Ein Graf aus der Hauptstadt verfolgt ein Liebesabenteuer in der Provinz. Verstellung und Verkleidung gehörten zum Stoff; es änderte sich zwar die Situation der Figuren, ihr Charakter verfeinerte sich mit ihrer gehobenen sozialen Stellung, aber sie stammten aus dem traditionellen schablonenhaften Personal der Burleske. Ein solches Stück konnte nur für ein Privattheater gedacht gewesen sein.

Aber Beaumarchais muss Entwicklungsmöglichkeiten für den Stoff gesehen haben; er wollte eine kleine *Opéra comique* daraus machen und sie dem Italienischen Theater in Paris anbieten. Er las sie den Schauspielern vor, wie es seine Art war, 1771 oder 1772. In dieser Fassung, von der nur ein Blatt erhalten ist, hat er nicht nur den Namen der weiblichen Hauptfigur verändert, sondern vor allem das Personal um eine Gestalt erweitert, die er in falschem Spanisch *Figuaro* nennt und als Barbier ausgibt, worunter man sich eine Mischung aus Bartscherer, Apotheker, Pferdedoktor und Tunichtgut vorstellen muss, also einen, der alles kann, in allen Berufen dilettiert und deshalb zu allerlei Hilfsdiensten taugt (in gewisser Weise wie sein Verfasser selbst).

Leider traf es sich, dass der führende Schauspieler der italienischen Truppe, Jean-Baptiste Guinard, der unter dem Künstlernamen Clairval auftrat, Sohn eines Perückenmachers war, in seinem ersten Beruf als Barbier gearbeitet hatte und deshalb keinerlei Anspielungen auf diese frühere Tätigkeit duldete. Er hätte auf der Bühne im dritten Akt das Metier ausüben müssen, das er mit der Schauspielerei hinter sich gelassen hatte. Zu so viel Selbstironie war der Komödiant nicht fähig, und so verhinderte der ehemalige Barbier den *Ur-Barbier*. Beaumarchais fand eben in jeder Unternehmung einen Widersacher, ohne darüber jemals seine gute Laune zu verlieren. Und doch war auch dieser feindliche Akt ein Glücksfall, denn hätte man das kleine Stück gleich gespielt, hätte man es beklatscht und rasch wieder vergessen; nach der Absage allerdings arbeitete Beaumarchais weiter an seinem Text, der immer größere Dimensionen annahm.

Man weiß nur aus Berichten, welche Änderungen Beaumarchais in der Fassung für die Italiener vorgenommen hatte: Rosine, wie die weibliche Hauptfigur nun heißt, ist nicht mehr die Frau, sondern das eingesperrte Mündel von Bartholo. Damit ändert sich die Natur des ganzen Stückes, wird die Farce zur Komödie. Auch hier wird der Liebhaber Graf Almaviva genannt. Als Adliger kann er jedoch die schmutzige Intrigenarbeit nicht mehr alleine vollführen, er braucht einen gewitzten Helfer, der Verkleidungen vorbereiten, Treffen einfädeln und notfalls auch handfeste Auseinandersetzungen führen kann. Zudem wurde eine Szene, in der Bartholo des Nachts Prügel erhielt, wieder gestrichen. Dergleichen passte nicht mehr in die veränderte Atmosphäre des Stückes.

Durch den Nebeneingang betrat also eine der erfolgreichsten Figuren der Theatergeschichte die Szene. Der Name, in der nächsten Fassung zu *Figaro* korrigiert, fällt aus dem Register der konventionellen Komödiennamen heraus, er ist ein poetischer Einfall von Beaumarchais, so vertraut geworden heute, dass man leicht vergisst, dass dieser Name erst einmal erfunden werden musste. Was er bedeutet, wo er herstammt, kann man nicht mit Sicherheit sagen. Er klingt wunderbar mit seinen drei Silben und den kräftigen Vokalen, eine kleine Melodie, eine ganz natürliche Form. Man mutmaßte, dass das Wort *picaro* (pikaresk) dabei hineinspielte, aber das ist genauso unwahrscheinlich wie die auch vorgeschlagene Ableitung von *figura* (im Sinne von Theaterperson). Man fand heraus, dass es in Italien den Namen *Figari* gab und dass 1711 in Bordeaux eine Komödie im italienischen Stil mit dem Titel *Die Abenteuer von*

Figuereau aufgeführt worden war. Auch dachte man an die Verballhornung der Namensform *Fils Caron* (Caron Sohn, wobei das erste Wort nur »fi« gesprochen wurde); die erste Schreibweise *Figuaro* scheint dagegenzusprechen; andererseits hat Beaumarchais in seinen Geheimmissionen als Decknamen stets Abwandlungen des Namens Caron benutzt, und vor allem: Figaro, im endgültigen Text, tritt auf mit einem fröhlichen Lied (dessen erster Vers *Bannen wir den Kummer* durchaus das Motto Beaumarchais' in jener Zeit war) und mit einer langen Selbstcharakteristik, die wie eine Persiflage auf seine eigenen Erlebnisse wirkt. Keine der Ableitungen erklärt den Namen restlos; seine Wirkung liegt ganz allein in seiner klanglichen Gestalt, die eine spontane poetische Leistung des Autors ist.

Nicht nur als Intrigenhelfer brauchte Beaumarchais seinen Figaro. In der Fassung der *Opéra comique* mussten Lieder gesungen werden, und das war die Rolle des leidenschaftlichen Gitarrenspielers Figaro. Gerade als Sänger ist er ein Reflex seines Erfinders.

Figaro musste zugleich eine etwas ältere und gröbere Kontrastfigur zum Grafen, dem jungen Helden und Liebhaber bilden – und schon deshalb bürgerlich sein. Er war so etwas wie der Papageno des adligen Helden, der allerdings keine Papagena bekam, noch nicht. Hierbei waren also rein theatralische Gründe ausschlaggebend, keine soziologischen. Dass die Rolle dann ein Eigenleben entfaltete und auch eine politische Bedeutung erhielt, dass der Name eine vom Stück unabhängige Karriere erlebte, steht auf einem anderen Blatt. Große Texte entfalten ihre Möglichkeiten immer erst nachträglich, wenn sie im gesellschaftlichen Echo aufblühen.

Und doch muss Figaro donnern helfen, darf nicht nur Lieder trällern, er muss die Handlung voranbringen; vom Pausenclown entwickelt er sich zum Intrigeneinfädler, nachdem in den ersten Fassungen der Liebhaber Lindor die szenische Schmutzarbeit ganz allein gemacht hatte. Figaro inspiziert und operiert und intrigiert und figuriert, wodurch Almaviva an Noblesse gewinnt und zugleich als Rolle etwas schwächer wird. In jeder Theaterkonstruktion gibt es Gewinner und Verlierer. Später, in *Figaros Hochzeit*, agiert Almaviva wieder selbst, mit dem Musiklehrer Bazile als neuem Figaro, denn dort spielt der Graf ja gegen den eigenen Diener.

Der Titel der Komödie änderte sich mit den Umarbeitungen: *Der Barbier von Sevilla* hörte sich ganz anders an als *Der Kirchenmann* (Le Sacristain) – und warf volles Licht auf die neue Figur. Hinzu kam ein suggestiver Untertitel: *Die nutzlose Vorsicht.*

»Ein verliebter Alter beabsichtigt, am nächsten Tag sein Mündel zu heiraten. Ein junger Liebhaber, der geschickter ist, kommt ihm zuvor und macht sie noch am selben Tag zu seiner Frau, und zwar unter den Augen und im Hause des Vormunds.« So einfach hat der Autor selbst den Inhalt seines Stückes resümiert. Allerdings steht im Original, es geschehe »à la barbe« des Vormunds, was eigentlich heißt: jener wird hereingelegt, angeschmiert, eingeseift. Und dabei hilft dem Liebhaber ein Barbier, eben Figaro, dessen titelgebende Berufsbezeichnung also zugleich einen Kalauer enthält, sinngemäß: *Der Einseifer von Sevilla.*

Beaumarchais ist nicht Figaro, aber er ist in manchem wie Figaro, oder Figaro ist in manchem wie er, eine literarische Kondensation seines Wesens. Als bewusstes Zerrbild, als Selbstkarikatur des Autors betritt er die Bühne, und wie immer bei Beaumarchais fängt alles an mit einer Selbstdarstellung. Figaro stellt sich vor (er kennt Almaviva von früher und erzählt, was er alles getrieben und erlitten hat inzwischen); dieser kleine Eingangsdialog zwischen Almaviva und Figaro mit dem Lebensbericht des Barbiers in Stichworten und stichelnden Sätzen gehört zu den Bravourstücken des französischen Theaters. Welches Problem hatte Figaro zu lösen? Er musste den Sinn für Geschäfte und die Lust am Liederschreiben unter einen Hut bringen. Zwar hätte er selbst es schon gekonnt, doch in den Augen der anderen nahm sich das Nebeneinander von Poesie und Finanzspekulation ziemlich sonderbar aus.

Beaumarchais musste in einem langen Prozess die ihm gemäße Form erarbeiten, seinen Privatmythos ausgestalten, seine imaginäre Familie aus Theaterfiguren bilden, und die fand er eben in der Konstellation rings um Figaro. Indem er diesen Intrigenhelfer und gewitzten Wortführer unerfüllter Ansprüche auf die Bretter stellte, schuf er seinen eigenen Platz auf der Bühne seiner Zeit und für alle Zeiten.

In den Fassungen des Jahres 1772 wurde aus der kleinen komischen Oper eine komplette Komödie mit Liedeinlagen, die den

Schauspielern der Comédie Française am 3. Januar 1773 vorgelesen wurde und sehr gut gefiel. Man wollte das Stück möglichst bald aufführen, vielleicht am Fastnachtsdienstag. Der Autor wolle mit dieser Komödie wahrscheinlich sein Publikum für all die Tränen entschädigen, die er ihm mit seinen beiden Dramen entlockt hatte, meinte ein zeitgenössischer Spötter. Auch der Zensor, wiederum der erfolglose Dramatiker Marin, hatte keine Einwände und genehmigte das Stück am 12. Februar.

Das Jahr 1773 ließ sich gut an. Niemand ahnte, was alles passieren würde, ehe es zur Uraufführung kommen sollte. Und Marin sollte in der Zwischenzeit eine kleine Schurkenrolle spielen.

Während das Meisterwerk heranwuchs und Beaumarchais an den Theaterintrigen und dem köstlichen Dialog arbeitete, bereitete sich eine Intrige ganz anderer Art gegen ihn selbst vor. Denn nun trat ein Phänomen ein, das in jedem Stück und jeder Erzählung sehr wirksam ist: Eine harmlos scheinende Situation wird dadurch komplizierter, gefährlicher, spannender oder auch komischer, dass Figuren hinzutreten, die einen Strich durch alle bisherigen Rechnungen machen. Das Drehbuch des Schicksals hatte sich an dieser Stelle eine grobschlächtige Gestalt ausgedacht, die auf jeder Bühne ein großer Lacherfolg gewesen wäre, aber hier ging es nicht um Theater, sondern im Wortsinn um das Leben. Die Szene, die dazu gehörte, war ziemlich grotesk, beinahe verrückt, nicht ganz unblutig, in ihren Folgen fatal. Der 11. Februar 1773 war von allen tollen Tagen, die Beaumarchais erlebte, vielleicht der tollste.

Der Herzog von Chaulnes war ein kräftig gebauter Mann, nicht ohne Bildung, aber doch etwas grobschlächtig und vor allem sehr unbeherrscht. Gudin beschreibt ihn als ungewöhnliche Anhäufung gegensätzlicher Eigenschaften (aber das galt ja wohl auch für Gudins Freund Beaumarchais). Chaulnes war wegen diverser Streitereien gezwungen worden, eine Zeit lang außer Landes zu leben und hatte deshalb eine Forschungsreise in die Wüste Sahara und zu den Pyramiden unternommen. Er zeigte großes Interesse an den Naturwissenschaften, aber in fachlichen oder philosophischen Disputen konnte es passieren, dass er plötzlich keine Argumente mehr anführte, sondern Schläge oder Schwerthiebe austeilte. Einen Handwerker, der eine unbezahlte Rechnung einforderte, erschlug er im Affekt; die Angelegenheit wurde niemals näher untersucht. Man hatte ihn sehr jung verheiratet, ihm aber zwei Jahre lang verboten, die Ehe zu vollziehen. So gewöhnte er sich an, mit Prostituierten und Mädchen von der Bühne zu leben. Oper und Theater schienen überhaupt dafür geschaffen, das Frauenreservoir der liebestollen Adligen zu sein, die dann meinten, alle Rechte zu haben gegenüber den Frauen, die von ihnen ausgehalten wurden (und die ihre Herren aushalten mussten).

Der Herzog von Chaulnes brauchte immerzu jemanden, an dem er seine Wut auslassen konnte; von seiner Afrikareise hatte er sich zu diesem Zweck einen Affen mitgebracht. Wenn er seinen Affen genug gequält hatte, schlug er seine Geliebte, die ehemalige Schauspielerin Mesnard.

Mademoiselle Mesnard hatte sich seit 1770 auf verschiedenen Bühnen versucht, aber nicht alle Kritiker mochten ihren dürren Körper und ihre ungeschulte Singstimme. Sie muss dennoch über besonderen Charme verfügt haben, denn an großzügigen Verehrern fehlte es ihr nie. Als der Herzog von Chaulnes ihr Geliebter und Geldgeber wurde, zog sie sich, auf seinen Wunsch, von der Bühne zurück. Mit der Tochter, die aus dieser Verbindung hervorging, bewohnte sie ein eigenes Haus. Als der Herzog bald darauf seine Zahlungen einstellte, glaubte sie sich von ihm befreit, aber er tyrannisierte sie immer wieder. Eines Tages war die Mesnard den Grobian leid und bat Beaumarchais um Hilfe. Chaulnes selbst hatte sie miteinander bekannt gemacht. Es dauerte nicht lange, und der Dramatiker und die Schauspielerin trafen sich heimlich in einem gemieteten Zimmer nahe am Friedhof Père Lachaise. Es muss eine große Leidenschaft gewesen sein, denn niemals bot Beaumarchais der Mesnard Geld an.

Eine frühere Mätresse von Chaulnes ließ ihnen nachspionieren und verriet alles dem Herzog. Der wurde wütend, bedrohte die Mesnard, die Hilfe bei der Polizei erbat, aber man riet ihr nur, sich außerhalb der Stadt zu verstecken. Sie verzichtete allerdings vorerst darauf, sich weiterhin mit Beaumarchais zu treffen.

Nach einiger Zeit kam sie zurück in die Stadt, wurde aber weiterhin belästigt. Noch einmal wandte sie sich an Beaumarchais. Der schrieb einen Brief an Chaulnes, in dem er beiläufig sagte, er habe der Mesnard nie Geld gegeben und wolle nur ihr bester Freund und Berater sein. Und er gab etwas Nachhilfe für den Umgang mit Frauen: »Ein so generöses Herz bewahrt man sich weder durch Drohungen, noch durch Schläge, noch durch Geld.« Er erwähnte einige unangenehme Vorfälle, die er ihm verzeihen wolle, etwa dass er sich dazu herabgelassen habe, an seine Herkunft aus einer Handwerkerfamilie zu erinnern. »Ich bin stolz auf meine Eltern, sogar vor Leuten, die glauben, es sich leisten zu können, die ihrigen zu beleidigen.« Chaulnes hatte sich öffentlich schlecht über seine Mutter geäußert. Und überhaupt: »Man ist niemals entwürdigt, wenn man einer Frau gehorcht« – eine schöne Maxime, die er selbst vielleicht zu oft vergaß. Schließlich: »Wir sollten dabei zusammenwirken, Fräulein Mesnard das süße Leben und die angenehme Gesellschaft zu verschaffen, die sie verdient.«

Was sollte das heißen? Schlug er vor, sich die Mätresse zu teilen? Das war zu stark für den Herzog, vor allem, als er erfuhr, dass Beaumarchais wieder Besuche bei ihr machte. Chaulnes war gerade durch diesen herablassenden, bevormundenden und kühlen Brief aufs Äußerste gereizt. Er wollte seine Rache haben.

An jenem 11. Februar 1773 hielt Beaumarchais die reguläre Sitzung des Jagdgerichts im Louvre ab; es ging um einen Fall von Waldfrevel. Da stürmte plötzlich der wütende Herzog herein und forderte Beaumarchais zum Duell heraus. Dieser beschied ihm kühl, Privatangelegenheiten müssten warten, und führte die Verhandlung weiter. Der Herzog nahm Platz, aber das Warten fiel ihm zu schwer. Er wollte sich gleich prügeln. Zuvor hatte er schon in Beaumarchais' Haus dessen Diener und dann auf der Straße den Freund Gudin belästigt und bedroht. Er fragte die vor das Jagdgericht Zitierten, ob es bei ihnen denn noch lange dauern würde. Schließlich hielt er es nicht mehr aus und schrie Beaumarchais an: »Ich werde dir meinen Degen in die Brust stoßen und dein Herz mit den Zähnen ausreißen! Soll sich diese Mesnard doch vom Teufel bespringen lassen!«

Beaumarchais blieb kühl und würdevoll und forderte den Herzog auf, zu ihm nach Hause zu kommen, dort wolle er in aller Ruhe mit ihm reden, ihm auch eine Mahlzeit spendieren. Und wenn der Herzog unbedingt wolle, könne man sich ja dann immer noch duellieren, er habe hier ohnehin keine Waffe bei sich.

Der Szene zweiter Teil spielte im Hause Beaumarchais in der Rue de Condé, wohin der Herzog dem dichtenden Jagdrichter gefolgt war. Er ging gleich auf Beaumarchais los, der sich energisch zur Wehr setzte, von allen Mitgliedern des Hauses unterstützt. Koch und Kutscher und selbst sein alter Vater kämpften mit und erlitten schwere Verwundungen. Der Herzog war wie rasend. Lag es nur an dessen Verrücktheit, oder hatte Beaumarchais etwas an sich, das seine Gegner bis aufs Blut reizte? Vielleicht seine demonstrative Gelassenheit, seine feinen Manieren?

Der Kampf wurde unterbrochen von Ruhepausen, in denen sich der Herzog an einem Tisch in der Küche niederließ, zu essen und zu trinken verlangte und alles hinunterschlang wie ein Tier. Dann ging das Gerangel weiter, mit zufällig gefundenen Waffen, Bratenmessern, Kochkellen, Holzstücken. Als der Herzog dem Dichter fast die Luft abschnürte, wusste der sich nur mit einem gezielten Fausthieb zu befreien. Chaulnes hielt inne und rief mit melodramatischem Pathos aus (berichtet Gudin): »Elender, du schlägst einen Pair de France und Herzog!«

Inzwischen hatte jemand die Polizei geholt in Gestalt des Kommissars Chenu. Beaumarchais erklärte ihm die verworrene Lage, Chenu zwang den Herzog mitzukommen. Zwar war Beaumarchais arg mitgenommen, aber noch bei Sinnen. Er zog sich um, bedeckte die Kratzer im Gesicht mit Pflastern und besuchte die abendliche Gesellschaft, in der er erwartet wurde. Er erzählte die Geschichte dieses tollen Tages und las einige Szenen aus der neuesten Fassung des *Barbier von Sevilla* vor, in der er gerade die Prügelszene gestrichen hatte.

Diese Pointe riecht nach zurechtgerückter Anekdote? Gewiss doch. Aber den Biografen möchte ich sehen, der auf sie verzichten kann.

Die Prügelei immerhin war echt, und ihre Folgen waren gewaltig. Denn wir nähern uns dem Tiefpunkt im Leben von Beaumarchais, der beinahe fatalen Krisis, die gleich danach zum Absprung in die Gipfelregionen der Literatur führen sollte. Für seinen Aufstieg oder Umstieg sollte Beaumarchais einen hohen Preis zahlen, physisch, seelisch und finanziell.

Nach dem Duell und obwohl die Polizei gekommen war, erstattete Beaumarchais keine Anzeige, erlaubte auch niemandem sonst aus seinem Hause dies zu tun. Schon im Gericht hätte er den Herzog festnehmen lassen können, hat dies aber nicht getan, sondern nur gesagt, unter Ehrenmännern regele man so etwas anders. Wollte er den Konflikt mit einem hochrangigen Adligen vermeiden, oder hatte er ein zu schlechtes Gewissen?

Die Polizei jedoch versuchte, die Angelegenheit zu klären. Chenu rief das Ehrengericht der zwölf Marschälle von Frankreich an, das eine Untersuchung anordnete und Zeugen befragen ließ. Chaulnes, der jeden wissen ließ, dass er Beaumarchais totschlagen werde, verfasste einen verlogenen Bericht über die Prügelei und fuhr darin alles auf, was er jemals Schlechtes über Beaumarchais gehört hatte, machte erstmals dessen schwarze Legende publik, die angeblichen Giftmorde an seinen beiden Frauen, die Fragwürdigkeit seiner Hofämter und seines Adelstitels, seinen Strafprozess wegen Urkundenfälschung. Das war eine gezielte Bosheit, denn natürlich war der Streit mit La Blache ein Zivilprozess.

Die Marschälle ließen sich davon nicht beeindrucken und verurteilten den Herzog Ende Februar 1773 zu mehreren Wochen Gefängnis, die er in der Festung Vincennes absaß, erklärten Beaumarchais hingegen für frei und schuldlos. Der Fall lag ja sehr klar. Aber so einfach waren die Dinge im Ancien Régime nun doch nicht. Der Minister Saint-Florentin, nunmehr zum Herzog de la Vrillière erhoben, ein enger Freund von Chaulnes, sorgte dafür, dass auch Beaumarchais ins Gefängnis musste. Er ließ ihn verurteilen wegen Missachtung des Hausarrests, den er während des kurzen Verfahrens einhalten sollte. Beaumarchais war aber nur zu einem Gerichtstermin, einer Aussage im Prozess gegen La Blache, aus dem Haus gegangen und hatte dazu auch die Erlaubnis der Marschälle erhalten. Dennoch wurde er bestraft, als habe er gegen ein Gesetz verstoßen. Dieser Willkür- und Racheakt eines Adligen um eines anderen Adligen willen brachte den kürzlich geadelten Beaumarchais am 23. Februar 1773 ins Stadtgefängnis For-l'Evêque am Südrand von Paris nahe der Kirche Saint-Germain-l'Auxerrois, etwa dort, wo heute der Boulevard Arago verläuft. Und damit erlebte er zum ersten und nicht zum letzten Mal eine neue Facette seiner Existenz – als Gefangener der herrschenden Mächte einzusitzen.

Ein Zeitgenosse notierte ungerührt: »Dieses Individuum, das reichlich unverschämt ist und keinerlei Zurückhaltung kennt, ist allgemein unbeliebt; und wenn er auch bei diesem Gerangel unschuldig war, so scheint er doch nicht ganz ohne Tadel zu sein, und man bedauert ihn nicht sonderlich wegen seines Ungemachs.«

Das schon arg verfallene Gefängnis For-l'Evêque war für straffällige Schauspieler gedacht. Es war eine Art Zwangspension mit zum Teil gut eingerichteten Zimmern, wo man für seine Unterbringung und das Essen bezahlen musste; dorthin kamen zum Beispiel Schauspieler, die sich geweigert hatten aufzutreten. Beaumarchais aber wurde durch das Gefängnis an Auftritten gehindert, die er für seine Geschäfte und vor allem für seinen Prozess gegen La Blache dringend unternehmen musste. Ob er sich im Gefängnis vorstellte, welch süßes Leben er mit Pauline auf der Zuckerinsel hätte führen können? Während er einsaß, ging die Mesnard mit Hilfe eines befreundeten Abbés in ein Kloster. Beaumarchais schrieb ihr, er wolle weiterhin ihr Freund und Ratgeber sein, aber mehr eben auch nicht.

Am 1. März 1773 ließ er dem Innenminister einen Brief zukommen, der eine Art Selbstporträt enthielt. Offensichtlich begann er in seiner neuen Lage über sein Leben nachzudenken, auch darüber, dass er immerzu Feinde hatte. »Ich verbringe mein Leben im Kreis meiner sehr großen Familie, deren Oberhaupt und Rückhalt ich bin. Ich erhole mich von meinen Geschäften mit schönen Künsten, mit schöner Musik und manchmal auch mit schönen Frauen. Ich habe von Natur aus ein fröhliches Gemüt, das mich oft genug über die Ungerechtigkeit der Menschen getröstet hat. Die ewigen Widersprüche eines umtriebigen Lebens haben gewiss meiner Seele eine zu große Härte gegeben; sie ist längst nicht mehr so geschmeidig wie in meiner Jugend. Aber ist ein wenig Stolz ohne jede Herablassung denn unvereinbar mit einem noblen und großzügigen Herzen?«

Er schrieb, als ginge es darum, über seinen Charakter oder zumindest sein öffentliches Bild zu urteilen. Selbstdarstellung und angemessene öffentliche Einschätzung blieben ein Grundmotiv seines Lebens und Schreibens, aus Lust und Eitelkeit, aber auch aus Notwehr. Und sein Schicksal sollte ihm oft genug Gelegenheit bieten, an seinem Erscheinungsbild zu feilen.

Der Kelch war noch lange nicht ausgetrunken. Vorerst musste er im Gefängnis bleiben. »Man will, dass ich meinen Prozess verliere«, schrieb er zornig, »man lässt mich wissen, ich hätte schon zu viel Aufhebens um meine Sache gemacht.« Wollte er den Prozess gegen La Blache nicht verlieren, musste er frei sein. Also blieb ihm nichts anderes, als ein Gnadengesuch an den Innenminister zu richten. Ein völlig unterwürfiger Brief vom 21. März bewirkte schon am nächsten Tag eine bedingte Ausgangserlaubnis. Er durfte tagsüber seine Geschäfte in der Stadt erledigen, musste aber jeden Abend wieder in seiner Zwangsresidenz erscheinen.

Doch die verlorene Zeit war nicht aufzuholen, La Blache hatte überall Verleumdungen verbreitet und seinen Ruf ruiniert, auch bei den Richtern des Parlaments von Paris. Erst infolge des Unrechtsurteils, das La Blache erwirkte, sollte Beaumarchais für kurze Zeit auf die niedrigste Stufe des Abenteurertums und Erpresserwesens sinken, das ihm von der Gegenpropaganda schon zuvor unterstellt wurde.

Zudem vergrößerte sich der Kreis seiner aktiven Feinde; zum gierigen La Blache und zum brutalen Chaulnes kam nun ein perfider juristischer Schurke hinzu, damit das böse Trio komplett war. Der nun auftrat war so sehr Theaterfigur, dass man das Bild der wirklichen Person wahrscheinlich nicht mehr erhellen kann (nur durch mehr guten Willen, als der Betreffende verdient. Es ist ja ohnehin sonderbar, dass all die Schmeißfliegen, die einem Schriftsteller das Leben sauer gemacht haben, als Personal in dessen Lebenslauf überleben, dass auch ihrer später noch gedacht wird; nur Gudin verfährt in der Lebensbeschreibung seines Freundes so, dass er die niederträchtigen Feinde nicht beim Namen nennt. Aber da Beaumarchais selbst ihre Untaten und Namen als Quellen für seine Theatergestalten benutzte, sollten wir nicht kleinlicher sein.).

Der Dritte im üblen Bund war ein furchtbarer Jurist. Louis-Valentin Goëzman, 1729 im Elsass geboren, wirkte seit 1755 bei der

Staatsanwaltschaft in Colmar und kam 1765 nach Paris, wo er bald darauf Geheimagent des Herzogs von Aiguillon wurde, der gegen einzelne Gerichtshöfe, aber auch gegen den König intrigierte und außerdem ein Feind des Prinzen Conti war, dem Protektor von Beaumarchais. Goëzman erstrebte ein Amt im Auswärtigen Dienst (wie später auch Beaumarchais), bekam aber nur einen Platz im neuen Parlament Maupeou und wurde von diesem als Berichterstatter (Untersuchungsrichter) im Prozess La Blache gegen Beaumarchais vorgesehen. Als Verfasser juristischer Werke genoss er durchaus Ansehen, nur war er leider korrupt. Beschrieben wird er als bärtig, leicht hinkend, mit einem schielenden linken Auge, krummem Rücken, nervösen Ticks sowie einer Neigung zu hysterischem Lachen. Sein starker elsässischer Akzent reizte in Paris zum Spott. Er war in zweiter Ehe mit Gabrielle Julie, geborene Jamart verheiratet, die deutlich jünger war als er und nach der Einschätzung von Beaumarchais keineswegs reizlos.

Der Versuch, Richter im persönlichen Gespräch und durch Geldzuwendungen für sich einzunehmen, war damals allgemeiner Brauch, ebenso wie das Verbreiten von gedruckten Streitschriften, *Mémoires à consulter* genannt, die nicht nur die öffentliche Meinung, sondern auch das Gericht beeinflussen sollten. Nur war Richter Goëzman für Beaumarchais nicht zu sprechen. Ende März hinterließ dieser mehrfach schriftliche Bitten um eine Unterredung, sie blieben ohne Antwort. Da er noch unter Arrest stand und nur begrenzte Zeit in der Stadt verbringen konnte, musste er häufig auf Mittelsmänner zurückgreifen. Zehnmal in drei Tagen wartete Beaumarchais vergeblich vor Goëzmans Haus am rechten Seine-Ufer gegenüber der Insel Saint-Louis. Am 1. April 1773 wurde Goëzman offiziell zum Berichterstatter bestellt. Am 5. April sollte schon das Urteil gefällt werden, die Zeit wurde knapp.

Seit seinem Gefängnisaufenthalt war das Haus in der Rue de Condé versiegelt. Unterschlupf fand er meist bei seiner Schwester Fanchon, nunmehr Madame Lépine, die an der Place Dauphine, also ganz nahe am Justizpalast wohnte. Bei ihr zur Untermiete lebte ein gewisser Bertrand d'Airolles, der seine Vermittlungsdienste anbot, weil er den Buchhändler Edme-Jean Le Jay kannte, den Verleger einiger Schriften Goëzmans. Madame Goëzman suchte diesen öfter auf, um die Tantiemen für ihren Mann abzuholen. Der übliche Preis für ein Gespräch mit dem Richter betrug hundert Louisdor (also 2 000 Livres), viel Geld für Beaumarchais, der in großen Nöten war. Über Bertrand d'Airolles ließ Beaumarchais die geforderte Summe an Madame Goëzman überbringen. Bei der Verabredung war ein Arzt zugegen, der später als wichtiger Zeuge zugunsten von Beaumarchais aussagen sollte, während Bertrand d'Airolles dann zur feindlichen Seite überlief.

Das Geld wirkte, Beaumarchais durfte mit Goëzman sprechen, allerdings nur für wenige Minuten vor dessen Abendessen. Beaumarchais hatte dabei ein ungutes Gefühl: Goëzman wirkte nervös und zerstreut, schien sich schon seine Meinung gebildet zu haben, fragte nur nach ganz unbedeutenden Details. Beaumarchais wollte ein zweites Gespräch herbeiführen. Dafür verlangte Madame eine erneute Zahlung von 100 Livres und dazu 15 Louisdor für den Sekretär ihres Mannes. Beaumarchais ließ ihr das Geld bringen, dazu eine diamantenbesetzte Uhr aus der Werkstatt seines Schwagers Lépine. Trotzdem kam keine weitere Unterredung zustande, der Richter ließ sich stets verleugnen.

Am Montag, dem 5. April legte Goëzman seinen Untersuchungsbericht dem Parlament vor. Am 6. April 1773 erging, dem Vorschlag von Herrn Goëzman gemäß, mit knapper Mehrheit das Urteil. Beaumarchais verlor auf der ganzen Linie. Dabei wurde das neue Urteil kaum begründet, die Argumente waren so dürr, so pedantisch, so verlogen wie Goëzman selbst. Der hatte rein formalistisch befunden, dass am Vertrag zwar das Siegel von Pâris-Duverney angebracht gewesen sei, aber das hätte sich ein jeder beschaffen können (was nicht stimmte, der Mehlgeneral war sehr penibel gewesen); die Zahlen seien in Ziffern und nicht in Worten geschrieben, wie es Vorschrift war (aber sie standen auf der einen Seite des Blattes in Ziffern und auf der anderen in Worten). Eine Fälschung konnte auf diese Weise nicht nachgewiesen werden. Es war ein lächerliches, ein skandalöses, aber auch ein gefährliches Urteil. Als verurteilter Fälscher hätte Beaumarchais auf die Galeeren geschickt werden können.

Das frühere Urteil wurde aufgehoben, Beaumarchais mit allen seinen Ansprüchen abgewiesen. Er erhielt wegen Urkundenfälschung eine Geldstrafe von 56 300 Livres, zahlbar sofort, nebst Zinsen und Prozesskosten sowie den Kosten für den Gerichtsvollzieher; ferner musste er die Kosten für die im Gefängnis verbrachte Zeit erstatten.

La Blache verlor keine Minute; er ließ alsbald die Gerichtsvollzieher schicken und kam selbst ins Gericht, um die Sache anzutreiben. Das Haus in der Rue de Condé wurde ohne Vorwarnung in Beschlag genommen. Vater Caron war zu Freunden gezogen, die Schwester Julie in ein Kloster geflohen. Alle Güter wurden beschlagnahmt, ihr Wert wurde auf 300 000 Livres festgesetzt. Man konfiszierte auch ein Haus, das Beaumarchais im Vorort Pantin besaß, aus dem Besitz seiner zweiten Frau. »Es muss meinem Gegner wohl großes Vergnügen bereiten, mich ruiniert zu sehen, denn das ist sein einziger Antrieb«, klagte er.

Kaum war das Urteil bekannt, stellten sich zahllose Gläubiger mit unüberprüfbaren Forderungen ein. Doch zu holen war nichts mehr, Beaumarchais war zahlungsunfähig, und sein Ruf war dahin. Es war ein Schlag, der ihn hätte vernichten und von der Bühne seiner Zeit fegen können.

Während des Prozesses sagte sein Protektor, der Prinz von Conti: »Beaumarchais wird ausbezahlt oder aufgehängt.« Die Schauspielerin Sophie Arnould erwiderte: »Wenn man ihn aufhängt, dann reißt bestimmt der Strick.« Man kann sich das Lachen der kleinen Runde ausmalen. Und gewiss wären ihnen auch kesse Sprüche zum Untergang von Beaumarchais eingefallen, der übrigens in Flugblättern als Zuhälter des Prinzen Conti beschimpft wurde.

Beaumarchais' Kommentar zum Urteil war eindeutig politisch: »Das große Unrecht, Recht zu haben, ist immer ein Verbrechen in den Augen der Macht, die stets bestrafen, aber nicht gerecht urteilen will.«

Hier sprach schon Figaro, der Ankläger, hier ging es nicht mehr um Gerechtigkeit für einen Einzelnen, sondern schon um die Grenzen des Systems. Nun lernte der vermeintliche Glückspilz den Geschmack von Ruin und Niederlage kennen. Nun wusste er, es gab Leute, die ihn vernichten wollten, und Amtsträger, die ihnen dabei halfen; im Ständestaat konnte man kurzerhand untergehen, als Opfer einer korrupten Justiz. Bisher hatte er im vorgefundenen

System nur reüssieren, aufsteigen, Anerkennung erringen wollen, spätestens jetzt musste er sehen, dass es seine Ungerechtigkeiten und Gefahren aufwies.

Tage vergingen, Tage der Niedergeschlagenheit, in denen ihm nur die Familie beistand. Diese Solidarität sollte ihm niemals fehlen, konnte niemand brechen. Seine ersten Briefe von Anfang April waren mutlos, verzweifelt, er schien jede Brillanz und jeden Geist verloren zu haben. Niemand ergreife für ihn Partei, jeder traue ihm die schlimmsten Verbrechen zu, hieß es in einer literarischen Korrespondenz.

Für Beaumarchais trat immerhin noch der Polizeileutnant Sartine ein, an den er nun schrieb und der zu seinen Gunsten bei Hofe intervenierte. Antoine Gabriel de Sartine, später zum Graf von Alby erhoben, war fast zwanzig Jahre für die Pariser Polizei zuständig und machte sich dabei um die Sanierung der Hauptstadt verdient; er ließ die erste Straßenbeleuchtung errichten, agierte aber auch im Dunkeln als Aufseher über Geheimagenten im Inland wie im Ausland. Später brachte er es zum Marineminister. Für Beaumarchais war er ein ständiger Ansprechpartner und Protektor.

Und noch immer stand Beaumarchais unter Arrest wegen der Sache mit Chaulnes, ohne jeden Grund. Er schrieb ein Gnadengesuch an den König, das dieser am 5. Mai positiv entschied. Der 8. Mai wurde der Tag seiner Freiheit. Erst dann stellte sich der Mut zum Handeln wieder ein. Er konnte nicht auf sich sitzen lassen, als Betrüger zu gelten. Sogleich erinnerte er sich daran, dass Madame Goëzman viel Geld gefordert hatte für die nutzlose Unterredung mit ihrem Mann. Sie hatte zwar nach dem Urteil die 200 Livres zurückgegeben, aber nicht die fünfzehn Goldmünzen für den Sekretär. Beaumarchais ließ diesen durch einen Vertrauten befragen. Der Sekretär stritt glaubhaft ab, jemals etwas empfangen zu haben. Da ihm auch der Mittelsmann Le Jay keine Auskunft geben konnte, schrieb Beaumarchais an Madame Goëzman und erkundigte sich nach dem Verbleib der Schmuckuhr und der Goldmünzen. Der sarkastische Ton des Briefes zeigte, dass sein Kampfeswille wieder erwacht war. Madame Goëzman stritt alles ab. Hier lag das schwache Glied in der Phalanx seiner Feinde, hier konnte er angreifen. Beaumarchais ließ in allen Salons wissen, wie das Parlament mit ihm verfahren war, und vor allem, dass jene Richtersgattin Geld eingesteckt hatte. Damit bekam der Fall eine übergeordnete politische Bedeutung, denn dieses Parlament war ja erst kurz zuvor eingesetzt worden. Nun sah es so aus, als sei der neue Gerichtshof keineswegs besser als der alte.

Die Flüsterpropaganda, die Beaumarchais gegen Goëzman ausgelöst hatte, wurde diesem allmählich gefährlich; er ahnte, dass er seinen Gegner zum Schweigen bringen musste. Nach der damaligen Justizverfassung konnte man durchaus jemanden für einige Zeit im Gefängnis verschwinden lassen, es genügte, einen Bannbrief zu erwirken, eine *Lettre de cachet*, und Goëzman verfügte über einflussreiche Verbündete. Wir befinden uns hier an einer Bruchlinie des Schicksals; an diesem korrupten Juristen mit dem Sprachtick hätte das Leben des Autors Beaumarchais zerschellen können. Aber mit den Mitteln eines Autors setzte er sich schließlich gegen den korrupten und stotternden Richter zur Wehr.

Goëzman hatte seinen Buchhändler Le Jay eine Erklärung unterschreiben lassen, mit der er zu den Ministern Sartine und La Vrillière ging. Er versuchte den Spieß umzudrehen: Beaumarchais habe ihn zu bestechen versucht und in unehrenhafter Weise Druck auf seine Frau ausgeübt. Der zuständige Minister, der Herzog de la Vrillière, weigerte sich jedoch, einen Bannbrief gegen Beaumarchais zu unterschreiben.

Beaumarchais seinerseits suchte durchaus die Konfrontation, er unterrichtete den Präsidenten des Parlaments, Maupeou, der zunächst eher auf seiner Seite gestanden hatte – das berichtete zumindest der österreichische Gesandte nach Wien über diesen Fall. Die Kollegen rieten Goëzman, wegen Verleumdung gegen Beaumarchais vorzugehen. Ach, die Verleumdung, sie ist eine zweischneidige Waffe! Indem Goëzman eine neue Runde vor Gericht eröffnete, tappte er in die Falle. Weil er anders nicht weiterkam, verklagte er Beaumarchais am 21. Juni 1773 wegen Verleumdung und versuchter Bestechung. Das Parlament nahm sich des Falles an und beauftragte sein Mitglied Joly de Fleury mit der Leitung der Untersuchung.

Es wurde ein Verfahren eröffnet, in dem der Bestechungsvorwurf geklärt werden sollte, aber der Fall zog sich Monat um Monat hin und nichts geschah. (Das ist das ewige Rätsel der Justiz: Warum geschieht etwas oder warum nicht, und warum bekommt alles zeitliche Dimensionen, die auf die Kürze des menschlichen Lebens keine Rücksicht nehmen?) Diesmal war es ein Kriminalprozess, der unter Ausschluss der Öffentlichkeit stattfand. Goëzman hatte eine sehr starke Position und mächtige Verbündete, wie konnte Beaumarchais da bestehen? Die höchstmögliche Sanktion unterhalb der Todesstrafe konnte gegen ihn verhängt werden. Conti ließ ihn wissen: »Wenn Sie der Henker berührt, kann ich nichts mehr für Sie tun.« Nach La Blache hatte er nun in Goëzman einen zweiten Gegner, der ihn tödlich treffen wollte. Kein zugelassener Anwalt war bereit, ihn zu verteidigen, der Gegner schien zu mächtig. Er musste als sein eigener Anwalt auftreten – zu seinem Glück.

Im Juli und August begannen die Verhöre mit allen Beteiligten. Als Erstes gelang es Beaumarchais, den Buchhändler Le Jay zum Eingeständnis zu bewegen, dass seine schriftliche Erklärung falsch und von Goëzman selbst geschrieben worden war, der ihm sogar Geld für eine Flucht nach Holland angeboten hatte. Le Jay wurde in Haft genommen. Schnell erwies sich auch, dass Madame Goëzman sehr wohl fünfzehn Louisdor erhalten hatte. Der ganze Streit ging letztlich nur um diesen kleinen Betrag.

Nun griff Beaumarchais zu der stärksten Waffe, die er besaß, zu seiner eigentlichen Kraft und Begabung – er griff zur Feder (damals noch keine bloße Metapher, sondern handfeste Realität). Ist das nicht der Traum jedes Dichters: zwar nicht die Welt, aber doch das eigene Leben durch sein Schreiben zu verändern? Sein Schicksal durch selbst Ersonnenes zu vergolden? Ist es nicht die einzige Art, sich am eigenen Schopf aus dem Sumpf zu ziehen, indem man, was man erlitten oder getan hat, als erzählbare Geschichte wirksam werden lässt?

Genau wie im Streit mit dem Hofuhrmacher Lepaute um das Patent für die Ankerhemmung griff Beaumarchais zum Mittel des offenen Briefes, der Streitschrift. Das *Mémoire* war damals das modernste und aufregendste Verfahren, eine kritische Öffentlichkeit zu erreichen, beziehungsweise sie erst schaffen zu helfen. Die Herausgeber der *Encyclopédie* hatten 1755 Recht gehabt: der Sohn des Uhrmachers Caron wurde einer der Helden und Wegbereiter der öffentlichen Meinung als politischer Macht. Denn es ging hier schon um mehr als seine privaten Vermögensverhältnisse.

Viele Details aus seinem Leben kennen wir nur aus den vier Streitschriften, die er während des Goëzman-Prozesses herausgebracht hat, und nicht alles können wir durch andere Dokumente überprüfen. Bei der Einschätzung der Argumente und Berichte darf man nie vergessen, dass es Zweckschriften waren, Mittel der Selbstbehauptung eines bedrohten Menschen, der seinen Richtern schmeicheln und zugleich das allgemeine Publikum gewinnen musste, eine schwierige Balance, die er bravourös meisterte.

Damit hielt sich Beaumarchais nicht an die Regel, dass der Prozess ohne Öffentlichkeit stattfinden sollte. Im Gegenteil, er suchte die größtmögliche Resonanz. Der Streit um die fünfzehn Louisdor sollte in ganz Europa widerhallen und das Regime von Louis dem Fünfzehnten erschüttern.

Beaumarchais besaß zu dieser Zeit keinen festen Wohnsitz, aber trotz räumlicher Getrenntheit hielt die Familie zusammen. Man kann von kollektiver Mitarbeit an der Redaktion sprechen; die Abfassung der Streitschriften war ein Familienunternehmen. Es sind Schmierzettel mit Redaktionsvorschlägen der Freunde, des Vaters und der Schwester Julie erhalten, etwa ein Abschnitt, in dem Beaumarchais Vorbehalte gegenüber seiner Herkunft aus einer Handwerkerfamilie zurückweist und deren ehrwürdigen Beruf stolz verteidigt. Jeder Satz war also auf einen wohl erwogenen Effekt berechnet.

Die vier Streitschriften gegen Goëzman wurden zwischen September 1773 und Februar 1774 geschrieben, eine fünfte sollte folgen, wurde aber durch die Ereignisse überholt. Die erste kam am 5. September 1773 heraus und war innerhalb von acht Tagen verkauft. Sie enthielt eine knappe und heiter klingende Darstellung des Falles. Seinen Witz hatte Beaumarchais nicht verloren.

Das zweite *Mémoire* vom November 1773 hatte über sechzig Seiten und verkaufte sich noch besser. Hierin rechnete er mit Madame Goëzman ab: ein Lacherfolg.

Im Dezember erschien das dritte *Mémoire*, nun mit siebzig Seiten, aber zum alten Preis von vierundzwanzig Sols. Diesmal machte sich schon die Zensur bemerkbar; Beaumarchais musste die Druckerei wechseln, um seine Streitschrift gesetzt zu bekommen, in der er auf die inzwischen erschienenen Texte der Gegenseite antwortete. Die Reaktion des Publikums machte deutlich, dass das Erscheinen der Streitschriften auch ein literarisches Ereignis war. Und Talent lässt in Paris vieles verzeihlich erscheinen.

Am selben Tag, an dem das *Mémoire* erschien, schrieb Beaumarchais einen Brief an das Gericht und informierte es über ein privates Problem des Herrn Goëzman. Wenn seine Feinde in seinem Privatleben herumschnüffelten, dann musste er eben dasselbe tun, und so hatte Beaumarchais herausgefunden, dass Goëzman Vater eines unehelichen Kindes war, das er unter falschem Namen ins Kirchenbuch hatte eintragen lassen. Beaumarchais zögerte keinen Augenblick und erstattete Anzeige gegen Goëzman wegen Urkundenfälschung. Um dadurch nicht auch in die Schusslinie zu geraten, stimmte das Parlament mit knapper Mehrheit für die Suspendierung seines Mitglieds von allen Ämtern und die Einleitung einer Untersuchung gegen ihn. Goëzman revanchierte sich, indem er nun auch Julie de Beaumarchais verklagte, weil sie öffentlich behauptet hatte, man bekäme eine Audienz bei ihm nur gegen Zuwendungen, aber das war ja nun wirklich nicht mehr zu beweisen.

Es folgte der vierte Streich, das vierte Textstück. Es erschien am 10. Februar 1774 und sollte das Ruhmesblatt werden. Mehr als zehntausend Exemplare wurden in wenigen Tagen verkauft. Mit seinen Streitschriften konnte Beaumarchais nicht nur die Öffentlichkeit gewinnen und als Anwalt der Gerechtigkeit auftreten, er konnte auch seine Finanzen aufbessern.

Beaumarchais schrieb, die Nation richte über die Richter, sie sei in allem die oberste Gewalt. Er suchte eben eine Instanz, in der keine Winkelzüge, keine Schmiergelder, keine Protektionen halfen; aber was half? Dasselbe, was im Theater hilft: Witz, Charme, Sympathie, Lachen.

Der Text ging auf allgemeine Probleme der Justiz und des Gerichtsverfahrens ein; noch einmal rollte er den ganzen Fall auf, da er des Publikumsinteresses gewiss war, und in Antwort auf einen verleumderischen Brief über seine Zeit in Madrid schilderte er den Fall Clavijo aus seiner Sicht.

Wie wunderbar Beaumarchais den Gerichtsjargon beherrschte,

was für ein großer Anwalt er gewesen wäre (und auch in eigener Sache war)! Was hier auf höchstem Niveau erprobt wurde, nahm die künftige Sprache der Politik vorweg, den Tonfall der Parlamentsreden, klar, präzise, prägnant, im klugen Wechsel von Argument und Erzählung. Die Kernpunkte sind immer knapp und deutlich formuliert, die Einleitungen kleine Meisterwerke der Zusammenfassung, der Rhythmus ist lebhaft, und immer spricht aus seinem Text Respekt für die zuständigen Richter und Vertrauen in die Urteilskraft des allgemeinen Publikums. Wenn dieses Können doch nur einen würdigeren Gegenstand gefunden hätte! Eine große Sache, einen großen Anlass, oder besser noch: eine große Erzählung. Aber so? Verlorene Wörter, nutzloses Feuerwerk, alles nur Gebrauchs- und Situationsprosa in einer viel zu verwinkelten Angelegenheit. Vielleicht war das die ideale Situation, die Beaumarchais benötigte, um sein Bestes zu geben: bedroht und verfemt sein, von Feinden umzingelt; vielleicht war es ja wie in alten Märchen eine Art Halslösegeschichte: Wer gut genug erzählt, kommt aus der Gefahr davon.

Gewiss, man kann die Streitschriften loben, die literarischen Mittel aufzählen, die stilistische Virtuosität bewundern und die Parodien aller Genres und Stilebenen, man kann Beaumarchais als Polemiker noch über Voltaire stellen, kann zeigen, wie er in den Attacken seiner Gegner Ausgangspunkte für brillante Repliken fand. Aber ist es nicht traurig, dass sein Geist, sein Talent, sein Mut, sein Witz in Werke eingingen, die nur noch von Philologen gelesen werden? Die bestenfalls in kurzen Auszügen genießbar sind? Ist es nicht eine Tragödie von vergeudeter Kreativität?

Genau wie kurz zuvor in seinem theatralischen Werk, als er vom Drama zurückfand zur Komödie, entschied sich Beaumarchais für das Lachen, insbesondere im vierten *Mémoire*, als alles auf Messers Schneide stand. Er machte seine Gegner lächerlich und verteidigte sich gegen den möglichen Vorwurf, er wäre zu heiter in einer so ernsten Angelegenheit. Zur Rechtfertigung erfand er ein Ovid-Zitat: Auch im Kummer gibt es Momente des Lachens. Das war purer Beaumarchais, sein Geist und seine Maxime: über alles zu lachen, aus Furcht, sonst über alles weinen zu müssen. Genau das ließ er seinen Figaro im *Barbier* sagen. Nun nahm er sich an seiner Figur ein Beispiel.

Hier, im Prozess, im Memorandum, war er sein eigener Figaro. Wenn er schreibe, werde er ein anderer, sein Doppelgänger: »Dann ist es nicht mehr das leidende und unglückliche *Ich*, das zur Feder greift; es ist ein anderes *Ich*, ein mutiges, das darauf brennt, die Verluste wettzumachen, die ich in der Meinung meiner Mitbürger durch Bosheit erlitten habe, das begierig darauf ist, die empfindsamen Seelen zu interessieren, indem es ihnen in großen Zügen die Ungerechtigkeit meiner Feinde ausmalt, und das sich bemüht, die Neugier der Gleichgültigen zu erregen, indem es ein trockenes Thema aufheitert.«

Sein Gegner schwieg nicht, und auch er suchte Verbündete, die Streitschriften in Umlauf brachten und in ausländischen Zeitungen gehässige Artikel lancierten. Auch im Namen von Madame Goëzman erschien ein *Mémoire*, verfasst wurde es von ihrem Mann.

Zu den redigierenden Helfern von Goëzman gehörte nun auch Bertrand d'Airolles, der ja für Beaumarchais den Kontakt zu Goëzman hergestellt hatte. Nun wollte er nicht die Protektion des Herzogs von Aiguillon verlieren, der ja hinter dem Elsässer stand.

Wichtigster publizistischer Helfer von Goëzman war François Louis Claude Marin, aus dem provenzalischen Hafenstädtchen La Ciotat stammend, als Autor von Dramen erfolglos, aber seit 1762 ein mächtiger Mann als königlicher Zensor, zudem war er Korrespondent vieler Zeitschriften und ein Protegé von Maupeou und Aiguillon.

Marin hatte sich bei Voltaire durch manch einen Gefallen beliebt gemacht, weshalb sich der Philosoph schwer tat mit einem Urteil in Sachen Beaumarchais. Voltaire behandelte Marin sehr schonend, dachte sogar daran, ihn für die Académie Française ins Gespräch zu bringen – kleinliches Kalkül eines großes Autors.

Bisher hatte Beaumarchais noch keinen Ärger mit dem Zensor Marin gehabt, der alle seine Stücke genehmigt und auch gegen den *Barbier von Sevilla* keinen Einspruch erhoben hatte. Marin hatte ursprünglich sogar als Vermittler im Streit mit Goëzman wirken wollen – um das Parlament aus dem Spiel zu halten. Aber darauf hatte sich Beaumarchais nicht eingelassen.

In seinen Pamphleten verbreitete Marin, der es als sein Zensor besser wissen musste, dass Beaumarchais die unter seinem Namen aufgeführten Stücke nicht selbst geschrieben hätte, ein Argument, das Verleumder noch Jahrzehnte später immer wieder aufbringen sollten.

Diesen Herrn Marin griff Beaumarchais am schärfsten an, nannte ihn ungeschickt, schwerfällig, verächtlich, niederträchtig gegenüber Autoren und Texten, heimtückisch und treulos, er sei alles in allem kein würdiger Gegner für ihn. Er machte sich eine Freude daraus, die missratenen Sätze des Zensors und Polemikers zu zerpflücken und zu verbessern, und er mokierte sich über provenzalische Ausdrücke, die Marin in seine Reden einfließen ließ, etwa den Fragepartikel *Ques-a-co* (statt: *Qu'est-ce que c'est*).

Und noch einen Gegner müssen wir nennen, der für Goëzman und gegen Beaumarchais schrieb, denn Beaumarchais stand hier allein gegen viele, wie er selbst vermerkte. Es gibt Ohrfeigengesichter und auch Ohrfeigennamen – das ist keine sehr feine Feststellung, aber beim Namen Baculard d'Arnauld drängt sich dieser Gedanke auf; vor allem, wenn man in literaturgeschichtlichen Dimensionen an das Duell Baculard gegen Beaumarchais denkt. Beaumarchais war in der Auswahl seiner Gegner einfach nicht vorsichtig genug.

François Thomas Marie de Baculard d'Arnauld stammte genau wie Marin und Bertrand d'Airolles aus der Provence. Mit Goëzman und seinen Helfern standen also lauter Provinzleute gegen den Hauptstädter Beaumarchais. Durch eine Empfehlung von Voltaire hatte Baculard den Weg nach Potsdam gefunden, war aber schnell bei Friedrich II. in Ungnade gefallen und nach Paris zurückgekehrt, wo er zum Lager der Gegner der Enzyklopädisten und Philosophen gehörte. Er schrieb schaurig-schwarze Melodramen und Romane. Auch über seinen Stil machte sich Beaumarchais lustig und korrigierte seine Ausdrucksweise und seine sprachlichen Bilder.

Beaumarchais behandelte die Schmähschriften seiner Gegner als Schleifstein seines Witzes, wie Anton Bettelheim so schön formuliert hat. Und immerzu ging es um sein Bild, ging es darum zu widerlegen, was seine Gegner über ihn behaupteten, wobei er deren negative Urteile ausgiebig und vielleicht nicht ohne masochistische Lust zitierte.

Besonders auf Madame Goëzman schoss sich Beaumarchais ein, schon im Prozess, wo er sie einem besonderen Verhör unterzog, einem Wechselbad aus verführerischem Charme und Fangfragen; in seinem Text ließ er es wieder aufleben. Und er gab ihre unfreiwilligen Pointen zum Besten. Zur Frau des Buchhändlers Le Jay hatte sie gesagt: »Wir beherrschen die Kunst, das Huhn zu rupfen, ohne dass es schreit.« Beaumarchais schrie nicht; er schrieb. Im Memorandum fügte er hinzu, es falle ihm schwer, einer Frau zu widersprechen, Frauen seien doch viel zu zart für solch hässliche Angelegenheiten. Das hinderte ihn nicht daran, sich zu Beginn des vierten Memorandums in Sachen Kämpfermut und Leidensfähigkeit auf das Vorbild der Frauen zu berufen, die von der Natur schwächer als die Männer gebildet wären und immerfort litten, doch ihre Leiden so geduldig und heiter ertrügen, dass sie den Männern eine permanente Lektion erteilten, eine praktische Philosophie vorlebten und damit ihn, der so leicht reizbar sei, mehr als einmal beschämt hätten. »Zu allen Zeiten habe ich dieses liebenswerte Geschlecht verehrt; hierin ist es mein Vorbild.«

Beaumarchais, der sich einen Siegelring mit der Inschrift anfertigen ließ: »Mein Leben ist ein Kampf«, praktizierte in diesem Streit seine Auffassung, dass sich die Persönlichkeit eines Menschen nur im Widerstreit ausbildet. Selbstmitleid ist da nicht hilfreich, auch in größter Not.

»Ich war in meiner Persönlichkeit geschmäht, meiner Freiheit beraubt, um 50 000 Ecus ärmer, eingesperrt, verleumdet, ruiniert, ohne verfügbares Einkommen, ohne Geld, ohne Kredit, sah meine Familie in Verzweiflung, mein Vermögen geplündert, lebte im Gefängnis ohne andere Unterstützung als meinen Schmerz und mein Elend, so war ich innerhalb von zwei Monaten aus dem schönsten Zustand, in dem sich ein Individuum befinden kann, in Unglück und Schande gefallen; ich tat mir ja schon selbst leid.«

Seine Freunde beklagten ihn, sein Vater war tief bekümmert, aber er antwortete ihnen mit einem Bild aus dem Uhrmacherhandwerk:

»Meine Freunde, zeigt mir nicht euren Schmerz, nehmt meiner Seele nicht die Spannkraft, deren Feder nur noch durch die Empörung gehalten wird. Wenn ich den männlichen Stolz verliere, der in mir mit der Demütigung kämpft, wenn mich nur einmal Mutlosigkeit ergreift, wenn ich mit euch weine, dann bin ich wirklich verloren.«

Man muss sich die Abfolge der Streitschriften als öffentlichen Schlagabtausch vorstellen, der immer heftiger wurde, je näher das Urteil rückte. Marin holte zu einem moralischen Tiefschlag aus und brachte einen Brief in Umlauf, der angeblich von einem ausländischen Botschafter in Madrid geschrieben worden war und von Beaumarchais' dortigen Untaten sprach, Spielschulden, Ehrenhändel, Rügen durch hohe Persönlichkeiten, schließlich Ausweisung. Von diesem Schlag würde er sich nicht erholen, glaubte man. Aber es war wieder nur ein Beispiel dafür, wie seine Feinde ihm letztlich dienten, denn indem sie das spanische Thema in den Streit und die Streitschriften einführten, halfen sie, den Ausgangspunkt für seinen höheren Ruhm zu schaffen, denn der spanischen Reminiszenz war die größte Wirkung beschieden. Und so wusste er selbst nicht, wie Recht er hatte, als er schrieb: »Ich danke meinen Feinden dafür, dass sie mein Leben einer so strengen Inquisition unterziehen.«

Als Replik auf diese Vorwürfe in einem schlecht geschriebenen und unglaubwürdig klingenden Brief ging er am Ende seines vierten Memorandums auf seine Reise nach Madrid 1764 ein, aber nur auf die Familienangelegenheit, die Sache Lisette gegen Clavico (so schreibt Beaumarchais den Namen des Mannes, der nicht sein Schwager werden wollte). Und damit wurde diese lustige Epistel doch noch zum Drama, zum bürgerlichen Rührstück, wenngleich die Theaterfassung der Sache von anderen besorgt wurde.

Jene Streitschriften muss man zu den literarischen Werken von Beaumarchais zählen. Er sollte noch viele schreiben, davon mindestens eine, die literarische Beachtung verdient, nämlich in den Jahren der Revolution. Aber für den heutigen Geschmack ist das Ganze doch ein wenig weitläufig (eine der Gefahren des Autors Beaumarchais: aus Selbstgefälligkeit zu lang zu werden, auch etwas pedantisch).

Beaumarchais schrieb, um sich unter den Schutz der öffentlichen Meinung in Paris zu stellen, das war – wie er selbst sagte – die einzig mögliche Verteidigung in seinem Prozess. Damit erreichte er nicht nur das französische Publikum, sondern auch Leser in ganz Europa, und daran hatten auch seine Feinde ihren Anteil, die in französischsprachigen Zeitschriften des Auslands Verleumdungen verbreiteten und dadurch den Namen Beaumarchais überall bekannt machten. Und so erzielten auch seine Streitschriften einen nachhaltigen Erfolg, von Paris bis Sankt Petersburg, von London bis Wien, und natürlich am Hofe von Versailles.

Der König ließ sie sich vorlesen, fand alles sehr komödienhaft, und Madame Du Barry, die zu den Gegnern von Beaumarchais zu zählen war, machte ihrem königlichen Geliebten die Freude, das Rededuell von Beaumarchais mit Madame Goëzman als kleines Stück nachspielen zu lassen. In dieser Aufführung im engsten höfischen Kreis wurde die Rolle von Beaumarchais von keinem anderen gespielt als von Préville, dem theatralischen Schatten seines Lebens. König Ludwig wurde beim Zuschauen von so heftigen Lachkrämpfen geschüttelt, dass er den Saal verlassen musste, wollte aber das Stückchen am nächsten Tag noch einmal sehen. Er soll sogar Witze über die Bestechlichkeit des neuen Parlaments gemacht haben, das er selbst ernannt hatte! »Man sagt mir immer, dass das neue Parlament niemals Gestalt annehmen würde, es nimmt aber doch etwas an, und zwar mit beiden Händen.«

Die künftige Königin Marie-Antoinette amüsierte sich köstlich über die Torheiten der Gegner von Beaumarchais, insbesondere über den Ausdruck *Ques-a-co* des Zensors Marin. Von ihrer Putzmacherin Bertin ließ sie eine Turmfrisur mit hohen Federn entwerfen, die den Spottnamen *Ques-a-co* erhielt und bald überall getragen wurde. Beaumarchais' Streitschrift löste auch eine Welle von spöttischen Liedern über Marin aus, der an eine weitere Karriere als »Kulturpolitiker« in Paris nicht denken konnte.

Der königliche Enkel und designierte Thronfolger Ludwig allerdings kritisierte seine Frau dafür, dass sie an dem üblen Subjekt Beaumarchais so großen Anteil nehme. Und er warf dessen Streitschriften ins Feuer eines offenen Kamins (aber bei Beaumarchais heißt es ja: »Brûler n'est pas répondre« – Verbrennen entkräftet ein Buch nicht).

In einem bürgerlichen Salon in Frankfurt am Main las ein junger Dichter Abschnitte aus dem vierten *Mémoire contre Goëzman* vor. Dieser Bericht über die spanische Reise sei ihm schon bei der zweiten Lektüre sehr dramatisch vorgekommen, sagte er. Dann solle er doch ein Drama aus diesem Stoff machen, wurde er aufgefordert. Das könne er sehr wohl innerhalb von acht Tagen schaffen, nahm er die Herausforderung an. Der Dichter hielt Wort: Nach zweimal acht Tagen legte Johann Wolfgang Goethe ein Theaterstück vor: *Clavigo*.

Viele Leser der Streitschriften hatten auch den Eindruck, dass diese aufs Theater passen würden. Voltaire schrieb in einem Brief: »Wenn Beaumarchais keinen Erfolg mit seinem *Barbier* hat, soll er doch seine Streitschriften auf die Bühne bringen!«

Voltaire und Goethe und viele andere – 1774 waren alle guten Geister Europas mit Beaumarchais als seine neuen Gabenfeen, jetzt brauchte er keine Königstöchter mehr.

In seinem vierten Memorandum rief er sogar Gott an – aber das war pure Rhetorik. Er dachte über seine Leistung auf Erden nach: Wozu dient das verliehene Talent? Außerdem pries er sein Schicksal, und vielleicht machte er es so übertrieben spielerisch, damit man nicht merkte, dass er es ernst meinte.

Mitglieder des Parlaments rieten Beaumarchais, keine weiteren Memoiren mehr zu schreiben, drohten sogar mit Haft, aber er ließ sich nicht einschüchtern. Seine Feinde bezeichneten seine Streitschriften als Kloake der Infamie. Über ihr Wirken musste er sich Gedanken machen. An einer Textstelle richtete er sich an seine »lieben Feinde« und stellte sich eine der Grundfragen seines Lebens: Warum verbissen sich so viele Gegner an ihm, und warum waren es fast immer subalterne Menschen von geringen Geistesgaben? Hatte er keinen niveauvolleren Widerspruch verdient? Am liebsten hätte er wohl noch die Schriften der Gegner verbessert, damit es ein gehaltvollerer, amüsanterer, eleganterer Dialog würde.

»Wie ist es nur möglich, dass ein Bürger, dessen Leben und Absichten immer ehrenwert waren, so wüst attackiert wird? Dass ein Mensch, der außer Haus fröhlich und stets gesellig ist und der zu Hause Gutes tut, tausend giftigen Angriffen ausgesetzt ist? Das ist das Rätsel meines Lebens, das ich nicht lösen kann. Vielleicht liegt es ja daran, dass ein spontanes Ressentiment meinen natürlichen Stolz noch steigert, dass ich hart und schneidend im Disput auftrete, wo ich doch nur wach und präzis zu sein glaube. In Gesellschaft, wenn ich freimütig und leutselig sein möchte, kann man mich vielleicht eigensüchtig finden. Ganz wie Sie wollen, meine Herren. Aber selbst wenn ich ein Geck wäre, folgte daraus, dass ich ein Ungeheuer bin? Wenn ich mich von Kopf bis Fuß mit Bändern geschmückt und mich mit lauter lächerlichen Accessoires umhüllt hätte, müsste man daraus auf die Gefräßigkeit eines Vampirs schließen? Also, meine lieben Feinde, Sie machen Ihre Sache reichlich schlecht. Gestatten Sie mir diesen kleinen Ratschlag: wenn Sie mir schon unbedingt schaden wollen, dann sorgen Sie wenigstens dafür, dass man Ihnen auch glauben kann.«

Anders als noch ein Jahr zuvor war die öffentliche Meinung nun für Beaumarchais. Die Comédie Française nutzte dies und nahm Anfang Januar 1774 sein Stück *Eugénie* mit großem Erfolg wieder auf. Applaudiert wurde bei allen Sätzen, die sich mit seinem Prozess in Verbindung setzen ließen. Man bezog seine Dialoge auf die aktuelle Politik, auf die Affären um ihn, wodurch sie eine zweite Ebene erhielten, die man politisch nennen mag oder kabarettistisch.

Beaumarchais wurde ein Faktotum der Öffentlichkeit. Es gelang ihm, die Öffentlichkeit mit seinen Anliegen, mit seinem Fall, mit seiner Person zu befassen. Dieser öffentliche Hallraum, der unter gefährlichen Begleitumständen erworben wurde, war eine wesentliche Voraussetzung seines späteren Erfolges. Nicht dass er es bewusst auf Skandalerfolge angelegt hätte, aber dieser Nebeneffekt war ihm durchaus bewusst.

In dieser bewegten Zeit entstand ein wichtiges Porträt von Beaumarchais, ein Medaillon, das ihn im Profil zeigt und seinem wahren Gesicht sehr nahe kommen dürfte. Gezeichnet wurde es von Charles-Nicolas Cochin, den Kupferstich besorgte Augustin de Saint-Aubin. Man sieht ihn in Hauskleidung, mit gepudertem Haar und kleinen Locken über der Schläfe, wie es Mode war, das Haar hinten mit einem Samtband zusammengebunden. Stolz und selbstbewusst steht er da, den Kopf leicht gehoben, und trotz eines leichten Doppelkinns wirkt er kämpferisch. Man sieht eine gewellte Stirn, hohe kahle Ecken, eine kräftige Nase, einen sicheren Blick mit einer Prise Feuer, ein ironisches Lächeln ist angedeutet. Und man ahnt eine aufrechte Haltung, einen sicheren Gang.

Melchior Grimm, der eine in ganz Europa gelesene Kulturzeitschrift herausgab und kein Freund von Beaumarchais war, schrieb:

»Noch vor einem Jahr war Beaumarchais der Schrecken von ganz Paris, und heute rühmen ihn alle auf das Höchste.«

Von dieser Welle der Sympathie getragen, versuchte Beaumarchais ganz diskret, den *Barbier von Sevilla* wieder ins Spiel zu bringen. Das Publikum, das ihn im Theater feierte, rief nun nach dem neuen Stück. Er hatte den Text erweitert und mit Anspielungen auf seinen Prozess versehen, mit Parodien auf seinen Gegner Marin (so sagte Bazile das unvermeidliche *Ques-a-co*). Die Schauspieler der Comédie Française begannen schon mit den Proben. Der leicht aufgeblähte Text wurde erneut einem Zensor vorgelegt, der nur einige allzu drastische Pointen gestrichen haben wollte, aber das Plazet erteilte. Da auch der Polizeiminister Sartine einverstanden war, konnte das Stück für den 12. Februar 1774 angesetzt werden.

Sofort begann ein großer Ansturm auf die Karten. Auch Marie-Antoinette wollte das Stück unbedingt sehen, agierte hinter den Kulissen in diesem Sinne. Am 10. Februar aber erging ein Verbot der Aufführung, der *Barbier* wurde durch ein Stück von Voltaire ersetzt, *Mahomet*. Für die Comédie Française bedeutete das Verbot erhebliche finanzielle Verluste.

In dem Stück würde die Justiz beleidigt, lautete die offizielle Begründung. Doch hinter dieser politischen Entscheidung standen persönliche Rivalitäten bei Hofe. Madame Du Barry hatte sich mit Hilfe ihres Verbündeten, dem Herzog von Aiguillon, gegen Marie-Antoinette und deren Anhänger durchgesetzt. Im Leben von Beaumarchais vermischte sich immer wieder die große und die kleine Politik, gab es stets eine zweite Ebene oberhalb seines eigenen Handelns, auf der für oder gegen ihn agiert wurde, wie im antiken Epos, wo sich die Götter in das Schicksal der Helden einmischen und den Ausgang ihrer Kämpfe manipulieren.

Vielleicht fürchtete man auch nur eine zu starke Reaktion der Öffentlichkeit, sollte das Stück gespielt werden. Beaumarchais blieb hartnäckig, verlangte einen neuen Zensor.

Am Tag des Aufführungsverbots wurde die vierte Streitschrift von Beaumarchais gegen Goëzman gedruckt. Auf dem Deckblatt der Exemplare, die zwei Tage später von den Straßenhändlern ausgerufen wurden, prangte ein Satz, der dem Text eine dramatische Note verlieh: »Gerade zu dem Zeitpunkt, da diese Streitschrift erscheinen soll, verhindert ein ausdrückliches Verbot der Regierung, dass die Schauspieler der Comédie Française ein neues Stück von mir spielen, *Die nutzlose Vorsicht oder Der Barbier von Sevilla.* Man hat auch befohlen, die schon gedruckten Plakate einzustampfen.«

Einen Erfolg vor Gericht errang er aber nicht. Die Herren vom Parlament, die am 26. Februar 1774 zusammenkamen, dachten nicht in Kategorien der Literatur. Mit Freispruch konnte er ohnehin nicht rechnen, dafür hatte er zu viel Wirbel gemacht. Womit rechnete er? Zog er wirklich in Erwägung, für den Fall eines neuen Schandurteils seinem Leben ein Ende zu setzen, wie er später verlauten ließ? Ein Todesstoß wäre es sowieso gewesen.

Vor der Sitzung des Parlaments erblickte der Kanzler Maupeou unter den draußen Wartenden auch Beaumarchais und ließ ihn durch einen Saaldiener rüde fortschicken, weil der ihn nur provozieren wolle. Beaumarchais, der ganz friedlich dagestanden hatte, rief laut aus: »Ich werde die Nation als Zeugen dafür anrufen, in welcher Weise ich hier beleidigt werde!«

Anstatt sich abweisen zu lassen, drang er zum Präsidenten der Sitzung vor, beschwerte sich, wollte hundert Zeugen aufbieten, die gesehen hätten, wie unangemessen er behandelt wurde.

Maupeou rechtfertigte sich auf lächerliche Weise mit der Behauptung, Beaumarchais habe ihm die Zunge herausgestreckt und Grimassen gezeigt. Bei aller Liebe zu theatralischen Auftritten waren das doch nicht seine Mittel, obwohl ihm danach zumute gewesen sein mag. Es war eben das Problem dieses Autors, dass seine Gegner nie auf seinem Niveau agieren konnten, dass sie ihn auf ihre Niedrigkeit hinabziehen wollten, weil er sie mit jedem gesprochenen oder geschriebenen Wort seine Überlegenheit spüren ließ.

Für den Abend jenes 26. Februar hatte ihn der Prinz von Monaco eingeladen, in seinem Salon aus dem *Barbier* zu lesen, aber Beaumarchais hatte sich schon vorab entschuldigt. War das ein Indiz, dass er für sich keine Zukunft mehr sah?

Einen ganzen Tag lang stritten sich die Richter lautstark. Die meisten von ihnen wollten sich an Beaumarchais rächen und eine schwere Strafe verhängen, hatten aber Angst vor der großen Volksmenge, die draußen rumorte. Nach der Sitzung entflohen sie durch Nebenausgänge, nur der Präsident musste in feierlichem

Aufzug durch das feindliche Meer der Wartenden schreiten. Aber nichts verlautete, man hatte beschlossen, das Urteil erst dann zu verkünden, wenn alle Mitglieder des Parlaments in Sicherheit wären.

Erst spät am Abend wurde bekannt, dass man Pierre-Augustin Caron de Beaumarchais mit dreißig gegen fünfundzwanzig Stimmen verurteilt hatte, »vor das Parlament zitiert zu werden, um dort, auf den Knien, den Tadel (*blâme*) zu empfangen«. Zudem sollte er 3 000 Livres an die Kasse des Königs zahlen. Die vier Streitschriften gegen Goëzman sollten eingezogen und im Hof des Justizpalastes verbrannt werden, weil sie Verleumdungen des Justizwesens und Beleidigungen einzelner Personen enthielten; er musste dafür ein Strafgeld von zwölf Livres an das Gefängnis der Conciergerie entrichten, von dem das Brot der Gefangenen bezahlt werden sollte. Bei Androhung körperlicher Strafe wurde Beaumarchais untersagt, jemals wieder solche Streitschriften zu verbreiten. Man wollte ihn also in die Knie zwingen und gesellschaftsunfähig machen. Schändlich war das Urteil auf jeden Fall, es bedeutete den Verlust der Ehrenrechte, das heißt er verlor das Recht, jemals wieder ein Hofamt auszuüben. In einer öffentlichen Zeremonie vor dem Parlament hätte der Beschuldigte in Anwesenheit des gesamten Hofstaates niederknien müssen. Der Präsident des Parlaments hätte das Urteil verlesen und sodann gesagt: »Ich tadele dich und erkläre dich für ehrlos (*infâme*).«

Das war eine schlimme Lage: prekär geadelt, frisch getadelt. Keine Theateraufführungen mehr? Keine Ämter mehr? Wie sollte er existieren? War der Publikumserfolg da wirklich ein Trost? Sollte er das Manuskript des *Barbier* wegwerfen? Es ging ja nicht nur um das Leben von Beaumarchais, aus heutiger Sicht betrachtet ging es immer auch darum, ob seine beiden Meisterwerke existieren durften, und darüber entschied beide Male die große Politik. Wenn das kein Schicksal ist!

Wie viele mögen zu Galeerenstrafen verurteilt worden sein, die ein neuer Beaumarchais hätten werden können? Wie viele wurden nicht davon erlöst, anders als es sich die Romanciers des 19. Jahrhunderts für einige ihrer Helden ausdachten, die doch noch eine beachtliche Laufbahn einschlagen durften? Sollten Beaumarchais'

Fähigkeiten verloren gehen? Zu seinem Schicksal gehörte, dass er zuweilen am Abgrund entlangbalancierte.

Auch Madame Goëzman wurde zum Empfang des Tadels verurteilt. Sie sollte eine Geldstrafe von 360 Livres an das Gefängnis zahlen und die fünfzehn Louisdor zurückerstatten. Über ihr weiteres Schicksal gibt es keine sicheren Informationen, es ist die Rede von schwerer Krankheit und Rückzug in ein Kloster.

Gegen die Mitstreiter von Goëzman und diesen selbst wurden mildere Formen des Tadels verhängt; für Goëzman hatte dies zur Folge, dass er nicht nur seinen Sitz im Parlament verlor, sondern nie wieder ein Amt ausüben konnte. Sein Haus und alle seine Besitztümer wurden gepfändet, er besaß plötzlich nichts mehr, man entdeckte, dass er hohe Schulden hatte und viele offene Rechnungen, vielleicht war das ja der Grund für seine Bestechlichkeit gewesen.

Wenn auch Goëzman bestraft wurde, handelte es sich bei dem Urteil nicht um die pure Rache eines Mitglieds des Parlamentes, sondern es waren höhere Interessen im Spiel und mächtigere Leute, für die auch Goëzman untragbar geworden war, weil er das Parlament in Schwierigkeiten gebracht hatte. Der Fall hatte längst eine politische Bedeutung angenommen.

Die genauen Klauseln des Urteils wurden nie publik gemacht, als wolle man lieber geheim halten, auf wie schwachen Füßen es stand. Es war ein unlogisches Kompromissurteil: als bestünde die Gerechtigkeit in der gleichmäßigen Verteilung von Unrecht.

Allgemein wurde das Urteil als absurd empfunden, niemand war zufrieden, niemand war damit geholfen. Und auch das Parlament sollte seines Sieges nicht froh werden. Wenige Monate später wurde es vom König aufgelöst und durch ein anderes Parlament ersetzt.

Die Demütigung des Kniefalls wurde Beaumarchais erspart, das hätte angesichts der aufgeheizten Stimmung ein großes Risiko von Unruhen bedeutet, aber der Tadel war gültig. Das Parlament wagte es nur, sich an seinen Schriften zu vergreifen: Die Streitschriften wurden amtlich eingezogen und öffentlich am 5. März 1774 verbrannt, was ihrer Verbreitung und Wirkung keinen Abbruch tat, denn schon bald erschienen alle vier Memoranden gegen Goëzman in einem Band. Und warum auch nicht? An den Texten war ja nichts zu tadeln.

Dennoch musste Beaumarchais nun alles daran setzen, den Tadel aufheben zu lassen; eine heimliche Drohung steckte in dieser verhängten, wenn auch nicht symbolisch vollzogenen Strafe. Bis zur Rehabilitierung musste aber noch allerhand Wasser die Seine, die Themse und auch die Donau hinunterfließen.

Nachspiele zu den Theaterstücken seines Lebens: Es genügt nicht, Recht zu behalten gegen seine Feinde, man muss ihnen auch moralisch überlegen bleiben, man darf sich nie auf das Niveau seiner Kritiker und Möchtegernmörder begeben. Beaumarchais war nicht rachsüchtig. Goëzman, der ein paar Jahre in der Schweiz und auch in England gelebt hatte und weiterhin juristische Bücher schrieb, zeitweilig auch als königlicher Geheimagent in London tätig war (genau wie sein getadelter Gegenspieler Beaumarchais) kam vor 1789 nach Paris zurück und bettelte sogar den als großzügig bekannten Beaumarchais an. Der gab ihm, nicht ohne Sinn für Humor, fünfzehn Louisdor! Goëzman ging unter in den Wirren der Revolution, er wurde an demselben Tag guillotiniert wie André Chénier, am 25. Juni 1794 – als sollte er der schwarze Schatten der Dichter bleiben.

Auch Marin verließ Paris und kehrte in seine Heimatstadt La Ciotat zurück, die er während der Revolution als Abgeordneter vertrat. Er starb 1809. Und Baculard? Soll uns wirklich kümmern, was aus einem wurde, der einen Stern der französischen Literatur angerempelt hatte? Er hinterließ in einer großen Geschichte einen lächerlichen Namen, das genügt.

Gudin schildert, wie Beaumarchais, umgeben von den Seinen, in der Vorhalle saß und auf das Urteil wartete. Als ein Bekannter herbeistürzte und den Richterspruch mitteilte, nahm Beaumarchais ihn ohne jede Regung auf. Er sagte nur: »Nun muss ich sehen, was mir zu tun bleibt.« Zunächst musste er sich vorsehen, dass er nicht verhaftet wurde, und wählte für ein paar Tage ein Versteck bei Freunden.

Denn auf seine Freunde konnte er noch zählen. Der Prinz Conti empfing Beaumarchais demonstrativ in seinem Salon. In seiner Einladung hatte der Prinz geschrieben: »Unsere Familie ist bedeutend genug, um ein Beispiel zu geben, wie man einen herausragenden Bürger wie Sie behandeln muss.«

Auch andere Adlige luden ihn ein. Im Theater wurde für ihn demonstriert, das Publikum beklatschte in den gerade gespielten Stücken alle Sätze, die sich auf seinen Fall beziehen ließen. Selbst Madame Du Barry musste zugeben: »Er hat seinen Prozess verloren, aber die Meinung für sich gewonnen.«

Mit 42 Jahren stand Beaumarchais vor dem Nichts, er hatte zwei Prozesse verloren, dazu sein Geld, seine Ämter, seine Ehre. Die Sympathie der Massen hatte da wenig zu bedeuten. So musste er sich mit der Macht arrangieren. Zum Glück wusste er einen indirekten Weg dazu. Jean-Benjamin Marquis de Laborde war erster Kammerdiener des Königs und seit langem ein Vertrauter von Beaumarchais, da er wie dieser gelegentlich komponierte und zu den regelmäßigen Gästen auf Schloss Etiolles gehörte. Was er ihm mitteilte, wurde gewiss dem König weitergesagt.

An Laborde also schrieb Beaumarchais, das Urteil gegen ihn sei ein Meisterwerk aus Hass und Ungerechtigkeit, er sei damit aus der menschlichen Gesellschaft verbannt und mitten in seiner Laufbahn gestoppt worden. Alle Welt wolle ihn empfangen, es gebe großes Aufsehen in der Stadt, doch er bedaure, dass der König einen so schlechten Eindruck von ihm haben müsse und vielleicht glaube, er suche Ruhm durch Skandale. »Aber hat man dem König gesagt, dass ich mich nur verteidigt habe? Hätte ich mich denn erdrücken lassen sollen? Ich habe genug Kraft, ein ungerechtes Urteil zu ertragen, aber musste man auch noch meine Familie behelligen? Darf man einen anständigen Untertan, der seiner Majestät noch manchen Dienst leisten könnte, einfach beiseite schieben?«

Er schwächte also die Attacke gegen das Regime ab, die seine Streitschriften ohne Zweifel bedeutet hatten, und er bot sich für besondere Aufträge förmlich an. Vielleicht hatte er einen entsprechenden Wink von Sartine bekommen. Nur über ein geheimes Arrangement mit dem Hof konnte er aus seiner Lage herauskommen, aber ganz so einfach ließen sich die Dinge doch nicht arrangieren.

Ein kleines privates Wunder versüßte Beaumarchais jene düsteren Monate des Jahres 1774. Eine junge Frau suchte ihn auf, die seine öffentliche Verteidigung bewundert hatte, eine Schweizer Musikerin, die zweiundzwanzig Jahre alt war und keine Eltern mehr hatte. Über einen gemeinsamen Bekannten ließ sie bei Beaumarchais anfragen, ob er ihr seine Harfe leihe. Beaumarchais ließ ihr antworten, dass er seine Harfe niemals verleihe, dass sie aber gern in sein Haus kommen und dort auf seinem Instrument spielen könne. Er würde ihr zuhören und auch selbst etwas vorspielen.

Ihre Absichten waren so ähnlich wie die von Mimi in der Oper *La Bohème*. Beaumarchais ergriff dieses Händchen, das keineswegs eiskalt war. Die junge Frau kam, spielte und blieb. Ahnte sie, worauf sie sich einließ und was es hieß, mit einem Autor und Geschäftsmann dieses Ranges zu leben, einem so unbeständigen Mann, der in Abenteuer und Konflikte verstrickt war? Nur wenige Monate vergingen, und sein Haus war auch das ihre. Aus der Laune einer Frau folgte das längste Verhältnis, in dem Beaumarchais je lebte, das schließlich zur Eheschließung führte, wenn auch spät, dafür aber gleich zweimal. Und wiederum war es die Frau, die die Initiative ergriffen hatte.

Marie-Thérèse Amélie de Willermaulaz soll bei ihrem ersten Besuch übrigens die Turmfrisur Ques-a-co getragen haben, die nach Verbreitung der dritten Streitschrift gegen Goëzman in Mode gekommen war. Ihre Familie, deren Ursprünge sich bis ins 15. Jahrhundert zurückverfolgen lassen und in der es viele Pastoren gab, stammte aus Fribourg in der Schweiz, wo sie sich noch Willermaula schrieb. Bekannt wurde ein Claude Willermaula, der als Missionar nach Indien ging. Der Vater von Marie-Thérèse war als Kind mit seinen Eltern nach Paris übergesiedelt und hatte dort 1747 Marie-Thérèse Waquin geheiratet. Um 1750 zog das Ehepaar nach Lille, wo der Vater als Sekretär des Marquis de Dreux-Brézé tätig war. In dieser nordfranzösischen Stadt wurde Marie-Thérèse am 14. November 1751 im Hôtel des Marquis geboren, sie war also einundzwanzig Jahre jünger als Beaumarchais. Beide verstanden sich auf Anhieb, wie Gudin bezeugt, der ihre erste Begegnung miterlebte.

Schon früh wurde Marie-Thérèse zur Waise, ihre Mutter starb 1756, der Vater ein Jahr später. Sie war gebildet, hatte die Philosophen ihres Jahrhunderts gelesen, war charmant, ruhig, sanft, dabei geistvoll und witzig, wie ihre Briefe bezeugen. Sie hatte dunkelbraunes Haar, ein sehr ebenmäßiges Gesicht, dichte, stark gebogene Brauen und besonders lange Wimpern über wasserblauen Augen, eine schmale Hüfte und einen üppigen Busen.

Ihre Prosa wusste zu gefallen, sie beklagte aber selbst ihre Unfähigkeit, Verse und Lieder zu verfassen. Doch singen und musizieren konnte sie, und da sie ohnehin heiter und gesellig war, passte sie gut in den Caron-Clan. Sie war kräftig genug, allerlei Unangenehmes zu ertragen, was sie auch sein musste, um es mit Beaumarchais auszuhalten.

So begann im zweiten Lebensabschnitt, in den großen Jahren von Beaumarchais, noch ein weiteres Abenteuer, eine glückliche, anhaltende, die Zeiten und Stürme überdauernde Liebe – ohne dass der untreue Lebemann seinen Charakter geändert hätte.

Im Jahre 1774 hatte Beaumarchais einen Ruf als Autor erlangt, aber nicht durch sein Theater, sondern durch die Streitschriften gegen Goëzman, das war das paradoxe Resultat des Prozesses. Selbst einige Kritiker seiner beiden Dramen äußerten sich nun positiv über ihn. Er brauchte offensichtlich einen Strafprozess, um seine Begabung für das komische Genre zu entdecken, schrieb ein Kritiker, der aber den *Barbier* noch nicht kennen konnte. Als seien sie nicht Mittel der Selbstverteidigung gewesen, schrieb man über die Streitschriften ganz im Stil von Rezensionen. So wurden im Spanienteil einige Übertreibungen angekreidet und manche Passagen als etwas zu lang empfunden.

Voltaire im fernen Ferney erhielt und las alle Streitschriften, äußerte sich aber niemals Beaumarchais gegenüber, sondern nur in Schreiben an Dritte. Erst ein Jahr nach dem Prozess ließ Voltaire ihn grüßen und ihm seine Hochachtung ausrichten. Aus seinen Briefen sieht man, dass er den Fall genau verfolgt hatte und sich dabei auch von Marin hatte informieren lassen.

Voltaire war für die Ablösung des alten Parlaments gewesen, dem er viele Fehlurteile, ja Verbrechen vorwarf. Aus Briefen an Beaumarchais' Schwager Lépine, den Voltaire aus Ferney kannte und sehr schätzte, geht die anfängliche Distanz gegenüber Beaumarchais hervor, dem Voltaire ungute Motive unterstellte. Den Prozess hielt er anfangs für eine elende Farce. Dieser erstaunliche Verrückte scheint sich bewusst Feinde zu suchen, schrieb er an Marin, er habe es wohl nötig, allein gegen eine ganze Armee zu kämpfen. Sollte das heißen, er hätte ihm zu größerem Opportunismus geraten?

Vielleicht nahm er Beaumarchais als Autor nicht ernst, obwohl er das Manuskript des *Barbier* kannte – Voltaire schrieb darüber an Marin und verstand auch die Anspielungen auf den Zensor im Text. Er schonte Marin zu lange, erst als Condorcet ihn wissen ließ, was jener auch gegen ihn selbst Übles unternommen hatte, etwa Plagiate seiner Texte und heimliche Verkäufe seiner Manuskripte, rückte Voltaire von Marin ab. Als er alle vier Streitschriften gelesen hatte, musste er sich sagen: »Ich habe Angst, dass dieser brillante Hallodri in allem Recht hat.« Auch im fernen Ferney hatte Voltaire verstanden: »Die Verhandlung ist zur Komödie geworden, in der man klatscht und lacht und pfeift.« Und er gab zu: »Die Streitschriften von Beaumarchais sind das Ungewöhnlichste, was ich je gesehen habe, das Stärkste, das Kühnste, das Komischste, das Interessanteste und das Demütigendste für seine Gegner.«

Voltaire hatte die bösen Gerüchte über Beaumarchais gehört, sogar von den angeblichen Giftmorden; aber nein, schrieb er, dazu ist er viel zu leichtsinnig, Giftmord sei eine Kunst, die eine große Vorsicht verlange, und das passe nicht zu ihm. »Was für ein Mensch! Er vereinigt alles, Komik, Ernst, Vernunft, Heiterkeit, Kraft, Rührung, alle Gattungen der Redekunst.« Besser kann man den Stil von Beaumarchais nicht kennzeichnen und zugleich begründen, worin er ein Autor seiner Zeit war. Später, als er die Briefe von Voltaire herausgab, konnte sich Beaumarchais einiger Fußnoten zu solchen Passagen, die ihn betrafen, nicht enthalten.

Nun folgte ein literarisches Zwischenspiel, das eine weitere Facette seines Schicksals illustriert: seine Eignung als Theaterfigur. Der Dramatiker Marsollier des Vivetières schrieb ein Stück in Prosa und drei Akten: *Norac und Javolci* (das sind Anagramme von »Caron und Clavijo«), das in einem Theater an der Barrière du Temple gespielt wurde. Beaumarchais aber sah es zuerst im Privattheater des Prinzen Conti im Juni 1774. Er wurde vom Publikum gefeiert und war zu Tränen gerührt. Marsollier habe alles treu wiedergegeben, ja sogar noch verschönt. Damit meinte er vielleicht die Passagen über den »noblen Beaumarchais«. So gut hatte schon lange niemand mehr öffentlich von ihm geredet.

Der König soll bedauert haben, dass man ihn zwinge, gegen Beaumarchais zu handeln. Sartine ließ ihn wissen, er solle keine Streitschriften mehr herausbringen, auch im noch andauernden Prozess gegen La Blache, überhaupt öffentliche Auftritte vermeiden, sehr viele Leute an höchster Stelle seien irritiert über das Geschehene. Es genüge nicht, getadelt zu werden, man müsse außerdem bescheiden sein.

Diskretion seinerseits war also die Voraussetzung für seine weitere Verwendung. Die Macht spielte ein Doppelspiel, und er spielte mit. Aber noch war er nicht in Sicherheit. Am 20. April erhielt Beaumarchais eine geheime Warnung, wohl aus dem Umkreis von Marie-Antoinette, dass man ihn verhaften wolle. Der Prinz von Ligne berichtete später: Beaumarchais kam eines Abends mit trüber Miene in seinen Salon, las aus dem *Barbier* vor, wurde dadurch etwas heiterer, aber gleich danach brachte man ihn auf Bitten von Conti zu einer Kutsche, die schon draußen wartete und mit der er nach Ostende abreiste.

Beaumarchais begab sich nach London. Zuvor aber ließ er seinem Freund, dem Kammerdiener Laborde, eine neue Botschaft für den König zukommen: Er bleibe ihm weiterhin ergeben und stünde zu seinen Diensten. Er gab ein Codewort an, das nur der König wissen dürfe, unter dem er in London, wo er sich diskret verhalten wolle, kontaktiert werden könne. Parole: *Ronac.* Als Laborde es dem König mitteilte, sagte der nur: »Donnerwetter! Hoffentlich hält er diesmal Wort.«

Beaumarchais sollte der Figaro des Königs werden. Dieser nämlich wollte nun seine ganz speziellen Dienste nutzen, nicht trotz, sondern gerade wegen seines üblen Leumunds, denn die Mission, die man ihm anvertraute, war zum Naserümpfen. Was in Madrid noch nicht geklappt hatte, in London sollte es wahr werden: Beaumarchais als (geheimer) Emissär des Königs von Frankreich. Damit eröffnete unser vielfältig agierender Held eine neue Ebene seiner Aktivitäten, eine neue Facette seiner Existenz, und nicht gerade die feinste.

Für königliche Geheimaufträge wurden unter Ludwig XV. immer wieder Leute mit zweifelhaftem Ruf eingesetzt, wie etwa Casanova oder wie ein anderer berüchtigter Abenteurer, der Graf von Saint-Germain, oder eben wie Beaumarchais, den man um 1774 in diese Kategorie einreihen musste. Dabei war echte oder vorgetäuschte Ungnade in Paris (heute würde man von Dissidenten reden) eine gute Voraussetzung, um an anderen Höfen unverdächtig zu wirken. Hatte Beaumarchais wirklich die Wahl, wenn er seine Ehrenrechte wieder erlangen wollte? Und: konnte es im Dienste des Königs eine unwürdige Mission geben?

»London ist ein riesiger Abgrund von Dänen, Wikingern, Italienern und Franzosen, der immer tiefer wird und in den sich unablässig alle Dummheiten des Universums ergießen; Leute, die in ihrer Heimat den Galgen verdienen, kommen herbeigelaufen und machen sich hier auf unverschämte Weise breit« – so beschrieb ein französischer Adliger die englische Hauptstadt in jenen Jahren. Zu den nach London gespülten Existenzen gehörte 1774 auch ein französischer – ja was? Journalist? Erpresser? Intrigant? Skandalblattmacher würde man heute sagen. Er hieß Charles Théveneau de Morande und wusste über alle Affären am Versailler Hof genau Bescheid, vermutlich, weil er von dort mit Informationen versorgt wurde, denn irgend jemand hatte sich immer für irgend etwas zu rächen. Eine Enthüllungsbroschüre, die er 1771 herausgab, hieß *Le Gazetier cuirassé*, und geharnischt waren die in dieser Gazette ausgeplauderten Geschichten allemal. Dann brachte er ein Buch über die Mätresse des französischen Königs heraus mit dem anzüglichen Titel: *Die geheimen Denkwürdigkeiten einer öffentlichen Frau oder Versuch über die Abenteuer der Gräfin *** von ihrer Wiege bis zum Ehrenbett*. Darin breitete er Dinge aus, die heute jeder Biograf ungestraft und mit großer Lust nacherzählt, nicht nur die Liebesspiele von Madame Du Barry mit einem Kardinal, sondern auch die rührende Szene, wie der König, Herr über zwanzig Millionen Franzosen, seiner Favoritin, dem Provinzmädchen, eine Tasse Kaffee zubereitet und liebevoll ans Bett bringt.

König Ludwig wollte die Ehre seines Bettschatzes schützen. Aufgabe von Beaumarchais war es, dieses Machwerk aus dem Verkehr zu ziehen, indem er sich gegen Geldzahlungen diskret mit Thévenau einigte. Man traute ihm das Verhandlungstalent und die nötige Diskretion zu (und hielt ihn eben in Schmutzdingen für kompetent).

Théveneau de Morande stammte aus Burgund und leistete sich schon als junger Mann in seiner Heimat ein erstes Schurkenstück: Er stahl seinem Vater, einem Anwalt, 30 000 Franken. In Paris lebte er von Erpressung und Zuhälterei. Erpresserbriefe an hohe Persönlichkeiten wurden zu seiner Manie, er schrieb selbst an Voltaire, aber nicht, um einen philosophischen Gedankenaustausch zu pflegen. Dass er sich zuweilen Prügel einhandelte und auch einmal ins Gefängnis kam, änderte ihn nicht. Nachdem er ein scharfes Spottgedicht auf einen Grafen verbreitet hatte, der ihn daraufhin umbringen lassen wollte, flüchtete er vorsichtshalber nach London. Auch dort ließ sich mit Zuhälterei und Drohbriefen Geld verdienen.

Zwei frühere Unterhändler des französischen Hofes waren in London misshandelt worden. Sie wollten Morande durch falsche Freunde in eine Falle locken und aus England entführen, aber seine Vertrauten in Versailles hatten ihn vorab gewarnt. Er enthüllte in der englischen Presse, welche infamen Pläne man in Versailles hegte, und stachelte den Zorn der Londoner gegen die französischen Agenten an, die verprügelt und in die Themse geworfen wurden.

In dieser Lage trat nun Beaumarchais auf den Plan. Sehr schnell vergewisserte er sich, dass es die Broschüre gegen Madame Du Barry wirklich gab und dass sie bereits in Umlauf war. Beaumarchais kam diskret nach Paris zurück und erstattete Bericht bei Hofe. Der König war sehr zufrieden mit seiner Effizienz, aber Beaumarchais weigerte sich, Morandes Informanten am Hof von Versailles zu nennen, schließlich könne man den Angaben eines Menschen wie Morande nicht trauen und würde möglicherweise Unschuldige strafen. Vielleicht war das schon eine Rücksichtnahme gegenüber jemandem, der ihm noch nützlich sein konnte.

Ob Beaumarchais auch von Madame Du Barry empfangen wurde, ist nicht sicher belegt. Angeblich hat er bei einer kurzen Begegnung mit ihr sehr rücksichtsvoll über das delikate Thema gesprochen. Dem Dialog hätte man gerne gelauscht. Beaumarchais, der niemals nachtragend war, dürfte gewiss einen guten Eindruck bei der Frau hinterlassen haben, die ihn immer als Feind behandelt hatte und deren Interessen er nun als geheimer Kurier vertrat; aber auch sie dürfte ihm gefallen haben.

Empfangen wurde er auch vom mächtigen Herzog von Aiguillon, der ihm neue Instruktionen für die Londoner Mission geben sollte. Aber bei jenem war die Abneigung gegen den Skandalmacher doch zu groß. Er begrüßte ihn mit den Worten: »Sie müssen Beaumarchais sein oder der Teufel!«

Der nützliche Teufel Beaumarchais wurde nach London zurückgeschickt, und zwar mit einem Verhandlungsauftrag und finanziellen Vollmachten. Er tat es für seinen König – und gewiss in der Hoffnung, schneller rehabilitiert zu werden. Dafür nahm er gern eine schlimme Seekrankheit in Kauf. Da die Mission inkognito erfolgen musste, benutzte er wieder den Decknamen Ronac, aber da er jetzt mit königlicher Order reiste, nannte er sich natürlich de Ronac.

Ein mitgereister Adliger stellte in London den Kontakt zu Morande her. Überraschend schnell einigte man sich, wahrscheinlich, weil Beaumarchais sogleich auf alle finanziellen Bedingungen einging, es war ja nicht sein Geld. Morande erhielt 40 000 Livres in bar sowie eine Leibrente von 4 000 Livres, im Falle seines Ablebens sollte seine Witwe davon die Hälfte bekommen. Dafür zog er alle Texte und Druckplatten zurück; die restlichen Exemplare wurden im Beisein von Beaumarchais in einem Kalkofen verbrannt. Die einen werden bezahlt für das, was sie können und tun, die anderen für das, was sie könnten, aber unterlassen.

Beaumarchais muss sich mit dem Erzschurken gut verstanden haben; er blieb mit ihm in Kontakt, machte ihn zu seinem Berater und Helfer bei späteren Unternehmungen in England; ein Bruder von Morande wurde später in Paris sein Mitarbeiter, auch dieser Beweis von Familiensinn deutet auf gute Beziehungen hin.

Beaumarchais hatte auch eine offizielle diplomatische Mission; er verhandelte mit Lord Rochford, einst Gesandter in Madrid, wo ihn Beaumarchais kennen gelernt hatte, jetzt Staatsminister in London. Rochford sagte für die britische Regierung zu, keine Schriften mehr gegen das französische Königshaus in England zu dulden.

Alle Aufträge waren erfüllt. Voller Zuversicht konnte Beaumarchais die Rückreise antreten. Am 3. Mai 1774 legte sein Schiff in Calais an. Selten ist eine Hoffnung schneller zerronnen. Kaum an Land, erfuhr er, dass König Ludwig XV. im Sterben lag! Beaumarchais eilte von der Küste nach Versailles, damals brauchte man noch zwei bis drei Tage für diese Strecke.

Am 10. Mai hieß es: Der König ist tot! Tot war auch die Hoffnung von Beaumarchais alias de Ronac. Verlorene Liebesmühe und Unkosten! Madame Du Barry verlor schlagartig ihren Einfluss bei Hof und zog sich auf ein Schloss zurück, das Ludwig für sie hatte bauen lassen. Dort lebte sie, bis sie 1793 ein Opfer der Guillotine wurde. Nach dem Tod von Ludwig XV. kam eine andere Zeit, eine andere Hofclique, andere Minister, ein ganz anderer König. Was ging den neuen Herrscher der Versuch an, die zweifelhafte Ehre von Madame Du Barry zu retten? Von ihm konnte Beaumarchais keine politische Belohnung erwarten, nicht einmal die Erstattung seiner Unkosten.

Aus den Briefen jener Tage spricht echte Verzweiflung, und es scheint, als habe Beaumarchais erst jetzt einen subjektiven Tiefpunkt erreicht. Er fühlte sich vom Schicksal verhöhnt. Diese Depression muss man in Rechnung stellen, will man sein Verhalten in den folgenden Monaten verstehen.

Beaumarchais schrieb: »Wenn der König nur acht Tage länger gelebt hätte, hätte ich meinen Status wiedererlangt. Ich staune über die Eigentümlichkeit des Schicksals, das mich verfolgt.«

Sein Lebensroman sollte noch viel sonderbarer werden.

Der König ist tot, es lebe der König! Der König ist neunzehn Jahre alt. Mit dem Auftritt von Ludwig XVI. und dessen Berufung von Ministern, die zuletzt in Ungnade waren wie etwa Maurepas, änderte sich das Spiel, auch für Beaumarchais. Oder doch nicht? Er machte nämlich da weiter, wo er aufgehört hatte: mit einer geheimen Aktion zur Rettung der Ehre des Monarchen. Dieses Mal aber führte er den Auftrag selbst herbei. Beaumarchais machte Polizeiminister Sartine darauf aufmerksam, dass in London eine Schmähschrift zirkulierte mit dem Titel: ›Abhandlung aus einem umfangreicheren Werk gezogen oder Unterrichtung der spanischen Nebenlinie über ihre Ansprüche auf den französischen Thron, die von großem Nutzen sein kann, da der ganzen Familie Bourbon möglicherweise Erben fehlen werden‹. Vor der ersten Mission war er noch der Meinung gewesen, solchen Schriften solle man keine Aufmerksamkeit schenken, weil man sich sonst von Erpressern abhängig mache. Aber nun hatte er selbst dabei mitgewirkt, einen Erpresser reich zu machen, er wusste also, wie viel dabei zu verdienen und was dem Königshaus eine solche Mission wert war.

Beaumarchais entwarf den Text für seinen Auftrag, dieses Mal wollte er ganz offiziell auftreten können – wusste er schon, wo? Tatsächlich bekam er das Schreiben mit der Unterschrift des neuen Königs zurück. Darin wurde ihm bestätigt, dass er auf einer geheimen Mission wäre, und man lobte seine Diskretion und Energie. Dieses Schreiben war ihm so wertvoll, dass er sich eine Halskette mit einer ovalen Kapsel aus Gold daran anfertigen ließ, in der er die Order des Königs aufbewahrte.

Aber worum ging es denn? Der junge König Ludwig konnte die Ehe mit Marie-Antoinette nicht vollziehen, vermutlich wegen einer Deformation am königlichen Zeugungsglied. Mit einem chirurgischen Eingriff hätte sich das Problem beheben lassen, aber der König sperrte sich dagegen. Das war eine Staatsangelegenheit, keine Privatsache. Wenn der König keinen Thronerben zeugte, ergab sich ein ernstes Nachfolgeproblem, zumal seine beiden Brüder auch noch kinderlos waren.

Da dieses Geheimnis keines blieb, rief es nicht nur die Spötter am Hof und die Pamphletschreiberlinge auf den Plan, es regten sich auch die ausländischen Botschafter, und die zwei Brüder des Königs machten sich Hoffnungen auf die eigene Thronübernahme, sollte Ludwig vorzeitig sterben. Ein Liebhaber von Verschwörungstheorien könnte die Vorgeschichte der Französischen Revolution im Lichte der Intrigen der beiden Königsbrüder sowie einiger Mitglieder von dynastischen Nebenlinien erzählen, die durch das Problem von Ludwig XVI. und ihre Hoffnungen auf den Thron zu geheimen Manövern angestachelt wurden. In der Tat sollten die beiden Brüder von Ludwig nacheinander auch noch König werden, doch erst nach langem Warten, vielen Umwälzungen und unendlichen Opfern.

Der König selbst litt eigentlich nicht unter seinem körperlichen Problem, ihm schien es nichts auszumachen, er amüsierte sich auch so: bei der Jagd, bei der Lektüre von historischen oder geographischen Werken, bei seinen Schlosserarbeiten in der Werkstatt unter dem Dach von Versailles. Aber die anderen ließen ihm keine Ruhe. Selbst die Schwiegermutter auf dem Wiener Thron, die sechzehn Kinder geboren hatte, mischte sich ein. Sein Beichtvater redete ihm gut zu, bemühte manches Bibelzitat zur Rechtfertigung dieser delikaten Sache, aber Ludwig der Unbewegliche ließ sich Zeit mit der Entscheidung.

Verspotten lassen wollte er sich aber nicht. Und so musste jene Schmähschrift aus der Welt geschafft werden. Beaumarchais besaß nun eine königliche Order, einen echten falschen Pass und noch mehr Geld, als er gefordert hatte, aber was hatte er vor? Was nun folgte, war ein Narrenstreich oder ein Schurkenstück, eine Kriminalkomödie oder eine politische Farce, wie man will, in der Beaumarchais auf jeden Fall eine lächerliche Rolle spielte.

Dem Polizeiminister hatte er mitgeteilt, Verfasser der *Unterrichtung* (Avis) sei ein gewisser William Hatkinson, der sich zuweilen auch Guillaume Angelucci nenne, ein italienischer Jude, was vermuten lasse, dass man ihn nur für viel Geld zum Schweigen bringen könne. Nur: Gab es ihn überhaupt? Und dieses Pamphlet? Ein solcher Text existierte wohl. Aber war er wirklich in Umlauf? Überhaupt schon gedruckt? Und warum wusste nur Beaumarchais etwas davon? Hatte er den Text vielleicht selbst geschrieben? Oder ihn sich etwa von seinem neuen Freund Morande schreiben lassen? Da ist er, der böse Verdacht. Verstärkt wird er durch das seltsame Verhalten von Beaumarchais in der nächsten Zeit und seine völlig unglaubwürdigen Berichte an den Hof in Versailles. Sie sind unsere Hauptquelle für die nächsten Etappen seiner Mission. Über hundert Jahre später fand Anton Bettelheim einige erhellende Dokumente in den königlichen Archiven in Wien. Denn nach Wien verlagerte sich die Handlung nun, dorthin wollte Beaumarchais, schließlich ging es auch um die Ehre der Tochter von Maria Theresia.

Glauben wir den Briefen von Beaumarchais, dann zahlte er in London am 23. Juli 1774 um drei Uhr morgens an jenen Hatkinson 35 600 Livres in Goldmünzen aus, der ihm dafür 4000 gedruckte

Exemplare und das Originalmanuskript übergab, die in seiner Anwesenheit verbrannt wurden. Danach reiste Hatkinson nach Amsterdam. Beaumarchais folgte ihm und traf dort am 3. August ein. Im Laufe ihrer zweiten Unterredung gestand ihm Hatkinson, dass er eine Abschrift behalten habe, die er aber auch hergeben wolle. Doch dazu kam es nicht, der Erpresser verschwand in Richtung Süddeutschland. Man müsse befürchten, dass er in Nürnberg einen Neudruck anfertigen ließe, schrieb Beaumarchais und fügte hinzu: wie ein Löwe werde er diesen Feind bekämpfen und sich – ohne Deutschkenntnisse, aber mit neueren Karten versehen – durchfragen auf der Jagd nach dem Pamphlet.

Jede gute Verfolgungsjagd endet mit einem Zweikampf, so auch diese. Am 14. August holte Beaumarchais den Flüchtigen in der Nähe von Nürnberg ein. Er hielt dessen Kutsche an und stellte ihn zur Rede. Hatkinson oder Angelucci oder wie er sonst heißen mochte sprang aus dem Wagen und rannte davon. Beaumarchais verfolgte ihn, es kam zum Kampf mit dem Messer, bei dem Beaumarchais Schnittwunden erlitt, aber das wertvolle Dokument entreißen konnte. Der Übeltäter flüchtete (schrieb Beaumarchais).

In der Tat hatte er Schnittwunden im Gesicht und an der Hand, als er zur Kutsche zurückkam. Aber Auftritte mit sichtbaren Wunden liebte er besonders; mindestens in drei Anekdoten über ihn (und in einem Textfragment von ihm) kommt dieses Motiv vor. Hatte der Autor des *Barbier von Sevilla* sich im Wald bei Nürnberg absichtlich mit seinem eigenen Rasiermesser verletzt? Hatte es vielleicht immer nur ein einziges Exemplar der *Unterrichtung der spanischen Nebenlinie* gegeben – sein eigenes? War er von London geradewegs nach Wien gereist und hatte die ganze Verfolgungsgeschichte nur vorgetäuscht, um dort empfangen zu werden?

Den Juden Angelucci gab es wohl nur in der Fantasie von Beaumarchais, diese Person taucht in den Akten nirgends auf. Die Verfolgungsjagd und der Kampf im Wald bei Nürnberg hatten nie stattgefunden. War alles bewußte Lüge oder steigerte sich ein verzweifelter und zu allem entschlossener Dichter in seine eigenen Fantasien hinein? Und wozu das Ganze? Um zu rechtfertigen, dass er plötzlich in Wien auftauchte?

Am 20. August 1774 traf Beaumarchais in der Donaumetropole

ein. Dort nahm er Quartier im Hotel Zu den drei Lauffern, das in der Nähe der Hofburg lag. Sogleich schickte er einen Brief an die Kaiserin Maria Theresia. Er wisse ein schlimmes Geheimnis, für das er bei Nürnberg sein Leben riskiert habe. »Ich bin aus dem tiefen Westen Europas herbeigeeilt, Tag und Nacht, um Eurer Majestät Dinge mitzuteilen, die Ihr Glück und Ihre Ruhe betreffen und, wenn ich so sagen darf, auch den Grund Ihres Herzens berühren.«

Er ließ ihr dazu seine königliche Vollmacht aus Paris überbringen. Drei Tage später wurde er wirklich von der Kaiserin in Schönbrunn empfangen. Beaumarchais machte aus dem Empfang einen theatralischen Auftritt, er kam in der Galauniform der Diplomaten, einen bandagierten Arm in einer Schlinge und im Gesicht ein Pflaster. Vor der Kaiserin nannte er seinen wahren Namen und berichtete über die dramatischen Ereignisse zwischen London und Wien. Majestät hörte ihn an, machte sich Sorgen um seine Gesundheit und ließ ihn mit besten Wünschen und guten Ratschlägen wieder gehen.

Sein Glück über diesen Erfolg dauerte nur kurz. Beaumarchais' Erfolge dienten immer nur dazu, dass er sich an nächsthöherer Stelle in die Nesseln setzte. In seinem Hotelzimmer erschien ein österreichischer Offizier und überbrachte – eine Einladung? Nein: die Anordnung von Hausarrest in seinem Hotelzimmer. Zwei Grenadiere waren gleich mitgekommen, um die Bewachung zu übernehmen. Und so saß er fest im fremden Land, der zweite Arrest in seinem Leben, bis zum 17. September, 31 Tage, also ganze 44 640 Minuten, wie er sogleich in Uhrmachermanier ausrechnete. Reden konnte er mit seinen Bewachern nicht, doch er hatte Papier und Tinte und schrieb an alle Welt, vor allem nach Paris, bis man ihm die Schreiberlaubnis entzog. Das war eine Qual, die der Folter gleichkam. Dann bedeutete man ihm plötzlich, er sei frei und könne abreisen. Der französische Polizeiminister Sartine hatte sich für Beaumarchais verbürgt.

Kanzler Kaunitz hatte den Arrest verfügt, ihm war dieser französische Abenteurer – er nannte ihn »de Bursch« – sehr verdächtig. Die Wiener Behörden hatten während des Arrestes seine Angaben überprüfen lassen und durch Befragung des Kutschers längst herausgefunden, dass es bei Nürnberg keinerlei Überfall oder Kampf gegeben hatte. Marie-Antoinette hatte inzwischen an ihre Mutter geschrieben: »Der König hält diesen Beaumarchais für närrisch.«

Das Pamphlet verschwand im Wiener Archiv und spielte keine Rolle mehr. Brachte es aber vielleicht Wien dazu, in der königlichen Impotenzfrage kräftiger zu intervenieren? Bald jedenfalls schickte man den Sohn der Kaiserin und Mitregenten Joseph II. nach Paris, der seinem Schwager auf dem Lilienthron gut zuredete, bis dieser sich endlich zur Operation entschloss. Auf diesem Umwege hätte Beaumarchais dann zum Eheglück des Bourbonen beigetragen, dem ja eine Tochter und ein potentieller Thronerbe entsprossen. War also Beaumarchais mit seinem Schmierenstück ungewollt auch zu dieses Königs Figaro geworden?

Für ihn selbst ging die Sache gar nicht so übel aus. Aus Wien erhielt er tausend Dukaten Entschädigung für die etwas willkürliche Haft sowie einen Ring mit einem Diamanten, den er später gern zur Schau trug. In Paris erhielt er vom französischen Hof obendrein 72 000 Livres für die entstandenen Unkosten (oder als Belohnung für seine Fantasie?). Dem Minister gegenüber rühmte er sich, er habe drei Ungeheuern das Maul gestopft sowie größte Erniedrigungen und Gefahren auf sich genommen. Doch was tut man nicht alles für seinen König!

Wie alles bei Beaumarchais endete auch die Wiener Eskapade mit einem neuen Lied; für eine Farce schrieb er das *Chanson de Robin*, das gewisse Popularität erlangte. Es enthielt die Zeilen:

Toujours, toujours	Er bleibt, er bleibt
il est toujours le même	sich in allem stets gleich
jamais Robin	dem Freund Robin
ne connut le chagrin ...	misslingt niemals ein Streich.

Und seine Feinde sangen auf dieselbe Melodie:

Toujours, toujours	Er bleibt, er bleibt
il est toujours le même	sich in allem stets gleich
ce polisson	ein Tunichtgut
qui se croit beau garçon	der immer nur schön tut.

Auf der Rückreise nach Paris hatte er Station in Augsburg gemacht und im dortigen Theater Goethes *Clavigo* gesehen. Vermutlich musste er sich die Übersetzung zuflüstern lassen. Das Stück gefiel ihm überhaupt nicht. Der deutsche Dichter habe die schlichte Handlung mit einem Duell und einem Begräbnis überfrachtet; solche Zusätze zeigten mehr hohlen Kopf als Talent, schrieb er in einem Brief ein Jahr vor seinem Tod, als seine tollen Tage längst zu verblassenden Erinnerungen geworden waren.

Somit hatte er vor und nach der Wiener Episode seinen eigenen Schatten auf Theaterbühnen gesehen. War es nicht an der Zeit, wieder an sein Werk zu gehen? Der *Barbier* wartete noch und manches andere. Seine Affären schienen sich zum Guten zu wenden. Er schrieb für die Minister des Königs eine Denkschrift über die Reform des Parlaments, des Gerichtswesens also, und noch im November 1774 wurde das Parlament unter seinem Präsidenten Maupeou, das ihn verurteilt hatte, aufgelöst und durch ein neues ersetzt. Dieses hob Ende Januar 1775 das Urteil von 1773 auf, das zugunsten von La Blache ausgefallen war, und verwies die endgültige Entscheidung an das Gericht (Parlament) von Aix-en-Provence. Bis zu einem abschließenden Urteil sollten drei Jahre vergehen und von beiden Parteien noch viele Streitschriften in Umlauf gebracht werden.

Aus dem Sumpf der schmuddeligen Missionen, einer Welt, in die er nicht gehörte, ging es in jene Welt, die er noch zu wenig zu der seinen gemacht hatte: ins Theater! Endlich kam der Komödienschreiber zur Geltung, ja zum Ruhm; doch auch hier ging es nicht ohne Irrungen und Wirrungen. Nichts war einfach im Leben dieses Autors, der die große Kunst der Vereinfachung beherrschte – wenn er nur wollte!

Am 29. Dezember 1774 erhielt die neueste Textfassung des *Barbier von Sevilla* das Plazet des Zensors, wie so oft ein Literatenkollege, in diesem Fall Crébillon Sohn, der seinen Platz in der Literaturgeschichte erotischen Erzählungen verdankt, die er als Zensor nicht hätte genehmigen dürfen. (Crébillon Vater hatte sich als Dramatiker einen Namen gemacht.)

Am 23. Februar 1775 war es so weit. Figaro betrat das Licht der Bühnenwelt. Der erste Darsteller dieser Rolle in der Comédie

Française war Préville, der alte Freund der Familie Caron. Schon ein Jahr später sollte er diese turbulente Rolle an den jüngeren Kollegen Dazincourt abgeben (der mit bürgerlichem Namen Joseph Jean-Baptiste Albouy hieß) und sich mit kleineren Partien im *Barbier* begnügen.

Die Premiere des *Barbier von Sevilla* war ein völliger Misserfolg. Beaumarchais hatte das kleine Stück durch aktuelle Anspielungen erweitert und auf fünf Akte gedehnt. So gingen Witz, Charme und Tempo verloren, das Publikum wurde ungeduldig. Mit den Gesetzen der Bühne spielt man nicht ungestraft. Mehrere Tage zog sich Beaumarchais zurück. Schockiert? Deprimiert? Geschlagen? Nach dem Reinfall der Premiere des *Barbier* hätte seine Karriere als Komödienautor eigentlich zu Ende sein können. Das muss er geahnt haben, und so fand er die Energie und die Intelligenz zur Revision des Textes, bei der er seine Eitelkeit niederhielt und seine Arbeit ganz in den Dienst der Bühnenlogik einer leichten Komödie stellte. Schon bei der zweiten Aufführung wurde ein neuer Text gespielt, im Grunde die ursprüngliche Fassung in vier Akten. Und diese Fassung wurde vom Publikum bejubelt. Eine neue Seite in der Geschichte der Weltliteratur war aufgeschlagen. Der Text erschien wenige Tage später im Druck und fand regen Absatz.

Aufgeführt wurde ein Lustspiel mit Musik, nicht nur mit Liedeinlagen, sondern auch mit Zwischenmusiken, die wohl zum größten Teil von Beaumarchais stammten, der somit sein eigener Erst-Vertoner war. Der erste Geiger des Theaterorchesters, ein gewisser Baraudon, hatte die Kompositionen des Autors bearbeitet und ergänzt.

Natürlich gab es auch dieses Mal kritische Stimmen, aber das gedruckte Echo fiel wesentlich freundlicher aus als bei seinen ersten Versuchen; mancher, der seine Dramen gescholten hatte, revidierte nun sein Urteil über das Talent von Beaumarchais. (Mit größerem Zeitabstand kehren sich solche Urteile ja stets um: Ob ein Kritiker Talent hatte, zeigte sich an seiner Fähigkeit zur gerechten Einschätzung eines Werkes, das Epoche machen sollte.)

Das Memorandum gegen Goëzman hatte seine Bekanntheit gesteigert (so wie heute manche Autoren weltweite Berühmtheit erlangen, wenn sie bedroht und verfolgt werden, und man nicht recht weiß, was mehr zählt, ihr Werk oder ihr Schicksal). Mit dem *Barbier von Sevilla* langte Beaumarchais in der literarischen Ewigkeit an, doch er hatte lange um die Aufführung und die endgültige Textgestalt kämpfen müssen, wie dann auch zehn Jahre später bei seinem zweiten großen Werk.

Aus den literarischen Höhen ging es aber noch einmal zurück in den Sumpf der Staats- und Schmutzaffären. Es galt, wiederum in London, eine peinliche Angelegenheit aus der Zeit des verstorbenen Ludwig XV. zu bereinigen, in der sich große Politik, ja die Frage von Krieg und Frieden, mit einer ziemlich schlüpfrigen Angelegenheit verwob, ganz im Stil des verstorbenen Monarchen. Der Vorgang war verwickelt, unappetitlich und fantastisch, wie es eben zu Beaumarchais passte, aber diesmal hatte er nichts erfunden. Entziehen konnte er sich nicht, da er immer noch nicht rehabilitiert war.

Die Person, um die es ging, hieß mit dem ersten Vornamen Charles, mit dem zweiten allerdings Geneviève, dann folgten noch die Vornamen Louis, Auguste, André und Timotée, der Familienname lautete Eon de Beaumont, offiziell richtete man sich an den Chevalier d'Eon. Diese Person stammte aus Burgund, war etwas älter als Beaumarchais und eigentlich ein Berufskollege: gelegentlicher Sonderemissär des französischen Königs. In London aber lebte diese Person als Frau, als Ritterin. Ihre geschlechtliche Identität war ein Tuschelgeheimnis in der Londoner Gesellschaft. Die wenigen Darstellungen dieser Gestalt sind durchaus zweideutig; so gibt es eine Zeichnung, die den ehemaligen Dragonerhauptmann, der in drei Kriegen ausgezeichnet worden war, bei einem Duell zeigt – im Kleid und mit weiblichem Kopfschmuck.

Für Ludwig XV. hatte Eon eine Mission in Sankt Petersburg ausgeführt und war dabei als Frau aufgetreten. Auch in England erledigte er (oder sie?) einige geheime Aufträge in Kleidern. Aus dieser Zeit war sie (oder er?) im Besitz von Papieren, die den französischen Königshof kompromittieren konnten, nämlich Plänen für eine militärische Invasion der Insel, die man unter Ludwig XV. erarbeitet hatte, nachdem Frankreich von England im Siebenjährigen Krieg politisch gedemütigt worden war. Diese Pläne, in denen der König den Decknamen »der Advokat« führte, konnten als immer noch aktuell angesehen werden. Hier ging es also um Beziehungen zwischen Staaten, und wenn auch die Affäre um den Ritter von Eon eine Schmuddelkomödie war, so geriet Beaumarchais doch bei dieser Londoner Mission mit einem ganz anderen Thema auf die Ebene der großen Weltpolitik. Überhaupt erreichte er nach 1774 in allen Lebensbereichen sein wahres Niveau in Liebe, Theater, Geschäften und Politik. Die Sumpfjahre waren vorbei; Beaumarchais standen die wichtigsten, aufregendsten, ertragreichsten zehn Jahre seines Lebens bevor.

Charles-Geneviève-Louis-Auguste-André-Timothée d'Eon de Beaumont hatte hohe Schulden zu begleichen. Schon von Ludwig XV. hatte er Geld erpressen wollen, aber nicht erhalten. Er drohte damit, bei Nichtzahlung die Papiere mit den Invasionsplänen öffentlich zu machen. Ursprünglich war Eon ein durchaus loyaler Agent gewesen, wenn auch etwas cholerisch veranlagt, doch war er vom neuen französischen Vertreter in London, Graf Guerchy, nicht mehr berücksichtigt worden. Nach dem Verlustfrieden von 1763 blieb Eon in London als bezahlter Informant des französischen Hofes, für ein Salär von 12 000 Livres. Im Fall der Pamphlete von Morande hatte Eon zu vermitteln versucht, war aber gescheitert. Nach dem Tod von Ludwig XV. hatte sich seine Lage verschlechtert, der Minister Choiseul, der nun wieder in die Politik zurückgekehrt war, wollte ihn nicht weiter verwenden.

Ludwig XVI. befahl den Fall zu bereinigen, denn er wollte keinen Konflikt mit England riskieren. Der Sondergesandte Beaumarchais sollte eine Lösung finden, die es erlaubte, die kompromittierenden Papiere ausgehändigt zu bekommen und Eon nach Frankreich zu bringen, ohne dass er dem Hof gefährlich werden konnte.

Mitte der siebziger Jahre konnte man in London Wetten abschließen, ob der Ritter ein Mann oder eine Frau sei. Eon tat nichts, um diese Frage klären zu helfen. Er (oder sie) hieß überall der (oder die) *Furchtlose*, manchmal auch *Drachenkopf*. Ein Dickschädel war diese Person allemal, ein Drache in Frauenkleidern. Eon ließ eine Anzeige in die *Morning Post* setzen, dass man von weiteren Wetten über sein Geschlecht Abstand nehmen möge, da ihn dies sonst länger als er wünsche in England zurückhalten könnte.

Im Mai 1775 lernte Beaumarchais diese sagenhafte Persönlichkeit in London kennen. Eigentlich passten sie zusammen, und eigentlich wollte sich Beaumarchais für Eon einsetzen. An den Hof schrieb er sogleich, dass dieser tatsächlich im Besitz von Papieren sei, die für Frankreich bedeutsam seien, zudem existierten Drucke, die das Königshaus beleidigten, insbesondere die junge Königin. Die Briefe zwischen Beaumarchais und Außenminister Vergennes lassen glauben, dass beide Eon für eine Frau hielten. Beaumarchais redete ihn in Briefen etwas herablassend mit *mon enfant* an. In Eons langen Schreiben an Beaumarchais wird getändelt und gescherzt, er nennt sich *votre petite Dragonne*, euer süßer kleiner Drache, in der weiblichen Form, er nimmt ihm übel, dass er ihm nicht genug Geld verschafft und seine Geschichte herumerzählt habe, aber, Rosine aus dem *Barbier* zitierend, schreibt er: »Sie sind geschaffen, um geliebt zu werden, und meine größte Pein wäre es, Euch zu hassen.« Diese Pein kostete er später voll aus.

Auch dem König gegenüber redete Beaumarchais von einer Frau: »Diese Person gehört einem Geschlecht an, Sire, dem man alles verzeiht.« War das nur Taktik? Ließ sich Beaumarchais sogar auf eine Affäre ein, um diesen Schein zu unterstreichen?

Nach Monaten der Verhandlung kam endlich ein Vertrag mit »Fräulein Charles-Geneviève« etc. zustande, dessen Kernpunkt darin bestand, dass Eon in Frankreich als Frau zu leben hatte. Durch ein Abkommen mit dem Hof verwandelte sich der Drache in eine Amazone. Der Transvestit des Königs fand seinen Narrenkäfig in einem Damenstift in Nordfrankreich (allerdings erst mit einer Verzögerung von zwei Jahren). Versüßt wurde dieses Leben mit einer Leibrente von 12 000 Livres im Jahr; der Staat bezahlte auch die Kostüme für das Stück, die dazu nötige weibliche Garderobe. Außerdem bestätigte der Vertrag Eons Recht, das Kreuz des Heiligen Ludwig zu tragen, eine militärische Auszeichnung, die er unter Einsatz seines Lebens auf mehreren Feldzügen erworben hatte.

Nachdem alles geregelt war, wurde Eon zum erbitterten Feind von Beaumarchais. Er schrieb viele Schmähbriefe und sammelte eifrig alles Material gegen ihn, lieferte gewissermaßen den schwarzen Anfang der Beaumarchais-Forschung. Als wäre er nun selbst unheilvoll von diesem fasziniert. Oder war es nachträgliche Eifersucht?

Jede verunglimpfende Flugschrift, jeden Artikel, jede Anekdote hob Eon auf; er schickte die Unterlagen an die Minister, um Beaumarchais zu diskreditieren. In wütenden Episteln an Vergennes schilderte er Beaumarchais' unwürdigen Lebensstil in London, bezweifelte dessen diplomatische Fähigkeiten und beschuldigte ihn, mit Wetten über sein Geschlecht Geld verdient zu haben. Vergennes zeigte die Schreiben Beaumarchais, der sich nicht darum scherte, allenfalls ließ er Morande in seinem Namen antworten.

In den nachgelassenen Papieren von Eon findet man interessante Beschreibungen von Beaumarchais und Beispiele für dessen Eitelkeit. Der Ritter in Frauenkleidern schrieb: »Der Ruhm, den der Herr Caron de Beaumarchais mit seiner *Streitschrift gegen Goëzman*, seinem *Barbier von Sevilla* und seiner Bereitschaft erlangt hat, das Instrument oder das Spielzeug der Clique einiger hoher Herren in Frankreich zu sein, das alles, verbunden mit seiner üblichen Unverschämtheit, verleihen ihm die Schamlosigkeit eines hochgekommenen Lakaien oder eines Uhrmacherjungen, der rein zufällig das Perpetuum mobile erfunden hätte.« Für sein Leben passte das Bild vom Perpetuum mobile. Seine Gegner und sein eigener Tatendrang ließen Beaumarchais nie zur Ruhe kommen.

Im Prozess gegen La Blache, der nun in Aix geführt wurde, spielte eine Schmähschrift von Eon eine große Rolle, aber Beaumarchais nahm dessen Anwürfe nicht sonderlich ernst; das seien nur Spielereien eines vornehm erzogenen Fräuleins, schrieb er in einem Brief.

Und wer gewann die Wette um das Geschlecht des Drachens, der kein Engel war? Beaumarchais sollte es nie erfahren, sofern er es nicht selbst erfühlt hatte. Als Eon im Jahre 1810 starb, wurde eine medizinische Überprüfung angeordnet. Die untersuchte Leiche war eindeutig männlichen Geschlechts.

»Ganze vier Jahre dauert mein Elend nun schon, werde ich elend attackiert, elend diffamiert, elend verurteilt, elend denunziert, elend getadelt, elend ermordet; ich habe mein Vermögen und meine Gesundheit verloren, alle meine Güter sind noch requiriert, und ich muss prozessieren, um sie wieder zu erlangen. Ist es nicht endlich Zeit, dass mein Unglück aufhört?«

So klang es noch in einem Brief von Beaumarchais aus dem Jahre 1775. Aber nun hatte er seine zweite Londoner Mission erfüllt, nun konnte er endlich auf die Tilgung des öffentlichen Tadels hoffen. Doch erst im September 1776 war es so weit. Das neu eingesetzte Parlament von Paris hob den Tadel auf, was nur deshalb so reibungslos ablief, weil Beaumarchais die Selbstdisziplin aufbrachte, in der fraglichen Sitzung den Mund zu halten, wie man ihm geraten hatte. Er konnte wieder seine Hofämter ausüben, dem Jagdgericht vorsitzen und neue Einkünfte verbuchen. Sein Interesse galt aber nun der Politik. An den König schrieb Beaumarchais sinngemäß: Sire, ich bin es leid, im Dreck zu wühlen, ich will endlich eine große Aufgabe haben.

Eine große Aufgabe hatte Beaumarchais bei seinen wiederholten Missionen nach London längst entdeckt. Aus erster Hand erfuhr er dort alles über den Konflikt, der in den nächsten Jahren die Weltpolitik bestimmen sollte: der Kampf der dreizehn englischen Kolonien in Nordamerika um ihre Unabhängigkeit. Einmal mehr sollte er nur verdeckt arbeiten können und gleichwohl Dinge leisten, die sich sehen lassen konnten (die jedoch kaum jemand sah).

Mit dem neuen König glaubte Beaumarchais leichtes Spiel zu haben, er wusste, dass er wankelmütig und leicht beeinflussbar war. Und doch sollte er seinen größten Kampf mit diesem König auszufechten haben, dem am höchsten Stehenden in der langen Liste seiner Gegner. Beaumarchais' Pech war es, dass Ludwig XVI. ein Tugendbold war, kein Erotiker und Ironiker wie sein Großvater Ludwig XV. Seine Tugenden sollten diesem König dann auch zum Verhängnis werden.

Auch wenn es noch keiner ahnte: mit dem neuen Herrscher hatte das Endspiel der Monarchie begonnen. Von 1789 her gesehen erscheint alles, was seit seiner Krönung geschah oder unterlassen wurde, als Schritt auf dem Weg zur Revolution, das heißt zum Ruin des Regimes, zum Aufbegehren der neuen Kräfte. In diesem Licht kommt der König nicht sehr gut weg, wirkt er wie eine historische Fehlbesetzung.

Seine Hauptaufgabe war eine Finanzreform, die das Regime hätte stabilisieren können. Immerhin hatte der König die beiden fähigsten Finanzpolitiker seiner Zeit als Minister, zuerst Turgot, dann den Schweizer Bürger Necker. Aber beide scheiterten schnell, wurden wieder entlassen, nicht zuletzt, weil die Hofclique um Marie-Antoinette mit ihren Ansprüchen nicht zurückstecken wollte. Von allen Beinamen verdiente sie den Ruf einer »Madame Defizit« noch am ehesten. So bewiesen die Versuche der beiden Reformer allein, dass keine Reform möglich war.

Soll man dies dem König anlasten?

1936, im Jahr der Volksfront, wollten Gewerkschaften und linke Parteien einen Film voller Sturm und Drang produzieren, der die Ideale der Großen Revolution in die Gegenwart holen sollte; aber irgendetwas Unvorhergesehenes muss mit dem Regisseur Jean Renoir geschehen sein, jedenfalls geriet in *La Marseillaise* die Gestalt von Ludwig XVI., den er selbst spielte, so menschlich und so sympathisch, dass der Film den Erwartungen der Auftraggeber nicht gerecht wurde.

Seltsames widerfährt auch manchem anderen, der sich näher mit diesem König befasst – man wird ungewollt von einer sonderbaren Sympathie ergriffen. Liegt es nur daran, dass man davor erschrickt, dass dieser König seinen Kopf auf der Guillotine verlor, jenem Instrument, das ein Klavierbaumeister aus Österreich im Auftrag der neuen Machthaber in Paris konstruiert hatte und das man nach ihm Schmidtine oder nach seinem prominentesten Opfer Louisine, aber nicht nach dem braven Anatomieprofessor Joseph Ignace Guillotin hätte benennen sollen, der vor diesem garstigen politischen Heilmittel eher zurückschreckte, wenn er nach 1789 als Richter fungierte?

Es geht nicht darum, für den Monarchen und gegen die Revolutionäre Partei zu ergreifen. Rein menschlich kann man nicht umhin, eine klammheimliche Sympathie, nicht eigentlich Mitleid, zu empfinden, weil er auf seine Weise Originalität besaß.

Ein kleiner, dicklicher, stumpfer Junge war er, als er sechzehnjährig mit der vierzehnjährigen Marie-Antoinette, der jüngsten Tochter von Kaiserin Maria-Theresia, vermählt wurde. Er war halbwegs gebildet, aber überhaupt nicht geistvoll (also ganz und gar nicht 18. Jahrhundert), sondern fromm, pfaffenhörig, willensschwach. Seine Erscheinung war keineswegs unedel, er zeigte ein stattliches, durchaus sympathisches Profil. Nur reagierte er etwas langsam, doch konnte er auch in maßlose Wut geraten und dann übereilte Entscheidungen treffen. Bildlich gesprochen könnte man sagen: Er hatte Blei im Blut und seine Gattin Feuer. Er wirkte unbeholfen und strahlte keinerlei Autorität aus, trat tapsig auf und stolperte über seinen Degen, wirkte verängstigt und dümmer, als er war, was wohl an seiner starken Kurzsichtigkeit lag. Drei Interessen hatte der König: die Jagd, die Geographie und das Basteln. Er muss ein besessener Schlösserbauer gewesen sein. Nur der Schlüssel zur Zukunft seiner Herrschaft fehlte ihm. Eifrig las er, vor allem über Geschichte und Geographie, und er liebte es, sich alles auf Karten und Globen zeigen zu lassen (nur sein eigenes Land hat er nie bereist). Er interessierte sich für die Glorreiche Revolution im England des 17. Jahrhunderts, bei der ein König geköpft wurde, er lernte Griechisch und Latein. Ruhe und Einsamkeit wusste er zu schätzen, während das Theater (die Leidenschaft der Königin) ihn kalt ließ. Er war nicht mal ein Staatsschauspieler.

Und er führte Tagebuch: in schülerhafter Schönschrift und äußerst lakonisch.

Spricht es gegen ihn? Als Beweis für seine Stumpfheit und seinen mangelnden Weitblick wird immer wieder angeführt, dass er am Tag des 14. Juli 1789 nur ein Wort in sein Tagebuch schrieb: *Rien*. Der König und das Nichts, das war eine ganz spezielle Geschichte.

Nun war an diesem Tag alles andere als nichts passiert: Man hatte das Staatsgefängnis, die Bastille gestürmt, die längst mehr ein Symbol als ein wirkliches Mittel der Unterdrückung war, aber dieser Auftakt der Revolution, der symbolische Tag der französischen Geschichte schlechthin, war dem König keine Zeile, keinen Satz wert, nur das Sterbenswörtchen *Nichts*.

Wir wissen allerdings, dass er damit nicht meinte: nichts los, nichts passiert, sondern dass er lediglich das Ergebnis des letzten Jagdausflugs notierte: heute nichts geschossen. Aber das macht die Sache ja nicht besser. Das tausendjährige Königtum der Kapetinger wird angegriffen, und der dicke Herr Ludwig denkt an die Jagd!

Wenn wir etwas Abstand nehmen und die Eintragung einmal literarisch betrachten, dann ist es doch das Understatement des Jahrtausends. Lakonischer konnte man nicht urteilen. Welcher Autor wäre nicht froh über solch einen Stileffekt? (Und war die ganze Revolutionsperiode nicht letztlich ein blutiges Nichts?)

Schon ein anderes Mal hat Ludwig der Eigentümliche das Wörtchen *Rien* ins Tagebuch geschrieben: nach der ersten Nacht mit Marie-Antoinette. Nichts war geschehen, nichts hatte sich geregt, nichts war möglich gewesen. Und zwischen diesen beiden *Rien* vollzog sich ein Königsdrama mit brillanter Fehlbesetzung, wie es kein moderner Regisseur besser erfinden könnte. Es ist das Unangemessene, das Nicht-Repräsentative, das jeden Versuch untergräbt, diesen Monarchen wirklich zu hassen – obwohl er genügend Schlimmes zu verantworten hatte, auch gegen unseren Figaro. Aber sollte man ihm nicht zugute halten, dass er die von Beaumarchais propagierte Politik, die Unabhängigkeit der Vereinigten Staaten von Nordamerika zu unterstützen, zumindest geduldet hat? Und dass er dafür einen Konflikt mit England riskierte, obwohl er Beaumarchais gerade nach London geschickt hatte, um dies zu vermeiden?

An anderer Stelle lesen wir in seinem Tagebuch: »Von den Ereignissen unterbrochen.« Wieder einmal ging es um die Jagd, an die er immer zuerst dachte. Die Ereignisse, die seinen Jagdausflug vorzeitig beendeten, waren der Marsch der Volksmassen auf Versailles und die Rückholung der Königsfamilie in den Louvre, das Ende des Ausflugs der Macht aus dem Zentrum von Paris, die erzwungene Rückkehr der Regierung in das Herz der Stadt, letztlich schon der Todesmarsch der Monarchie.

Der lapidare Satz vom 5. Oktober 1789 gibt wieder, was für das ganze Leben des Königs eigentümlich war, dessen schönste Privatbeschäftigungen stets von historischen Ereignissen unterbrochen wurden. Man hätte es als seinen Grabspruch einmeißeln können, hätte er je eine Grabstätte erhalten.

Muss man ihm nicht auch zugute halten, dass er am verschwenderischen Leben des Hofes kaum Anteil hatte? Dass er vor Kriegen zurückschreckte? Er war lediglich zu schwach, die Forderungen seiner Frau abzulehnen, die sich wiederum von einem geldgierigen Hofklüngel ausbeuten ließ und dabei manchmal recht dümmlich wirkte, wohingegen der König durchaus klar sah. Nur konnte er eines nicht: Autorität ausüben oder glaubhaft verkörpern. Der König ist dagegen? Ach, wenn es nichts Schlimmeres ist! So hat auch Beaumarchais oft genug gedacht.

Die Jagd war die Leidenschaft seines sonst leidenschaftslosen Lebens. Sollte man es ihm vorwerfen? Sollte das schlimmer sein als die Frauengeschichten seines Großvaters? Die Leute, die über Könige schreiben, verstehen viel zu wenig von der Jagd, um darüber urteilen zu können, dafür bilden sich die meisten von ihnen wohl ein, etwas von Liebesspielen zu verstehen. Aber kann man begreifen, was es bedeutet, wenn ein König liebt? Womöglich seine Frau liebt wie Ludwig XVI.?

Louis Seize wäre der allerbescheidenste Mensch gewesen, ein sparsamer König, er hätte sein Land reformieren können, wenn überhaupt jemand, dann er; aber er hatte keinen Richelieu oder Mazarin an seiner Seite, mit dem er ein großer König hätte werden können, dafür eine schwache, törichte, eigensüchtige Frau (auch wenn sie Beaumarchais half).

Sollte man aus seinem Lieblingswörtchen nicht das trotzige Echo heraushören, das erst hundertfünfzig Jahre später erklingen sollte: *Non, je ne regrette rien*? Was sollte er denn bedauern, dieser König? Er hatte seine Rolle nicht gespielt, und er starb nicht als Künstler.

Stefan Zweig nennt Marie-Antoinette einen »mittleren Charakter«. Kritisch und doch einfühlsam beschreibt er sie, vor allem unterstreicht er ihre österreichische Herkunft; wahrscheinlich war sie einfach etwas beschränkt, auf jeden Fall eine amüsiersüchtige, tanzwütige junge Frau. Sie warf das Geld mit beiden Händen zum Fenster hinaus. Wo es herkam, interessierte sie nicht. Das Land, dessen Königin sie war, bekam sie erstmals zu sehen, als sie vor dem revoltierenden Volk ins Ausland fliehen wollte, und ihrem Gemahl erging es nicht besser.

Die Töchter von Ludwig XV. wurden zu ihren Haupterzieherinnen am Hofe, »sitzen gebliebene Bigotte und bösartige Jungfrauen, deren Tugend auch das böseste Schandmaul nicht zu bezweifeln wagt«, urteilt Stefan Zweig etwas scharf. Er nennt sie »drei Parzen«, sie waren aber eher böse Feen, die Marie-Antoinette in das Ränkespiel in Versailles einwiesen und in ihrem Interesse zu manipulieren versuchten. Als Frau des Thronerben wurde die Österreicherin zur ersten Frau am Hofe, und die Königstöchter spielten sie gegen die

Du Barry aus. Sie verhinderten, dass Marie-Antoinette mit ihr sprach, was Ludwig XV. aber wünschte. Nur einmal, bei einem Empfang, konnte sie sich überwinden, einen läppischen Satz an die unwürdige Kokotte zu richten.

Marie-Antoinette war in der Tat die »Königin des Rokoko«, wie Zweig sie nennt, in ihr vollendete sich ihr Jahrhundert, mit ihr ging es zu Ende. Dass es Herrscher von anderem Format gab, bewies ihr kaiserlicher Bruder Joseph, der inkognito als Graf Falkenstein nach Paris kam und im Hôtel de Tréville, dem späteren Hôtel Foyot, logierte. Joseph sah sich im Lande und in Paris um, ließ sich die Manufakturen und Märkte zeigen, sah das Volk von Paris aus der Nähe (und jeder wusste, wer er war). Auch redete er seinem Schwager ins Gewissen: er solle sich operieren lassen, er schulde seinem Lande einen Thronfolger. Joseph II. urteilte über ihn: »Dieser Mann ist ein Schwächling, aber kein Dummkopf. Er hat Kenntnisse und Urteil, aber er ist körperlich wie geistig apathisch.«

So war Ludwig allerdings, selbst in den letzten Stunden vor seiner Hinrichtung, er hatte ein Phlegma, das man auch Haltung nennen könnte.

Sieben Jahre konnte er die Ehe mit Marie-Antoinette nicht vollziehen, und manche Biographen erklären die Leichtfertigkeit und Amüsierwut der jungen Königin mit diesem Umstand. Es bedurfte großer Überredungskünste (und Auslegungen passender Bibelstellen durch seinen Hofgeistlichen), ehe sich der König dem chirurgischen Eingriff unterzog, der seine Zeugungsfähigkeit herstellte. Der Körper der Monarchen war eine Staatsangelegenheit und ein göttliches Mysterium – und eben dies führte 1793 zur physischen Vernichtung der Person, die den Anspruch auf uneingeschränkte Herrschaft verkörperte. Ludwigs Körper wurde also zweimal Gewalt angetan, einmal, als er das Überleben der Monarchie sichern, und einmal, als sie in seiner Person ausgelöscht werden sollte.

Mit seinem Eintreten für den Kampf der dreizehn englischen Kolonien gegen das Mutterland mischte sich Beaumarchais wieder einmal in Dinge ein, die ihn nichts angingen. War Figaro nicht zu schmächtig dafür? War es die typische Selbstüberschätzung der

Pariser Intellektuellen, die glauben, alles und alle zu verstehen, die sich für befugt halten, überall einzugreifen, wenn sie nur darüber schreiben können, als verliehen schöne Sätze eine magische Macht?

Nein, in Sachen Amerika war Beaumarchais gut informiert, viel besser als die eigentlich Zuständigen, wie seine in den diplomatischen Archiven Frankreichs erhaltenen Sendschreiben zeigen. Der Polizeichef Lenoir verließ sich ganz auf die Berichte, die er aus London von einer Pariser Prostituierten erhielt, zu deren Kunden viele Lords gehörten. Beaumarchais hingegen erhielt Informationen aus erster Hand, unter anderem vom Staatsminister Lord Rochford, nun Minister von König Georg III. Zu Beaumarchais' Quellen in London zählte auch John Wilkes, der aufrührerische Bürgermeister von London, der eine Zeit lang im Pariser Exil gelebt hatte und nun ein Anhänger der amerikanischen Unabhängigkeit war. Beaumarchais wurde damals in einigen Pamphleten als der französische Wilkes bezeichnet. Durch Wilkes lernte er auch andere einflussreiche Politiker kennen, so den jungen Amerikaner Arthur Lee, der in der künftigen Politik der USA eine große Rolle spielen sollte und schon als deren Vertreter in London auftrat. Allerdings müssen wir ihn zu den Feinden von Beaumarchais rechnen, auf die er bei jeder seiner Aktionen unvermeidlich traf, da Lee seinen Interessen später schwer schadete. Beaumarchais schätzte die Lage richtig ein, die amerikanischen Kolonien sollten ihren eigenen Staat bilden, und es lag in Frankreichs Interesse, sie dabei politisch und militärisch zu unterstützen.

Am 23. August 1775 erklärte der englische König Georg III. die amerikanischen Kolonisten zu Rebellen, aus einem lange schwelenden Streit um Steuern, politische Vertretung und Zugang zu Märkten war ein offener Konflikt geworden. Beaumarchais' erste Denkschrift zur französischen Haltung in der amerikanischen Frage stammte vom September 1775. Neun Monate vor der Unabhängigkeitserklärung wusste er, dass der endgültige Bruch unvermeidlich war. Frankreich müsse sich auf die Seite der Rebellen stellen: »Eine Nation dieses Schlages, Sire, muss unbesiegbar sein.« Aber nie antwortete der König, der einen Konflikt mit England fürchtete, und nie zeichnete er die Amerika betreffenden Passagen in Beaumarchais' Briefen ab. Vergennes und Turgot unterstützten allerdings dessen Vorschläge.

An den Außenminister Vergennes schrieb Beaumarchais, der französische Botschafter in London verstünde nichts von der Lage, es bedürfe eines Sonderbeauftragten. Schließlich erhielt er die Erlaubnis, informell zu sondieren, als Geschäftsführer mit unbestimmtem Auftrag, erst später wurde er zum *chargé d'affaires*, der allerdings König und Minister nicht kompromittieren durfte. *Der kleine Minister* wurde er bei Hofe spöttisch genannt. Obwohl er also weiterhin im Schatten agierte, besaß die Aufgabe doch eine andere Qualität als die elenden Pamphletaffären.

Die Aufständischen hatten alle Argumente für sich, die Lage, den Raum, die Ressourcen und vor allem ihre Entschlossenheit und ihre Freiheitsliebe; es fehlte ihnen aber an Waffen und Munition, dafür müsse Frankreich einspringen – so dachte Beaumarchais. Ein feiger Frieden mit England nütze niemandem, Frankreich müsse Partei ergreifen, politisch und ökonomisch intervenieren, auch Soldaten und Ingenieure nach Amerika schicken! Er dachte gewiss auch an die Handelsmöglichkeiten, an den künftigen Warenaustausch zwischen Amerika und Frankreich und an die immensen Geschäfte, die dabei zu machen wären. Der Schüler von Pâris-Duverney spekulierte vielleicht auf ein Handelsmonopol. Für die Amerikaner ging es um Politik – für Beaumarchais auch um Handel, das war das grundlegende Missverständnis; er wollte auch ein bisschen verdienen, zumindest nicht verlieren bei seinem Engagement, schließlich war er ja nur eine Privatperson. Dennoch hatte er nicht allein die Bereicherung durch Waffenhandel im Sinn. Dass es sich für Beaumarchais um eine Angelegenheit handelte, bei der es um neue Freiheiten ging, zeigte sich in seinem Brief an das amerikanische Volk von 1775, in dem er ihm riet, sich eine Verfassung zu geben, deren König das Gesetz sei. Er hatte verstanden, dass man hier einer Staatsform zur Geburt verhelfen musste, an die im feudalistischen Europa noch nicht zu denken war.

Beaumarchais intervenierte in London zugunsten eines französischen Handelsschiffes, das die Engländer als Kriegswarenlieferant aufgebracht hatten; die Rettung der wertvollen Fracht mit Gütern aus der neuen Welt stärkte seine Position in Versailles. Politisch hielt man sich dort weiterhin bedeckt. Zu groß war die Furcht vor einem offenen Konflikt mit England. Dennoch überzeugten Beaumarchais' Argumente. Man wollte ihn agieren lassen, doch wurde es wieder einmal eine verdeckte Operation, wenn auch mit legaler Fassade.

Im Februar 1776 schrieb Beaumarchais in einer Denkschrift für den König: »Der große Streit zwischen Amerika und England, der bald die Welt entzweien und das politische System in Europa verändern wird, zwingt jeder Macht die Notwendigkeit auf zu überprüfen, inwiefern die Tatsache dieser Ablösung eine Rückwirkung auf sie selbst hat und ihr Interesse berührt.« Das waren klare Worte, denen sich in Versailles niemand verschließen konnte.

In London wurden nicht nur gehässige Pamphlete gegen den Hof von Versailles gedruckt, sondern auch Schriften mit erheblichem politischem Gewicht. Seit dem Juni 1776 erschien dort eine Zeitschrift in französischer Sprache, *Le courrier de l'Europe*. Geleitet wurde sie von Antoine Joseph de Serres de la Tour, ihr Eigentümer war der Schotte Samuel Swinton. Der französische Hof wollte verhindern, dass diese Zeitschrift, die sehr kritisch mit seiner Politik ins Gericht ging, importiert würde. Beaumarchais setzte sich für die Zeitschrift ein und veröffentlichte selbst dort Artikel, aber ohne seinen Namen zu nennen. Auch Théveneau de Morande arbeitete an der Zeitschrift mit, er hatte sich vom Pamphletisten zum Journalisten geläutert. Über ihn schrieb Beaumarchais an den Minister Sartine ganz im Stile seines Jagdgerichtes: »Ich habe aus diesem Wilderer einen Jagdaufseher gemacht. Er dient jetzt dem französischen Hof.« Diese Tatsache hielt Morande aber nicht davon ab, einige französische Agenten an den englischen Hof zu verraten.

Die Leistung der Zeitung war es, im Vorfeld der Revolution den Geist und das Vokabular des politischen Lebens in Frankreich mit Anleihen aus dem Englischen bereichert zu haben, vor allem mit Ausdrücken aus dem Bereich des Parlamentarismus (Opposition, Partei, Mehrheit, Minderheit).

Einer der schönsten Sätze der Weltgeschichte wurde am 4. Juli 1776 in Philadelphia veröffentlicht. Thomas Jefferson hatte ihn geschrieben, beraten von Benjamin Franklin. Darin bezeugte er den Glauben, dass alle Menschen gleich geschaffen seien und jeder einzelne das Recht auf Leben, Freiheit und Streben nach Glück besitze.

Wenige Tage vor der amerikanischen Unabhängigkeitserklärung gründete Beaumarchais am 10. Juni 1776 in Paris eine private Handelsgesellschaft mit dem schönen spanischen Namen Rodrigue Hortalez & Cie. Ihr Grundkapital von einer Million Livres erhielt die Gesellschaft am 16. Juni vom französischen Hof. Am 11. August folgte eine weitere Million von Spanien, das sich der französischen Amerikapolitik angeschlossen hatte. Die Firma bezog einen repräsentativen Firmensitz in einem prächtigen Palast mit barockverzierten Räumen, das Haus Nummer 47 in der Rue Vieille du Temple, offiziell Hôtel des Ambassadeurs de Hollande genannt. In dieser ehemaligen Residenz der holländischen Botschafter mitten im Marais-Viertel logierte auch der Geschäftsführer der Firma, ein Herr Durand. Unter diesem schlichten Decknamen korrespondierte Beaumarchais mit seinen amerikanischen Kontaktleuten, meist in chiffrierter Form.

Er musste sich hüten, dass keine Verletzung des Friedensvertrages von 1763 offenbar wurde. Der englische Vertreter am Französischen Hof, Lord Stormont, war sehr wachsam und beschwerte sich wiederholt. Kaum einmal sollte er etwas nachweisen können – und im Falle eines Verstoßes haftete der Privatmann »Herr Durand« persönlich. Wenn einmal ein Schiff mit Kriegsmaterial aufgebracht wurde, hieß es, es sei für die französische Kolonie Santo Domingo bestimmt, ohnehin eine Etappe der französischen Schiffe auf dem Weg in die Neue Welt.

Freund Gudin stand Beaumarchais auch jetzt als Sekretär bei. Als seinen Interessenvertreter schickte er Jean-Baptiste Lazare Théveneau de Francy nach Amerika, einen Bruder des Londoner Pamphletisten. De facto betätigte sich Beaumarchais als Politiker, Handelsherr und Reeder zugleich, unermüdlich im persönlichen Einsatz. In einer Zeit der Kutschen fuhr der rasende Reeder in die großen Häfen Bordeaux, La Rochelle, Nantes, Le Havre und Dünkirchen – er kannte die Dinge aus erster Hand, war alles andere als ein politisierender Intellektueller, der die Ereignisse nur aus der Ferne sah. Nun konnte er zeigen, was er bei Pâris-Duverney gelernt hatte. Durch sein persönliches Auftreten verschaffte er sich schnell Respekt bei seinen neuen

Berufskollegen, er gewann sogar andere Reeder als Kompagnons. Dabei verlor er nie die Zusammenhänge des Welthandels aus den Augen. Frankreich müsse sich um seine Position im Welthandel kümmern, es solle seine Schiffe überall durch Geleitzüge schützen, forderte er in Versailles.

Nicht immer verliefen seine Aktionen so diskret wie vom Hof gewünscht. Ab und zu brach doch seine Eitelkeit durch. So ließ sich Beaumarchais bei einem Aufenthalt in Le Havre im dortigen Theater nach einer Vorstellung seiner *Eugénie* vom Publikum feiern.

Roger Lafon, ein Fachmann für Schifffahrt und Marinegeschichte, bescheinigte Beaumarchais, ein brillanter Reeder gewesen zu sein, der für zwei bis drei Jahre eine ziemlich große Flotte befehligt und sich dabei wie der gewiefteste Spezialist verhalten habe, was um so bemerkenswerter sei, da gerade die Reederei als Beruf gelte, in dem niemand improvisieren könne. Beaumarchais' Maxime lautete: In einem Metier, von dem ich nicht alle Details, sondern nur die Prinzipien kenne, höre ich mir die Ratschläge von allen Seiten an und handele dann nach meinen eigenen Erfahrungen. Beaumarchais war genau, fleißig, wach, er entschied klar und schnell, wie jeder gute Unternehmer. Wichtig war dabei sein persönlicher Einsatz vor Ort, denn er konnte sowohl mit Autorität als auch mit Charme auftreten. Er kannte sich aus in den Problemen von Lagerung, Ladung und Transport, und er verteidigte die Interessen des Fernhandels, als sei er der Erfinder und Interessenvertreter des Komitees der französischen Reeder. Als die protestantischen Händler von Bordeaux sich bei ihm über ihren Ausschluss aus der Handelskammer beschwerten, verwandte sich der Hugenottenenkel schriftlich für ihre Rechte, wenn auch erfolglos. Diese Diskriminierung sollte erst mit der Revolution enden.

Sein Ziel war es, ganz methodisch den Schmuggel von Kriegsgütern zu organisieren, und zwar mit der heimlichen Unterstützung des Staates. Offiziere, Kapitäne, Matrosen und Sekretäre arbeiteten alle unter seinem Kommando. Er ließ 25 000 Soldaten anwerben. Bis 1777 hatte er zehn eigene Schiffe mit Waffen, Uniformstoffen und anderem Material nach Amerika geschickt, insgesamt Waren im Werte von über fünf Millionen Livres. Nach Frankreich sollten als Bezahlung Indigo, Tabak, Reis, Gewürze und Baumwolle geliefert werden: Aber die Schiffe kamen leer zurück. Wieder lief etwas schief bei einem großen Vorhaben von Beaumarchais. Der junge Staat nahm gern und leistete nichts im Gegenzug, er betrachtete alle Lieferungen als Geschenke, und das mit gutem Gewissen, denn der unredliche Arthur Lee hatte sie dem Kongress gegenüber dazu erklärt! Wenn doch einmal Warenlieferungen zurückkamen, dann nahmen die amerikanischen Vertreter in Frankreich sie in Beschlag. Zu ihnen gehörte neben Arthur Lee bald auch als hochgeachteter Vertreter einer tapferen Nation und als Kuriosum der Pariser Gesellschaft der Naturwissenschaftler und Politiker Benjamin Franklin.

Schon 1767 und dann wieder 1769 hatte Franklin Paris besucht, war auch von König Ludwig XV. empfangen worden, obwohl er einige Jahre zuvor im Streit um Québec gegen die Franzosen gestanden hatte. Eigentlich hätte sich Franklin mit Beaumarchais verstehen müssen; ihre Lebensläufe wiesen einige Parallelen auf, beide waren Autodidakten, beide waren Autoren und Drucker, beide waren zunächst Vertreter eines Händlers und Bankiers, beide waren begabte Techniker und Erfinder. Aber Franklin war ein Mann für die Öffentlichkeit, den Journalismus, die demokratische Vertretung von Interessen, Beaumarchais eher für die Politik im Hinterstübchen. Franklin hatte einen tadellosen Ruf in der Neuen und in der Alten Welt. Beaumarchais hatte auf beiden Kontinenten einen schlechten Ruf. Seit 1772 war Franklin dank der Befürwortung des großen Schriftstellers und Naturwissenschaftlers Georges Louis Leclerc, Graf von Buffon, Mitglied der Akademie der Wissenschaften in Paris. Abgesehen von ihren unterschiedlichen Charakteren und Temperamenten überragte Franklin Beaumarchais natürlich als Wissenschaftler und Vielschreiber, und erst recht in seiner politischen Stellung, als er schon bald nach seinem Eintreffen in Frankreich offizieller Botschafter der zu einem Staat vereinigten Kolonien wurde.

In Begleitung von zwei Enkeln lief Franklin im Oktober 1776 mit dem Kriegsschiff *Reprisal* in einem bretonischen Hafen ein. Im Dezember erst kam er nach Paris. Er bezog ein Haus in Passy, damals noch ein südwestlicher Vorort von Paris, auf halbem Wege nach Versailles. Noch vor Jahresende wurde er von Außenminister Vergennes empfangen. Sein erster Erfolg war ein inoffizieller Kredit Frankreichs für die Vereinigten Staaten von zwei Millionen Livres.

Franklin zeigte Beaumarchais gegenüber großes Misstrauen, er hörte mehr auf seinen Berater Arthur Lee und auf Jacques Barbeu-Dubourg, einen Botaniker, der 1773 einige seiner Werke ins Französische übertragen hatte. Und was machte Doktor Dubourg, der Beaumarchais nur vom Hörensagen kannte? Er tat das, was alle seine Feinde taten: er schwärzte ihn öffentlich an. An den Außenminister Vergennes schrieb er: »Beaumarchais liebt die Ausschweifungen, er hält junge Frauen aus und hat den Ruf, ein Verschwender zu sein.«

Vergennes zeigte diesen Brief Beaumarchais, der sich einer spitzen Antwort nicht enthalten konnte, wodurch er aus einem Rivalen einen Todfeind machte. Seine Antwort lautete sinngemäß: Ja, ich unterhalte Frauen in meinem Haus, meine Schwestern nämlich; schlimmer noch, ich unterhalte sogar Männer, einige Vettern und dazu den besten aller Väter!

Die größte Sache seines Lebens wurde ein schlechtes Geschäft, die Firma Hortalez bewegte sich bald am Rande des Ruins. Aber Beaumarchais war ein Überzeugungstäter. Er charterte ein Handelsschiff, das er zum Kriegsschiff ausbauen und mit fünfzig Kanonen bestücken ließ. Da der ursprüngliche Name *Hippopotame* (Nilpferd) viel zu behäbig klang, wurde es umgetauft in *Le fier Rodrigue*. Gefüllt mit Lebensmitteln und Uniformstoffen segelte *Der stolze Rodrigo* los in Richtung Santo Domingo; ein Protest des englischen Gesandten hatte nur aufschiebende Wirkung. Vor der Insel angekommen wurde das Schiff durch den französischen Admiral Charles Henry d'Estaing requiriert. Es spielte in der folgenden Seeschlacht gegen die Engländer vor der Insel Grenada eine wichtige Rolle. Die Schlacht vom 6. Juli 1777 wurde gewonnen, Beaumarchais' Schiff aber schwer beschädigt, als wäre es ein Emblem für sein karges Glück. Der Kapitän und einige Matrosen waren ums Leben gekommen, »sein« zweiter Kapitän, der überlebt hatte, erhielt einen hohen militärischen Orden, und so konnte sich Beaumarchais aus der Ferne als Kriegsheld fühlen. Das Schiff wurde aufwändig repariert und sein Eigentümer erhielt zur Entschädigung 400 000 Livres aus der Staatskasse. Mit Admiral d'Estaing blieb Beaumarchais in Verbindung und machte mit ihm später noch gute Geschäfte in Bordeaux.

Am 10. Oktober 1777 gewannen die Amerikaner die entscheidende Schlacht bei Saratoga. Die von Beaumarchais gelieferten Gewehre spielten dabei eine große Rolle. Beaumarchais selbst eilte nach Versailles, um dort »seinen« Sieg zu verkünden. Als er eintraf, war sein Gesicht leicht verkratzt und ein Arm bandagiert. Er sei aus der rasenden Kutsche gefallen, erklärte er, und komme nun gewissermaßen als der letzte Verwundete der Schlacht von Saratoga. Wahrscheinlich hatte er wieder zu einem bewährten Mittel gegriffen, seinem Leben einen Hauch Theatralik zu geben, als wolle er es in eine Kette von Anekdoten, von anschaulich erzählbaren und nachspielbaren Situationen verwandeln.

Die Erfolge der Amerikaner schufen eine neue politische Lage. Am 6. Februar 1778 wurde in Paris ein Vertrag unterzeichnet, in dem das Königreich Frankreich die Unabhängigkeit der neuen Republik auf dem amerikanischen Kontinent anerkannte. Im Mai ratifizierte der amerikanische Kongress diesen Vertrag. Versailles nahm gespannte Beziehungen zu England in Kauf, auch einige Scharmützel zu Lande und zu Wasser. Von nun an konnte Beaumarchais unter seinem wahren Namen und ganz legal seine Geschäfte mit Amerika abwickeln, doch gerade durch den Erfolg seiner Politik wurden seine Dienste überflüssig. Zudem konnte Benjamin Franklin nun offiziell als amerikanischer Botschafter agieren. Am 20. März 1778 empfing ihn erstmals der französische König. Noch im Juli traf eine französische Flotte unter Admiral d'Estaing zu einem feierlichen Besuch im neuen Staat ein. In einem Hafen von Delaware wurde der erste französische Bevollmächtigte in den Vereinigten Staaten, Gérard, abgesetzt. Am 23. März 1779 konnte Franklin dem König das Beglaubigungsschreiben als erster Botschafter seines Landes in Frankreich überreichen. Bis 1782 gewährte Frankreich den USA mehrere hohe Kredite, schickte Waffen, Munition, Ausrüstungsgegenstände. Immer wieder musste man dabei mit englischen Interventionen rechnen, und mehr als einmal wurden französische Schiffe aufgebracht.

Beaumarchais' Position wurde immer schwieriger, finanziell wie politisch. Seine Schulden beliefen sich auf über fünf Millionen Livres. Er hatte Waffen sowie Munition, Stiefel und Uniformen für Amerika geliefert, aber keinen dauerhaften und einträglichen Zugang zum Überseehandel gefunden. Die Phase der offenen Unterstützung bei Hofe war vorüber, man brauchte ihn nicht mehr. Vergennes wandte sich von ihm ab, leugnete sogar in einem Schreiben die von Beaumarchais organisierten Lieferungen, obwohl er sich selbst am Amerikahandel beträchtlich bereichert hatte. Beaumarchais galt nur noch als lästig, als unerwünscht, als aufdringlich. Man beschuldigte ihn sogar, in die eigene Tasche gewirtschaftet zu haben. Schon im Dezember 1777 hatte er bitter festgestellt: »Ich habe die Frucht der edelsten Arbeit verloren.«

Auf amerikanischer Seite hielt nur Silas Deane zu ihm, der in Briefen an den Kongress darlegte, wie viel Beaumarchais für die amerikanische Sache getan hatte. Beaumarchais erhielt lediglich überschwängliche Dankesschreiben, aber keine Gegenleistungen in Waren oder Geld. Die amerikanischen Rückstände sollten ihm bis zum Ende seines Lebens Sorgen bereiten.

Im Mai 1785 wurde Benjamin Franklin als Botschafter abberufen, er hatte schon viel früher darum gebeten. Seine Nachfolge in Paris trat Thomas Jefferson an. Am 14. September 1785 wurde Franklin mit einem großen Empfang in Philadelphia geehrt. Als er am 11. Juni 1790 starb, beantragten Mirabeau (nicht gerade ein Tugendbold, aber mit ihm hatte sich Franklin gut verstanden) und La Fayette (der das französische Expeditionskorps in Amerika befehligt hatte) in der ersten Nationalversammlung der französischen Revolution eine dreitägige Staatstrauer.

In einem Brief an das amerikanische Volk, in dem er wieder einmal seine Gelder einklagte, schrieb Beaumarchais, er glaube doch, es mit einem tugendhaften Volk zu tun zu haben. Eine Republik war in der Vorstellung des 18. Jahrhunderts etwas, das mit bürgerlicher Tugend zu tun hatte und mit hoher Moral. Aber darin sollte Beaumarchais sich täuschen. Republik hat nicht zuletzt mit freien Geschäften zu tun, wie er nach 1789 selbst erleben konnte, und auch das Wort Tugend erhielt in jenen Jahren einen eher finsteren Klang, enthielt auch eine Drohung für Menschen wie ihn.

Der französische Held in den USA wurde der junge Marie Joseph Paul Yves Roch Gilbert Motier, Marquis de La Fayette, der Freiheitsheld von zwei Kontinenten und von drei Revolutionen, nach dem in den Vereinigten Staaten bis heute viele Straßen und

Hotels benannt werden. Aber wer dachte dort an Beaumarchais, der ihm durch Kredite die Überfahrt und die Ausrüstung seiner Soldaten überhaupt erst ermöglicht hatte und der nicht ohne Grund von sich selbst sagte, er sei vielleicht der Franzose, der am meisten für die Unabhängigkeit der neuen Republik getan habe? Auch er war ein Held zweier Kontinente, selbst wenn er den anderen nie betreten hat.

Als schwachen Trost schrieb John Jay, Präsident des Kongresses, am 15. Januar 1779 einen Brief an Beaumarchais, in dem er dessen Verdienste und Leistungen anerkannte, mit denen er zugleich dem neuen Staat und seinem eigenen König gedient habe. Er bedauerte die entstandenen Unkosten und versprach Entschädigung, ohne konkrete Zusagen zu machen.

Mehr als vierzig Briefe schrieb Beaumarchais in den folgenden Jahren in dieser Sache, stets vergeblich. Noch 1795, im Hamburger Exil, verfasste er eine Epistel an das amerikanische Volk, um seine Ansprüche darzulegen. Seine Tochter Eugénie reiste 1824 nach Amerika; sie kehrte zwar erfolglos zurück, doch immerhin beschloss daraufhin der Kongress, seine Zahlungspflichten prüfen zu lassen. Erst 1835, also 36 Jahre nach dem Tod von Beaumarchais und 55 Jahre nach den erbrachten Leistungen, wurde seinen Enkeln eine Entschädigung zugestanden. Die Summe setzte man recht willkürlich auf 800 000 Livres fest, viel zu niedrig, aber die Erben hatten keine andere Wahl, als dies zu akzeptieren.

Beaumarchais wollte der Figaro der amerikanischen Revolution sein, doch man beleidigte ihn mit einem Bild aus einer Fabel von La Fontaine: er sei nur wie die Fliege, die das Pferd in der Nase kitzele, so zum Traben bringe und sich in ihrem Größenwahn für den eigentlichen Kutscher halte. Und zuletzt rufe er, wie die Fliege in der Fabel, nach seiner Bezahlung.

In seiner Enttäuschung schrieb Beaumarchais eine schöne Selbstbetrachtung: »So ist meine Seele nun einmal angelegt: im allergrößten Übel sucht sie, um sich zu trösten, sorgfältig nach dem wenigen Guten, das sich darin verbirgt. Die Müßiggänger von Paris neideten mein Glück und hielten mich für einen Günstling des Schicksals und der Mächte. Und ich, armseliges Spielzeug der Ereignisse, allein, ruhelos, aus der Gesellschaft verstoßen, ausgetrocknet durch

Kummer und Schlaflosigkeit, bald Verdächtigungen ausgesetzt und bald dem Undank und allerlei Ängsten, Tag und Nacht arbeitend und mein Ziel mit Energie verfolgend, ich war erschöpft vor Müdigkeit und erreichte doch nur wenig. Aber mein Mut erwachte immer wieder neu, wenn ich daran dachte, dass ein großes Volk bald allen Verfolgten Europas eine behagliche und freie Zuflucht bieten würde.«

Das zeigt, dass er den Geist Amerikas sehr wohl verstanden hatte und dass er wusste, welche Bedeutung die amerikanische Freiheit für Europa haben würde. Und doch endete sein amerikanisches Abenteuer nicht mit Liedern, sondern mit offenen Rechnungen.

Noch eine andere Rechnung war offen: der Prozess gegen La Blache. Im Juli 1778 sollte im schönen Aix-en-Provence das letzte Urteil gefällt werden. Große Aufregung herrschte in der Stadt, durch Pamphlete beider Parteien angeheizt. Nach all dem Streit und Hass folgte eine rasche und klare Entscheidung, die zugunsten von Beaumarchais ausfiel, der seinen Glücksstern wiedergefunden hatte.

Der Vorwurf der Urkundenfälschung wurde fallen gelassen, das Abkommen mit Pâris-Duverney als gültig angesehen, sein Anspruch auf 15 000 Livres anerkannt. Darüber hinaus musste ihm La Blache nun Prozesskosten, Zinsen und Schadensersatz wegen der erlittenen Verleumdungen sowie eine Entschädigung wegen des zugesicherten, aber verweigerten zinslosen Darlehens leisten. Die Rechnung für den Unterlegenen belief sich auf mehr als 70 000 Livres, ein Vielfaches der ursprünglichen Streitsumme. Der Sieger im Prozess wurde von einer großen Menge bejubelt. Von seinem Gegner sollte man nie wieder etwas hören, er hatte seine kleine, böse Rolle zu Ende gespielt und musste nun Beaumarchais einen günstigen Kredit gewähren, den dieser gut gebrauchen konnte.

Begleiten wir La Blache aus unserer Erzählung hinaus: 1789 wurde er in die Generalstände gewählt, wo er sich als einer der ersten Adligen dem Dritten Stand anschloss. Sein Spezialgebiet in der Nationalversammlung waren natürlich die Finanzen. 1793 kam er ins Gefängnis und wurde erst nach dem Sturz von Robespierre befreit. Er starb 1802 auf einem seiner Landschlösser.

Offenen Rechnungen ganz anderer Art galt ein Engagement von Beaumarchais, das ebenfalls in den Jahren nach 1776 begann. Wir müssen jetzt sozusagen synchron denken, denn das vorige, dieses und die nächsten Kapitel spielen alle gleichzeitig. Auch in diesem Kampf ging es um Geld und Ansprüche, doch es ging nicht nur um eigene Interessen, sondern allgemein um die Rechte von Autoren an ihren Texten.

Seine ersten Theaterstücke hatte Beaumarchais noch den Schauspielern geschenkt. Durch den großen Erfolg des *Barbier von Sevilla* ergaben sich beträchtliche Einnahmen aus der Tageskasse. Die Schauspieler dachten allerdings nicht daran, den Autor angemessen am Gewinn zu beteiligen.

Ein Bühnenautor konnte mit durchschnittlichen Tantiemen von etwa 1650 Livres im Jahr rechnen, während ein Schauspieler der Comédie Française es auf 27 000 Livres jährlich brachte. Die Schauspieler bestimmten willkürlich den Anteil des Autors, der immer sehr gering blieb. Wenn ein Stück in zwei Aufführungen nacheinander nicht genügend Einnahmen erbracht hatte, fiel es mit sämtlichen Rechten der Schauspieltruppe zu. Natürlich half dabei oft ein billiger Trick, man setzte ein Stück, das gut lief, zweimal zu sehr ungünstigen Zeiten an. Auch mit dem *Barbier von Sevilla* wollte man es so machen. Beaumarchais bemerkte es rechtzeitig und zog das Stück schnell zurück. Nun waren die Schauspieler gezwungen, mit ihm zu verhandeln. Es sollte eine zähe Partie werden, die sich zum Grundsatzstreit über das Urheberrecht entwickelte. Denn nun rührten sich auch andere Autoren, die mit ihrer Behandlung schon lange unzufrieden waren.

Beaumarchais war der Richtige, sich dieser Ungerechtigkeit, die längst Usus geworden war, anzunehmen. Er kannte sich aus in Geschäften, er konnte gut rechnen, er verfügte über einige Erfahrung im Streiten und Prozessieren, und er war nicht auf die Tantiemen angewiesen. Durch seine diversen Geschäfte verfügte er um 1780 über ein Jahreseinkommen von 150 000 Livres. Er wollte aber nicht nur die Lage der Autoren verbessern, es ging ihm auch um Reformen des Schauspielwesens und des Theaterbetriebs.

Beaumarchais, dem es an Aufgaben wahrlich nicht mangelte, ließ sich sämtliche Bücher des Théâtre Français zeigen, prüfte alle Abrechnungen und Aufzeichnungen. Schnell hatte er einige »Rechenfehler« zu seinen Ungunsten entdeckt. Zugleich studierte er die Geschichte des Tantiemenwesens und erarbeitete neue Muster für künftige Abrechnungen. Schließlich lud er seine schreibenden Kollegen zu sich ein.

Als die Schauspieler erfuhren, dass sich die Autoren zusammenschließen wollten, schickten sie einen der ihren zu Beaumarchais und boten ihm eine Geldsumme von 4 000 Livres an, um ihn von seinem Engagement abzubringen. Aber bestechlich war Beaumarchais nicht, mit solch kleinen Summen schon gar nicht, das unterschied ihn von manchen Helden der Revolution. Er verdiente sein Geld immer durch eigenes Handeln, und er setzte seine Reformen durch.

Am 3. Juli 1777 fand bei Beaumarchais ein kleines Abendessen statt, zu dem auf seine Einladung einundzwanzig Autoren erschienen waren. Einige, die es auch nötig gehabt hätten, blieben fern. Sie glaubten, dass sie sich allein besser behaupten könnten, oder dass sie, wenn etwas geregelt würde, ohne ihr Zutun davon profitieren könnten. Feigheit ist bei Autoren oft noch ausgeprägter als Eitelkeit.

Das Diner wurde zur Versammlung: man gründete eine Vereinigung, die *Société des auteurs dramatiques*, wählte einen Präsidenten, Beaumarchais natürlich, und gab ihm zwei Beisitzer, Sedaine und Marmontel. Man verpflichtete sich dem Motto *unis et libres* (einig und frei), fast ein Rütlischwur, und revolutionär klang auch der Name, den Chamfort vorschlug: »Generalstände der dramatischen Kunst«. Diese Art Gewerkschaftsgründung geschah unter einem absolutistischen Regime! Beaumarchais versuchte außerdem die Unterstützung des zuständigen Ministers zu erhalten, des Herzogs von Duras. Zunächst wurde er hingehalten, dann lehnte der König 1779 den Erlass einer neuen Tantiemenverordnung ab.

Schon Diderot war zu der Erkenntnis gekommen, es sei leichter, sich mit Gerichten und Parlamenten anzulegen als mit Schauspielern. Um Autoren zu demütigen, ließen sich die Schauspieler allerhand einfallen. Sie hatten rabiate Anwälte und spezielle Methoden, ihre Privilegien zu verteidigen. Auch die Schauspieler spannen Intrigen gegen Beaumarchais und stellten Verleumdungen auf, wie es noch alle seine Gegner getan hatten; von gefälschten Unterlagen war die Rede. Zudem besuchten reizende junge Damen aus ihrer Truppe die zuständigen Richter, damit diese sich – ein Urteil bilden konnten.

Beaumarchais legte konkrete Zahlen vor. Den von ihm vertretenen Autoren hätten im Jahr durchschnittlich 53 000 Livres zugestanden, sie hatten aber nur 14 300 Livres erhalten. Er selbst war für den *Barbier* um ein Drittel seiner Tantiemen betrogen worden. Nachdem er vielerlei Lügen und Intrigen entkräftet hatte, kam es am 9. Dezember 1780 zu einer Einigung. Die neue Verfahrensordnung untersagte die Einziehung eines Stückes durch die Schauspieler, wenn das Stück »gefallen« war. Der Anteil der Autoren wurde auf ein Siebtel der Tageseinnahmen festgesetzt.

Wenngleich die Sache sich beruhigte, kochte sie immer wieder hoch. Als dann 1784 Beaumarchais' *Figaro* ein großer Erfolg wurde, konnte sein persönlicher Streit mit den Schauspielern beigelegt werden. Eine umfassende Regelung stand aber noch aus. Erst in den Revolutionsjahren wurde über ein neues Gesetz beraten, und wieder engagierte sich Beaumarchais dafür in der vordersten Reihe. Am 12. August 1791 versammelten sich einige Autoren im Louvre und schrieben einen Bericht an die Nationalversammlung. Zu den Unterzeichnern gehörten Chamfort, de Sade, Grétry, Gudin, Sedaine und Caron-Beaumarchais. Letzterer richtete Ende Dezember desselben Jahres eine die Autorenrechte betreffende Petition an die Nationalversammlung. Wirklich befriedigende und klare Regelungen ergingen aber immer noch nicht. Erst unter Napoleon, am Ende des ersten Kaiserreichs, konnten die allgemeinen Autorenrechte gesetzlich geregelt werden, wurde auch eine umfassende Reform der Comédie Française durchgeführt. Noch heute aber besteht die von Beaumarchais gegründete Autorenvereinigung unter dem Namen *Société des auteurs et compositeurs dramatiques* (SACD).

Hat Beaumarchais mit seinem Engagement die ökonomische Selbstständigkeit der Autoren begründet oder hat er die Literatur endgültig kommerzialisiert? Der Literaturkritiker Charles Augustin Sainte-Beuve nannte ihn den Schutzpatron aller Verderbnis, aber der glaubte auch fast jedes böse Wort, das je über Beaumarchais gefallen war.

Noch 1797 schrieb Beaumarchais an den Innenminister und plädierte für das Recht auf literarisches Eigentum. »Es ist ein heiliges Besitztum des Menschen, denn es ist nicht die Frucht eines schändlichen Handels noch eines vererbten Parasitentums. Für mich war es einfacher, weil ich genug Einkünfte hatte, ich musste nicht von dieser Arbeit leben, die so voller Reiz für mich war, dass ich sie zu einer bloßen Zerstreuung machte, wo es doch eine Tätigkeit ist, die den Einsatz der ganzen Kraft eines Menschen nötig macht, wenn er sie würdig erfüllen will.«

Soll man daraus schließen, dass er am Ende seines Lebens bedauerte, zu wenig geschrieben zu haben?

Beaumarchais hatte sich ziemlich viel aufgeladen. Amerikahandel und Autorenrechte, war das nicht genug? Brauchte er noch mehr Bürden? Aber sicher. Und so wurde er obendrein Verleger der Werke von Voltaire. Auch diese Affäre wies alle Elemente auf, die zu einer Unternehmung von Beaumarchais gehörten:

Ein Vorhaben, das über die Kräfte eines einzelnen geht, aber nur durch den Willen dieses Einzelnen zustande kommt.

Der Einsatz von Geld, sehr viel Geld, und am Ende hohe Verluste.

Politisches Risiko, Kampf mit der Zensur, der Obrigkeit, mit dem Staat und der Kirche.

Der Auftritt von persönlichen Feinden, die alles tun, um die Sache zusätzlich zu erschweren und dem Urheber persönlich zu schaden.

Am Ende kommt etwas Bemerkenswertes zustande, doch werden die Verdienste des Urhebers verkannt, der daraufhin seine eigene Version der Vorgänge verbreitet. Alles endet mit bitteren Anekdoten.

Der 3. März 1778 war in Paris ein ganz besonderer Tag. Voltaire, schon todkrank, war aus Ferney, seinem Refugium an der Schweizer Grenze, noch einmal für wenige Wochen nach Paris gekommen. Keine Autorität wagte ihn daran zu hindern. Die Kirche hoffte sogar ihren großen Feind bekehren zu können.

Voltaire wohnte einer Aufführung seines Stückes *Irène* bei. Am

Ende feierte das Publikum den politisch Verfemten enthusiastisch. Ein Zeitalter feierte sich selbst. Glauben wir dem Bericht von Gudin, so war Beaumarchais an jenem Tag im Theater anwesend und wurde von Voltaire, mit dem er nur eine sporadische Korrespondenz geführt hatte, bei einer kurzen Unterredung gebeten, sich um eine Ausgabe seiner Werke zu bemühen. Aber da ihn Voltaire immer auf Distanz gehalten hatte, mochte Beaumarchais dies vielleicht auch nur zur Legitimation seines Vorhabens erfunden haben, das gewiss der Besserung seines Rufes dienen sollte.

Am 30. Mai 1778 starb Voltaire, sein Leichnam wurde schnell aus Paris herausgeschafft und von einem jungen Priester aus seiner Verwandtschaft in geweihter Erde bestattet, ehe es die Kirchenfürsten verhindern konnten.

Der wichtigste Verleger jener Zeit, Charles-Joseph Panckoucke, besaß fast alle Schriften von Voltaire im Manuskript, hielt deren Herausgabe aber für politisch zu gefährlich. Die russische Zarin Katharina II. wollte eine Herausgabe fördern; sie schloss entsprechende Verträge mit dem Verleger und leistete erste Zahlungen. Als sie aber hörte, Beaumarchais habe sich der Sache angenommen – er hatte Panckoucke sämtliche Manuskripte von Voltaire für 160 000 Livres abgekauft –, zog sie ihre Unterstützung zurück, denn über diesen Menschen hatte sie zu viel Schlechtes gehört.

Als Erstes kümmerte sich Beaumarchais um politische Rückendeckung. Er fand sie beim obersten Minister des Königs, Jean Frédéric Phélypeaux, Graf von Maurepas, der selbst Voltairianer war und Texte in Umlauf brachte, die kein Zensor genehmigt hätte. Wie in allen Regimen mit Zensur herrschte eine Doppelmoral. Maurepas machte ihm zur Auflage, einige missliebige Werke nicht zu drucken, vor allem die Erzählung *Candide* und das Stück *La Pucelle* (Die Jungfrau von Orleans). Beaumarchais versprach es – und hielt sich nicht daran. Als die entsprechenden Bände nach 1781 erschienen, lebte Maurepas schon nicht mehr.

Der Ort der Drucklegung konnte natürlich nur außerhalb des französischen Territoriums liegen. Beaumarchais entschied sich für Kehl, gleich jenseits der Rheingrenze, das dem liberalen Herzog Karl Friedrich von Baden unterstand. Ausgerechnet der Erzbischof von Straßburg, Rohan, wollte verhindern, dass man in Kehl die

Werke Voltaires druckte, des »schlimmsten Feindes, den die katholische Kirche je gehabt hat«, wie der hohe Geistliche schrieb, dessen freizügiger Lebenswandel nicht als kirchenfeindlich galt.

Die Beamten des Herzogs von Baden antworteten Rohan, dass »Ihro Kaiserliche Majestät [Joseph II. in Wien] die Beschrenckung der Preßfreiheit als einen Eingriff in die Rechte der Menschheit verabscheuten und es als ein Hindernis der Aufklärung der Nationen betrachtete, wenn man alles so genau nehmen und nichts gelten lassen wolle«.

Die badische Zensur hatte allerdings Befürchtungen wegen der Veröffentlichung von Briefen des preußischen Königs Friedrich II.; sie erbat vom Herausgeber Vorsicht, »wenn in den Briefen Sr. Majestät zuweilen etwas unschickliche Ausdrücke aus dessen erhabenster Feder geflossen« seien – etwa Wörter wie *coïonnerie* (Quatsch) –, auch sollten Ausfälle gegen Zar Peter weggelassen werden. Aber weder auf die Zensoren in Baden noch auf die in Straßburg nahm die Edition Rücksicht. Die Zarin Katharina wurde wütend, als sie erfuhr, dass man auch ihre Briefe an Voltaire gedruckt hatte. Baron Grimm, der in Paris als ihr Interessenvertreter auftrat, ließ Exemplare des entsprechenden Bandes einstampfen.

Wenn Beaumarchais sich auf etwas einließ, kümmerte er sich um die Details: Der Autodidakt und Dilettant in so vielen Berufen machte alles immer gleich auf höchster Stufe – und mit erstaunlichen Fähigkeiten und Kenntnissen. Er agierte als Philologe, als Sammler und Beurteiler von Texten, als Herausgeber, der sich zu der grandiosen Entscheidung durchrang, auch die so wichtigen Briefe einzubeziehen (er ließ sie in ganz Europa sammeln, sie füllten zwanzig Bände der Ausgabe), als kämpferischer Aufklärer, der auch die besonders inkriminierten Schriften herausgab (anders als er Maurepas versprochen hatte), und als Verleger, der auch den Vertrieb (die geheimen Importe nach Frankreich) und die Absatzchancen (er bemühte sich um Subskribenten) im Blick hatte, er betrieb die Werbung (in der Zeitschrift *Le Courrier de l'Europe*) und er musste sich obendrein um den Buchdruck kümmern. Sein Ziel war es, eine in jeder Hinsicht mustergültige Ausgabe zustande zu bringen, nach technischen wie ästhetischen Kriterien.

Wieder kam ihm seine Erfahrung aus London zugute. Da das Papier und die Drucktypen von bester Qualität sein mussten, reiste er selbst nach London und kaufte dort einen Satz Baskerville-Lettern für 150 000 Livres. Wegen des Amerikakonfliktes zwischen England und Frankreich mussten die Lettern auf einem langen Umweg zum Druckort transportiert werden, fast so konspirativ wie die Waffen für Amerika.

Nun betätigte sich Beaumarchais als Arbeitgeber: Er gründete eine Firma, die literarische und typographische Gesellschaft (*Société littéraire et typographique*), er stellte Schriftsetzer, Grafiker, Korrektoren und Buchbinder ein, natürlich auch Philologen. Vom Herzog von Baden mietete er auf zwanzig Jahre eine unbenutzte Festung in Kehl als Firmensitz. In dieser kleinen Voltaire-Kolonie nahmen samt Frauen und Kindern über hundert Menschen Quartier, fast alles Franzosen.

Da die Voltaire-Edition nur eines seiner Tätigkeitsfelder war, ernannte er einen Geschäftsführer, der ihn in Kehl vertrat. Er hieß Le Tellier und war von Beruf Architekt. Hatte Beaumarchais vergessen, was er seinen Figaro sagen ließ: Man brauchte einen Finanzier, und ein Tänzer bekam den Job? Le Tellier erwies sich als der Schurke, den jede Beaumarchais-Unternehmung brauchte. Er war cholerisch, er war diktatorisch und er war inkompetent. Dennoch war er sehr von sich überzeugt, und wenngleich ihn seine Arbeit überforderte, war es ihm ein Leichtes, die Arbeit der anderen niederzumachen und zu behindern. Der Mann hätte Kritiker werden sollen. Als Beaumarchais ihn absetzen wollte, rastete er aus und randalierte in den Räumen der Druckerei, richtete dabei schwere Zerstörungen an. Le Tellier tat das, was alle Feinde von Beaumarchais taten: er verklagte ihn, er verbreitete Schauergeschichten über ihn, er wollte ihn ruinieren. Diese Vernichtungswut, die Beaumarchais bei seinen Gegnern auslöste, war doch etwas unheimlich.

Le Tellier verlor seinen Prozess, und Beaumarchais ernannte einen neuen Geschäftsführer namens de la Hogue. Diesmal hatte er Glück. Die Unternehmung wurde gut zu Ende geführt. Allerdings zog sich Beaumarchais immer mehr aus dem Geschäft zurück; ja er interessierte sich zuletzt so wenig dafür, dass 1788 in Kehl Gerüchte über seinen Tod aufkamen.

Die Firma wurde 1790 aufgelöst. Immerhin war das Wesentliche bis dahin geleistet, siebzig Bände in zwei verschiedenen Formaten und auf vier verschiedenen Papiersorten waren gedruckt und nach Frankreich geschmuggelt worden. Der Preis betrug pro Exemplar 365 Livres.

Die Behördenleiter, die den Schmuggel hätten behindern können, wurden von Beaumarchais mit einem Geschenk bestochen: einer Werkausgabe von Voltaire. De facto wurde der Import geduldet, es durfte aber in Frankreich nicht öffentlich dafür geworben werden.

Heutige Kenner nennen die Ausgabe schlecht und fehlerhaft, weil Beaumarchais oft auf unzuverlässige Textversionen zurückgriff und eine von Condorcet verfasste Lebensbeschreibung von Voltaire in die Ausgabe aufnahm, die ungenau und langatmig war. Auch gab es inhaltliche Lücken, so fehlte die philosophisch wichtige Schrift *Lettres sur les Anglais*. Aber so zu urteilen heißt verkennen, welch große Leistung da vollbracht wurde, wie viel Arbeit, Geld und Engagement in dieses eigentlich verbotene Werk investiert worden war. Wer hätte zu jenem Zeitpunkt dergleichen leisten können? Ganz richtig hatte Beaumarchais erkannt, dass Voltaires Briefe an die führenden Geister und Regenten seiner Zeit ein zentraler, ja vielleicht der wichtigste Teil seines ganzen Werkes sind, denn in ihnen zeigt sich die komplexe, widersprüchliche Persönlichkeit des Philosophen, sein mephistophelischer Grundzug, in ihnen brilliert der Spötter und der Stilist, zuweilen auch der Schmeichler und Opportunist.

Ein gutes Geschäft war die Voltaire-Ausgabe nicht. Der Absatz blieb schwach. Beaumarchais musste mehrere hunderttausend Livres zuschießen, konnte es sich allerdings auch leisten, denn in den achtziger Jahren wurde er ein reicher Mann. Die meisten Exemplare behielt er selbst und lagerte sie im Keller seines Hauses, ehe er einen Buchhändler fand, der sie aufkaufte.

Als während der Revolution, nämlich im Juni 1791, Voltaires Leiche ins Pantheon überführt wurde, trug man im feierlichen Geleitzug sämtliche Bände seines Werkes wie Reliquien durch die Straße. Natürlich dachte in jenem Moment niemand an den Verleger, der dies ermöglicht hatte.

Führte Beaumarchais auch ein Privatleben in diesen turbulenten Jahren? Im Oktober 1775 war sein Vater gestorben, im Alter von sechsundsiebzig Jahren. Erst im Mai hatte er zum dritten Mal geheiratet, gegen den Willen seines Sohnes. Beaumarchais lebte nun mit Marie-Thérèse de Willermaulaz zusammen, der schweizerischen Musikerin, die am 5. Januar 1777 eine Tochter zur Welt brachte. Er nannte sie Eugénie, genau wie die Titelheldin jenes Dramas, in dem er eine Gestalt sagen lässt: »Die Seele eines Libertins ist unergründlich.« Unergründlich ist wohl auch die Seele des Libertins Beaumarchais.

Denn wie schreibt man über Libertins? Soll man klammheimliches oder offenes Einverständnis bekunden, um augenzwinkernd zu verstehen zu geben, dass man diese Lebensweise sehr gut verstehe? Ist das nicht noch naiver und lächerlicher als echte oder geheuchelte Empörung? Schon aus methodischen Gründen sollte man für Unverständnis plädieren. Das zwingt dazu, Fragen zu stellen, Dingen auf den Grund zu gehen und vor allem konkret zu sein.

Die Tatsachen: Beaumarchais führte einen leidenschaftlichen Kampf für eine große Sache, sein Talent als Geschäftemacher und Organisator diente der Freiheit Amerikas und damit auf Dauer auch der Freiheit Europas. Und er wusste genau, was er tat, er hatte eine klare politische Motivation, natürlich nicht ohne Eitelkeit und Verdienstinteressen. Warum sollte er dabei ärmer werden? Er hatte gute Ideen, aber er war kein Idealist.

Er engagierte sich für die Autorenrechte, war ein Pionier auf diesem Gebiet und ein kluger Taktiker, zäh und letztlich erfolgreich.

Er brachte eine große Voltaire-Ausgabe heraus, eine politisch mutige Sache.

Er lebte mit einer schönen, klugen, musikalischen, ihn liebenden Frau zusammen, er war der stolze Vater einer Tochter.

Doch in dieser Phase, als er seine Zeit und Energie zwischen so vielen Dingen aufteilte und an einem neuen Stück schrieb, also um 1777/78, leistete er sich zugleich eine wilde Affäre. Gerade sie erlaubt einen überraschenden und aufschlussreichen Blick hinter den Vorhang der öffentlichen Person. Weil man dabei sieht, wie eng Leben und Begehren und Schreiben bei ihm verknüpft sind, weil hier der libidinöse (er selbst sagt: spermatische) Grund seines Schreibens sichtbar wird, deshalb soll dieser Affäre unverhältnismäßig viel Platz eingeräumt werden. Denn zum Glück sind einige Briefe erhalten. Sie zeigen, dass Beaumarchais auch einen Platz als erotischer Autor seiner Zeit hätte haben können, nein: die Briefe an Madame de Godeville, ediert unter dem Titel *Briefe an eine Liebhaberin*, sind sein erotisches Werk. Statt geheimnisvoll über die vielen Liebesaffären von Beaumarchais zu raunen, ist es besser, ihn für sich selbst sprechen zu lassen, da weiß man doch gleich, wo und wie.

Wir wissen nichts von Madame de Godeville, auch nichts von Ninon und von Amélie, anderen Geliebten, die in seinem Leben eine wichtige Rolle spielten. Wir wissen noch nicht einmal, ob Ninon und Amélie identisch waren, ihre Bedeutung dürfte auf jeden Fall identisch gewesen sein. Wir lösen die Identitätsfrage als Besetzungsproblem: Es war im Grunde ein und dieselbe Person, die aus eigenem Antrieb auf Beaumarchais zuging, wie fast alle anderen Frauen zuvor, die für den großen, eleganten, geistvollen Mann mit den rosigen Wangen schwärmte, zunächst aus der Ferne, ihn dann näher kennen lernte und sehr bald zu seiner Spielgefährtin wurde, im Bett wie auf dem Briefpapier. Da vor allem. In den Briefen an die Geliebte brachte er seine Seele in Schwung. Man kann sich gut vorstellen, dass er zunächst einen frechen Brief an die Gespielin schrieb und dann beschwingt genug war, um Verse oder Dialogfetzen zu notieren oder eine Investition zu tätigen.

Madame de Godeville, genau wie später Ninon beziehungsweise Amélie, ist für uns ein Phantom, eine Fiktion des Autors. Nur über seine Texte ist sie uns zugänglich, über geschriebene Zeilen, die der Enthemmung dienten und der Entsorgung möglicher Bedenken, Gewissensbisse, Fürsorgeansprüche. Und diese Zeilen enthalten Glut und Wut, Lust und Scham, regen noch heute an und auf. Niemals sollte der Gespielin gedankt werden, nicht einmal dadurch, dass sie zu einer literarischen Figur gemacht worden wäre. Als hätten Lustfiguren keinen Anspruch auf ihre ganz eigene Tragik. So überlebte sie nur als indirekte Gestalt in seinen Briefen. Von ihrem Aussehen erfahren wir lediglich, dass sie hoch gewachsen und schlank, beinahe mager war.

Das ist ungerecht, ungerecht wie ein Roman. Aber wer hat denn je gesagt, dass Schreiben die Welt erreicht? Es ergänzt sie, fügt etwas hinzu, ist also der Luxus des Luxus, eine Luftblase, deren Oberfläche die Wirklichkeit spiegelt und so manchen Skandal sichtbar macht und doch nie aufhört, fragiles Spielobjekt zu sein, dessen Präsenz immer wieder vergeht (wie die Liebe selbst). Und wenn es tatsächlich Folgen hat, so ist dies immer nur ein gutwilliger Irrtum.

Die Comtesse de Godeville, geborene Marie-Madeleine Levassor de Latouche, wird in den schon genannten *Geheimen Erinnerungen* von Louis Petit de Bachaumont erwähnt. Wegen zahlreicher Abenteuer und diverser Schiebergeschäfte hatte sie einen schlechten Ruf und Probleme mit der Pariser Polizei, so dass sie bestens geeignet war für eine Rolle als Informantin des Versailler Hofs in London, wo Beaumarchais sie zur Zeit seiner Verhandlungen mit Théveneau de Morande kennen lernte.

Ob schon dort eine Liaison bestanden hat, weiß man nicht. Der überlieferte Briefwechsel beginnt kurz nach der Geburt seiner Tochter Eugénie im Jahr 1777. Madame de Godeville will auch ein Kind von ihm, ja sie will Madame de Villers aus seinem Leben verdrängen, wie sich seine Lebensgefährtin Marie-Thérèse de Willermaulaz offiziell nannte, aber dazu war er nicht bereit, immerhin schickte er ihr zuweilen Geld. Es war eine andere Art von Beziehung, für die er Madame de Godeville brauchte. Sie adressierte ihre Briefe an den Firmensitz von Rodrigue Hortalez & Cie., die erotische Korrespondenz beschäftigte ihn also mitten in der Amerika-Sache, er schrieb in seinem Kontor, während zehn Personen um ihn herumwirbelten, was ihn manchmal daran hinderte, so ausführlich zu werden, wie er gern wollte.

Diese Beziehung bewirkte bei ihr Tränen und mörderische Schmerzen, tiefe Krisen und Todeswünsche, aber Beaumarchais wollte die Folgenlosigkeit des puren Lust-Spiels, er wusste, dass auch dies eine menschliche Möglichkeit war, die es auszuschöpfen galt. Die angemessene ästhetische Form dafür war der Brief, weil er den anderen, den Spielpartner, irreal machte und zum Ziel aller Regungen von Körper und Geist. Und oft genug war es der Überschwang des Briefeschreibens, der ihn böse Sätze formulieren ließ, die seine Partnerin in Rage brachten, was wir aber nur aus seinen Reaktionen auf ihre Vorwürfe erahnen können, denn ihre Schreiben sind nicht erhalten, er zitierte nur aus ihnen. Und so wirken diese Briefe an eine Liebende wie Monologe, wie Fantasien, die sich an Wörtern entzünden.

Beaumarchais hatte seine Geschäfte, seine Zwänge, seine Arbeit, er bestimmte das Spiel und den Zeitplan. Und er war deutlich.

»Wie kann man einer Frau, das heißt einer aktiven Seele in einem untätigen Körper, nur begreiflich machen, dass ein mit Geschäften überlasteter Mann manchmal acht Tage vergehen lassen muss, ohne die Gelegenheit zu finden, einen Satz zu schreiben oder einen Schritt zu unternehmen, die nach seinem Geschmack sind?« (4. 4. 1777)

Selbstbild und Frauenbild zeigen sich hier ohne falsche Scham.

»Vor zwanzig Jahren war ich ein hübscher junger Mann, also ein Geck. Damals habe ich die Frauen unglücklich gemacht, aber nur deshalb, weil jede ganz ausschließlich glücklich sein wollte, wohingegen es mir in jenem großen Garten, den man die Welt nennt, so schien, als hätte jede Blume ein Anrecht auf den Blick des Genießers. Jammerschade, aber diese glückliche Zeit der Schelmenstreiche ist lange vorbei! Da ich nun einmal gezwungen bin, eher eine Hausfrau als eine Geliebte zu haben, so hat die Frau, die bei mir die Schürze umbindet und die Dienerschaft samt der Waschfrau beaufsichtigt, einen Anspruch auf meine Anerkennung.«

Was erwartete er von ihr? »Aber Ihre einzige Tätigkeit ist es doch, mir tief hinten im Alkoven Entspannung von meinen Tätigkeiten zu verschaffen!«

Rechte hatte sie keine.

»Warum nur wollen Sie eine Lustpartnerschaft in einen unheilvollen Roman verwandeln? ... Sie sind wie alle leidenschaftlichen Frauen, die nicht zufrieden sind, wenn sie nicht alles verschlingen.«

Die Affäre war seine Zerstreuung in seinen fleißigsten Jahren. »So hätten Sie immerhin etwas Freude in das eintönige Leben gepflanzt, das viel zu arbeitsam geworden ist für einen so fröhlichen Menschen wie mich.« (14. 4. 1777)

Fünf Tage lang kam er nicht dazu, sich zu rasieren, wie er sie wissen lässt. »Ich habe schon einen Bart wie ein Jude«, schreibt er. Sie soll nicht fordern, nicht räsonieren, sie soll für ihn da sein. Er nennt sie *boudeuse, belle maussade, archiraisonneuse, raisonneuse en diable*, was man allesamt übersetzen sollte mit »Trotzköpfchen«.

Manchmal wurde er auch grundsätzlich: »Nein, Madame, man duzt seine Freunde nicht, und vor allem dann nicht, wenn diese Freunde Freundinnen sind.«

Zu viel Nähe war nicht erwünscht, Distanz erhöht die Spannung. »Nein, Madame, ich werde Sie nicht duzen; auch wenn das viel hübscher ist.« (10. 4. 1777)

Erstaunlicherweise duzte er sie später aber: »Du willst mich zu deiner Puppe machen.« War es nicht eher umgekehrt?

»Mit dir will ich niemals räsonieren. Ich liebe dich doch, um die ganze Vernünftigkeit zu vergessen.« Sie war seine *coquine*, seine Gespielin. (28. 8. 1777)

Er räsonierte dann aber doch, nämlich darüber, dass es zwischen den Geschlechtern keine pure Freundschaft geben könne. »Wenn man sich selbst nur gründlich genug befragt, dann wird jeder in seiner Freundschaft zu einer Frau einen Beigeschmack von Liebe spüren, etwas Spermatisches, das den Umgang miteinander lebendig und reizvoll macht.« (16. 4. 1777)

»Sie glauben wohl, dass Sie mich ungestraft ausschimpfen können? ... Also wenn Sie schimpfen, dann will ich noch heftiger schimpfen und von keiner anderen Frau zurechtgewiesen werden als von Fortuna. Es genügt doch wohl schon, dass mich diese extravagante Person quält, da müssen Sie nicht auch noch anfangen. ... Im Übrigen bitte ich um Verzeihung für all meine Übellaunigkeit, es liegt nicht an meinem Herzen. Aber mit der Feder geht es wie mit dem Kopf, und der gehorcht immer nur dem Augenblick.« (10. 8. 1777)

Schließlich wollte er seine allzu freizügigen Briefe zurück haben. In den langen Verhandlungen darüber wurde der Ton immer drastischer: »Ich will Sie doch endlich ein für alle Mal meiner überdrüssig machen, denn Sie gehen mir allmählich auf die Nerven.« Sie solle sich sagen: »Unverschämt liebte ich ihn am meisten, denn er war gar nicht so dumm.«

Sie brach aber nicht mit ihm, trotz aller Drohungen, ja sie gestand, dass er ihr etwas bedeutete, was in ihrem Leben niemand gewesen war und niemals wieder sein konnte (und er zitiert es geschmeichelt). Und er? Was sagte er von sich selbst?

»Ich bin derb, aber freimütig. Sie, meine Teure, sind manieriert, preziös, und das heißt beinahe unaufrichtig. Die Frauen haben nur einen wahrhaftigen Mund, nur ist es nicht jener Mund, dem ihre Feder beim Schreiben folgt ... Ich bin viel zu fleischlich, um fein zu sein. Mein Stil ist nun einmal ziemlich spermatisch.« (30. 8. 1777)

Mit ihr zu spielen, sie zu brüskieren und etwas zu quälen, musste ihm auch Lust bereiten. So wollte er ihr Briefe zeigen, die er an andere Frauen gerichtet hatte, die bei ihr Erröten und Erregung hervorrufen könnten.

Was erwartete er von ihr?

»Erwärme meine Fantasie, die durch Studium und Arbeit vereist ist, gib mir das Leben wieder, das mir der Ekel verleidet, reiß mich los, sprich zu meinen Sinnen, weck sie auf, wo du doch das große Glück hast, einen Glutofen in deinem Herzen zu haben, einen See, der in den Nieren brennt, und einen Vulkan im Kopf, und dazu noch die Lust, all das mit Hilfe einer Feder zu erzählen, sei gut, sei nachsichtig.« (9. 9. 1777)

Wenn von Marie-Thérèse die Rede war, nannte er sie »meine Haushälterin« (ma ménagère). Eigentlich wusste er genau: »Zwei Frauen zu betrügen, keine von beiden glücklich zu machen und es selbst auch nicht zu sein, ist das etwa das Leben eines vernünftigen Mannes?« (14. 1. 1778)

Es war an einem Montagvormittag. Ein Brief von Madame de Godeville hatte ihn sehr erregt, er musste sich selbst befriedigen, bevor er nach Versailles aufbrach. Dies nannte er ihren unkeuschen Morgengruß. Seine Schilderung dieser Szene fand sie zu libertin, oder ärgerte sie nur, dass er dabei auch Erfahrungen mit anderen Frauen erwähnte? Er rechtfertigte sich im nächsten Brief mit Grundsätzlichem über Liebe mit Feder und Tinte:

»Ist das also meine Geliebte, dieses bisschen Tinte auf einem Blatt Papier? (...) Nein, aber ich sehe sie unter ihrem Brief in ihrer freizügigen Pose. (...) Im Übrigen erinnerst du mich an eine kleine schelmische Mätresse, die sehr hochmütig und sehr launenhaft war, die aber die Lust genauso liebte wie ich, und das wollte zu jener Zeit sehr viel heißen. Wir hatten uns gestritten, und sie sah, dass ich drauf und dran war, wütend wegzugehen, da sagte sie: ›Na gut, geh doch, ich brauche keinen Liebhaber, ich habe an mir selbst genug.‹ Während sie noch auf mich schimpfte, ließ sie sich rückwärts aufs Bett sinken und bot mir das Schauspiel ihrer erregten Schenkel und jenes charmanten Spiels ihrer Finger auf dem allerschönsten kleinen ... ›Geh doch‹, sagte sie, ›na geh doch!‹ Ich hielt es nicht mehr aus, warf mich in ihre Arme, und als ich nach diesem von ihr erzwungenen Vergnügen über ihr zusammensank, küsste mich meine Kesse auf die Stirn und sagte: ›Ich wusste doch, dass ich euch beide zur Vernunft bringen würde.‹ Und sie hatte Recht, denn sie wusste, dass eine Frau, wenn sie die höchste Lust genießt, für mich unwiderstehlich ist.

Und so, liebe Freundin, hatte ich das Gefühl, dich zu sehen, während ich deinen Brief las. Du liebst die Lustbarkeiten nicht weniger als jene Schelmin, an deren Launen du mich erinnert hast. Schon am frühen Morgen zeigst du mir, wie viel Macht du über mich hast.« (18. 8. 1778)

Er wollte an andere denken und es auch der Gespielin sagen, aber das war des Ehrlichen zu viel, und sie ließ es ihn wissen. In seiner Antwort auf ihre Vorwürfe heißt es:

»All das ist schön gesagt, sehr gut gesagt, wirklich gut gesagt. Und ich betrachte mich als ausgeschimpft. Ich betrachte mich auch als Libertin. Ich halte mich für lieblos.«

Und dann unterschied er zweierlei Verkehr (*commerce*): »Freundschaft ist die Verbindung der Geister, Liebe ist die Verbindung der Körper, und was man die Gefühle des Herzens nennt, ist eine Mischung aus beidem, je nach Ort und Zeit, viel aus dem Geist, bei Abwesenheit, ein wenig von den Körpern bei Anwesenheit, das ist alles ... Die große Frage ist also nicht, ob wir miteinander schlafen, weil wir uns lieben, oder ob wir uns lieben, weil wir miteinander schlafen. Ein endloses Streitthema für Leute, die in einer Gesprächsrunde glänzen wollen. ... Schimpf mich nicht andauernd aus. Du weißt noch nicht, was es bedeutet, einen ausführlichen Brief zu schreiben, in dem die zärtliche Geliebte, die sich an ihren Liebhaber wendet, sich auf jeder Zeile auszieht. Wenn sie ihm in der ersten Zeile sagt, ich liebe dich, zieht sie in der zweiten Zeile eine Stecknadel heraus, löst in der dritten ein Bändchen, zerreißt alle Schnüre in der zehnten, und wenn sie merkt, dass ihr Geliebter ungeduldig ist, alles zu sehen, wirft sie das Hemd schon auf der zweiten Seite ins Feuer. Du kannst Liebe nur auf einem Bett machen. Aber manchmal ist es auch reizvoll auf einem Blatt Papier. Und wenn die Verbindung zweier Liebender nicht dieses süße Delirium ist, das alle Hindernisse überwindet und Zeit und Raum verschlingt, sie zueinander treibt, weil es ihnen unmöglich ist, es noch länger aufzuschieben, dann ist sie nichts. Dein Sieg ist die Lust. Das Feuer sprühen lassen, mit Papier und Tinte, das ist dein Metier, Dummchen! Errege dich, wenn du schreibst, und dein Brief wird meine Finger verbrennen. Darauf kommt es an ... Du nennst mich Libertin. Aber wenn man nun schon einmal einen schlechten Ruf hat, was bleibt einem dann anderes übrig, als ihn zu genießen? ... Wenn Sie nicht zufrieden sind, Madame, Verzeihung. Die Männer sind eben nie so, wie es den Frauen gefällt.« (22. 8. 1777)

Man sieht, woraus dieser Mensch gemacht ist, er ist auch ein Spielteufel. Nie ist der kindische Grundzug des Liebhaber-Spielwesens deutlicher als hier: die schlimmsten Dinge treiben und dabei völlig unschuldig bleiben, auch dem anderen gegenüber, den man eben dazu braucht, obwohl es doch nur um die Entfaltung der eigenen Funken und Launen geht.

Es gibt im Werk von Beaumarchais einen Bereich erotischer Tolldreistigkeit, von den Parades bis zu den Liebesbriefen, der zum obszönen Teil seiner Persönlichkeit und gleichzeitig zu seinen geistigen Spitzenleistungen gehört. Und doch ist er bei alledem ein leutseliger Mensch und fröhlicher Familienvater.

Seine Briefe sind wirklich spermatisch, wie er sagt, er beschreibt, lieblich und arglos, ihre kleinen Spielchen, bei denen sie sich rasch erregt. Es geht um die Lust, die kleinen *mots jaculatoires* auszusprechen, Reizwörter, Erregungswörter, die Lust, bestimmte Wörter der Lust auszusprechen, die man beschwört, indem man die Wörter wieder sagt, wieder schreibt.

»Manchmal habe ich Sie liebestoll hingestreckt gesehen, in einer Unordnung, die auch einen Eunuchen in die höchste Lust hineinstürzen würde, als Sie nur mit der Hand den Liebesbogen hielten und ejakulatorische Worte sagten in Form eines Gebetes: Ah, wie er ihm steht! Ah, wie kräftig er steht! Und wie Sie ihn mit Ihren kessen

Fingern pressten, als ob Sie ihn allein ausdrücken wollten! Ein anderes Mal nahmen Sie sein Köpfchen und rieben es lustvoll an der empfindlichsten Stelle, wozu man auch sagt: sich kratzen, wo es juckt, und Sie fielen, genau wie er, in einen Rausch der liebestollen Hingabe, dass keiner von beiden sein Werk erkennen konnte und jeder schrankenlos genoss, ohne auf die Lust des anderen zu achten. Und dann war es wie eine Überschwemmung, die einen Brand löscht.« (4. 2. 1778)

Immerhin machte er ihr ein großes Kompliment: »Sie sind eine der verführerischsten Frauen, die ich je gekannt habe, und das Vergnügen, Sie zu kennen, hat in meinem Geist alles Üble ausradiert, das man mir von Ihnen berichtet hatte.« (29. 7. 1777) Aber vielleicht war dieses Üble auch für ihn ein Motiv, das seine Lust an ihr steigerte? Brauchte er dazu einen Hauch von Verruchtheit, während er für sie eine unerreichbar heile Welt verkörperte, Geld, Einfluss, Ansehen? Zu ernste Thesen für eine Beziehung, die keinerlei Ernst kannte.

»Bleibt nur zu wissen, ob ich in der Liebe, wie Sie es sagen, ein hübsches Spielzeug bin, oder ob die Liebe dieser hübsche Flitterkram für mich ist.« (24. 10. 1777)

Nur nicht ernst sein: »Ich bin leger aus Prinzip, und zwar, um so glücklich zu sein wie nur möglich.«

Vernunft und Konstanz zählen nicht, sind nutzlos. Der ganze Charme der Liebe liegt im Lachen und Genießen und Unvernünftigsein, sagte er. Immerhin erkannte er ihr ein gewisses Niveau zu: »Ich werde niemals der Liebhaber einer Frau sein, die nicht schreiben und lesen kann.«

Diese Liaison nannte er *tendre compassion*, was ihr aber missfiel, doch er beharrte: es sei das süßeste Wort, das aus seinem Munde kommen könne.

Im Oktober 1777 erwähnte er, dass er sich beim Sturz verletzt hat, sagte aber kein Wort von Saratoga. Die Wunde setzte seinen rechten Arm außer Gefecht und damit auch ihn selbst als Liebhaber. Und das ist der Anlass (oder der Vorwand), seinen Freund Gudin ins Spiel zu bringen.

»Ich habe den geistvollsten unter meinen Freunden beauftragt, jene Frau kennen zu lernen, von der ich die ganze Fahrt über gesprochen habe. Er hatte ein starkes Verlangen danach, und wenn ich seinen heißen Lobreden glauben darf, dann haben Sie, meine liebe Freundin, einen sehr starken Eindruck auf ihn gemacht. Ich bin aber keineswegs eifersüchtig.« (25. 10. 1777) Er nannte ihn auch: der Mann, der ihm am liebsten sei und der am ehesten ihren Vorlieben entspreche.

Ein Jahr später betätigte er sich erneut als Kuppler, und man darf vermuten, dass er nach Wegen suchte, dieses Verhältnis zu beenden. Im Oktober 1778 war Gudin wegen Beleidigung eines Richters im Temple in Arrest. Mitgefangene dort war Madame de Godeville – wegen ihrer Schulden. Beaumarchais ermutigte beide, sich in diesem fidelen Gefängnis gegenseitig zu trösten. Er wurde sogar drastisch:

»Wenn Ihr beide mir zur Liebe einen guten Schuss miteinander vögeln könntet oder auch vier, dann verspreche ich Euch, daran teilzuhaben und mich so zu vergnügen, als ob ich selbst dabei wäre.«

Und er fügt noch eine rustikale Maxime hinzu: »Ein wenig spermatische Fröhlichkeit verschönt die Schenkel einer Frau und erfreut das Herz eines Gefangenen.«

Madame de Godeville war ein geteiltes Spielzeug, mehr nicht. Als seelische und körperliche Entfesselungskünstlerin für den obszönen Spieler in ihm war sie nützlich, entsprach sie einer Seite seines Wesens. Hemmungsloser Männerjargon, rücksichtslose Obszönität und ein Hang zum Vulgären, das gehörte zu seiner Person, diese Art der Ungeniertheit, und sie steckte auch hinter dem leichten Ton seiner Theaterdialoge, die nur eine bereinigte Form davon sind. Schon seine Farcen waren ein Theater des Obszönen – in der Sprache zumindest.

Er wusste noch nicht, wie ihn selbst einmal die frei gewährte Liebe einer Frau aus dem Gefängnis retten sollte und wie wenig spaßig er es finden würde, seine Geliebte im Gefängnis einem anderen zu überlassen. Auch das gehörte zum seltsam geschlossenen Kreislauf seines Lebens.

Wie Madame de Godeville reagierte, wissen wir nicht, auch nicht, ob Gudin mit ihr zusammenkam. Der nächste überlieferte Brief von Beaumarchais stammt von Ende Januar 1779. Zu jenem Zeitpunkt lieh er ihr wieder einmal Geld.

Bald danach entdeckte Marie-Thérèse seine Liaison mit Madame de Godeville. Das hatte er nicht gewollt, er beendete sie rasch, war seiner Gespielin wohl längst überdrüssig geworden. Sie soll später erneut wegen hoher Schulden ins Gefängnis gekommen sein. Und so entschwand sie im Dunkel der Vermutungen, aus dem sie in seinem Leben aufgetaucht war, geheime Agentin seiner verborgenen Persönlichkeit in einem folgenlosen, aber enthüllenden Zwischenspiel des Schicksals.

Einmal hatte Beaumarchais Madame de Godeville gebeten: »Pardon, Madame, schicken Sie mir meinen Brief mitsamt den Nadeln zurück, wenn Sie nicht wissen, wie Sie sie lösen können.« Da das Motiv des Briefes, der mit einer Nadel gekennzeichnet ist, auch in dem Theaterstück auftaucht, an dem er gerade arbeitete, ahnen wir etwas vom Zusammenhang von Leben und Schreiben bei ihm. Aber wie? Es gab in jenen Jahren neben den Kapiteln Amerika, Voltaire, Autorenrechte, Vaterschaft, Liebschaft auch ein Literaturkapitel? Und nicht irgendeines, sondern das wichtigste in seiner Laufbahn als Dramatiker?

Ja, die Politik und die Geschäfte und die turbulente Liebschaft waren nur die Kehrseite einer ganz anderen Aktivität: der Arbeit an seinem neuen Theaterstück. Wann und wie er dazu Zeit und Energie fand, bleibt ein Rätsel. Auf dem Gipfel seiner vielfältigen Aktivitäten, nach genügend Erfahrungen mit Höhen und Tiefen in Gesellschaft, Geschäften und Politik, aber auch mit eigenen Abgründen, schrieb er sein bedeutendstes Stück. Tatsache ist, dass im Laufe des Jahres 1778 die erste Fassung einer neuen Komödie beendet war. Sie hieß *Le Mariage de Figaro* – Figaros Hochzeit. Den vorangestellten Untertitel *La folle journée* (›Der tolle Tag‹) sollte das Stück in den sechs Jahren bis zu seiner Uraufführung erst noch verdienen.

Im Grunde erzählt man das bunte, vielseitige, kontrastreiche Leben von Beaumarchais, um einen einzigen Tag zu verstehen, den tollsten Tag in der Geschichte des französischen Theaters, das doch wahrlich eine lange, kontinuierliche, überreiche Geschichte hat. Sein ganzes Leben schießt zusammen in diesem einen Tag, der ihm

Sinn gab und ihn unsterblich machte. Und doch war dieser Triumph vielleicht mehr der ansteckenden Hysterie um seine schließlich durchgesetzte Aufführung als den Qualitäten des Stückes selbst zu verdanken. Und in gewisser Weise wirkt diese Aufregung bis heute nach.

Am 27. April 1784 wurde *Le Mariage de Figaro* endlich von der Comédie Française gespielt. In einer vergitterten Loge saß Beaumarchais zwischen zwei Geistlichen, damit er in besten Händen war, falls er vor Freude tot zu Boden sinken sollte. Was hatte er nicht alles durchmachen müssen! Das Stück auf die Bühne zu bringen, hatte mehr Talent erfordert, als es zu schreiben. Beaumarchais selbst resümierte wieder einmal besser als sonst jemand, was geschehen war.

Als die Gruppe der Figuren aus dem *Barbier von Sevilla* nach einem langen Prozess der Umarbeitung geschaffen war, hatte sie begonnen, ein Eigenleben zu entwickeln, das der Autor nur mit Mühe unter Kontrolle halten konnte. Das hatte sich schon im *Barbier* gezeigt, wo sie endlos weiter gegeneinander hätten spielen können; was immer Figaro und Almaviva unternehmen, wird von Bartholo und Bazile konterkariert oder durch das Ungeschick von Figaro verdorben; Rosine schaut zu und wartet, gibt nur kleine Hilfestellungen, als wäre sie gefesselt. Das hat etwas von Comic-Figuren, von Serienhelden eben, die unter leicht veränderten Umständen immer dasselbe Spiel spielen. Dass es nach vier Akten zu einem Schluss kommt und einer Heirat, ist mehr den Theatergepflogenheiten zu verdanken.

Im Vorwort zur gedruckten Ausgabe des *Barbier* hatte Beaumarchais schon damit begonnen, sich einen neuen Streit von Figaro und Bartholo hinter dem gefallenen Vorhang auszumalen, und sein Förderer, Prinz Conti, hatte ihn unverblümt aufgefordert, Figaro noch einmal auf die Bühne zu schicken. Angeblich hatte es Beaumarchais 1776 dem sterbenden Conti versprochen gegen dessen Einwilligung, die letzte Ölung zuzulassen (anders als Voltaire). Vielleicht hat Conti noch einige Szenen aus dem neuen Stück zu hören bekommen. Man kann auch den Verdacht nicht ganz von der Hand weisen, daß das Verhältnis Figaros zu Almaviva vielleicht auch ein Reflex des Verhältnisses von Beaumarchais zu Conti oder zu Le Normant war.

1778 war das Versprechen erfüllt, die zweite Komödie war geschrieben. Erst 1781 allerdings las Beaumarchais seinen neuen Text dem Ensemble der Comédie Française vor, der Streit um die Autorenrechte hatte diesen Augenblick verzögert. Den Schauspielern gefiel das Stück, sie akzeptierten es per Akklamation.

Wir können Beaumarchais in die Schreibstube schauen, können die Etappen verfolgen, die der Text nahm, ehe er die Gestalt gewann, in der er klassisch werden konnte. In den ersten Fassungen gab es noch viele zotige Späße, die eher dem Niveau von Farcen entsprachen, die aber zeigten, dass sein Schreiben stets einen erotischen (oder in seinen Worten: spermatischen) Hintergrund hatte. Die Anlage der Figuren musste gegenüber dem ersten Auftritt im *Barbier* verändert werden, nicht nur, weil in der gedachten Chronologie die Zeit um drei Jahre weitergegangen war.

Im *Barbier* war Figaro noch grob und dicklich, nicht mehr der Jüngste, auch nicht sehr schön, und bei aller Gewitztheit doch etwas subaltern, bequem und obendrein von ungeklärtem Familienstand. Seine Rolle musste weiterentwickelt werden, damit aus ihm ein glaubwürdiger und sympathischer Repräsentant des Dritten Standes werden konnte, der nicht mehr in Verbeugung vor der Theaterkonvention einer moralischen Herabstufung anheim fiel.

Die Handlung des *Barbier* spielte in einem klischeehaften Sevilla. Im *Figaro* erleben wir ein (verdorbenes) Fest auf dem Schloss des Grafen Almaviva. Ursprünglich wollte Beaumarchais die Handlung nach Frankreich verlagern, als hätte er wieder der Versuchung zum Drama nachgegeben. Hatte er vergessen, dass auch eine in einem stilisierten Spanien angelegte Komödie realistisch, politisch und zeitnah sein konnte? Hier traten seine Zensoren auf den Plan. So ärgerlich ihr Wirken als ungebetene Lektoren auch war, trieben sie doch die Arbeit am Text voran und brachten sie zu größtmöglicher Perfektion. Wenn die Handlung in Frankreich gespielt hätte, was wohl die erste Absicht Beaumarchais' war, aber von der Zensur verhindert wurde, wäre sie zu vordergründig politisch geraten. Dem Stück hätte dies geschadet. So blieb der Schauplatz in Spanien und wurde auf ein Schloss des Grafen Almaviva verlegt, das Aguas-Frescas heißt. (In der dritten Figaro-Bearbeitung, die kein Zensor mehr genehmigen musste, wird dann doch alles in Paris spielen.)

Auch im neuen Stück geht es um eine Heirat. Graf Almaviva hat sich auf seinem Schloss mit Rosine, nunmehr Gräfin und seine Ehefrau, eingerichtet. Sein Diener Figaro möchte Suzanne, die Dienerin seiner Gattin heiraten. Almaviva, seiner Frau längst untreu, will Suzanne jedoch zu seiner Geliebten machen; verweigert sie sich ihm, wird er die nötige Zustimmung zur Hochzeit der Domestiken verweigern. Dazu bringt der Graf eine ältere Dame ins Spiel, Marceline, die behauptet, schon seit Jahren ein Eheversprechen von Figaro zu besitzen, der ihr außerdem noch Geld schulde. Als Helfer des Grafen treten Bartholo wie auch Bazile auf, als bräuchte man zwei Figuren, um einen Figaro aufzuwiegen. Die Gräfin wird von dem jungen Pagen Chérubin angehimmelt, der allerdings jeder Frau nahe zu kommen sucht, die er trifft.

Figaros Hochzeit soll also von einer Affäre des Grafen abhängig sein. Alte Rechnungen wollen beglichen, neue Gelüste befriedigt werden. Nachdem fünf Akte lang verschiedene Intrigen aufgebaut werden und allesamt zerplatzen und die Höllenmaschine der Handlungsstränge dem Autor außer Kontrolle zu geraten droht, gibt es ein Stelldichein aller Gestalten im nächtlichen Schlosspark, von Suzanne und der Gräfin herbeigeführt. Dort finden sich nach einer wenig realistischen Verkleidungs- und Verwechslungskomödie alle wieder so zusammen, wie es rechtens ist, als müsse die ganze Welt in einem allgemeinen Hochzeits- und Wiederfindungsfest aufgehen. Das Stück setzt somit zahlreiche Gestalten und ihre widerstreitenden Bestrebungen in Szene, eine jede folgt ihrer Lust, ihrem Ziel, bis sich alle Fäden im nächtlichen Park überschneiden. Die Nacht ist die Arche, die alle Paare rettend aufnimmt.

Überdies hat sich im Laufe einer grotesken Gerichtsverhandlung herausgestellt, dass Figaro der außereheliche Sohn von Bartholo und Marceline ist (und eine Heirat mit Marceline also Inzest gewesen wäre – Ödipus lässt grüßen). Somit ist die Herkunftsfrage geklärt (und der Diener letztlich doch ein verkannter Adelsspross), doch es bleibt die Frage, warum Beaumarchais vom Thema Hochzeit fasziniert war (das war eine Vorgabe der Komödienkonvention), und warum in fast allen seinen Stücken das Motiv des unehelichen Kindes auftaucht, oder wie man auf Französisch sagt: des natürlichen Kindes. Sollte der Libertin darüber nachgedacht haben, wie viele Kinder seinen ungezählten Liebesaffären entsprossen sein mochten?

Aber wo befindet sich Beaumarchais in dieser Figurenkonstellation? Er ist überall, so wie im ganzen Stück Motive aus seinem Leben auftauchen, Mission nach London, groteske Gerichtsverfahren um fragwürdige Dokumente und alte Ansprüche, Intrigen und Geldleihgeschichten, mit Nadeln markierte Briefe, Liebschaften und Verleumdungen. *Figaros Hochzeit* bringt alle Rollen und Stadien seiner Biografie ins Spiel, seine vielfältigen, rastlosen und nicht immer glücklichen Unternehmungen, alle Facetten seines Charakters; die Gestalten des Stückes sind wie eine Auffächerung seiner vielfältigen Persönlichkeit, zumindest lassen sie sich so verstehen (und vielleicht auch spielen). Deshalb auch sind die Rollen allesamt prägnant und für Schauspieler ergiebig.

Beaumarchais selbst war als junger Bursche liebestoll wie Chérubin; er selbst war untreu wie der Liebesaristokrat Almaviva und taktierte mit Ansprüchen und Rechten, ihm selbst wurde übel mitgespielt wie Figaro, und wie dieser versuchte er, mit List und Spiel dagegenzuhalten; gewiss fand er sich auch in Suzanne und der Gräfin wieder, den wahren Heldinnen des Stückes. *Figaros Hochzeit* ist vor allem der Triumph der Frauen, die alle Fäden ziehen und sich am Ende behaupten. Wer dies übersieht, verkennt das Stück. Nicht Figaro steht im Mittelpunkt, sondern Suzanne ist der Dreh- und Angelpunkt der Handlung. Ihre Konstanz, ihre List, ihre Spontaneität und ihre Klugheit entscheiden alles. Die Männer haben allesamt Bufforollen, auch Figaro, während die Frauen zwar im Komödienstil agieren, aber doch ernsthafte Züge haben, eigentlich eher Figuren des *drame* sind, wie das ganze Stück immer auf der Kippe steht, von der Komödie zum Drama zu werden; aber gerade diese Balance macht seinen Charme aus.

Wenngleich Figaro gegen Almaviva spielt, verstehen Suzanne und die Gräfin einander, nur kurz wirken zwischen ihnen Missverständnisse. Wichtiger und stärker als der jeweilige Rang wiegt die weibliche Solidarität, sie ebnet die Standesunterschiede ein, was auch als subtiler Angriff auf diese zu deuten ist.

Die anfangs unsympathische und leicht groteske Gestalt der Marceline macht diesen Sieg der Frauen komplett. Beaumarchais legt ihr, sobald sie als Figaros Mutter erkannt wird, Passagen in den Mund, die man als feministisches Manifest lesen kann. Doch entschlossen sich die Schauspieler der Uraufführung dazu, gerade diese Passagen zu streichen, die dann zwar in der Druckfassung nachzulesen waren, aber bis heute in den Textausgaben mit Klammern versehen werden. In seinem Vorwort zur gedruckten Ausgabe bedauerte Beaumarchais dies ausdrücklich und zitierte die entsprechenden Sätze noch einmal vollständig. Marceline sagt unter anderem:

»Ich will meine Fehler gar nicht leugnen. Eigentlich war ich für ein anständiges Leben bestimmt, und ich bin auch schließlich anständig geworden, sobald man mir erlaubt hat, meinen Verstand zu benutzen. Aber wenn man noch jung ist, Träume hat, unerfahren und arm ist, ja von Not erdrückt und zugleich von Verführern belagert wird, was kann da ein junges Ding den versammelten Feinden schon entgegensetzen? Manch einer verurteilt uns mit harten Worten, der in seinem Leben vielleicht zehn Unglückliche zugrunde gerichtet hat. Ihr mehr als undankbaren Männer, die ihr das Spielzeug eurer Leidenschaft, eure Opfer! durch Verachtung straft, euch müsste man eigentlich bestrafen für die Irrtümer unserer Jugend. Euch und eure Richter, die so stolz auf das Recht sind, über uns zu urteilen, und die uns durch ihre schuldige Nachlässigkeit jedes Mittel für eine anständige Existenz wegnehmen. Gibt es überhaupt einen Status für die unglücklichen Frauen? Selbst in den höheren Ständen ernten die Frauen von euch nur eine bedeutungslose Achtung; sie werden mit scheinbarem Respekt getäuscht und stehen doch in wirklicher Abhängigkeit; in unserem Besitztum werden wir als unmündig behandelt, für unsere Fehler bestraft aber werden wir wie Mündige. Euer Benehmen uns gegenüber flößt uns immer nur Schrecken ein oder Mitleid.«

Das ist nicht nur eine verbitterte Anklage aus Erfahrung, das sind schon politische und soziale Forderungen!

Dann aber wird es gleich philosophisch. Marceline fordert ihren Sohn auf, glücklich zwischen Frau und Mutter zu leben, sich über die Ungerechtigkeit der anderen nicht aufzuregen und nur daran zu denken, wo er herkomme, wo er hingehe. Vor allem solle er stets fröhlich, frei und gut zu allen sein und damit zugleich ihr Glück sichern. Figaro nimmt das zum Anlass für eine fast existenzialistische Tirade:

»Wie dumm man doch wirklich ist! Seit tausend und tausend Jahren dreht sich die Welt, und in diesem Ozean an Dauer, in dem ich gerade mal läppische dreißig Jahre erwischt habe, die nie mehr wiederkehren, sollte ich mich abquälen mit der Frage, wem ich sie verdanke? Tut mir leid für jeden, den so etwas beunruhigt. Sein Leben mit solchem Gezänk zu verbringen, das hieße, unablässig am Zaumzeug zu zerren, wie es die unglücklichen Pferde tun, die Schiffe flussaufwärts ziehen und sich niemals ausruhen, nicht einmal wenn sie stehen bleiben, und die immer ziehen, auch wenn sie nicht weitergehen.«

Auch in der Anlage der sich immer stärker verwickelnden Handlung spiegelt sich das Leben von Beaumarchais. War es denn nicht eine Abfolge von Situationen, die sich immer stärker und immer verrückter verflochten? Traten nicht immer noch ein Element oder eine Person hinzu, die eine scheinbar gefundene Lösung oder ein Arrangement vereitelten? Dieses Einanderüberschlagen der Ereignisse und Wendungen des Lebens (und der Prozesse) spiegelt sich am besten in der berühmten Szene, als der Graf Chérubin bei der Gräfin überrascht und dieser in ein Nebengemach flüchtet, das die Gräfin nicht öffnen will und in dem sich, als der Graf es aufbrechen will, schon längst Suzanne befindet. Strudel des Lebens, Gags des Schicksals.

Die Ausgangslage des Stückes wird dadurch pikanter, dass der Graf kurz zuvor öffentlich auf ein altes Privileg verzichtet hat, das Recht auf die erste Nacht mit Bräuten seiner Dienstleute.

Was hat man nicht alles über dieses angebliche *ius primae noctis* fantasiert; und in der Tat ist es eine Obszönität, die es nur in der Fantasie gab. Nach langen Forschungen hat man herausgefunden, dass es dieses Feudalrecht in Wahrheit nie gegeben hat, dass es eine reine Theaterfiktion ist, die nachträglich für eine soziale Wahrheit genommen wurde. Man hat alle möglichen Stücke aus dem Vergessen gezerrt, die auch dieses »Recht« zum Thema machen. Beaumarchais hat es also von Kollegen übernommen, vor allem aus Voltaires Stück *Le droit du seigneur* (Das Herrenrecht) von 1762.

Bei Voltaire bittet die junge Frau den Grafen darum, sie vor ihrem Verlobten zu retten, den sie nicht liebt. In Wahrheit ist sie adlig, wie sich zuletzt herausstellt, sie kann also den Grafen heiraten. Ein realistisches Stück auf dem Lande, ohne sympathischen Figaro-Typ, denn bei Voltaire sind die Vertreter des Dritten Standes noch nicht theatralisch geadelt. Auch in anderen Stücken aus jener Zeit kam diese Idee vom Herrenrecht vor, sie war theatralisch ergiebig. Der Dramatiker Desfontaines, der als königlicher Zensor den *Figaro* im Manuskript gelesen hatte, brachte noch vor dessen Uraufführung eine Komische Oper im italienischen Stil heraus mit dem Titel *Chérubins Liebschaften oder Das Herrenrecht.* Fast jede Szene, jedes Motiv aus dem *Figaro* findet sich so oder ähnlich in anderen Stücken jener Zeit, auch die Szene mit einem Liebhaber, der in einem Seitenkabinett eingeschlossen ist wie Chérubin, etwa in einem Stück von Sedaine von 1768.

Ein kodifiziertes, gleichsam offizielles Herrenrecht hat es nie gegeben, doch schienen viele Zeitgenossen von der Existenz eines solchen Rechtes, zumindest eines unerklärten Anspruchs und einer entsprechenden Praxis überzeugt zu sein, wie der Artikel *culage* im vierten Band der Enzyklopädie belegt, der allerdings nur Beispiele aus früheren Jahrhunderten oder anderen Ländern nennt (Piemont, Schottland).

Aber man hat nicht immer die Konsequenz daraus gezogen: Wenn der Autor in dem Stück an der adligen Hauptfigur etwas kritisiert, nämlich eine Heuchelei im Zusammenhang mit einem fiktiven Recht, das im Bewusstsein der zuschauenden Zeitgenossen nur als reine Theaterkonvention existierte, dann lag darin auch keine direkte politische Spitze. Im Gegenteil: indem er etwas rein Spielerisch-fiktives, Grotesk-obszönes kritisierte, musste sich niemand gemeint fühlen. Wie anders hätte Beaumarchais sein Stück zuerst in adligen Salons lesen und vor einem adligen Publikum aufführen lassen können? Dass es dennoch ein politisches Echo hatte, musste an etwas anderem gelegen haben. Denn die Zeitgenossen konnten den Eindruck haben, den später der Revolutionär Danton formuliert hat: »*Figaro* hat den Adel getötet.«

Gudin beschwerte sich darüber, dass manche Kritiker penetrant von *Les Noces de Figaro* sprachen (so wurde Mozarts Oper in Frankreich genannt). Man könnte sich auch darüber beschweren, dass man in Deutschland »Die Hochzeit *des* Figaro« sagt, als wäre es (schon) eine Berufsbezeichnung und nicht ein Eigenname (also höchstens: *von* Figaro). Nur, warum sich nicht des eleganteren und einprägsamen Genitivs bedienen?

Das Stück müsste ohnehin ganz anders heißen, nämlich »Figaros Überraschungen«, da Figaro immerzu in unvorhergesehene Situationen gerät. Er ist nicht nur jünger als im *Barbier*, sondern auch passiver, kann stets nur mitspielen, soweit er die Intrigen der Frauen versteht, was nicht immer der Fall ist. Seine Rolle ist dadurch sehr geschwächt, grenzt manchmal an unfreiwillige Komik, wenn er Intrigen eher verdirbt als fördert. (Man muss von Theaterfiguren reden wie Schachspieler es von den Positionen und Entwicklungsmöglichkeiten der Spielfiguren auf dem Brett tun.)

Was auch immer passiert, wie ihm auch immer mitgespielt wird, Figaro ist von nicht zu trübender Fröhlichkeit und guter Laune. Das ist ein Zug, den er mit Beaumarchais gemeinsam hat. Dramaturgische Schwächen im Fortgang des Stückes müssen dem Autor selbst aufgegangen sein, denn er kompensierte diese durch einen sehr langen Monolog im fünften und letzten Akt. Das war szenisch ein großes Wagnis, und Beaumarchais hatte intensiv darüber nachgedacht, hatte Freunde und Schauspieler befragt, aber alle hatten ihm zugeraten, und so blieb die Passage erhalten, die dann zur brisantesten und erfolgreichsten Stelle des ganzen Stückes werden sollte.

So wie das Stück aus seinem ganzen Leben gezogen ist, seinen philosophischen Lebensroman widerspiegelt, als enzyklopädische Komödie alle Gesellschaftskreise berührt, in denen Beaumarchais verkehrte, so zieht der Monolog auch die Summe seiner Erfahrungen. Dieser Flickenteppich des Schicksals, den er ausbreitete, war natürlich eine Selbstparodie auf das Leben des Autors. Figaro bezeichnet sich hier als marginale Existenz. Er begann seine Laufbahn als Abenteurer, als von Zigeunern entführtes und aufgezogenes Kind (vielleicht ein letzter Reflex der Erfahrungen des jungen Caron auf den Straßen von Paris); doch die Vagabundenjahre sind längst Vergangenheit, er will einen ehrbaren Status und anerkannte

Rechte, was ihm die Gesellschaft unmöglich macht, und so ist der Monolog mit politischen Anmerkungen und Forderungen gespickt. Im dunklen Park auf Suzanne und die kommenden Ereignisse wartend, damit rechnend, betrogen zu werden und es nicht verhindern zu können, setzt Figaro sich auf eine Bank und erzählt gleichsam seine Memoiren, überdenkt die Stationen seines kunterbunten Lebens, dem ein Hauch von Faustischem Streben anhaftet.

»Was ist sonderbarer als mein Schicksal? Sohn von ich weiß nicht wem; von Räubern entführt und unter ihnen aufgewachsen, bald ihrer Lebensweise überdrüssig, will ich ein ehrliches Leben führen. Und werde überall zurückgestoßen. Ich studiere Chemie, Pharmazie, Chirurgie, und am Ende reicht der Einfluss eines großen Herrn doch nur dazu, mir die Instrumente eines Tierarztes in die Hand zu drücken. Als ich genug davon habe, kranke Tiere zu belästigen, versuche ich mich in einem ganz entgegengesetzten Metier, ich werfe mich mit aller Kraft auf das Theater. Hätte ich mir doch lieber einen Stein um den Hals gebunden! Ich kritzele eine Komödie über die Sitten in einem Serail; als spanischer Schriftsteller glaube ich das Recht zu haben, mich in meinem Stück ohne weiteres über Mohammed lustig machen zu können: und sofort stellt sich ein Gesandter ein von ich weiß nicht woher und beschwert sich darüber, dass ich in meinen Versen die Hohe Pforte, Persien, einen großen Teil des indischen Subkontinents, ganz Ägypten sowie die Königreiche von Barca, von Tripolis, von Tunis, von Algier und von Marokko beleidigt habe, und schon wird meine Komödie verbrannt, um den mohammedanischen Herrschern einen Gefallen zu tun, von denen, soviel ich weiß, nicht einer lesen kann und die uns auf den Geist gehen, indem sie immerzu sagen: ›Christenhunde!‹

Dann wird die Frage der Natur des Wohlstands aufgeworfen, und da man auch über eine Sache räsonieren kann, die man nicht besitzt, schreibe ich, ohne einen Pfennig in der Tasche, über den Wert des Geldes und wie man es vermehren kann; und schon sehe ich aus einer vergitterten Kutsche, wie sich hinter mir die Tore einer Festung schließen, an deren Eingang ich meine Freiheit und meine Hoffnung fahren lassen muss. (*Er erhebt sich.*) Könnte ich nur einen von diesen Viertagemächtigen zu fassen kriegen, dann würde ich ihm sagen ..., dass gedruckte Dummheiten nur dort von Bedeutung sind, wo man ihre freie Verbreitung behindert, und dass es ohne die Freiheit zu tadeln auch kein gültiges Lob geben kann und dass nur kleine Geister Angst haben vor kleinen Schriften.«

Hiernach schildert Figaro seinen bald gescheiterten Versuch, eine Zeitung zu gründen, die er *Das nutzlose Journal* nannte, weil in ihr keine brisanten Themen vorkommen durften, und erzählt schließlich, wie er als Barbier nach Sevilla kam, dort einem hohen Herrn half, seine Frau zu gewinnen, der ihm nun als Lohn dafür seine künftige Frau wegnehmen will.

»Oh seltsame Kette von Ereignissen! Wie konnte mir all das zustoßen? Warum genau diese Dinge und keine anderen? Wer hat sie für mich bestimmt? Da ich nun einmal gezwungen war diesen Weg zu durchmessen, den ich ungewollt begonnen hatte, habe ich mich bemüht, ihn mit so vielen Blumen zu bestreuen, wie mein Frohsinn gestattete. Ich sage mein Frohsinn, obwohl ich gar nicht weiß, ob er mehr zu mir gehört als das Übrige, und auch nicht weiß, was denn dieses Ich ist, mit dem ich mich abgebe: eine gestaltlose Ansammlung unbekannter Teile, dazu ein schwächlich dummes Wesen, ein verrücktes kleines Tier, ein junger Mann, der nach Lust giert, der alle Anlagen zum Genuss hat, der alle möglichen Berufe ausübt, um sich durchs Leben zu schlagen, heute Herr und morgen Diener, ganz wie es das Schicksal will, ehrgeizig aus Eitelkeit, arbeitsam aus Notwendigkeit, aber stinkfaul ... aus vollem Herzen! Ein Redner in der Gefahr, ein Dichter zur Erholung, ein Verliebter in verrückten Anfällen; ich habe alles gesehen, alles gemacht, alles ausgereizt. Und dann gingen die Illusionen verloren, ja, ganz verloren ... verloren!«

Ein treffenderes Porträt kann man nicht malen, als es Figaro hier am Ende seines Monologes tut, ein Porträt von Beaumarchais. Übrigens findet sich ein im Ansatz vergleichbarer Monolog schon in der frühen Farce *Jean-Bête à la foire*, und auch die erste Szene aus dem *Barbier von Sevilla* ist eine Parallelstelle. Dieser Autor völlig disparater Texte ist doch einheitlicher und konstanter, als es scheint (und Figaros Worte bestätigen das). Die Einheit eines Menschen liegt in seinem Stil. Der Mensch ist, wie er sich vor aller Welt gestaltet.

Beaumarchais war darauf bedacht, für sein neues Stück zu werben, und so las er in vielen Salons daraus vor. Damit aber scheuchte er auch seine Feinde auf; das Stück war ja schon genehmigt, es hätte bald gespielt werden können, aber sein eitler Drang weckte Neider und Intriganten. (Denn dass er den Skandal bewusst suchte, wollen wir nicht unterstellen.)

Der erste Zensor, Coqueley de Chaussepierre, fand das Stück sehr gut, finanziell viel versprechend, er monierte nur einige gewagte Stellen, wie eine Anspielung auf die Bastille in Figaros Monolog (das Stück war noch in Frankreich angesiedelt). Zudem missfielen ihm einige Seitenhiebe gegen die Kirche.

Auch der König ließ sich das Stück vorlesen. Er lachte oft und tadelte manches, aber als er den Monolog hörte, bekam er einen Wutanfall: »Das ist abscheulich, das wird niemals gespielt werden. Die Aufführung dieses Stückes wäre eine gefährliche Inkonsequenz, da kann man ja gleich die Bastille abreißen. Dieser Mann macht sich über alles lustig, was man an der Obrigkeit respektieren muss.«

Sein neuer Gegenspieler war nun also der König, dessen Figaro er ja einst sein wollte. Das entscheidende Duell – wer spielt wem zum Tanze auf? Beaumarchais freilich war keineswegs besorgt und äußerte sinngemäß: Warum soll mein Figaro nicht gespielt werden? Weil der König dagegen ist? Also ... dann wird es gespielt werden. (Denn er wusste, dass er in Marie-Antoinette eine Verbündete hatte.)

Recht behielten letztlich beide, denn das Stück wurde gespielt und die Bastille wurde abgerissen, aber nicht wegen *Figaros Hochzeit* – oder etwa doch?

Beaumarchais überarbeitete das Stück, dessen Handlung er nun auf ein spanisches Schloss verlegte. Dann las er die neue Fassung in einem Salon vor, und zwar in Anwesenheit des Zensors Breteuil sowie zahlreicher Adliger, die nach der Lektüre Verbesserungsvorschläge für den Text machten, auf die der Autor uneitel und umsichtig einging. Beaumarchais hielt ein Seminar über sein Werk mit Angehörigen der Oberschicht ab – eine schöne Theatersituation! Jedenfalls schaffte er es, dass man allgemein an seinem Stück Anteil nahm, dass die Spielerlaubnis zum Politikum wurde. Ein gegenwärtiger und zwei künftige Könige von Frankreich hatten ihren Part in der Geschichte der Uraufführung von *Figaros Hochzeit*.

Außerhalb von Frankreich wurde die Komödie schon berühmt, auch die Zarin Katharina II. hörte davon und wollte sie kennen lernen. Als ihr Sohn, der Großherzog Paul, mit seiner Gattin im Mai 1782 nach Paris kam (unter den Decknamen Graf und Gräfin von Norden), ließ er sich von Beaumarchais selbst das Stück vorlesen. Der künftige Zar lobte es sehr und wollte das Manuskript für seine Mutter erwerben, aber Beaumarchais wandte ein: »Ich kann nur das Manuskript eines Stückes aus der Hand geben, das schon aufgeführt wurde.«

Ein neuer Zensor wurde bestellt, ein persönlicher Feind Beaumarchais', Jean-Baptiste Suard, Mitglied der Akademie mit gewissem Ansehen, als Autor mäßig erfolgreich, als Mensch nicht frei von Neid. Er verweigerte dem Stück natürlich die Zustimmung.

In keinem Roman, in keinem Film könnte man das machen, dass sich immer wieder dieselbe Konstellation bildet. Man würde einwenden, ob denn nicht zwei oder drei Episoden dieser Art reichen? Aber hier war es das Leben selbst, das sich diese Wiederholungen leistete, und obwohl Wiederholung ein eminentes Mittel der Komik ist, war dies für Beaumarchais nur bedingt zum Lachen.

Die Figaro-Frage wurde zur Staatsaffäre. Es bildeten sich zwei Lager: Der eine Bruder des Königs, der Comte de Provence (der spätere Ludwig XVIII.), und der Justizminister Armand Thomas de Miromesnil traten für ein Verbot ein; für eine Aufführung plädierten der andere Königsbruder, der Comte d'Artois (der spätere Karl X.), sowie Madame de Polignac. Letztere ermöglichten, dass für den 13. Juni 1783 eine Aufführung im kleinen Schlosstheater von Versailles angesetzt wurde, von den Schauspielern der Comédie Française gespielt und vom Autor selbst inszeniert.

Als gerade der Vorhang aufgehen sollte, kam ein Bote Seiner Majestät, keineswegs als Retter, denn er untersagte die Aufführung (und man ahnt die hektischen und theaterreifen Intrigen der Höflinge im Hintergrund, der König hatte nämlich erst in letzter Minute von der Vorstellung erfahren). Die zahlreichen Zuschauer empörten sich gegen das Verbot und sprachen von Tyrannei. Es waren lauter Aristokraten.

Nach einigen Interventionen gestattete der König schließlich doch eine Privataufführung. Beaumarchais verlangte sogleich einen neuen Zensor. Man benannte Gabriel Henri Gaillard, Historiker und Mitglied der Académie Française. Sein Urteil fiel positiv aus, was man nicht erwartet hatte. Die Kritik an der Gesellschaft werde ja nur von einem Figaro ausgesprochen, schrieb er in seinem Gutachten, also von einem Intriganten aus dem untersten Volk, und das könne auf keinen Mann von Rang Eindruck machen.

Am 26. September 1783 wurde die verschobene Aufführung nachgeholt, und zwar auf dem Landschloss Gennevilliers, das dem Grafen von Vaudreuil gehörte. Gewidmet war sie dem Grafen von Artois, also dem liberaleren Bruder des Königs. Es herrschte ein so großes Gedränge, dass man fast erstickte. Mit dem Knauf seines Stockes schlug Beaumarchais ein paar Scheiben ein, damit etwas frische Luft hereinkam. Er wusste eben, wie man sich durch symbolische Handlungen in Szene setzt.

Die Darbietung vor dreihundert adligen Persönlichkeiten war ein großer Erfolg. Nun konnte Beaumarchais einen Zensor für die öffentliche Aufführung beantragen, den vierten insgesamt, aber Herr Giudi lehnte ab, der fünfte, Desfontaines, befürwortete sie wieder. Er fand den Stoff so gut, dass er ihn selbst verarbeitete. Da er sich jedoch zu enthusiastisch geäußert hatte, beauftragte man noch einen sechsten, Le Bret, selbst Dramatiker und Mitglied der von Beaumarchais ins Leben gerufenen Autorenvereinigung. Und mit dessen Zustimmung durfte der noch einmal leicht revidierte Text endlich an die Öffentlichkeit. Wie einst Molières *Tartuffe* wurde *Figaro* gegen den König und Teile des Hofstaates durchgesetzt.

Nach zweihundert Jahren hat sich der Reiz der Dialoge und der Konstellationen ein wenig verflüchtigt, manche Passagen wirken zu lang und auch etwas fade. Die besten Sätze und Pointen haben aber ihre Aktualität nie verloren, und dass ein Mächtiger oder Reicher die Frau eines Untergebenen begehrt, lässt sich ja auch auf allerlei moderne Situationen übertragen. Im Untergrund wirken nicht nur List, erotisches Spiel und gesellschaftliche Taktik, sondern eine kaum verhaltene Gewalt, die man auch darstellen kann. Dennoch bleibt die Frage offen, ob bei dem Erfolg des Stückes nicht doch vor allem die Umstände der Uraufführung halfen, ob *Figaros Hochzeit* wirklich zu den großen französischen Werken des 18. Jahrhunderts gehört, neben *Candide, Rameaus Neffe* und den *Persischen Briefen.*

Als die Zarin Katharina das Stück endlich zu lesen bekam, fühlte sie sich auf dieser Hochzeit in schlechter Gesellschaft. (Aber war sie eingeladen?) Der Kritiker und Maximenschreiber Chamfort (mit bürgerlichem Namen Nicolas Sébastien Roch) sprach von Beaumarchais' Hexenkünsten, mit denen er seine Zeitgenossen eingewickelt habe. Ludwig Börne nannte das Werk fünfzig Jahre nach der Premiere eine Weltkomödie, die Epoche gemacht habe. George Bernard Shaw, im 20. Jahrhundert, kritisierte die Anlage des Stückes. Schwächen wiesen seines Erachtens vor allem die beiden letzten Akte auf, in denen sich die Intrige übermäßig kompliziert und das Stück seinen Rhythmus zu verlieren droht – ein Problem, das Beaumarchais selbst schon gesehen hatte. Hören wir die Meinung eines Mannes vom Fach.

»*Figaros Hochzeit*«, schrieb Carlo Goldoni, der um 1784 in Paris lebte, in seinen Memoiren, »hatte den größten Erfolg in der Comédie Française, weil ihr der Autor den Titel *Der tolle Tag* vorangestellt hatte. Niemand kennt die Fehler seines Stückes besser als Herr von Beaumarchais selbst. Proben seines Talents in diesem Genre hat er ja schon geliefert, und wenn er aus seinem *Figaro* eine Komödie ganz nach den Regeln dieser Kunst hätte machen wollen, so hätte er dies genauso gut gekonnt wie ein anderer; aber er hat vor allem das Publikum erheitern wollen, und das ist ihm ganz und gar gelungen.«

Goldoni fügte hinzu: »Sonst gab es zwei oder drei Schauspiele am Tag, aber *Figaro* füllte den Saal ganz allein; das Publikum strömte schon zwei oder drei Stunden vor Beginn herbei, und es blieb eine Dreiviertelstunde länger, ohne sich zu langweilen. Und noch bei der vierundachtzigsten Aufführung ist das Stück wie neu und wird laut beklatscht. Und selbst die Kritiker kommen wieder und klatschen und lachen über das, was sie kritisiert haben.«

Er erinnerte an die Umstände des Erfolges vom *Barbier von Sevilla.* »Der Autor hatte damals gerade einen Prozess geführt, in dem er seine Sache selbst verteidigt hatte; seine Plädoyers waren fröhlich, gefällig, gut geschrieben. Er war so geschickt gewesen, in den *Barbier von Sevilla* verklausulierte Anekdoten einzubauen, die an seinen Prozess erinnerten und seine Gegner lächerlich machten, was zum Erfolg des Stückes erheblich beigetragen hat. In *Figaros Hochzeit* nun findet sich keinerlei Sarkasmus, der gegen einzelne Personen gerichtet wäre, sondern alle Welt bekommt ihr Fett ab, ohne dass sich jemand besonders getroffen fühlen muss. Es werden Untugenden und Narrheiten kritisiert, die allgemein menschlich sind, umso schlimmer für alle, die sich darin wiedererkennen.«

Dieses Urteil ist eine neidlose Hommage mit kleinen Einschränkungen durch einen großen Kollegen, den Meister der Komödien, und eine treffende Analyse, wobei Goldoni die politischen Aspekte von Stück und Echo herunterspielt. Gewisse Leute sahen es wohl als unwürdig für die erste Bühne des Landes an, vor allem fürchteten sie, dass solche politische Leidenschaft ansteckend wirken könnte, so Goldoni. Ganz unbegründet war diese Angst freilich nicht.

Wenn man alles über *Figaros Hochzeit* gesagt hat, über die Qualitäten und die Schwächen des Textes, und über das Talent des Autors, wie jedes Mal seit seinem Uhrenpatent die Öffentlichkeit des Königreiches Frankreich und die intellektuelle Gemeinde Europas für sein Schicksal und seine Werke zu interessieren, dann muss man noch das Entscheidende hinzufügen: Der Tag der Uraufführung von *Le Mariage de Figaro*, der 27. April 1784, war ein politisches Datum. Von da an kann man jedes Ereignis als Schritt auf das Ende des Regimes, auf den Ausbruch der Revolution hin deuten. Das hätte sich der alte Uhrmacher Caron nicht träumen lassen, als er seinen aufmüpfigen Sohn zwang einen Vertrag zu unterschreiben, der ihn zu diszipliniertem Lernen verpflichtete.

Es gibt keine Worte, den Erfolg zu beschreiben. Man kann nur Anekdote an Anekdote reihen, um den völligen Triumph von *Figaros Hochzeit* zu schildern. Es war das Pariser Ereignis schlechthin Mitte der achtziger Jahre und der Höhepunkt im Leben von Beaumarchais. Sein langer Weg, das bisschen Dauer, das er im Strom der Zeiten erlangt hatte, waren nicht vergeblich gewesen. Von diesem Gipfel aus gesehen erschien alles Vorherige nur als Beiwerk. Das Entscheidende wurde in der siebten Strophe des Schlussliedes gesungen:

Ist durch Fügung der Geburten
Dieser König, jener Hirte,
Macht das Losglück ihren Rang aus;
Nur der Geist kann alles ändern.
Doch wie bald löscht Tod den Glanz aus,
Königsruhm ist schnell verderblich,
Nur Voltaire, der ist unsterblich.

Pierre-Augustin Caron de Beaumarchais hatte mit diesem einen Werk den Rang von Voltaire erreicht, durch den Witz seines Spieles, durch den Geist seiner Dialoge und durch die Heiterkeit seiner Lieder.

Kutschen drängten sich am 27. April 1784 vor der weißen Fassade des neues Theaters, das an der Stelle des einstigen Hôtel de Condé zwei Jahre zuvor gebaut worden war. Bis 1804 sollte die Comédie Française hier ihr Quartier haben, und die festlich-turbulente Atmosphäre des Premierentages von *Figaros Hochzeit* sollte noch lange nachwirken. Später wurde das Theater umgebaut, es ist das heutige Théâtre de l'Odéon und liegt nicht weit entfernt von der ersten eigenen Wohnung, die der junge Caron bezogen hatte. Die Comédie Française fand dann 1804 ihre Heimstatt am Palais Royal, die sie bis heute behalten hat.

In technischer Hinsicht gab es einige Fortschritte im neuen Haus des Théâtre Français. Die Bühne war ein großes, ansteigendes Plateau, das vom Saal her gut einsehbar war. Nur die Beleuchtung war schwach, man kannte noch keine andere Methode, als Kandelaber an Fäden herunterzulassen. Der Saal selbst wies eine neue Anordnung von Bühne und Zuschauerraum auf; erstmals befanden sich auch im Parterre Sitzgelegenheiten. Die Schauspieler verfügten über große Logen, in denen viele Personen die Nacht vor der Uraufführung verbracht hatten, um ja ins Theater hineinzukommen. Andere hatten stundenlang draußen vor den Türen kampiert. Als sie geöffnet wurden, gab es ein solches Gedränge, dass drei Personen zu Tode gedrückt wurden. Im Saal mussten viele Adlige zufrieden sein, wenn sie einen wackligen Schemel erwischten. Gekommen waren auch die beiden Brüder des Königs, der Graf von Provence und der Graf von Artois, außerdem die schönsten Damen des Hofes, doch ist nicht überliefert, wie ihre umfangreichen Frisuren und Kleider das Gedränge überstanden.

Beaumarchais saß in einer vergitterten Loge, in Gesellschaft zweier Abbés, die einen Ruf als Lebemänner hatten, Sabatier de Castres sowie Calonne, dessen Bruder Finanzminister war.

Selbst die Einnahmen des Tages stellten einen Rekord in der Theatergeschichte dar: 6 511 Livres. Zwölf Vorhänge belohnten die Schauspieler, und die Besetzung, dieselbe wie in den Voraufführungen, hätte nicht besser sein können. Einige von ihnen hatten schon in früheren Stücken von Beaumarchais mitgespielt. Die Rolle des Chérubin wurde von einer Frau dargestellt, der zwanzigjährigen Mademoiselle Olivier. Sie begründete damit eine Tradition, die in der Opernfassung ihre Fortsetzung fand. Suzanne wurde verkörpert von Mademoiselle Contat, die sonst eher tragische Rollen spielte, und als Almaviva sah man François-René Molé. Den Figaro spielte wiederum Dazincourt. Für Préville war die Rolle zu anstrengend geworden, er war aber mit von der Partie an jenem glorreichen Tag, in der kleinen Rolle des stotternden Notars Brid'oison; und er durfte (auch stotternd, gewiss eine Reminiszenz an Goëzman) das abschließende Couplet singen, dessen letzter Vers klassisch geworden ist und das eigentliche Motto für das Leben des Autors war: »*Tout finit par des chansons.*« – Am Ende singt man stets ein Lied.

Mit Liedern setzte sich alles fort: Unzählige Verse liefen um, die auf das Stück Bezug nahmen. Und seine Figuren entfalteten ein mythologisches Eigenleben, es entstanden viele Variationen und Gegenstücke, die andere Konstellationen durchspielten. In den Imitationen, Parodien oder Gegenstücken stand seltsamerweise meistens Chérubin im Mittelpunkt, so auch in einem Stück der Frühfeministin Olympe de Gouges von 1786, *Chérubins plötzliche Hochzeit*, das wie fast alle ihre Stücke nie gespielt wurde.

Mit dem Erfolg in der Comédie Française waren aber die Feinde hinter den Kulissen noch nicht besiegt, sie wurden sogar besonders aktiv, ließen sich neue Attacken einfallen, verbreiteten Flugschriften und Schmähungen. Der Kampf gegen Beaumarchais trat lediglich in eine neue Phase ein. In manchen Vorstellungen warf man

Flugblätter mit Spottgedichten ins Publikum. Darin hieß es, dass jede Gestalt dieses Stückes eine andere Untugend verkörpere, Geiz, Lüsternheit, Untreue oder Diebstahl, und am Ende der Vorstellung zeige sich der Autor, der all diese Laster in einer Person vereinige. Man kann nicht ausschließen, dass Beaumarchais an Aktionen wie dieser beteiligt war. Er war eben ein sehr modern denkender Mensch, der wusste, dass Skandal und Protest den Erfolg noch vergrößern konnten. Zudem unternahm Beaumarchais publizitätsträchtige Aktionen, indem er Teile seiner Einnahmen für wohltätige Zwecke spendete und damit auch die Schauspieler der Comédie Française zur zähneknirschenden Nachahmung zwang.

Der Erzbischof von Paris, Monseigneur de Juigné, verbot in seiner Fastenpredigt von 1785 den Gläubigen, die Werke von Voltaire zu lesen und den *Figaro* anzuschauen. Beaumarchais ließ es sich nicht nehmen, auch darauf eine satirische Replik zu schreiben.

Suard, der Feind, Zensor und Kritiker, hielt vor der Akademie eine Rede, in der er das Stück scharf kritisierte. Hierauf antwortete Beaumarchais im Vorwort des gedruckten Textes mit Spott: Suard sei ein ganz anständiger Mensch, dem nur etwas Geist fehle, um ein mittelmäßiger Autor zu sein. Suard revanchierte sich mit einem Artikel, in dem er hintersinnig fragte, was denn aus der kleinen Adoptivtochter von Figaro (*la petite Figaro*) geworden sei, die im *Barbier* kurz erwähnt werde, von der im neuen Stück aber keine Rede mehr sei. Beaumarchais blieb ihm die Antwort nicht schuldig: sie habe einen gewissen Lécluse geheiratet, einen Lastenträger im Hafen, der kürzlich einen tödlichen Unfall erlitten habe, so dass sie nun Witwe sei mit einem Kind von dreizehn Jahren und einem Säugling, den sie selbst stille. Jeder sei aufgefordert, ihr zu helfen, auch Suards Zeitung *Le Journal de Paris*. In der Tat engagierte sich Beaumarchais dafür, dass auch die Frauen aus dem Volk ihre Kinder stillen konnten, und er spendete Geld zur Einrichtung einer Art Mütterhilfswerk. Schon hieß es in Spottversen, Beaumarchais verabreiche den Kleinkindern Milch, der Jugend aber Gift (in seinen Stücken).

Suard fand den Vorschlag geschmacklos und empörte sich in einem weiteren Artikel: Wie könne Beaumarchais es wagen, eine anständige Frau mit dem Namen Figaro zu belegen, der doch für alles Niedere und Lächerliche stehe. Das brachte Beaumarchais auf die Palme. In einem offenen Brief vom 6. März 1785 schrieb er:

»Ich musste Löwen und Tiger besiegen, um die Aufführung einer Komödie durchzusetzen. Glauben Sie, dass Sie mich nun, wo das Stück Erfolg hat, dahin bringen können, jeden Morgen aufs Neue mit Weidenruten die Wanzen aus der Matratze zu klopfen wie eine holländische Dienstmagd?«

Suard zeigte diesen Brief dem Grafen von Provence und überzeugte ihn, mit den Löwen und Tigern seien er und sein königlicher Bruder gemeint (denn mit dem Ungeziefer fühlte er sich selbst gemeint). König Ludwig saß gerade beim Kartenspiel, als sein Bruder ihm den neuesten Streich von Beaumarchais erzählte. Er bekam einen Wutanfall (vielleicht hatte er ja ein schlechtes Blatt) und kritzelte auf das nächstbeste As, man solle diesen Schelm ins Gefängnis Saint-Lazare bringen. Beaumarchais wiederum saß gerade beim Abendessen, als ihn ein Offizier des Königs nach draußen bat. Die Seinen konnten glauben, es handele sich nur um eine dringende kleine Verpflichtung. Es sollten jedoch Tage vergehen, ehe sie ihn wiedersahen.

Einiges kann man sich ja ausmalen. Wenn ein Leben zum Erzählstoff wird, muss die Fantasie die Lücken ausfüllen. Aber diese Demütigung ist ein hartes Stück. Beaumarchais kommt ins Gefängnis Saint-Lazare, das für unerzogene Jugendliche, verschuldete Spieler, gefallene Adlige und für Huren bestimmt ist und wo jeder Neuankömmling von einem Diener verprügelt wird. Auf einmal ist er wieder ein *gamin de Paris*, wie mit sechzehn Jahren, noch vor seinem großen Leben, zumindest wird er so behandelt. Er ist zweiundfünfzig Jahre alt und hat soeben eines der Meisterwerke der französischen Literatur zur Aufführung gebracht, das seinen Ruhm in allen Ländern und für alle Zeiten sichern wird. Und nun muss er sein Gesäß entblößen und wird von einem Büttel mit der Rute geschlagen.

Später behauptete Beaumarchais, dieses Aufnahmeritual wäre ihm erspart geblieben; es wurden aber Flugblätter verbreitet, auf denen ein Holzschnitt die Prügelszene abbildete. Dieses Machwerk, das von einem Italiener namens Vangelisti stammte, traf aber nicht die allgemeine Stimmung, denn nach der Uraufführung von *Figaros*

Hochzeit war Beaumarchais wieder einmal der Liebling der öffentlichen Meinung. Seine Bestrafung missfiel allgemein. Plötzlich fühlten sich viele bedroht von solcher Willkürjustiz.

Wie immer, wenn er ins Gefängnis kam, dachte Beaumarchais zuerst daran, ein *Mémoire* zu verfassen. In einem Protestschreiben forderte er die Einhaltung ordentlicher gerichtlicher Verfahren. Dem König wurde die allgemein ablehnende Reaktion bald bewusst, er bereute seine rasche Entscheidung und befahl nach fünf Tagen, Beaumarchais wieder auf freien Fuß zu setzen. Doch der weigerte sich, das Gefängnis zu verlassen. Er verlangte Reparation und Wiederherstellung seiner Ehre. Der Hof gewährte ihm nach kurzen Verhandlungen 800 000 Livres – deklariert als Vergeltung für seine Leistungen gegenüber Amerika. Dies sollte aber noch längst nicht sein letzter Aufenthalt im Gefängnis gewesen sein.

Die Flugblätter von Vangelisti wurden verboten, ihr Verfasser juristisch belangt. Der Italiener erinnerte sich daran, dass er ein Porträt des Ministers Vergennes gemalt hatte, und bat diesen um Hilfe, jedoch vergeblich, denn er selbst sowie eine Zwischenhändlerin mussten nun ihrerseits für ein paar Tage ins Gefängnis, was niemand auch nur eine Karikatur wert war.

Intrigen und Willkür hatten Beaumarchais ins Gefängnis gebracht, nicht die politische Sprengkraft seines *Figaro*. Die Aufnahme durch das Publikum hatte das Stück politisiert, aber auch die Reaktion des Hofes. In der Wirkung war es revolutionär, in der Absicht gewiss nicht.

Der seit Beaumarchais' Verhaftung abgesetzte *Figaro* wurde wieder aufgenommen, mit dem gleichen Erfolg wie zuvor, und erlebte schon 1787 seine hundertste Aufführung. Einen solchen Triumph hatte es noch nie gegeben. Auch in anderen Ländern wurde *Figaros Hochzeit* bald inszeniert; in Holland, in London (vor dem Kronprinzen), in Deutschland, in Russland und in Polen.

Und noch eine Ehre wurde Beaumarchais zuteil: *Der Barbier von Sevilla* wurde bei Hofe aufgeführt, sozusagen von einer königlichen Laienspielschar. Der Graf von Artois, des Königs jüngerer Bruder, spielte den Diener Figaro, Rosine wurde dargestellt von Marie-Antoinette, der Königin persönlich. Sie war so sehr bei der Sache, dass sie nicht verstand, in welche Intrige sie selbst plötzlich hineingezogen wurde, die so genannte Halsbandaffäre, in deren Wogen bald die Affäre um die willkürliche Verhaftung von Beaumarchais der Vergessenheit anheim fiel.

Der Hofjuwelier Boehmer suchte die Königin am 9. August 1785 während der Proben zum *Barbier von Sevilla* auf, um sie in einer dringenden Angelegenheit zu sprechen, aber sie schickte ihn weg, ihr Vergnügen hatte wie immer Vorrang. Im Namen der Königin war bei den führenden Juwelieren der Hauptstadt, Boehmer und Bassenge, ein Halsband im Wert von 1 600 000 Livres erworben, aber nicht vollständig bezahlt worden. Doch Marie-Antoinette wusste von nichts. Hinter dem Kauf stand eine Intrige, die ihr Vorbild möglicherweise im letzten Akt von *Figaros Hochzeit* hatte, dem Stück, das auch 1785 noch aktuell und in aller Munde war.

Louis René Edouard, Prinz von Rohan, allgemein Kardinal von Rohan genannt, aus großer Familie und von grenzenloser Libertinage, hatte sich schon lange um das Wohlwollen der Königin bemüht, die ihn nicht ausstehen konnte und seinen politischen Aufstieg verhinderte. Eine Dame, die sich Gräfin de La Motte nannte, bot sich ihm als Vermittlerin an. Dass galante Vermittlung ihr eigentliches Metier war, ahnte Rohan nicht. Um die Königin geneigt zu machen, so ließ die »Gräfin« ihn wissen, wäre ein kostbares Geschenk angebracht, zum Beispiel ein Halsband mit Diamanten. Diese zweifelhafte Ratgeberin, die möglicherweise der außerehelichen Verbindung eines hohen Adligen entstammte, war im Kloster erzogen und mit einem Gendarmerieoffizier verheiratet worden, der sich Graf de La Motte nannte und ihr Komplize in vielen Betrügereien war. Sie hatte erfahren, dass die verschuldeten Juweliere Boehmer und Bassenge ein wertvolles Halsband verkaufen wollten, das einst Ludwig XV. für Madame Du Barry in Auftrag gegeben hatte, das aber nach dem Tod des Monarchen nie abgeholt und bezahlt worden war. Rohan wurde zum Erwerb dieses Schmuckstücks überredet, das er einem »Offizier der Königin« übergab, der genauso falsch war wie ein Brief der Königin, den er bald danach erhielt und in dem er zu einem nächtlichen Rendezvous im Park von Versailles bestellt wurde. In einem dunklen Gartenhäuschen wartete dort wirklich eine Frau auf ihn, die er wohl für die Königin hielt, bei der es sich aber nur um eine verkleidete Prostituierte handelte, die für die Gräfin de La Motte arbeitete und ein paar auswendig gelernte Sätze sagte, ehe das Treffen gezielt gestört wurde. Das wirkte allerdings wie eine Nachahmung des Schlussaktes von *Figaro*, nur ohne versöhnlichen Ausgang.

Rohan glaubte trotzdem, dass er nun alle Chancen bei Hofe hätte, doch schon die zweite Rate für das Präsent konnte er nicht mehr auftreiben. Als die Rechnung offen blieb, wandten sich die Juweliere an den Hof, denn auch sie gingen davon aus, dass das Schmuckstück ein Geschenk für die Königin gewesen sei. Da dort niemand etwas wusste, kam der Betrug ans Licht. Natürlich hätte man alles vertuschen können, aber der König, den man schließlich informiert hatte, bekam einen seiner Wutanfälle und befahl, die Angelegenheit durch das Parlament von Paris klären zu lassen. Das Gericht förderte all die Peinlichkeiten zu Tage, die rasch das große Thema der Gespräche, Lieder und Pamphlete am Hof und in der Stadt wurden. Die Gräfin de la Motte wurde verhaftet und angeklagt, ihr Mann hatte mit dem Rest des Halsbandes nach London fliehen können, denn das Collier war in seine Einzelteile zerlegt und stückweise verkauft worden. Vor Gericht schob die Gräfin den Diebstahl des Halsbandes Giuseppe Balsamo zu, einem italienischen Abenteurer und Betrüger, der sich Alexander Graf Cagliostro nannte. Aber auch Rohan wurde festgenommen, im Schloss von Versailles, im vollen Ornat eines Kardinals, was großes Aufsehen in Paris erregte und alle seine adligen Verwandten gegen den Hof aufbrachte.

Nach kurzem Prozess sprach man Rohan und Cagliostro frei, die »Gräfin de La Motte« hingegen wurde schwer bestraft. Sie sollte vom Henker mit dem Buchstaben *V* (für *voleuse*, Diebin) gebrandmarkt und für mehrere Jahre ins Gefängnis gesperrt werden. Diese Strafe wurde zwar vollstreckt, aber die öffentliche Meinung beschuldigte die Königin mehr als die Betrügerin. Man war überzeugt, dass hier schlimme Dinge vertuscht werden sollten, zumal man die Verschwendungssucht der Königin missbilligte. Für Marie-Antoinette bedeuteten die Affäre und der Prozess eine schwere politische und menschliche Niederlage. Der über das Urteil erzürnte König befahl, Cagliostro des Landes zu verweisen; Rohan, der ja selbst betrogen worden war, musste ins Exil nach Kehl gehen, wo gegen seinen Willen Beaumarchais' Voltaire-Ausgabe entstanden war. Die Revolution verhinderte seine Rückkehr nach Paris.

Die Gräfin de La Motte konnte Monate später mit Hilfe unbekannter Komplizen aus dem Gefängnis flüchten. Von London aus begann sie eine erfolgreiche Hasskampagne gegen den französischen Hof. So veröffentlichte sie Memoiren, in denen sie der Königin zahllose Untaten zuschrieb und ihre angeblichen Liebesaffären mit Rohan und vielen anderen Höflingen ausführlich schilderte. Der Ruf der Königin, ja das Ansehen der Monarchie überhaupt, nahmen dabei großen Schaden. In dieser Affäre, in der man nur ihren Namen benutzt hatte, gipfelte ihr ganzes leichtfertiges Leben, diese angedichtete Schuld resümierte all ihre wirklichen Verfehlungen und Versäumnisse, der Nimbus der gekrönten Häupter war dahin, die kleine Prinzessin aus Wien hatte das Regime der Bourbonen zu Ende getanzt.

Nach 1789 kehrte die Gräfin de La Motte nach Paris zurück und wurde von den Revolutionären als Opfer des alten Regimes gefeiert und rehabilitiert. Aber ihr Verstand hatte unter der Strafe, der Flucht und dem Skandalruhm gelitten, 1791 stürzte sie sich in einem Anfall von Verfolgungswahn aus dem Fenster. So erlebte sie nicht mehr, dass der Königin in demselben Saal der Prozess gemacht wurde wie einst ihr selbst. Und sie war nicht unter den höhnischen Zuschauern, als Marie-Antoinette das Schafott bestieg.

Von der Halsbandaffäre bis zur Hinrichtung der Königin sieben Jahre später zieht sich ein roter Faden. Und ganz beiläufig war das Werk von Beaumarchais in diese ungute Geschichte hineingewoben. Anhänger der Königin nahmen ihm auch das übel. Stefan Zweig etwa, der als Biograf von Marie-Antoinette manchmal so spricht, als wäre er gern ihr Erzieher gewesen, ereiferte sich sehr: »Gerade dieser eine Herr von Beaumarchais, der frech ihre Ehre mit Tinte beschmutzt und den König vor ganz Paris lächerlich gemacht hat, dürfte sich nicht rühmen können, eine seiner Theaterfiguren von der Tochter Maria Theresias, von der Gattin Ludwigs XVI., die ihn beide als Lumpen einsperren ließen, persönlich verkörpert zu sehen.«

Als der *Barbier von Sevilla* im Hoftheater gespielt wurde, war dies für Stefan Zweig ein Schritt zum Abgrund: »Die Rokoko-Komödie, sie ist mit dieser letzten Vorstellung am 19. August 1785 endgültig zu Ende.« Danach begann die Tragödie.

Etwas anderes begann noch in jenem Jahr: das Überleben von Beaumarchais' Werken als Oper. In Wien hatte sich Beaumarchais in die hohe Politik einschleichen wollen und ein peinliches Debakel erlebt. In Wien wurde am meisten für seine Unsterblichkeit getan, ganz ohne sein Dazutun.

1784 hatte der italienische Komponist Giovanni Paisiello im Theater des Schlosses Trianon im Beisein von Marie-Antoinette eine Oper in vier Akten präsentiert: *Il Barbiere di Siviglia ovvero La Precauzione inutile*. In Wien wurde diese erste Opernfassung des *Barbier von Sevilla* 1785 mit großem Erfolg nachgespielt.

Von dem Pariser Theaterskandal um den *Figaro* hatte man auch in Wien gehört, wo man stets aufmerksam die Ereignisse an der Seine verfolgte, seit eine Habsburgerin dort Königin war. Bereits 1784 wollte Emmanuel Schikaneder (der spätere Librettist der *Zauberflöte*) *Figaros Hochzeit* in seinem Theater aufführen. Aber kurz vor der Premiere ließ Kaiser Joseph II. diese Komödie verbieten, »weil sie für eine gesittete Zuhörerschaft zu frei« wäre. In Buchform durfte jedoch eine deutsche Textfassung erscheinen, die der Übersetzer mit kleinen Einlagen angereichert hatte, kritischen Anmerkungen über die Zensur. Diesen Text las auch ein Komponist, der keinen größeren Wunsch hegte, als eine Oper zu schreiben, dem aber niemand ein geeignetes Libretto lieferte und niemand den nötigen Kompositionsauftrag erteilte. Da ergriff Wolfgang Amadé Mozart, selten genug, von sich aus die Initiative. So entstand die vermutlich vollkommenste Oper, die je geschrieben wurde.

Mozart wusste genau, zu welchen Leistungen er in der Oper fähig sein würde. Aber es kamen keine Aufträge, es kamen keine lohnenden Stoffe und Bücher. Wenn er sich nicht selbst ins Spiel brachte, würde ihn die Zeit übergehen. Niemand in Wien brauchte die Opern von Mozart. Gab es nicht genügend Produktionen? Amüsierte sich das Publikum nicht köstlich? Was liegt daran, dass das größte musikalische Talent ohne Auftrag verkommt, solange nur die goldenen Eckensteher des Kulturlebens ihr Auskommen finden?

Im Juli 1784 wandte sich Mozart, seit kurzer Zeit Mitglied einer Freimaurerloge, an Lorenzo Da Ponte, damals der erfolgreichste und begehrteste Librettist in Wien, und schlug ihm den Figaro-Stoff vor. Der venezianische Jude Da Ponte, der seinen Namen, seine Erziehung und seinen neuen katholischen Glauben einem oberitalienischen Bischof, sein Talent aber Gott verdankte, schildert die Entstehungsgeschichte der Oper in seinen Memoiren, die er Jahrzehnte später in New York verfasste, wo er als Dozent und Impresario lebte: »Mozart, dessen war ich mir bewusst, brauchte für die Weite seines Geistes einen breit angelegten Stoff, der hervorragend behandelt sein und ihm vielfältige Formen bieten musste. Eines Tages sprach ich mit ihm darüber, und da fragte er mich, ob ich nicht aus der Komödie von Beaumarchais mit dem Titel *Le nozze di Figaro* leicht ein Libretto machen könnte. Der Vorschlag gefiel mir, und ich sagte es ihm zu.«

Mozart hatte das Stück von Beaumarchais gelesen und die Musik herausgehört, die in ihm lag, in den Figuren, in den Konstellationen der Ensembles. Aber wie sollte man das kaiserliche Verbot umgehen? Da Ponte wusste einen Ausweg: »Ich schlug vor, wir sollten Text und Musik heimlich verfassen und sie bei günstiger Gelegenheit den Theaterdirektoren oder dem Kaiser anbieten.«

In sechs Wochen waren nicht nur »das Büchel«, wie Mozart es nannte, sondern auch die Musik fertig, behauptet Da Ponte, es dürften aber einige Wochen mehr gewesen sein. Man wartete eine Zeit lang ab, und als eine Situation entstand, in der dringend eine Partitur gebraucht wurde, ging Da Ponte mit dem neuen Werk zum Kaiser, der aber an Mozarts Können als Opernkomponist zweifelte und dann an sein Verbot der Komödie erinnerte. Da Ponte will geantwortet haben: »Da ich ein Libretto geschrieben habe und keine Komödie, habe ich viele Szenen ausgelassen und noch mehr kürzen müssen. Und ich habe natürlich alles ausgelassen und gekürzt, was die Anständigkeit eines Theaters hätte in Frage stellen können, das Eurer Majestät selbst untersteht. Was aber die Musik anbelangt, scheint sie mir, soweit ich urteilen kann, ganz wunderbar schön.« Der Kaiser gab nach und entgegnete, er verlasse sich in allem auf Da Ponte.

Bei der Premiere in Wien am 1. Mai 1786 gefiel die Oper allgemein. Und von Aufführung zu Aufführung steigerte sich der Erfolg, fühlten sich die Sänger immer besser in ihre Rollen ein; die Noten hatten sie erst wenige Tage vor der Premiere erhalten. »Der Monarch und die wahren Kenner hielten die Musik für etwas ganz Hervorragendes, ja Göttliches«, bezeugte Da Ponte.

Und hatte damit Recht. Statt Stück und Oper gegeneinander auszuspielen, könnte man auch durchaus behaupten, dass erst in dieser gestrafften und präzisen Opernfassung das von Beaumarchais erdachte Bühnenwerk seine ideale Gestalt erhielt. Mozarts Werk lebt aus einem wohl erwogenen Wechsel von Arien und Ensemblestücken, wobei die Ensembles stets größer werden, der fortschreitenden Verwicklung der Handlung entsprechend, bis im Finale alle elf Gesangspartien beisammen sind. Durch die feinen Rezitative ist der Geist der spritzigen Dialoge ins Musikalische übertragen worden, und für die Schönheit der Arien und die kompositorische Raffinesse der Ensembles fehlen die Worte.

Oft genug und ganz nutzlos ist nachgewiesen worden, dass der politische Gehalt der Komödie in der Oper verloren ging, aber der war ja auch in einem nicht wiederholbaren Pariser Kontext entstanden. Überdies ist es eine fragwürdige These, denn auch die Opernfassung blieb politisch genug. Da Ponte bewahrte die Konstellationen und die Charaktere der Figuren, doch er straffte die Handlung, indem er auf vier Akte kürzte, was nicht nur wegen der Musikdauer nötig war, sondern auch der Aktion zugute kam. Im Grunde hätte schon Beaumarchais diese Kürzung machen müssen, ähnlich wie im *Barbier*. Überdies verweist Da Ponte mit berechtigtem Stolz auf die schlichte Schönheit und die Prägnanz seiner Verse:

Deh vieni, non tardar,
o gioia bella,
vieni ove amore per goder
t'appella,
finché non splendide in ciel
notturna face
finché l'aria è ancor bruna
e il mondo tace.

Bei Beaumarchais wird man den Namen Mozart vergeblich suchen, und auch bei seinem Freund Gudin, der es bei einem einzigen grummeligen Satz belässt: »Die Italiener haben aus dem *Figaro* eine Oper gemacht.«

Die Oper als Genre aber interessierte Beaumarchais durchaus. Ihr galt nach dem Erfolg des *Figaro* sein ganzer Ehrgeiz. Er hatte nicht vor, ein reiner Komödienschreiber zu werden, obwohl er doch die menschliche Komödie und den Jahrmarkt der Eitelkeiten so gut kannte, nicht zuletzt aus Selbstbetrachtungen. Beaumarchais war kein Schriftsteller, der an einem kontinuierlichen Werk arbeitete, an einer Gattung, die ihm lag, an unverwechselbaren Themen. Vielleicht dominierte ja bei ihm stärker der Wunsch, mit seinen Werken im Rampenlicht zu stehen, als der Drang, etwas ganz Einmaliges und Bleibendes zu gestalten.

Die Bühne war fraglos sein Medium, und immer gehörte bei ihm die Musik dazu. Wenn sich beide großen Komödien von Beaumarchais als hervorragende Opernstoffe erwiesen haben, dann vor allem deswegen, weil der Geist des Singens von vornherein in ihnen wirksam war. Mozart (1787) und Rossini (1816) haben seine Komödien nicht »vertont«, wie man heute Romane oder Stücke »verfilmt«, sie haben den in seinen Stücken lebendigen musikalischen Geist hörbar gemacht und zu höherem Leben gesteigert, wobei ihnen, seltener Glücksfall, jeweils kongeniale Librettisten zur Seite standen.

Beaumarchais wollte nicht weniger als eine Reform der Oper. Er hatte wie immer gleich ein ästhetisches Programm dazu. Für ihn hatte die Musik nur eine dienende Rolle, aber nicht in Unterordnung unter die Dichtung, sondern unter das Bühnenspektakel im Ganzen; heute würden wir von Gesamtkunstwerk reden. In seinen Ideen war er durchaus auf dem Weg dorthin, seiner Zeit weit voraus. Schon die Regieanweisungen für seine beiden Dramen mit Musik hatten in diese Richtung gewiesen. Was ihm vorschwebte, waren Bühnenwerke im Stil des antiken griechischen Theaters, deren Themen die Mitte halten sollten zwischen dem Fantastischen und dem Historischen.

Das Textbuch, das er für die Oper schrieb, nannte er *Tarare*. Es ist eine Handlung in fünf Akten mit einem ausführlichen Prolog, in dem Geister und verkörperte Naturgewalten auftreten, eine Mischung aus Märchen, Drama, Tanzstück und philosophischer Parabel. Ein mächtiger und böser König der Antike, Atar genannt, will seinem Feldherrn Tarare mit Gewalt die Frau wegnehmen, Atasie, was nach vielen Intrigen und Kämpfen und Schlachten misslingt. Atar wird gestürzt und getötet, Tarare besteigt den Thron, eine neue, gerechte Herrschaft beginnt unter dem Jubel des Volkes. Das hört sich an wie ein ins Melodramatische und zugleich ins Politische gewendeter Figaro. Unter der Revolution sollte diese Oper großen Erfolg haben, allerdings mit einem leicht weiterentwickelten Schluss. In der Krönungszeremonie verkündet Tarare die Errichtung einer konstitutionellen Monarchie, gewiss auch das politische Ideal von Beaumarchais, eine Herrschaft der Tugend in einer Gesellschaft, deren wahre Bürger die Gatten und die Väter seien. Die Grenzen des Stückes erkannte schon Freund Gudin: hier seien zu viele Ideen in Szene gesetzt und zu wenig glaubhafte Charaktere in einer klaren Handlung. Außerdem sei die Verskunst von Beaumarchais leider sehr begrenzt.

In *Tarare* werden in der Tat politische Ideen vertreten; auf diesem Umweg nahm Beaumarchais Partei für eine starke Regierung: Ein großes Land braucht eine kräftige Hand, jeder Staat braucht einen obersten Herrn, ob der aber König oder Konsul heiße, sei gleichgültig, entscheidend sei, dass er sich an die Gesetze und eine Verfassung halte.

Es wird auch ein sehr konkretes politisches Problem in dieser Oper thematisiert: die Befreiung der Sklaven. Man erinnert sich, dass Beaumarchais 1764 in Spanien keinerlei Skrupel hatte, sich um den Einstieg in den Sklavenhandel zu bemühen (wenn auch im Auftrag von Pâris-Duverney). Zu seinen eigenen Domestiken gehörte im Jahr 1766 der schwarze Diener Ambroise Lucas, den man ihm eines Tages auf offener Straße gleichsam entführte. Es hatte sich nämlich herausgestellt, dass er seinem vorigen Herrn weggelaufen war. Das wollte wiederum Beaumarchais nicht hinnehmen, der sich in Briefen und Taten sehr zornig für seinen Diener einsetzte. Der Betroffene selbst wollte bei ihm bleiben, denn nur dort fühlte er sich gut behandelt. Beaumarchais schrieb an den zuständigen Minister für die Kolonialverwaltung durchaus kritisch: »Leider hat unsere

Religion sublime Prinzipien, die sehr gut zur Politik in unseren Kolonien passen.« Ambroise Lucas konnte er aber trotzdem nicht zurückbekommen, so stellte er einen neuen Diener ein, aber keinen schwarzen.

Beaumarchais war für die Emanzipation der Sklaven, aber unter bestimmten Bedingungen; er war nie radikal in seinen Positionen. Er würde niemals sagen, Schwarze seien weniger wert, er wollte nur, dass sie Möglichkeiten zu Ausbildung und Qualifikation erhielten, um selbstständig existieren zu können. Denn sonst wäre ihre Freiheit nutzlos. In diesem Sinne auch schrieb er *Tarare*, aber mit dieser Position waren beide Seiten unzufrieden, die Anhänger einer bedingungslosen Emanzipation wie die Verteidiger und Profiteure der alten Unterdrückung.

Als Komponisten für *Tarare* wollte Beaumarchais einen der größten seiner Epoche: Christoph Willibald Gluck. Beaumarchais kannte und schätzte Gluck, dessen Werk seit etwa 1770 die Pariser Opernfreunde in zwei heftig streitende Lager gespalten hatte, nämlich in Anhänger der traditionellen italienischen Oper und in Befürworter von Versuchen, Opern in französischer Sprache und mit stärkerem Zeitbezug aufzuführen. Mit Hilfe von Gluck wollte Beaumarchais eine neuartige Oper in französischer Sprache schaffen, ein wahres Gesamtkunstwerk, in dem alle Sparten gleichberechtigt wären, was aber die Eifersüchtelei der Musiker gegen die Sänger und der Sänger gegen die Tänzer und beider gegen das Orchester unmöglich machte, denn jeder wollte dominieren. Gluck fühlte sich zu alt für das große Projekt *Tarare*, das er aber billigte, und so empfahl er seinen besten Schüler, Antonio Salieri in Wien. Salieri wurde von Beaumarchais als sein Gast nach Paris eingeladen und machte sich sogleich an die Arbeit.

1787 war die Partitur geschrieben, die sich den Absichten des Librettisten unterordnete, Beaumarchais konnte die übliche Werbekampagne beginnen: Lesungen und kurze musikalische Darbietungen in den Salons. Die Inszenierung war sehr aufwändig und äußerst kostspielig, allein die Ausstattung verschlang 100 000 Livres. Kurz vor der Premiere wollte Beaumarchais des Stück absetzen lassen, weil er wieder einmal in einen Prozess mit einer üblen Verleumdungskampagne gegen ihn verstrickt war, aber die Opernleitung bestand darauf das Stück zu spielen, man hatte schon zu viel Geld und Arbeit investiert.

Die Premiere am 8. Juni 1787 wurde ein Achtungserfolg, aber kein Triumph. Salieri wurde gefeiert, Beaumarchais, noch immer verärgert wegen der neuen Affäre, zeigte sich nicht nach der Vorstellung. Kurze Zeit später schrieb Lorenzo Da Ponte auf Bitten von Salieri eine italienische Textfassung von *Tarare*, deren Titel(held) nun *Axur, Rè d'Ormus* genannt wurde. Dieses Werk war in Wien sehr erfolgreich, und auch hierbei wirkte Kaiser Joseph II. als Förderer. Innerhalb von zwei Jahren waren in der Donaumetropole drei Opern nach Bühnenstücken von Beaumarchais aufgeführt worden. Der Ring von Maria-Theresia hatte sich doch als Glücksbringer erwiesen, auch wenn der Beschenkte es wohl nie erfahren und genossen hat.

Für die Pariser Oper hatte sich der große Aufwand durchaus gelohnt, das Stück hielt sich lange auf dem Spielplan, ja es erwies sich im Wortsinn als Zeitstück, vor allem mit dem neuen Schluss. Es konnte als Parabel auf die rasch wechselnden Zeitumstände der französischen Politik bis zur Revolution 1830 oft gespielt werden, einer Epoche voller Unruhe und Umbrüche, Umstürze und Regimewechsel. Im Leben und Schaffen von Beaumarchais ist es aber nur eine Episode, die ein Licht wirft auf seine Arbeit als Autor, auf seine ästhetischen Ideen und auf den musikalischen Urgrund seines Schreibens.

In diesem Operntext formulierte Beaumarchais die Quintessenz seines Lebens. In der abschließenden Krönungsszene von *Tarare* lässt er die Geister der Natur und des Feuers singen:

> Mensch! Deine Größe auf Erden
> Verdankt sich nicht deinem Rang,
> Sie liegt einzig in deinem Charakter.

Das hört sich auch im Französischen holprig an, trotz des Reims von *terre* (Erde) und *caractère* (Charakter). Die Maxime hatte der Autor vorgelebt und durch seinen *Figaro* illustriert.

Beaumarchais war nun Mitte fünfzig. War er alt? Er konnte sich am andauernden Erfolg des *Figaro* laben. Der König hatte ihm eine hohe Entschädigung für die Tage im Gefängnis gezahlt. Die Handelsgeschäfte liefen nicht schlecht, auch wenn immer noch die Zahlung der amerikanischen Schulden ausstand. Beaumarchais war wohlhabend, arriviert, hatte nichts mehr zu erreichen. Er war so reich, dass er dem Minister Choiseul einen hohen Kredit gewähren konnte. Sein Amt als Sekretär des Königs verkaufte er an Théveneau de Francy, seinen Kompagnon im Amerikahandel, der aber schon ein Jahr später starb. In den Augen der anderen war Beaumarchais längst ein Teil des Regimes geworden, in dem er ja allen Widernissen zum Trotz reüssiert hatte.

Zwischen dem Februar 1775 und dem Sommer 1785 lagen seine besten Jahre. In dem Erfolg von *Figaros Hochzeit* gipfelte seine Hoch-Zeit, und er konnte endlich Hochzeit halten mit Marie-Thérèse. Am 26. Februar 1786 heiratete er in der Kirche Saint-Paul seine langjährige Lebensgefährtin Marie-Thérèse, Mutter seiner Tochter Eugénie, die schon neun Jahre alt war. Er ließ es alle Welt wissen, denn er brachte einen Brief an seine Frau in die Öffentlichkeit, in dem er ihr die schönsten Komplimente machte. Und begann ein Jahr später eine neue Liaison, mit einer gewissen Ninon aus Aix-en-Provence, die ihm schon seit Jahren Briefe geschickt hatte. Dass diese Ninon für ihn einmal Schicksal spielen sollte, ahnte er nicht.

Von Revolution konnte im Leben des arrivierten Herrn de Beaumarchais keine Rede sein, höchstens von der technischen Revolution. Er hatte großes Interesse für den technischen Fortschritt, zum Beispiel die Luftschifffahrt. Er hatte den Versuchen der Brüder Montgolfier beigewohnt, die seit 1782 mit Heißluftballons experimentierten, und er verfasste daraufhin Denkschriften über die Möglichkeit einer regelmäßigen Luftschifffahrt mit so genannten *Aerambules*, vorausgesetzt man könne das technische Problem des Lenkens lösen. Zu den Themen, über die er sich schriftlich äußerte, gehörten auch der Bau eines Kanals zwischen Atlantik und Pazifik quer durch Nicaragua, die Reform des Finanzwesens, dessen irreparable Mängel schließlich die Revolution auslösten, der Anbau von Rhabarber, das staatliche Lotteriewesen. Und natürlich ließ er nie außer Acht, welche Geschäfte dabei zu machen wären. So beteiligte sich der mit allen Wassern Gewaschene an der Wasserversorgung der Stadt Paris, kein schlechtes Geschäft und nicht ohne öffentlichen Nutzen, doch auch hier fand er einen Feind und Verleumder, dieses eine Mal einen Gegner von Format: Honoré Gabriel Riqueti, Graf Mirabeau.

Mirabeau wird stets als leidenschaftlich, intelligent und korrupt geschildert, was sicher zutrifft, überdies war er von beeindruckender Hässlichkeit. Vor allem war er ein begabter Schuldenmacher. Er kam über die Rebellion gegen seine Familie zum Widerstand gegen die Adelsprivilegien, wurde schließlich ein Verbündeter, dann sogar der Wortführer des aufbegehrenden Bürgertums. Sein streitbarer Vater hatte ihn zur Militärlaufbahn gezwungen. Der Soldat wider Willen kam etwas zu oft ins Gefängnis, wegen unbezahlter Schulden, aber auch wegen der Entführung einer reizenden jungen Frau. Solche Skandale hinderten nicht, dass man ihn 1786 zum Botschafter in Preußen ernannte, wo er eine amüsante Analyse des Hoflebens in Berlin und Potsdam schrieb. Unter der Hand zirkulierten eine Schrift von ihm gegen die willkürlichen Bannbriefe des Königs sowie erotische Novellen.

Genießbares Trinkwasser musste man in Paris um 1780 literweise kaufen. Tausende von Wasserträgern versorgten die mehr als 500 000 Einwohner der Hauptstadt. In London war man schon weiter, dort existierten Wasserleitungen zu den einzelnen Häusern. 1777 erhielten die Brüder Perrier eine königliche Lizenz zum Verlegen von Wasserleitungen in Paris. An den beiden Enden der Stadt installierten sie eine neue Erfindung: Das Wasser der Seine wurde durch eine Dampfmaschine auf einen Wasserturm gepumpt, dort gefiltert und dann in Wasserleitungen geführt, die es zu den Häusern brachten.

Doch hatte diese Investition die Finanzkraft der Brüder Perrier überfordert, sie brauchten einen Kompagnon. Beaumarchais stieg 1781 in das Wassergeschäft ein, zunächst als Teilhaber der neuen *Compagnie des Eaux de Paris*. Aus dem Forstgeschäft bei Chinon stieg er dafür aus, es hatte nie sehr viel abgeworfen. Schon 1782 wurde er Hauptaktionär bei Perrier, schließlich Geschäftsführer der Wassergesellschaft. Auf Vorschlag von Beaumarchais wurde eine Aktiengesellschaft gegründet, die sich schnell als erfolgreich erwies, auch weil er Denkschriften in Umlauf brachte, die dieses großartige Projekt anpriesen und den Aktien Auftrieb gaben. Aber da trat 1785 ein Opponent auf, der ihn und seine Pläne heftig attackierte, der siebzehn Jahre jüngere Graf Mirabeau. Diese Gegnerschaft hatte eine kleine Vorgeschichte.

Im Jahr 1784 hatte Mirabeau den schreibenden Kollegen Beaumarchais aufgesucht und um eine Anleihe von 12 000 Livres gebeten, damit er in Kehl ein Buch in Druck geben könne, das der Zensur missliebig sei. Beaumarchais hatte dies abgelehnt und mit ehrlichem Lachen gesagt: »Mein Lieber, spätestens an dem Tag, an dem ich das Geld zurückfordere, würde unsere Freundschaft zerbrechen. Dann soll dies lieber gleich geschehen, so spare ich noch 12 000 Livres dabei.«

Geld war auch das Motiv für das Engagement von Mirabeau. Die Aktien der Firma Perrier waren zu stark gestiegen; einige Bankiers, die auf Baisse spekuliert hatten, schickten Mirabeau vor, den sie dafür bezahlten, dass er in einer Streitschrift den Standpunkt vertrat, die Wasserversorgung müsse ein öffentlicher Dienst sein und dürfe nicht in den Händen von Privatleuten liegen.

Beaumarchais antwortete mit Spott. »Ach, wie waren solche Pamphlete doch noch bitter, als man sie Philippika nannte; vielleicht wird ein Scherzbold sie nun bald hübsch umbenennen in Mirabellen, da sie ja vom Grafen Mirabeau stammen, *qui mirabilia fecit*. ... Aber weshalb tritt er für Interessen ein, die nicht einmal die seinen sind?« Für die Person seines Gegners, vor allem für dessen literarisches Können, empfinde er trotz allem großen Respekt. »Wir haben seine Ideen bekämpft und gleichwohl seinen Stil bewundert.«

Mirabeaus Replik war nicht so fein, er brüllte auf wie ein verwundeter Löwe; insbesondere missfiel ihm der Kalauer mit den Mirabellen. Und natürlich ging es bei Mirabeau wie bei allen Gegnern von Beaumarchais: er griff ihn persönlich an. Welche Kompetenz hat denn dieser Herr? (Gewiss mehr als Mirabeau.) Ist nicht alles, was er anfasst, mit Unwahrheit behaftet? (Mirabeau muss keinen Spiegel im Haus gehabt haben.) Ich will ja nur der Gerechtigkeit und der Vernunft dienen, sagte Mirabeau. (Der Autor des *Figaro* etwa nicht?) Er solle sich lieber in Vergessenheit bringen. (Um die Bühne für Mirabeau zu räumen?) Ein Streit mit ihm sei ohnehin nicht ehrenhaft (sagte der gekaufte Advokat). Und er zählte dessen Untaten auf: Beaumarchais habe schlechte Gewehre und verdorbene Lebensmittel nach Amerika verkauft, eine monströse Ausgabe der Werke von Voltaire veranlasst usw.

Seltsamerweise gab Beaumarchais darauf keine Antwort, das war neu und wurde allgemein als Niederlage empfunden, als eine Art Abdankung. Aber er war nicht geschlagen, er hielt sich nur zurück, weil ihn seine Kompagnons gebeten hatten, den Streit nicht öffentlich zu führen, das schade den Geschäften.

Ohnehin kam jetzt bald die Zeit von Mirabeau, die Zeit für Politiker neuen Typs, käufliche Subjekte, die voller Energie und Geist waren, Redner, die sich in jeder Weise und nach jeder Seite glänzend zu verkaufen verstehen. Und die im Schreiben wie im Privatleben in Obszönitäten schwelgen, mit denen sie sich von ihrer öffentlichen Tugendrhetorik erholen. Mit so einem müsste sich Beaumarchais doch eigentlich verstanden haben? Hat er auch, aber erst später, 1790, schon unter der Revolution, da gab es kein Problem mehr zwischen ihnen, sie machten sogar gemeinsame Immobiliengeschäfte, denn was immer seine Feinde ihm auch Böses nachsagen mochten, eines war Beaumarchais nicht: nachtragend. Leider aber hatte Mirabeau mit seinem Angriff dem Unflat eine Gosse geöffnet. Denn nun kam noch eine unangenehme Affäre hinzu, vielleicht die widerlichste von allen. Eine mit gefährlichen Folgewirkungen, weil sie Beaumarchais' Ruf bis in die Revolutionszeit hinein beflecken sollte.

Wieder einmal hatte er es mit einem Elsässer zu tun, einem Bankier namens Guillaume Kornmann, in dessen Privatleben er sich eingemischt hatte, ähnlich wie einst im Fall des Herzogs von Chaulnes. Kornmann hatte eine fünfzehnjährige Schweizerin geheiratet, eine Waise, die eine Mitgift von 360 000 Livres in die Ehe einbrachte. Mit seiner Duldung unterhielt sie ein Verhältnis mit dem königlichen Repräsentanten in Straßburg, solange ihm das politische und geschäftliche Vorteile brachte. Als der Geliebte seiner Frau abberufen wurde und Kornmann in finanzielle Schwierigkeiten geriet, wollte er die Mitgift seiner Frau ausbezahlt bekommen. Sie verweigerte dies aber und beantragte nach Schweizer Recht die Scheidung. Um sie gefügig zu machen, ließ er sie, obwohl sie schwanger war, im Jahr 1781 mit einem Bannbrief internieren wegen Ehebruchs (der war nicht zu bestreiten, doch er hatte ihn ja geduldet). Frau Kornmann wurde in eine Anstalt für Geisteskranke und Prostituierte gesperrt. Der in solchen Fällen immer zu Einmischung und Hilfe bereite Beaumarchais hatte davon erfahren und sich bei adligen Freunden, dem Prinzen und der Prinzessin von Nassau-Siegen, für die Freilassung der Frau eingesetzt. Frau Kornmann wurde bald darauf in ein Klosterhospital gebracht, in dem sie sicher war und ihr Kind zur Welt bringen konnte.

1782 inspizierte Beaumarchais auf Bitten des Kardinals von Rohan ein königliches Krankenhaus in Paris, für dessen Finanzverwaltung jener Kornmann verantwortlich war. Beaumarchais entdeckte Unregelmäßigkeiten und Unterschlagungen und verlangte Restitutionen, die aber letztlich zum Bankrott des Krankenhauses führten.

Kornmann versuchte noch über einige Jahre, durch Prozesse an die Mitgift seiner verstoßenen Frau zu kommen. Einige Zeit zog sich das Verfahren hin, da traf Kornmann auf den Anwalt Nicolas Bergasse, der neuen Schwung in sein Verfahren brachte. Bergasse schlug vor, Beaumarchais anzugreifen. Streit mit Beaumarchais stieß immer auf großes Echo und war somit auch ein einfaches Mittel bekannt zu werden. Im Namen von Kornmann verfasste Bergasse eine Streitschrift, in der alle jemals gegen Beaumarchais erhobenen Vorwürfe aufgefahren wurden, von den Giftmorden bis zur Bereicherung am amerikanischen Freiheitskrieg, vom Ehebruch (mit Frau Kornmann!) bis zur Urkundenfälschung, wohingegen der Bankier Kornmann als Ausbund bürgerlicher Tugend dargestellt wurde. Beaumarchais erschien geradezu als Verkörperung aller negativen Züge des Ancien Régime, als Haupt einer »infamen Clique«, zu der auch Kardinal de Rohan gezählt wurde mit seiner üblen Rolle in der Halsbandaffäre (derentwegen der Kardinal in jenem Februar 1787 in Ungnade gefallen und des Landes verwiesen worden war, sich also nicht wehren konnte).

Beaumarchais fühlte sich durch dieses Vorgehen und den Inhalt der Streitschriften so angewidert, dass er seine Oper *Tarare* zurückziehen wollte. »Sie haben den ganzen schreibenden Pöbel und alle Pariser Hungerleider gegen mich aufgehetzt!«, schrieb Beaumarchais in einem Brief. Der Konflikt zog sich in die Länge, bis 1789 erschienen mehr als 400 Pamphlete für und gegen ihn, er selbst verfasste drei Streitschriften. Auf der Straße wurde Beaumarchais belästigt und bedroht; es war auch schon ein Angriff auf die alte Ordnung, als deren Vertreter der Autor des *Figaro* plötzlich erschien.

Am 2. April 1789 entlastete das Pariser Gericht Beaumarchais vom Vorwurf der Komplizenschaft beim Ehebruch und verurteilte die Schriften seiner Gegner als falsch und beleidigend. Dieses eine Mal hatte er vor einem Gericht sofort und eindeutig Recht bekommen. Aber die Stimmung in Paris war nun gegen Beaumarchais. Er habe sich wieder ein günstiges Urteil erkauft, hieß es, ein gefährlicher Vorwurf am Vorabend der Revolution, der auch nach 1789 immer wieder gegen ihn erhoben wurde.

Der kleine Nicolas Bergasse, der sich auf Kosten eines Großen einen Namen machen wollte, hatte ihm bei der Verhandlung zugerufen: »Beaumarchais, du stinkst nach Verbrechen!« Das war schon die ehr- und halsabschneiderische Tugendrhetorik der Revolution, die eben auch niedere Instinkte entfesselte und zweifelhafte Gestalten in Machtpositionen brachte.

Dass er nach 1789 stark gefährdet war, verdankte Beaumarchais auch Individuen wie Bergasse und Kornmann, die auf Rache sannen. Aber wer war Bergasse? Ein Kritiker ohne Format, ein Vernichter, der nicht einmal ungewollt Gutes bewirkt hat; als Abgeordneter versagte er nach 1789 kläglich, stimmte nicht für die Allgemeine Erklärung der Menschenrechte, wurde wiederholt als Verleumder bestraft, einer jener Menschen, die nur in Hass und Hässlichkeit existieren können und die einen wünschen lassen, es möge doch so etwas wie das Fegefeuer existieren.

Im Übrigen zeigt diese unangenehme Angelegenheit Kornmann, dass beim Ausbruch der Revolution der *Figaro* überhaupt keine Rolle gespielt hat, dass sein Verfasser in der Defensive war und alle Mühe hatte, seine Haut zu retten.

Wie ärgerlich, dass wir immer wieder in so verwinkelte Details einsteigen müssen, in die letzten Ecken menschlicher Niedrigkeit, in kleinliche Betrachtungen über echte oder falsche Papiere, begründete oder unbegründete Anschuldigungen; wie gern hätten wir das große Leben eines großen Helden verfolgt mit großen Liebschaften, großen Kämpfen, und wenn schon mit Niederlagen, dann wenigstens mit großen Tragödien; aber es geht hier nicht anders, wir müssen immer wieder auf burleske, lächerliche, schäbige Details und grotesk verwinkelte Affären eingehen, eine Abfolge von viel zu vielen komisch überdrehten Situationen. War es nur Künstlerpech oder doch ein Reflex dieser Persönlichkeit, an deren schönem Erscheinungsbild immerzu gekratzt werden muss? War es nicht eine wunderbar passende Selbstdarstellung, wenn Beaumarchais wiederholt verletzt und verpflastert auftrat? Hätte man ihn nicht so malen müssen? Ja, allerdings immer mit einem Lied auf den Lippen, in dem er selbst über diesen Menschen lacht, diesen Falstaff wider Willen, sein öffentliches Double.

Nach 1787 erschienen unablässig Schmähschriften gegen Beaumarchais, sie wurden fast ein literarisches Genre. Beaumarchais selbst war der Kämpfe müde. In einer Streitschrift gegen Kornmann schrieb er: »Ich muss mich ausruhen; aber nicht in der Untätigkeit, das ist nicht meine Art, sondern indem ich mich mit etwas anderem befasse. So ist mein Leben.«

Abwechslung in der Arbeit ist Erholung, das war sein Stil!

Beaumarchais bestellte sein Haus – im wörtlichen Sinne. Mit sicherem Instinkt wählte er einen Ort, der für neuen Verdruss sorgen musste. Am 26. Juni 1787 erwarb er von der Stadt Paris für 204 000 Livres einen Bauplatz von 7 500 Quadratmetern. Er lag am unteren Ende des seit 1670 so genannten Boulevard de la Porte Saint-Antoine, einen Steinwurf entfernt von der Bastille. So konnte es nicht sein Sanssouci werden.

Von 1789 her erscheint diese Wahl als unfreiwilliger und etwas makabrer Scherz; es war aber schlicht Spekulation. Beaumarchais hatte erfahren, dass es Pläne gab, die Bastille abzureißen – als reine Baumaßnahme.

Schon 1784 hatte der Architekt Corbet einen Plan zur Umgestaltung dieses Viertels im Pariser Osten entworfen. Er wollte die kaum noch als Gefängnis genutzte Bastille durch »einen öffentlichen Platz zum Ruhme von Ludwig XVI.« ersetzen. In der Mitte eines kreisrunden Platzes sollte eine Reiterstatue des Königs errichtet werden, es waren auch mehrere Springbrunnen und kleine Baumgruppen sowie eine neue Kirche vorgesehen, etwa da, wo heute die Bastille-Oper steht.

Beaumarchais wusste also, dass die Grundstückspreise in der Umgebung steigen würden. Er selbst ließ Pläne entwerfen zur Errichtung einer Seine-Brücke am Arsenal, um zur Aufwertung des Viertels beizutragen.

1788 las man in der Zeitschrift *Le Courrier de l'Europe*: »Es geht das Gerücht um, Herr Beaumarchais lasse sich ein Pantheon bauen.« Aber nein, es war nur ein Hôtel, doch kein bescheidenes. Diskretion war nicht seine Sache. Und da es eine Unternehmung von Beaumarchais war, wurde es gleich ein Reformwerk, das Muster einer Stadtvilla mit einem musterhaften Garten im englischen Stil, der fast ein Park war. Vielleicht wirkte da noch eine ferne Erinnerung an den prächtigen Landsitz von Pâris-Duverney.

Das Haus wurde, nach Vorgaben des Bauherrn und nach Plänen des Architekten Paul-Guillaume Lemoine, ein bürgerlicher Palast. Am Ende der über zweijährigen Bauzeit, bei der es keine Sonntagsruhe gab, beliefen sich die gesamten Kosten auf 1 663 000 Francs. Das Grundstück erstreckte sich etwa auf der Fläche der heutigen Gebäude Nummer 2 bis 20 am Boulevard Beaumarchais. Nicht nur die Größe von Haus und Garten beeindruckten, sondern auch die schiere Zahl von zweihundert Fenstern. Lag es daran, dass er sein bewusstes Leben zwischen den Glaswänden in der Rue Saint-Denis begonnen hatte? Jedenfalls war das Haus mit seinen drei Etagen weiträumig genug, um allen Mitgliedern der Großfamilie eigene Zimmer zu bieten und somit völlige persönliche Freiheit zu gestatten. Denn die war Beaumarchais heilig.

Den Park gestaltete der Gartenarchitekt François-Joseph Béranger und versah ihn mit englischem Rasen, vielen Brunnen und einem kleinen Wasserfall, einer chinesischen Brücke über einen Teich, einem Tempel für Bacchus mit Sprüchen in Küchenlatein, einer Büste für Pâris-Duverney und einem Tempel für Voltaire, einer Grotte und einem unterirdischen Gang, der zu einer kleinen Seitenstraße führte.

Im Gebäude gab es einen großen Billardraum mit einem Tisch

aus Acajou-Holz: Beaumarchais galt als ausgezeichneter Billardspieler. Die Möbel waren hochwertige Stücke, allein sein Schreibtisch kostete 30 000 Francs.

Das Haus entwickelte sich zu einer Attraktion für Neugierige aus aller Welt. Einem schwedischen Besucher schrieb Beaumarchais ein paar Verse ins Poesiealbum, die eine ungewöhnliche Melancholie zeigten, eine Stimmung von Rückblick und linder Trauer.

Leben ade, du schneller Traum,
Der jeden Morgen zerplatzt.
Ade männertötender Rausch
Der Liebe und ihrer Feste.
Wer immer der Blinde sein mag,
Der die Welt führt, diese kindische Alte,
Zufall, Vorsehung, Schicksal.
Müde von meinem ständigen Anrennen
Gegen alles Ungewisse,
So ernüchtert wie Candide
Und toleranter als der Zensor Marin
Ist dieses Asylum mein Zufluchtshafen.
In Frieden bestell ich hier meinen Garten.

Von Frieden konnte in der nächsten Zeit überhaupt keine Rede sein, und bis er in dem Haus seine philosophische Ruhe fand, sollte allerhand passieren.

Noch bevor der Bau vollendet war, gab Beaumarchais Anfang 1789 ein großes Fest mit Musik, zu dem er Eintrittskarten drucken und verkaufen ließ. Sein Haus wurde zur allgemeinen Attraktion, denn der Zulauf war beträchtlich. Der Hausherr konnte nicht ahnen, dass dergleichen ganz ohne Fest und Einladung noch einmal stattfinden sollte.

Nicht alle in dem sehr volkstümlichen Viertel freuten sich über den neuen Nachbarn. Nachts schlichen finstere Gestalten um den Bauplatz und richteten Beschädigungen an. Beaumarchais teilte es der Polizei mit, tat zugleich aber alles, um sich bei den anderen Bewohnern in seiner Nachbarschaft beliebt zu machen, er spendete großzügig, er engagierte sich in der Kommunalpolitik und ließ sich im März 1789 zum Vorsitzenden seines Stadtviertels, des Distriktes Saint-Martin, wählen.

Am 28. April 1789 brannten neben dem Bauplatz ein Haus und eine kleine Fabrik. Ein Menetekel?

Am 14. Juli 1789 leitete Beaumarchais in seiner Eigenschaft als Vorsitzender des Stadtbezirks eine Sitzung im Hôtel de Hollande, in dem er noch wohnte, solange sein neues Haus nicht bezugsfertig war. In der Ferne hörte man plötzlich großen Lärm. Ein Mann kam hereingestürmt und rief Beaumarchais zu: »2 000 Leute rücken an und wollen Ihr neues Haus im Faubourg Saint-Antoine plündern!« Alle standen auf, redeten entsetzt durcheinander. Nur Beaumarchais blieb ruhig. Er antwortete, eine Szene wiederholend, die er schon einmal gespielt hatte: »Daran können wir nichts ändern, meine Herren, das ist nur ein Unglück für mich, kümmern wir uns hier lieber um das öffentliche Wohl.« Und er bat alle, wieder Platz zu nehmen.

Man hatte es aber nicht auf sein Haus abgesehen, sondern auf das große Bauwerk in der Nachbarschaft, die Bastille. Die große Revolution begann am Wohnsitz von Figaros Autor. Am Abend jenes historischen 14. Juli rettete Beaumarchais übrigens durch sein Eingreifen einem Wachmann der Bastille das Leben. Blinde Gewalt und Rache waren nicht sein Stil.

Beaumarchais bemühte sich am 16. Juli bei der Pariser Stadtverwaltung erfolgreich darum, mit der Aufsicht über den Abriss der Bastille betraut zu werden. So konnte er zugleich etwas für den Schutz seines eigenen Hauses tun. Er rückte zunächst mit einer Wache von zwölf Mann und vierzehn anderen Bürgern an und durchsuchte das verwüstete Gefängnis. Er rettete einige Papiere, die einmal besonders wertvolle Dokumente für Historiker sein würden, wie er sagte, aber Wochen später sollte man ihm diese Aktion als konterrevolutionär ankreiden.

In den Tagen nach dem 16. Juli beaufsichtigte er bis zu 800 Arbeiter, die für einen Sold von 45 Sous pro Tag die Bastille Stein für Stein abtrugen. Viele der mächtigen Steinblöcke dienten beim Bau der Brücke, die heute Pont de la Concorde heißt. Ein Gehilfe von

Beaumarchais, der Bürger Palloy, ließ viele kleine Modelle der Bastille anfertigen und ins ganze Land verschicken, damit man in jedem Departement an die alte Schreckensherrschaft erinnern konnte. Nach dem vollständigen Abriss wurde ein runder Platz angelegt, nicht zum Ruhme von Ludwig XVI., aber doch auch in indirekter Erinnerung an ihn. Der Name Bastille blieb ein Fixpunkt in der Pariser Stadtlandschaft und ihren versteinerten Wogen der Geschichte.

Beaumarchais' Feinde gaben während der Revolution erst recht keine Ruhe. Sie wollten sein Haus plündern lassen. Zunächst erkaufte er sich einen gewissen Schutz: er spendete großzügig, er sorgte für eine Gehaltserhöhung der Nationalwachen. Die nächste Zeit wurde sehr teuer für ihn. Im Juli 1789 gab er dem Distrikt Blancs-Manteaux eine Spende von 12 000 Livres für die besonders Bedürftigen. Noch im August spendete er seinem eigenen Bezirk 12 000 Livres. Im April 1790 gab er für wohltätige Aktionen zugunsten von Müttern in Lyon 6 000 Livres. Der Autor des *Figaro* stiftete auch jährlich 1 200 Livres für einen ganz besonderen Zweck: An jedem 14. Juli sollte ein ausgewähltes Liebespaar aus dem Volk getraut werden, das diese Prämie erhielt. Für das große Fest der Föderation am 14. Juli 1790, zum ersten Jahrestag des Sturms auf die Bastille, brachte er auf seine Kosten 800 Delegierte aus der Provinz in seinem noch nicht ganz fertiggestellten neuen Haus unter (man ahnt, wie groß es war). Im Jahre 1790 erhielt Beaumarchais pro Monat 120 Anfragen mit Bitten um Unterstützung, von einzelnen Personen wie von Institutionen. In den ersten achtzehn Monaten der Revolution gab er mehr als 100 000 Livres für Wohltätigkeitszwecke aus.

Dennoch gab es Denunzianten, die dafür sorgten, dass man ihn im September 1789 von jeder politischen Vertretung in der Stadt Paris ausschloss. Andere Kommissare weigerten sich, neben ihm zu sitzen. Vierzehn Tage lang, also ganze 20 160 Minuten, ließ man ihn warten, ehe man ihm eine Chance gab sich zu rechtfertigen. Er schrieb am 2. September ein Ersuchen an die *Commune de Paris*. Darin heißt es: das liebliche Athen habe sich in ein wildes Sparta verwandelt. Und er mahnte die neuen politischen Herren: »Vergesst nie, dass Ihr die Bastille zerstört habt, um gesetzmäßige Urteile an die Stelle von willkürlichen Racheakten zu setzen.«

Er zählte seine Lebensleistungen auf, erwähnte seine vielen Prozesse als Beweis dafür, dass auch er unter dem alten Regime gelitten hatte. Er gab politische Deutungen seiner Stücke *Figaros Hochzeit* und *Tarare* und stellte sie als Angriffe auf die alte Ordnung dar. Er verwies auf seinen Einsatz für die Rechte der Protestanten und für die Freiheit von Amerika.

Schon wieder musste er – nun um sein Leben zu retten – sich erklären, von sich reden, sich deuten; sein Bild in der Öffentlichkeit und sein Ansehen waren auch jetzt eine hoch politische Angelegenheit. Beaumarchais war eine zentrale symbolische Figur im gesellschaftlichen Leben und auf der politischen Bühne seiner Zeit, vor wie nach 1789.

In dieser Schrift wagte er es, den König (wegen seiner Amerikapolitik) zu loben und dabei zugleich die Idee einer Monarchie auf der Grundlage von Gesetzen zu propagieren. »Allein der König bewies Mut, und ich arbeitete zu seinem Ruhm, indem ich ihm die Unterstützung eines stolzen Volkes verschaffte, das darauf brannte, frei zu sein. Denn ich stand tief in der Schuld dieses guten Königs, der es nicht verschmäht hatte, ein Versprechen seines verstorbenen Vorgängers einzulösen, der vor seinem Tod zugesagt hatte, mir die bürgerlichen Ehrenrechte zurückzugeben, die mir ein feiges Gericht durch ein ungerechtes Urteil genommen hatte. Ja, jener König Ludwig XVI., der dem gepeinigten Amerika seine Freiheit gab, der auch Euch Franzosen die Eure zurückgeben wird, der hat mich wieder in meine Rechte eingesetzt. Dafür soll er in Jahrhunderten gesegnet sein!« Auch dem König gegenüber erwies sich Beaumarchais als keineswegs nachtragend.

Die Schrift bewirkte, dass man ihn vor der Commune eine Stunde lang reden ließ. Durch persönliches Auftreten überzeugen konnte er immer noch. Er durfte wieder an den Sitzungen teilnehmen.

Auch während der Revolution bewahrte Beaumarchais seine Unabhängigkeit, schloss er sich keiner Clique an, aber beides war gefährlich. Dieser immer ans Geschäft denkende Mensch muss doch einen Sinn für das Gemeinwohl gehabt haben, denn er stützte patriotische Aktionen. Aber was war er denn? Bürgerlicher? Adliger? Jakobiner? Für jeden etwas anderes und von allem ein bisschen?

»Ich bin ein Bürger (*citoyen*), das bedeutet, ich bin weder ein Höfling noch ein Abbé noch ein Edelmann noch ein Finanzier noch ein Günstling noch ein Vertreter dessen, was man heute die Macht nennt. Ich bin ein Bürger, also das, was ihr seit zweihundert Jahren sein solltet und was ihr vielleicht in zwanzig Jahren sein werdet.« So definierte Beaumarchais 1790 sich selbst. Und litt doch unter den neuen politischen Verhältnissen. Das zeigt ein Stoßseufzer in einem Brief an seine Frau vom 22. Juni 1790, als sie zur Kur in Saint-Amand weilte:

»Was soll nur aus uns werden, meine Liebe? Wir haben alle unsere Ämter verloren. Uns bleibt nur noch der schlichte Familienname, ohne Wappen und ohne Amtstracht! Gütiger Himmel! Welch ein Abstieg!«

Alles, was er gesellschaftlich erstrebt und erreicht hatte, war wertlos geworden in der neuen Gesellschaft. Er unterschrieb jetzt mit »Pierre-Augustin Caron, vormals Beaumarchais«. Für die neuen Politiker war er nur »ein Spekulant, der mit Hilfe seines Goldes die Justiz zum Schweigen über seine ungeheuren Verbrechen gebracht hat«. So wurde er in einem Pamphlet von 1790 bezeichnet, dem *Almanach der Aristokraten*.

Aber noch blieben ihm Hausbesitz und Vermögen; und die Fähigkeit zu schreiben. Auf die besann er sich nun.

Im Dezember 1790 erließ die Nationalversammlung ein Dekret, das den Hugenotten die französische Staatsbürgerschaft und ihr Familieneigentum zurückgab. Zu dieser Reform hatte auch Beaumarchais beigetragen, ebenso wie zum Dekret vom 13. Januar 1791, das den Bühnenautoren alle Rechte an ihren Werken garantierte. Kein Stück durfte gegen ihren Willen aufgeführt werden, doch weigerten sich die Theater, das neue Gesetz anzuerkennen und anzuwenden. Und so ging der Streit mit den Schauspielern weiter, Beaumarchais schrieb neue Petitionen, zog im Streit darüber schließlich sein neues Stück aus der Comédie Française zurück.

Die Oper nahm im August 1790 *Tarare* wieder auf, in einer Fassung mit einem neuen Schluss; Beaumarchais schickte dem neuen Bürgermeister von Paris, Jean Sylvain Bailly, ein Widmungsexemplar. Die Aufführung war auch ein finanzieller Erfolg mit Einnahmen von 6 540 Livres, ein Vielfaches von den Einkünften anderer Opern. Nie war sein Werk über Tyrannensturz und Errichtung einer konstitutionellen Monarchie so aktuell gewesen.

Die Revolution war auch eine Zeit der großen Aufmärsche, Paraden, allegorischen Feste. Die Musik spielte dabei eine zentrale Rolle. Führende Musiker betreuten einzelne Stadtdistrikte bei der Einstudierung von musikalischen Massenereignissen mit mehreren tausend Chorsängern und hunderten von Instrumentalisten, darunter so bedeutende Komponisten wie Cherubini, Méhul, Gossec oder Grétry.

Auch Beaumarchais machte in der ersten Phase der Revolution dabei mit, Sinn für öffentliche Theatralik besaß er ja. Er organisierte eine Parade zu Ehren von Voltaire und hatte großen Erfolg mit einem allegorischen Defilee, dem »Aufmarsch der neu erlassenen Gesetze«. Das unterschied sich deutlich von den kleinen Farcen und Paraden einst im Schloss Etiolles. Es war zudem sein größtes politisches Anliegen, dass Gesetz und Verfassung beachtet wurden, dass nicht die Willkür des Königs durch die Willkür der Massen und ihrer demagogischen Führer ersetzt würde. Er spürte, dass dann gerade unabhängige Menschen wie er bedroht wären.

Er versuchte sich in dieser Zeit als Theaterunternehmer und gründete im Marais ein eigenes Haus in Konkurrenz zur Comédie Française (was er aber öffentlich leugnete). Gespielt wurden dort seine verkannten Stücke *Eugénie* und *Les deux amis*. Hielt er deren Zeit für gekommen? Später gab man dort auch den *Barbier von Sevilla* und *Figaros Hochzeit*. Am 26. Februar 1792 hatte eben dort ein neues Stück Premiere: *L'autre Tartuffe ou La Mère coupable* (Der andere Tartuffe oder Die schuldige Mutter), der dritte Teil der Figaro-Trilogie. Vorarbeiten dafür reichten ins Jahr 1785 zurück.

Die Szene hatte sich verwandelt und der eigenen historischen Situation angenähert. Es war ein aktuelles Zeitstück, nicht mehr als Komödie bezeichnet, sondern als *drame*. Der *Barbier* spielte in Sevilla, *Figaro* auf Almavivas Schloss in Spanien, *Die schuldige Mutter* endlich hat ihren Schauplatz in Paris, und zwar in der Gegenwart der Revolution.

»In einer Nacht war Beaumarchais ein Dummkopf geworden; in

einer Nacht hatte er allen seinen schönen Mut, seine Klugheit, seine Gewandtheit, seine sonst unerschütterliche Festigkeit verloren.« So urteilte Ludwig Börne über den späten Beaumarchais. Und so wird dieses Stück allgemein eingeschätzt. In biografischer Sicht ist dieses Urteil ungerecht, nicht nur weil man bewundern muss, dass Beaumarchais in prekärer Lage den Mut und die Kraft fand, ein solches Werk zu schreiben, sondern weil es den End- und Höhepunkt seines ganzen Bühnenwerks darstellt, in der Kontinuität früherer Versuche steht und nicht ohne stilistischen Glanz ist.

Eigentlich ist die Figaro-Saga keine Trilogie, sondern eine Folge von drei Stücken mit demselben Personal in unterschiedlichen Situationen und Stilen, drei Varianten derselben Geschichte, drei Auffassungen von Figaro, drei theatralischen Schicksalen einer Figur. Natürlich ist es reizloser, wenn keine Lieder mehr gesungen werden, wenn die Farce vom Drama überlagert und die Handlung vom spielerisch-irrealen Spanien ins allzu konkrete Paris verlagert wird. Da war das Leben von Beaumarchais selbst allemal theatralischer als dieses Stück, das eigentlich schon zur Nachgeschichte gehört, nur eine der zahllosen Nachbearbeitungen des Figaro-Stoffes ist, wenn auch durch seinen Erfinder. Das Stück hat Züge einer unfreiwilligen Parodie und ist ziemlich humorlos. Beaumarchais selbst schrieb im Vorwort: »Ich lache nicht mehr!« Er hatte auch keinen Grund dazu.

Im Gegensatz zu allen fremden Bearbeitern, die die Gestalt des Chérubin in den Mittelpunkt stellten, hat Beaumarchais gerade diese Figur eliminiert. Chérubin ist schon lange tot, auf dem Schlachtfeld gefallen. Aber zuvor hatte er die Gräfin eines Nachts überrascht und zur Liebe verführt (oder gezwungen), während der Graf als Gesandter in Amerika weilte. Das Kind, das dieser Verbindung entspross, Léon, wird vom Grafen nur widerwillig als Sohn akzeptiert. Der Graf seinerseits zeugte in einer außerehelichen Affäre eine Tochter, Florestine, die er aber nicht anerkannt, sondern der Form halber als sein Mündel »adoptiert« hat.

Zwanzig Jahre nach diesen familiären Turbulenzen ist die gräfliche Familie samt Figaro und Suzanne aus Spanien nach Paris übergesiedelt, wo man auf die neuen politischen Gegebenheiten der Revolution Rücksicht nehmen muss. Die Kinder sind nun erwachsen, wollen einander heiraten. Aber ein rotschöpfiger Anwalt aus Irland hat sich in die Familie eingeschlichen – er heißt Bégearss (eine Verdrehung des Namens von Kornmanns Anwalt) – und spielt als neuer Tartuffe die Familienmitglieder gegeneinander aus, denn er will sich die Hand von Florestine und das Vermögen des Grafen erschleichen. Er weiß über alle Familiengeheimnisse Bescheid, beschafft sich alte Briefe und Dokumente, flüstert den Kindern ein, sie seien Geschwister. Figaro und Suzanne versuchen ihn zu bekämpfen, sie täuschen einen Streit vor, damit Suzanne das Vertrauen des neuen Tartuffe gewinnen und ihn so besser aushorchen kann. Eine erste Attacke wehrt der noch ab und steht kurz vor seinem Ziel; da gelingt es Figaro, dessen wahre Identität zu enthüllen (er ist in Irland bereits verheiratet etc.). Die beiden Kinder erfahren endlich die ganze Geschichte und können, da sie doch nicht miteinander verwandt sind, nun heiraten. Doch ein Hauch von Geschwisterinzest bleibt. Alles endet mit einer großen familiären Versöhnung, als sei diese Eintracht in stürmischen Zeiten der höchste Wert.

Die rührendsten Szenen dieses Gefühlsstückes gehören der Gräfin, die ihre Sünden bereut und dadurch auch den Grafen beeindruckt, der sie noch immer liebt. Am Ende steht eine große Aussöhnung der einstigen Liebenden von Sevilla. Beaumarchais dachte schon an eine Fortsetzung, *Die Rache von Bégearss*; sie sollte aber nie geschrieben werden.

Bégearss ist nicht nur der Bösewicht im Stück, dieser kleine rote Teufel darf den anderen einige harte psychologische Wahrheiten sagen. Überhaupt ist der Dialog, sieht man von den Rührstellen ab, wunderbar geschrieben, nicht so witzig und spritzig wie in einer Komödie, aber doch mit eleganten kurzen Sätzen und präzisen Formulierungen. Nie war die Sprache von Beaumarchais klarer, prägnanter, wendiger.

Und wenn man lange genug betont hat, dass es ein schwaches Stück ist, das nach fünfzehn Aufführungen abgesetzt, nur selten wieder aufgenommen wurde und schon im frühen 19. Jahrhundert von den Spielplänen verschwand, dann entdeckt man doch ein Rätsel, nämlich die Tatsache, dass Beaumarchais in allen Stücken vom Thema des »natürlichen Kindes« fasziniert war, aber auch von der Frage nach alter Schuld und möglicher Vergebung. »Wer ist schon ohne Schuld?«, lässt er ausgerechnet den neuen Tartuffe fragen. Man kann nicht ausschließen, dass sich auch Beaumarchais diese Frage stellte. Man kann es aber nicht beweisen. Jedoch muss man, nachdem man fast sein ganzes Leben Schritt für Schritt geschildert hat, angesichts solcher Sätze befürchten, dass einem dabei Wichtiges, ja Entscheidendes entgangen ist, dass es eine Ebene gibt, die für immer vom Schleier des Geheimnisses verhüllt bleiben wird.

Wenn man das Stück heute spielen wollte, sollte man vielleicht die ganze Figaro-Mythologie, das Figaro-Klischee vergessen. Man müsste dieses bei seiner Uraufführung sehr realistische Stück heute völlig surrealistisch spielen, als Überschneidung der (allzu) vielen Selbstgespräche, als gespenstisches Kammerstück, in dem kleinliche Politik mit Familiengeheimnissen, erlistetes Geld, erschlichene Liebe, alte Sünden und neues Verzeihen, Gier und Großzügigkeit, Intrige und Reue sich verweben und ein sehr bitteres und dennoch gutes Ende erzeugen.

Was tun? Man kann nur das Geheimnis der Sphinx lösen oder daran zugrunde gehen, wie Figaro in einer erstaunlichen Bemerkung sagen darf.

Tatsächlich hat das Stück schon die Substanz eines realistischen Romans. Beaumarchais eröffnete hier ein Spielfeld, das bald nach ihm Balzac und einige andere bearbeiten sollten. Es war ein Vorgriff auf die Literatur des 19. Jahrhunderts, in Roman und Melodrama. *Die schuldige Mutter* bewies, dass die Zeit des Komödienschreibers Beaumarchais vorbei war.

Das Stück wurde erstmals 1795 in Leipzig auf Deutsch gespielt – mit zensurbedingten Änderungen. Ein Opernplan von André Grétry wurde nicht verwirklicht; erst im 20. Jahrhundert hat das Stück wieder einen Komponisten gereizt: 1965 vertonte Darius Milhaud eine eigene Fassung von *La Mère coupable*.

•

Im März 1791 bezog die ganze Familie das endlich fertig gestellte neue Domizil. Es wurden Eintrittskarten zur Besichtigung von Haus und Garten an die neugierigen Besucher ausgegeben, die sich in Scharen einstellten.

Auch Eugénie de Beaumarchais zog in den neuen Familienwohnsitz ein. Beaumarchais, dieser Libertin, hatte seine Tochter religiös erziehen lassen im Kloster Bon-Secours, das er mit großzügigen Spenden bedacht hatte, und zwar in einer Zeit, als großer politischer Druck auf die Klöster ausgeübt wurde. Auch deshalb nahm er sie nun von der Schule. Zu Eugénies Heimkehr schrieb er ein Lied und ließ es in einer schönen Broschüre drucken. Er nannte sich darin den ersten Dichter in Paris – wenn man durch das Stadttor von Saint-Antoine hereinkommt.

Diese bei den Carons üblichen familiären Reimereien fanden große Verbreitung. Sie bewirkten auch einige Heiratsanträge für Eugénie. Unter den Bewerbern für die gute Musikerin befand sich der aus Berlin stammende Komponist Daniel Steibelt (1765 – 1823), der ihr sechs Klaviersonaten widmete. Eugénie wollte aber ihre eigene Wahl treffen.

Im Januar 1792 nahm die Comédie Française, die nicht auf die Stücke von Beaumarchais verzichten wollte, den *Figaro* wieder auf, gespickt mit aktuellen Bezügen. Aber bald wurde die Literatur von der Politik verdrängt, und in der Zeit vor der Ausrufung der Ersten Republik und dem Ausbruch des Krieges mit dem übrigen Europa begann eine besonders gefährliche Phase, auch für Beaumarchais, denn die Repression gegen politische Gegner nahm die Ausmaße einer Schreckensherrschaft an. Beaumarchais trug das seine dazu bei, dass er in die Bredouille geriet.

Im März 1792 suchte ihn der Brüsseler Buchhändler Delahaye auf, der in Holland 60 000 Gewehre gelagert hatte (genau waren es 52 345 Waffen, und zwar Musketen, Pistolen und Kavalleriegewehre). Beaumarchais, der sich ja in Fragen der Bewaffnung von Aufständischen auskannte, hatte sich schon Sorgen gemacht, dass es dem revolutionären Frankreich an Waffen fehlen könnte. Er wurde nun aufgefordert, sich um den Ankauf dieser Gewehre zu bemühen und dabei eigenes Geld vorzuschießen.

Im Mai 1791 hatte ein Habsburgisches Heer in den österreichischen Niederlanden (dem heutigen Belgien) einen Aufstand in der Provinz Brabant niedergeschlagen. Die Waffen der Rebellen wurden zunächst in verschiedenen Arsenalen gelagert und gelangten nach mehreren Zwischenverkäufen in den Besitz von Delahaye, der sie mit zwei Schiffen in den Ort Terveer auf der Insel Walcheren bringen ließ und nun nach Abnehmern suchte. Die Regierung in Wien hätte den Verkauf und Weitertransport geduldet, vorausgesetzt, die Waffen wären für den Einsatz in den Kolonien in der Neuen Welt bestimmt. Auch die holländische Regierung verlangte entsprechende Garantien; sie war im Revolutionskrieg neutral, hatte aber wenig Sympathien für die neuen Machthaber in Paris. Um die Waffen nach Frankreich zu bringen, hätte man einen Export nach Amerika vortäuschen müssen, aber mit solch verdeckten Operationen hatte Beaumarchais ja Erfahrung. Allerdings wurden die holländischen Häfen von englischen Fregatten überwacht.

Freund Gudin hatte Beaumarchais gewarnt: ein kluger Mann handelt in Revolutionszeiten weder mit Gewehren noch mit Getreide. Beaumarchais saß aber schon in der Falle. Da man ihm die Gewehre nun einmal angeboten hatte, hätte man auch seine Weigerung als unpatriotische Handlung auslegen und bestrafen können. So begann er Verhandlungen mit dem Kriegsminister de Graves, um eine staatliche Vollmacht zu erhalten. Seine Familie schickte er zur Sicherheit nach Le Havre. Er ahnte, dass es brenzlig werden würde.

Am 3. April 1792 unterzeichnete der Minister einen Vertrag mit Beaumarchais, der einen Vorschuss von 500 000 Francs (in der damals gültigen Form von Assignaten) erhielt, aber eigenes Geld hinzugeben sollte. Das Resultat war, dass er in der Nationalversammlung sogleich als Waffenhändler und Profiteur angeschwärzt wurde. Zudem behauptete Camille Desmoulins am 17. Juli wider besseres Wissen, Beaumarchais sei unter Ludwig XVI. Innenminister gewesen. Es stimmte nur, dass der König nach der Demission der gemäßigten Minister der Gironde im Juni 1791 kurz erwogen hatte, Beaumarchais zum Innenminister zu ernennen. Beaumarchais war schon in den Strudel der Ereignisse hineingezogen und sah, dass er sich politisch absichern musste. Im Juli schloss er einen neuen Vertrag mit dem nächsten Kriegsminister über den Waffenkauf (insgesamt wird er es in dieser Angelegenheit nacheinander mit vierzehn verschiedenen Ministern zu tun bekommen, von denen drei unter dem Fallbeil endeten). Inzwischen hatte sich die Kampagne gegen ihn zu der Beschuldigung verdichtet, er habe in seinem Haus 7000

Gewehre versteckt. Mit Gerüchten wurde während der Revolution Politik gemacht, manche waren schon halbe Todesurteile.

In der Folge wurde am 11. August 1792 sein Haus durchsucht. Aber das ist eine beschönigende Bezeichnung für das, was geschah: 30 000 Pariser marschierten vor seinem Haus auf und wälzten sich dann in endloser Schlange durch die Zimmer und den Garten (die Zahlenangabe stammt von Beaumarchais). Er löste wieder öffentliche Hysterie aus, aber dieses Mal wurde es gefährlich, obwohl es dem Anschein nach eher komisch war. Die ungebetenen Besucher bestaunten die erlesene Inneneinrichtung und besonders den schönen Garten, sie rührten aber nichts an, es sollte ja alles ordentlich vor sich gehen. Lediglich eine Frau brach im Garten eine Blume ab und wurde dafür von den anderen gescholten und geohrfeigt. Beaumarchais hätte es ihr gewiss verziehen, wenn er es gesehen hätte, doch er hatte es vorgezogen, sich durch den unterirdischen Gang in die Seitenstraße mit dem hübschen Namen Pas de la Mûle zu retten.

Dass sein Haus nicht geplündert wurde, verdankte er seiner Beliebtheit bei seinen Dienstboten, die die Eindringlinge beschwichtigt hatten, und den Nachbarn aus dem Viertel, gegen die er immer großzügig und freundlich gewesen war. Waffen wurden natürlich nicht gefunden, wie ein schriftliches Attest der ungebetenen Besucher bestätigte, unter das hunderte von Unterschriften gesetzt wurden.

Nach dieser sonderbaren Besichtigung, die er außer Haus abgewartet hatte, kam Beaumarchais zurück und aß ruhig zu Abend. Aber nachts kam das aufgehetzte Volk wieder, es gab Leute, die es auf ihn abgesehen hatten, die mit ihm abrechnen wollten.

Sein Diener Antoine weckte ihn. Zur Flucht blieb keine Zeit, Beaumarchais hätte aus dem Fenster in der ersten Etage springen müssen (wie Chérubin im *Figaro*), aber das wagte er doch nicht. Alle Ausgänge des Hauses waren rasch besetzt. Er versteckte sich in der Küche. Es folgte eine makabre Slapstick-Szene: Er öffnete einen großen Schrank, in dem das Porzellan aufbewahrt wurde, und stellte sich hinter die weit geöffnete Schranktür, auf seinen Stock gestützt, mit zwei geladenen Pistolen in der Tasche, hörte die durchziehenden Leute, sah den Schein ihrer Fackeln und Kerzen und wartete stumm ab.

Plötzlich tauchte Gudins Bruder, sein Kassierer, in der Uniform der Bürgerwehr auf, begleitet von einem Limonadenverkäufer, der seinen Laden gleich gegenüber hatte und Beaumarchais wohlgesonnen war. Auch er ein Verräter? Schrecksekunde. Nein, er kam als Retter! Er war herbeigeeilt, als er von der zweiten Durchsuchung gehört hatte. Seine Uniform machte Eindruck. Er konnte die Leute wieder fortschicken, die bestimmt nicht wussten, als wessen Helfershelfer sie hier eigentlich agierten.

Gleich am nächsten Tag schrieb Beaumarchais einen Brief an seine Tochter in Le Havre, in dem er diesen tollen Tag und die Nacht in allen Einzelheiten schilderte. Er schrieb, dass er sich wie Scheherazade in der tausendundzweiten Nacht gefühlt habe und dass er sein Überleben allein seiner Begabung für Komödienszenen verdanke. War das jemals anders gewesen?

»Alle entscheidenden Ereignisse meines Lebens«, heißt es abschließend in diesem Brief, »hatten einen Zug von Besonderheit, aber dieses eine übertrifft sie alle. Die schreckliche Wahrheit liefert hier nur einen unglaubwürdigen Traum; wenn es etwas gibt, das alles bestätigt, dann die Tatsache, dass man sich unmöglich vorstellen kann, jemand könne sich einen so unwahrscheinlichen Roman ausdenken.«

Sein Haus war nicht der Ruhehafen, der erhoffte philosophische Alterssitz, es war ein Haus auf einem Vulkan, wie Gudin so schön formulierte. Der Uhrmacher Caron junior hatte eben eine Art Teufelspakt mit der Zeit geschlossen. Die Zeit war sein Mephisto, von ihr kam er nicht los, schließlich hatte sie ihn ja auch nach oben gespült.

Nach den beiden Durchsuchungen herrschte nur für kurze Zeit Ruhe. Beaumarchais bemühte sich um Verhandlungen mit Außenminister Charles François Lebrun, der ihm eine offizielle Mission nach Holland erteilen sollte. Waffenlieferungen waren 1792, kurz vor Ausbruch der Revolutionskriege, ein einträgliches Geschäft, und manche Minister wollten daran mitverdienen, so auch Lebrun, der einige finstere Gesellen, ausgesprochene Verbrechergestalten und zugleich seine Komplizen, zu Beaumarchais schickte, dessen Dienste man brauchte, den man aber aus dem Geschäft heraushalten wollte. Beaumarchais bestand auf seinen Bedingungen.

Am 23. August wurde Beaumarchais in seinem Haus verhaftet und in die Abbaye gebracht, ein improvisiertes Gefängnis gleich neben der Kirche Saint-Germain-des-Prés. Für seine Festnahme hatte »der abscheuliche Jean-Paul Marat« gesorgt, dem man eine Denunziation zugespielt hatte, herausgeholt hat ihn eine Frau, berichtet Gudin, ohne weitere Details zu nennen.

In der Zelle wurde er von Lebruns Abgesandten aufgesucht, die ihm die baldige Freiheit versprachen, wenn er auf ihre Bedingungen beim Ankauf der Gewehre eingehe, aber Beaumarchais weigerte sich, im Gefängnis Verhandlungen zu führen. Gefährlicher Stolz.

In der Abbaye wurde Beaumarchais mit zehn anderen Gefangenen in eine enge Zelle gesperrt. Draußen auf der Straße schrien die berüchtigten Weiber der Revolution ihre Hasstiraden. Wer in diesem Gefängnis einsaß, galt schon als verurteilt und verloren. Der große Liebhaber wurde von entfesselten Frauen bedroht, aber es war keine Szene à la Buster Keaton. Sie hätten ihn getötet und zerrissen wie Orpheus …

Marat bemühte sich persönlich zum Richter, um die vorzeitige Entlassung von Beaumarchais zu verhindern. Ahnte der politische Eiferer, dass er nur ein Instrument anderer Interessen war, dass es im Hintergrund um Rivalitäten beim Waffenhandel ging? Am 29. August befahl der Minister Manuel dann doch die Freilassung. Beaumarchais suchte ihn auf, umarmte seinen Retter und stellte sich weiter keine Fragen. Er ließ ein Porträt von Manuel malen und schickte es ihm mit der Widmung: »Für Manuel, der mir am 29. August in der Abbaye das Leben gerettet hat.«

Drei Tage nach seiner Freilassung begannen eben in der Abbaye die so genannten Septembermassaker, Auftakt zur blutigsten Phase der Revolution. Beaumarchais war noch einmal davongekommen, aber immer noch gefährdet.

Als an jenem fatalen 2. September die Stadttore für kurze Zeit geöffnet wurden, verließ Beaumarchais Paris und flüchtete zu einem Freund aufs Land. Dort erfuhr er von den Massakern, denen er knapp entgangen war. Auf die Warnung eines wohlgesonnenen Polizisten hin, dass man nach ihm suche (er hatte wirklich nicht nur Feinde), brach Beaumarchais sogleich auf, er wollte den Freund nicht gefährden.

Er kehrte nach Paris zurück, bemühte sich mehrmals um eine Unterredung bei Lebrun, der sich stets verleugnen ließ, wie einst Goëzman; Beaumarchais' Leben stand im Zeichen der unseligen Wiederholungen. Einmal versteckte er sich einen ganzen Tag hinter einem Haufen aus Ziegeln und Bruchsteinen auf einer Baustelle; er fürchtete eine erneute Verhaftung, wenn nicht Schlimmeres. Als er endlich bei Lebrun vorgelassen wurde, wirkte er wie ein Gespenst, er hatte sich tagelang nicht rasiert und trug völlig verdreckte Kleidung. »Sind Sie es, Beaumarchais?«, rief der überraschte Minister, der ihn längst erledigt glaubte. »Ich bin's!«

Lebrun, der seine Karriere als Sekretär des Parlamentspräsidenten Maupeou begonnen hatte, mag auch alte Rachegelüste gegenüber Beaumarchais befriedigt haben; er wurde 1793 verhaftet, kam aber nach dem Sturz von Robespierre frei und gehörte in der Zeit des Direktoriums sowie unter dem Konsulat von Napoleon zu den führenden Politikern, er hat sich während der Revolution beträchtlich bereichert. Während des Ersten Kaiserreichs führte er eine Verwaltungsreform durch und war auch zeitweise Statthalter im besetzten Holland, wo einst die Gewehre gelagert hatten, die für Beaumarchais so gefährlich wurden.

Beaumarchais war nicht so feige wie die Dunkelmänner, die gegen ihn agierten. Nach einigen Tagen des Versteckens stellte er sich den Vorwürfen, und ein Komitee bescheinigte ihm sogar, dass er den Dank der Nation verdiente! Er bekam eine offizielle Mission nach Holland und neue Kreditzusagen. Zwischen Ermordung und Ernennung lag ein schmaler Grat.

Beaumarchais war zu dieser Zeit schon schwerhörig, er sah aus wie sein Vater, wie ein alter Dragoner. Im Pass für Holland steht: 60 Jahre, beleibt, braune Augen und Augenbrauen, wohlgeformte Nase, hoch gewachsen, 5 Fuß 55' groß. Auf dem Weg nach Holland besuchte er Frau und Tochter in Le Havre.

Im November 1792 wurde es wieder gefährlich. Der Tuchhändler und Abgeordnete Laurent Lecointre denunzierte Beaumarchais vor der Nationalversammlung. Lecointre schwärzte immer wieder Gegner an, mal die gemäßigten Girondisten, mal die radikalen Montagnards, wahrscheinlich aus purem Selbstschutz. Beaumarchais habe an Ludwig XVI. geschrieben, der inzwischen im Gefängnis der Conciergerie auf seinen Prozess wartete, behauptete er; auf dieses Verbrechen stand die Todesstrafe. Möglicherweise war Beaumarchais über heimliche Kontakte zu Marie-Antoinette informiert und hatte von Plänen gehört, sie aus ihrer Zelle zu befreien, aber das wussten seine Feinde nicht. Die Anschuldigung von Lecointre bewirkte, dass sein Haus versiegelt wurde. Beaumarchais begab sich rasch außer Landes, über Holland nach England. In Holland zahlte er den Kaufpreis für die Gewehre, ohne sie aber auf den Transport schicken zu können.

In London angekommen wurde er im Dezember 1792 eingesperrt, und zwar in das King's Bench Prison. Ein englischer Bankier machte unbezahlte Schulden geltend. Dieser Bankier hatte ihm tatsächlich Geld geliehen, handelte aber als Freund, denn er wollte verhindern, dass Beaumarchais zu früh nach Paris zurückkäme, wo es gefährlich für ihn war. Fliehen und Ausweichen war ja nicht seine Art.

Was tat er im englischen Gefängnis? Er schrieb. Ein großes Memorandum, das man als einen Teil seiner stückweisen Memoiren ansehen kann. In sechs Abschnitten schilderte er *Die neun schlimmsten Monate meines Lebens*, so der Titel des Memorandums, und es zeigt einen anderen Beaumarchais, einen sehr politischen, aber einen Liberalen inmitten der blutigen Revolution. Er gab seine Erlebnisse seit März 1792 wieder, belegte alles mit Briefen und Dokumenten, und er formulierte wichtige politische Prinzipien. »Eine Nation ist nur dann wirklich frei, wenn man allein den Gesetzen gehorcht.« Frieden, Gesetze, Verfassung, lautete die Losung dieser Schrift. Dafür müsse man sich engagieren: »Was denn? Sollten wir die Missbräuche der antiken Republiken schon bei der Geburt unserer Republik verspüren? Lieber sollen alle meine Besitztümer verfallen und meine Person vergehen, als dass man sich vor einem so frechen Despotismus niederbeugen muss!«

Es ist seine wichtigste politische Schrift, ein Zeugnis über die politischen Intrigen und den Alltag der Revolution und zugleich ein Stück Literatur, nun aber in einem ernsten Genre und in pathetischem Ton. Figaro in Zeiten der Revolution, das ist eben diese Streitschrift. Und er schrieb gleich am Anfang einen Satz, der als seine stilistische Maxime seit je gelten konnte: »Schlicht, klar und genau möchte ich sein.«

In 6 000 Exemplaren wurde seine Streitschrift in Paris verbreitet, und sie verfehlte ihre Wirkung nicht. Wieder einmal hatte sich Beaumarchais mit einem Text aus einer lebensgefährlichen Lage befreit, aber nur für kurze Zeit.

Ende Februar wurde die Versiegelung seines Hauses aufgehoben, er konnte nach Paris zurückkehren. Auch sein Denunziant Lecointre gab sich nun überzeugt. Vorerst. Im Mai rechtfertigte sich Beaumarchais vor dem Comité de Salut public, dem Wohlfahrtsausschuss, der eigentlichen Machtzentrale. Es gibt eine Schilderung, wie der Dichter nahe an den eifernden Danton heranrückt und dabei eine Hand ans Ohr hält, da er kaum noch etwas hörte. Aber reden konnte er noch, und sein Reden bewirkte eine vorläufige Rehabilitierung und einen neuen Auftrag samt staatlichem Vorschuss für den Waffenkauf in Holland.

Und ausgerechnet in diese Schreckenszeit, das schlimmste Jahr der Französischen Revolution, fällt ein wichtiges musikalisches Ereignis. In der Pariser Oper wurde am 22. März 1793 erstmals *Figaros Hochzeit* gespielt. Auch in dieser Zeit, als draußen der große europäische Krieg wütete und drinnen der Terror herrschte, bestand reges Interesse an Theater und Oper. Morgens wurde guillotiniert und abends waren die Theater bis auf den letzten Platz gefüllt, schrieb eine Zeitgenossin in ihren Erinnerungen.

Mozarts Oper wurde in einer Fassung aufgeführt, die weit über das Fassungsvermögens des Publikums hinausging, denn zur Musik hatte man den ungekürzten Text von Beaumarchais hinzugegeben, also aus der Oper eine *Opéra comique* gemacht. Der Direktor schrieb an Beaumarchais, die Zuschauer hätten die Musik sehr geliebt, da sie aber den Text kannten, stets ungeduldig auf das folgende Musikstück gewartet, das durch den Dialogtext verzögert wurde. Er bat ihn um Kürzung dieser Einschübe. Beaumarchais sah sich die zweite Aufführung an und überwand sich, kürzte tatsächlich seinen Text, fasste den dritten und den vierten Akt zusammen, wie es auch Da Ponte getan hatte. Möglicherweise hat Beaumarchais auch an der Regie mitgewirkt. Was er von Mozarts Musik hielt, wissen wir nicht. Vielleicht war er wirklich schon zu taub.

Nach diesem Zwischenspiel unternahm er neue Reisen, er begab sich in die Schweiz und nach Frankfurt, wo er 6 000 Stiefel für die französischen Soldaten erwerben konnte, die er vorerst in Basel lagern ließ, reiste dann weiter nach England, wo man ihn sofort auswies. Er begab sich nach Holland und schickte einen Lagebericht an den Wohlfahrtsausschuss, denn es bestand die Gefahr, dass man ihn nun als Emigranten ansah, als Feind der Revolution, der sich zu den gegnerischen Mächten geflüchtet hatte, was einem politischen Vergehen gleichkam. Am 29. März 1793 hatte die Convention schwere Strafen gegen das »Verbrechen der Auswanderung in Kriegszeiten« erlassen. Man beschloss aber, ihn nicht als Emigranten anzusehen.

Wiederum bemühte er sich um die Gewehre, aber weder er noch seine Emissäre vermochten jemals die Verfügung über die Waffen zu erlangen; eine französische Armee unter Pichegru hielt nur einen Tagesmarsch von der Insel Walcheren entfernt, aber der General lehnte Beaumarchais' Vorschlag ab, das Waffenlager einzunehmen. Letzten Endes sollten die Gewehre den Engländern in die Hände fallen und Beaumarchais, der zweimal den Kaufpreis für sie entrichtet hatte, sich darüber ruinieren.

Zudem erfuhr er nun, dass der Wohlfahrtsausschuss seine erste Entscheidung widerrufen und ihn auf die schwarze Liste der Emigranten gesetzt hatte, trotz seiner Ernennung zum Kommissar der Republik. Seine Frau, seine Tochter und seine Schwester Julie wurden im Juli 1793 verhaftet. Sie kamen erst nach dem Sturz von Robespierre im Juli 1794 wieder frei, Julie wurde dabei vergessen und musste noch vier Monate länger in einer Zelle aushalten. Beaumarchais' Frau ließ sich am 15. August 1794 von ihm scheiden, unter dem Zwang eines neuen Gesetzes, das die Heirat mit Emigranten unter Strafe stellte.

Von Holland und von London aus versuchte Beaumarchais immer wieder, sich als Unterhändler für eine Friedensmission ins Spiel zu bringen. Er wurde jedoch aus London ausgewiesen. Bei der Überfahrt nach Ostende erlitt er eine schwere Seekrankheit, die wohl eher eine tiefe Depression war. Das ganze Leben muss ihm hochgekommen sein, all die vergeblichen Versuche, die Anstrengung und die Gefährdung der letzten Monate, die Sorge um die Seinen. War alles verloren, sollte er an diesem »Ostende« seiner

Existenz so erbärmlich untergehen? Monate brachte er auf dem Krankenlager zu. Im Oktober 1794 entschloss er sich nach Hamburg zu gehen, eines der Zentren der französischen Emigration.

Hamburg im Jahre 1795. Drei französische Emigranten stehen am Ufer der Elbe und schauen melancholisch auf das Treibeis. Sie essen meist Brot und Wasser, müssen in kalten Zimmern leben und wärmen sich nur noch an Erinnerungen. Der eine erzählt, wie viel Millionen ihm der amerikanische Kongress schuldet. Vergeblich hat er versucht, den dortigen Botschafterposten oder zumindest einen Pass für eine Reise zu bekommen. Jetzt ist es zu spät für Amerika. Immerhin besitzt er ein paar Groschen und kann den beiden anderen, die nichts haben, etwas abgeben. Der erste Empfänger ist der Abbé Louis, er wird es später zum Finanzminister unter Louis XVIII. bringen. Der andere Empfänger war früher einmal Bischof und Vertreter des Klerus in den Generalständen von 1789, ihm steht noch eine große politische Karriere als Außenminister bevor: Es ist Charles Maurice de Talleyrand, der 1792 in London zu Verhandlungen über Englands Neutralität weilte und ganz ungerechtfertigt auf die Liste der Emigrierten geriet. Damit ging es ihm ähnlich wie dem Dritten im Bunde, dem generösen Geber, der sich offiziell Pierre Charron nennt und niemand anderes ist als Pierre-Augustin Caron de Beaumarchais.

Leider ist diese Anekdote nicht ganz zutreffend, denn zwar begegnete Beaumarchais dem Abbé Louis, Talleyrand jedoch traf aus seinem zeitweiligen amerikanischen Exil erst in Hamburg ein, als Beaumarchais schon wieder in Paris war. Sicher ist, dass dieser in der Elbestadt den einstigen schwedischen Botschafter in Paris traf, Baron de Staël. Er vermied aber den Umgang mit dem revolutionsfeindlichen Schriftsteller Antoine Rivarol, der immer schon ein persönlicher Feind gewesen war. 1783 hatte er dessen Frau finanziell unterstützt, die von Rivarol verlassen und in Not geraten war. Er wußte eben, wie man Feindschaften pflegt.

Beaumarchais' Lage zwischen allen politischen Lagern war paradox, wie sein ganzes Leben ein einziges Paradox, eine »falsche Situation« gewesen war. In Paris galt er als adliger Emigrant, im Emigrantenmilieu in Hamburg als Jakobiner. Falsche Freunde und falsche Feinde überall.

Seine Briefe unterschrieb er mit: »Pierre-Augustin-Caron Beaumarchais, beauftragt, umherirrend, verfolgt, nicht emigriert«, er nennt sich auch Emigrant wider Willen und sagt: »Ich diene keiner Partei, sondern der französischen Republik.«

1795 war ein sehr schwarzes Jahr, in dem er kaum Geld und nur wenig zu essen hatte. Während er in Hamburg und Lübeck hungerte, verspeiste seine Familie in Paris Katzen und Ratten. Er schickte Briefe in alle Welt, weil er sich nur schreibend verteidigen, weil er sich nur schreibend behaupten konnte. Auch nach Amerika schrieb er immer wieder, die Zahlung seiner Schulden anmahnend. Aber im Kampf um sein Recht auf Leben, Freiheit und Glück fand er keinen amerikanischen Freund.

Er verfasste einen Brief an den englischen Premierminister William Pitt und wollte einen Frieden zwischen England und Frankreich vermitteln. Pitt ließ antworten, Beaumarchais sei in England unerwünscht.

Aus Lübeck, wo er Ende 1794 auch einige Wochen verbrachte, schrieb er Anfang Oktober einen Brief an seine Tochter.

»An die junge französische Bürgerin Amélie-Eugénie Caron Beaumarchais

Mein Kind! Meine Tochter Eugénie!

Bis in meinen versteckten Schlupfwinkel ist die Nachricht gedrungen, dass das tyrannische und zerstörerische System des furchtbaren Robespierre, das Frankreich mit Tränen, Blut und Trauer überzogen hat, allmählich ersetzt wird durch die Wiederherstellung der heiligen Prinzipien der Bürgerfreiheit und der moralischen Gleichheit, auf denen allein eine weise, glückliche und starke Republik gegründet sein und Bestand haben kann.

Man sagt mir, dass die Schreckenszeit zu Ende ging mit dem Tod desjenigen, der sie allein herbeigeführt hat.

Seit ich Frankreich verließ, lebe ich hier wie in einer Gruft, da ich nicht wusste, wie ich anders willkürlichen Anschuldigungen und bösartigen Verdächtigungen entgehen konnte.

Gestützt auf alle meine bekannten Werke werde ich beweisen, dass die despotische Tyrannei und die Missstände zur Zeit der Königsherrschaft keinen entschlosseneren Gegner hatten als mich, und dass mein Mut, der alle überraschen wird, die sich heute tapfer dünken, mir immer wieder übel vergolten wurde.

Ich werde beweisen, dass ich, nachdem ich der Freiheit in Amerika wirkungsvoll gedient hatte, mit allen meinen Kräften und ohne persönliche Ambitionen dem wahren Interesse Frankreichs gedient habe. Ich werde beweisen, dass ich ihm immer noch diene, obwohl ich einer ebenso absurden wie unpolitischen Verfolgung ausgesetzt bin, und dass es unsinnig ist zu glauben, dass jemand, der sich der Wiederherstellung der Menschenrechte in Amerika gewidmet hat, in der Hoffnung, damit ein Beispiel für Frankreich zu schaffen, in seinem Eifer nachlassen könnte. Man wird niemals von Deinem Vater behaupten können, dass er zwei Jahre bei den Staatsfeinden gelebt hat: er wird beweisen, dass er keinen von ihnen gesehen hat.«

Obwohl Beaumarchais seiner Tochter schrieb, er habe erst das Recht zu sterben, wenn er sie glücklich wisse, war dieser Brief doch eine Art politisches Testament. Er verwahrte sich gegen den Vorwurf, ein *émigré* zu sein oder sich bereichert zu haben. Beschuldigungen und finanzielle Ansprüche werde er überprüfen lassen.

Am 30. Juni 1795 wurde Beaumarchais nicht mehr als Emigrant eingestuft, doch blieb seine Rückkehr unerwünscht. Er schrieb wieder an den Wohlfahrtsausschuss. Auch Marie-Thérèse kämpfte bei den Behörden für seine Rückkehr.

Erst im Juni 1796 strich man ihn endgültig von der Liste der Emigranten, auf die er nie gehört hatte, aber wer weiß, ob er in Paris überlebt hätte. Es dauerte zehn Tage, bis ihn die gute Nachricht erreichte, er brach sogleich auf, reiste über Rotterdam und Antwerpen und traf am 5. Juli 1796 in Paris ein. Das große Haus blieb vorerst versiegelt, er nahm mit den Seinen eine bescheidene Wohnung im Haus Nummer 18, Rue Paradis-Poissonnière. Paris war Paradies genug.

Die *Gazette de Paris* kommentierte seine Rückkehr mit einem zweideutigen Kompliment:

»Alle Welt weiß ja, dass Ungeschicklichkeit nicht zu den hervorstechenden Charaktereigenschaften von Beaumarchais gehört. Und in der Tat ist es nicht ungeschickt von ihm, dem Wüten der Revolutionäre entgangen zu sein, ohne dass er vor ihrem System einknicken musste.«

Gudin hatte sich in den Monaten zuvor versteckt. Als er Beaumarchais wieder begrüßte, da umarmten sie sich nicht wie zwei Schiffbrüchige, die gerettet wurden, sondern eher wie zwei Scheintote, die unverhofft wieder aus dem Grab gestiegen waren, so beschrieb es Gudin später.

Eugénie hatte mit ihrer Hochzeit auf die Rückkehr des Vaters gewartet, hatte es nun aber eilig. Am 10. Juli 1796 heiratete sie André-Toussaint Delarue, der in Amerika Adjutant von La Fayette gewesen war und damals schon in Kontakt mit Beaumarchais gestanden hatte. Eugénie war von einem ersten Verlobten verlassen worden, aber dieser wollte sie unbedingt, auch wenn sie nichts mehr zu besitzen schien. Beaumarchais war nicht glücklich über ihre Wahl, aber dieses Mal war es wirklich besser, dass er sich nicht in eine Heiratsangelegenheit einmischte. Er selbst heiratete auch: Am 30. April 1797 trat Beaumarchais zum vierten Mal in den Ehestand, aber es war nur eine Wiederholung der dritten Heirat. Er schloss einen neuen Ehevertrag mit Marie-Thérèse. Wie schrieb Beaumarchais so schön, den paradoxen Zeiten gemäß: »Um ihr Leben zu retten, das sie ganz dem Erhalt meines Lebens gewidmet hatte, war sie gezwungen, sich von mir scheiden zu lassen; wir haben wieder geheiratet, um gemeinsam zu leiden.« Zugleich konnte Beaumarchais endlich wieder in sein Haus zurück, in sein privates Asylum. Im selben Monat wurden beide Großeltern.

Und noch eine Freude erlebte er: Am 5. Mai 1797 wurde sein Stück *Die schuldige Mutter* in der Comédie Française gespielt, mit der er sich wieder arrangiert hatte. Nach der Aufführung wurde er vom Theaterpublikum enthusiastisch gefeiert, ein Triumph wie einst 1778 für Voltaire. Zwei junge Schauspielerinnen führten den Widerstrebenden auf die Bühne. Von den Ovationen hörte er nichts: er war völlig taub geworden. Er selbst wusste, dass sich hinter dieser Feier auch eine Art moralische Entschädigung für seine schlimme Exilzeit verbarg.

Und dann starb am 9. Mai 1798 seine Schwester Julie, nach vierzig Tagen Leiden, im Alter von 62 Jahren. Es heißt, sie sei in ihren letzten Lebensjahren sehr fromm geworden.

Julies Tragödie war es, dass sie nicht für sich geschrieben hatte, sondern nur die Zuarbeiterin des Bruders gewesen war; der ließ

1784 in Kehl, als er schon Voltaire edierte, kurze Texte von ihr in einem Buch verlegen: *L'Existence réfléchie, ou Coup d'œil moral sur le prix de la vie* (Gedanken über das Leben oder Ein moralischer Blick auf den Preis des Lebens), ein Erbauungsbuch mit besinnlichen Zitaten und selbst geschriebenen Maximen. Aber da war sie schon gläubig geworden, suchte Gott mit der Seele, eine echte Konversion. Noch im beginnenden 19. Jahrhundert hatte dieses Buch einen gewissen Erfolg.

Man muss ihrer gedenken. Wenn die Geschichte von Beaumarchais schon so viele Schurken vor dem Vergessenwerden rettet, so rettet es doch auch ihr Andenken. Sie war der verborgene Diamant dieser Geschichte. Sie war ein Teil von Beaumarchais' Leben und von seinem Wirken als Autor, und so trug sie seinen erdichteten Namen zu Recht. Sie war gewiss auch das Urbild der Suzanne aus dem *Figaro*.

Sie war fromm, aber nicht trübselig geworden. Das zeigte sich auch am Tag ihres Todes. Noch immer siegte der musikalische Geist dieser Familie. Noch einmal spielten sie ihre singende Konversation. Noch einmal waren sie die fleißige, emsige, heitere, vertrauliche, zähe Familie Caron, noch einmal war der Kreis der Getreuen beisammen, noch einmal sangen und spielten sie gemeinsam, aber nicht, um den Tod zu leugnen, das war keine provozierende Ketzerei von Libertins, es war nur die originäre Fröhlichkeit, die ihre Stärke ausmachte, die heitere Anmut, die sie gelebt hatten, durch alle Krisen hindurch, und die ihren viel geliebten Bruder an einem tollen Tag in den Himmel gehoben hatte.

Alles endete mit Liedern, auch das Leben von Julie. Sie sang:

Ihr könnt mich kaufen für zwei Sous,
Ihr sollt nicht feilschen um mich,
Ihr könnt mich kaufen für zwei Sous
– wollt ihr noch billiger mich?

Die anderen antworteten ihr:

Zu niedrig scheint uns dein Preis,
Wir schätzen dich höher ein,

Schwesterherz
Ohne Scherz
Zehntausend gäben wir her
Und noch hunderttausend mehr

Aber vielleicht hat Beaumarchais auch nur im Nachhinein beschrieben, wie er sich den Tod seiner Schwester gewünscht hätte.

Dass er auch ganz anders sein konnte, dass der rasende Eros in ihm noch nicht zur Ruhe gekommen war, beweisen Brieffragmente aus seinen beiden letzten Jahren. Sie zeigen einen derben Beaumarchais, einen wütenden, vielleicht auch einen verzweifelten, der nun die Enthüllung verkraften musste, unter welchen Umständen er 1792 überlebt hatte. Und das war keine schöne Geschichte, eher schon ein unmoralischer *Fidelio*, eine Oper, die wohl nie geschrieben wird, aber leider eine wahre Geschichte.

Sommer 1792. Das revolutionäre Frankreich ist von ausländischen Armeen bedroht. Die Stimmung kocht hoch in Paris. Keine Gnade mit denen, die man für Feinde im Innern hält. Beaumarchais wird ins Gefängnis geworfen. Warum eigentlich? Er versucht doch Gewehre für die Armeen der Revolution zu beschaffen. Kriegsmaterial erlaubt Geschäfte, die sich der Außenminister Lebrun mit seinen Kumpanen selbst sichern will. Weg mit dem Konkurrenten, der so gar nicht mit sich reden lassen und ihnen die Lieferung der holländischen Gewehre abtreten will. Aber wer jetzt eingesperrt ist, ist in Lebensgefahr.

Mademoiselle Ninon nannte sich eine schwarzlockige Schönheit aus dem provenzalischen Aix, die sich 1779 brieflich an den berühmten Beaumarchais wandte. Um 1786 wurde daraus eine Liebschaft, da war aus Ninon, die bürgerlich schlicht Amélie Houret hieß, schon durch Heirat die Gräfin de la Marinaie geworden, von ihrem Mann rasch wieder geschieden und von mehreren Liebhabern ausgehalten. Aber nun, unter der Herrschaft der Sansculotten, nennt sie sich zeitgemäß Bürgerin Duranty.

Die Bürgerin Duranty bangt um ihren Geliebten. Sie begibt sich zum zuständigen Innenminister Manuel. Nach einer sehr intimen

Begegnung mit ihr verfügt Manuel die Freilassung von Beaumarchais, nicht ohne den schulbuchreifen, hochherzigen Satz von sich zu geben, welche Befriedigung es ihm verschaffe, einen zu Unrecht Eingesperrten freizulassen. Tusch, Fanfaren, Chor der Gefangenen ... Wenige Tage später rast der Mob mordend durch die Gefängnisse. So rettete den Treulosen die Treue einer Mätresse. Manuel aber fand keinen Retter, keine Retterin; er starb am 18. November 1793 unter dem Fallbeil.

So konnte man es sich ausmalen. Jetzt, nach seiner Rückkehr aus dem Exil, suchte Amélie Houret ihn auf oder schrieb ihm, ließ ihn wissen, dass sie sich für ihn geopfert hatte. Und wollte ihre Belohnung, zumindest die alte Beziehung wieder aufnehmen. Beaumarchais wurde wütend. Er konnte ihr die Untreue nicht verzeihen, schien zu vergessen, dass es um *sein* Leben gegangen war. Aus der letzten Korrespondenz mit Amélie blieben drei undatierte Briefe erhalten, einer von Beaumarchais und zwei von Amélie, die er mit drastischen Anmerkungen versah. Es ist schwer, aus diesen Bruchstücken mit dem hemmungslosen Ausbruch elementarer Emotionen in obszöner Sprache zu verstehen, was sich wirklich abgespielt hatte und was nun zwischen ihnen vorging. Einerseits ging es um ihre Beziehung zu Manuel, die wohl schon vor der Revolution bestanden hatte, andererseits ging es um ihren Wunsch, den Geliebten nicht zu verlieren. Beide waren hin und her gerissen zwischen verklärten Erinnerungen, unerfüllbaren Wünschen und neuen Begierden, beide litten darunter, nicht voneinander loszukommen, keine Ruhe zu finden; er fühlte sich zu alt für die einstigen Spiele, sie musste begreifen, dass sie in seinem Leben nur eine Nebenrolle gespielt hatte.

Diese Bruchstücke einer Leidenschaft sind vor allem ein Zeugnis einer ganz speziellen Sprache der Liebe. Derbe, wüste, lustvoll obszöne Passagen, die wohl nur Verzweiflung kaschieren, wechseln mit Beschreibungen von entfesselten Liebesszenen, in denen Lust und Laster nicht mehr zu unterscheiden waren und ohnehin nur noch durch Wörter, Sätze, Briefe erlebt werden konnten. Auch sie verfällt in diesen Ton, wenngleich in milderer Form. Beschimpfung, Vorwürfe, niederes Vokabular sind Teil dieses Spiels, das noch die Verzweiflung, die Absage, den Verzicht zur Lust machen will, verbal (statt oral).

Was hatte Beaumarchais an Ninon gereizt? Dass auch sie den Kontakt mit ihm gesucht hatte? Dass sie rein äußerlich Madame Du Barry glich?

Beaumarchais schrieb sehr ungalant: »Was denn? Ich hätte dir Verachtung bekundet, nur weil ich die Lust liebe? Wage es zu sagen! Nein, ich habe dich verachtet, weil du den Reiz der Sache gemindert hast, indem du ihr alles Göttliche nahmst, das es hat, wenn man es gibt oder empfängt vom einzigen Objekt seines Wunsches, und es nicht an andere prostituiert! Erinnere dich, welche hingebungsvollen und verzückten Zärtlichkeiten dein Körper von mir empfangen hat.«

Und er wird so grob und wild, dass sich dabei seine Sätze überschlagen:

»Es war ein Verbrechen, mit einem anderen zu vögeln, in einer Zeit, in der dein Liebhaber in einem mehr als göttlichen Taumel deine Möse und deinen Arsch leckte, so wie ein Gläubiger die Eucharistie behandelt! Aber was! Ich soll dieses schreckliche Verbrechen gegen die Liebe verzeihen? Nein, verflucht, nein! Noch heute würde ich tausend Meilen weit vor dir fliehen, wenn ich denn Verdacht hätte, dass du dich von einem anderen Mann lecken lässt! Weißt du, warum ich dir verzeihen konnte, dass du die Röcke gehoben hast, um dich von Manuel ablecken zu lassen, auch wenn du mir nur eingestanden hast, dass du ihm nur erlaubt hast, sich vor dir einen runterzuholen, bis er schließlich gekommen ist, bis zur totalen Entladung, wie du es nennst? Weil mein gerechter Zorn über die Beleidigung, die du mir angetan hast mit diesem kleinen dummen Kohlkopf, und meine sehr berechtigte Entfernung von dir aus diesem schwerwiegenden Anlass dich hat glauben lassen können, dass du mir nicht mehr gehörst und du also ohne Skrupel von dem wild gewordenen Abgeordneten dein Mäuschen betatschen lassen könntest, das nicht mehr für mich bestimmt war. Denn du hattest doch meine Zärtlichkeiten so schön als Vergötterung empfunden. Du liebst mich nicht mehr, ich spüre es, trotz allem, was du mir schreibst. Ich beklage mich nicht, ich bin alt und viel zu unglücklich, um liebenswert zu sein. Es war dieses ausschließliche Glück, bei dem meine Zunge die Schwächen meines Stöckchens ausglich. Diese Zeit, Amélie, ist vorbei, die Zeit des Deliriums ist vorbei, unsere Liebeseucharistie.«

Sie beklagt sich über seine Untreue, seine Grobheit und seine Demütigungen, will aber doch, dass er wieder zu ihr kommt, dieser »schreckliche Angebetete«. Sie will ihn, sie braucht ihn, sie glaubt ein Recht auf ihn zu haben, sie sehnt sich nach wirklicher Liebe. »Einen Mann zu lieben und mit ihm zu schlafen, das ist die Liebe aller gewöhnlichen Frauen, bei mir ist es nicht so.«

Aber gerade Romantik, Gefühle, feinere Empfindungen will er ihr nicht zugestehen, bei ihr hat er immer nur die pure Lust gesucht. Doch von der Lust bleiben jetzt nur noch verzweifelte Erinnerung und der Gedanke daran, dass sie sich an andere verschwendet hat. Und so antwortet er auf ihre Liebesdefinition: »Lieben, das heißt für mich: aus vollem Herzen mit jemandem zu vögeln, um ihm zu beweisen, dass man ihm den Vorzug gibt!«

Beaumarchais verweigert sich ihr. Amélie muss an seine Frau schreiben, wenn sie in Kontakt mit ihm treten will. Das ist ein seltsamer Vorgang, mit der glücklichen Folge allerdings, dass die Antwort von Frau Beaumarchais erhalten ist, denn ihr Brief ist ein wunderbares, authentisches Zeugnis einer großen Seele und einer modernen Frau. Man ahnt ihr menschliches Format, man ahnt, was Beaumarchais an ihr geschätzt haben mag. Ihr Schreiben ist beinahe ein stolzes Manifest. Ihr abgeklärter Ton ist weit entfernt vom furor sexualis von Beaumarchais. (Scham und Schande des Biografen, mehr zu wissen, als die Beteiligten voneinander wussten.)

»27 ventôse an VII (17. März 1799)

Ich verberge Ihnen nicht meine Verwunderung darüber, Madame, dass Sie sich an mich wenden, um in Kontakt mit Herrn de Beaumarchais zu treten; Sie wissen doch sehr wohl, dass wir jeder unsere eigene Wohnung haben, deutlich von der des anderen getrennt. Dass wir jeder die Freiheit haben, die Personen zu empfangen, die wir mögen; dass nichts weniger in meinem Charakter liegt, als meinen Mann zu überwachen oder ihm indiskrete Fragen zu stellen oder sein Verhalten in irgendeiner Hinsicht zu tadeln. Dieses Vertrauen, dieser Respekt stehen ihm zu, und dies ist meine Art, ihm meine Anhänglichkeit zu beweisen – jeder hat eben seine.

Erlauben Sie mir noch, Madame, Ihnen zu sagen, dass mir Ihre Furcht, mir zu missfallen, sehr unbegründet vorkommt und ich kaum glauben kann, dass Sie dergleichen auch nur einen Augenblick lang denken. Das unabhängige Leben, das wir in unserem Hause führen, verhindert glücklicherweise, dass wir uns über irgendeinen Besuch, den ein jeder von uns zu erhalten das Recht hat, im mindesten aufregen. Meine Tochter kommt sehr oft zu mir, wenn er in unserer Gesellschaft ist. Und wenn ihr ein Besucher nicht gefällt, dann geht sie in ihre Wohnung zurück. Ich meinerseits nehme mir dieselbe Freiheit; dieses Verfahren erspart viel Ungemach und bewahrt vor einer Fülle von kleinlichen Ärgernissen, die uns sonst sehr unglücklich machen könnten. Ich weiß nicht, Madame, worauf Sie Ihre Meinung gründen, dass Sie mir verhasst sein könnten. Welch ein hässliches Wort Sie da benutzen! Es stimmt allerdings, dass manche Menschen nicht miteinander auskommen können, und bei uns beiden, Madame, scheint es mir leider der Fall zu sein.

Trotz der vier Zeilen, die Sie mir schicken, werde ich doch niemals glauben, dass das Glück des Mannes, den ich liebe, den ich schätze und dem ich dies auf anständige Weise bewiesen habe, auf einer flüchtigen Verbindung beruhen könnte, die absurder und unmöglicher denn je geworden ist, und gewiss, Madame, bin ich nicht allein dieser Auffassung, falls man danach fragen sollte.

Sie haben eine Form der Anhänglichkeit, die weit über meine Verhältnisse geht, so dass ich nur staunen und schweigen kann. Aber, Madame: eine Sache würde ich sehr wohl verstehen, wenn nämlich die Vernunft wieder Ihr Verhalten bestimmt, dass Sie dann die Erste wären (aus Zuneigung zu demselben Freund), die die Unschicklichkeit einer Bindung erkennt, die weder Ihnen noch Ihm Glück bescheren würde und die auf den Geist vieler anderer nur den übelsten Effekt hätte.

Empfangen Sie meinen Gruß. W. M. Beaumarchais.«

Ihr Schreiben enthielt auch die leise Mahnung, nicht die Briefe zu veröffentlichen, die sie von ihm erhalten hatte, und die Mitteilung, dass sowohl Beaumarchais wie auch sie derzeit an derselben Erkältung litten. (Sie stand ihm eben näher.)

Marie-Thérèse winkte mit allerlei Zaunpfählen, antwortete so, dass man auch den Verdacht bekommt, Beaumarchais habe Teile der Antwort inspiriert (wo ja doch bei Beaumarchais immer eine Familienproduktion stattgehabt hat). Und man ahnt auch oder kann sich ausmalen, wie verzweifelt Amélie war, die sich bewusst wurde, dass ihr Leben vorbei war, zumindest ihre besten Jahre, und dass sie in ihren besten Zeiten die Gespielin von Beaumarchais gewesen war, sexuell vielleicht erfüllt, doch ohne jeden erfüllbaren Anspruch. Sie hatte sich ihm hingegeben, für seine Launen hergegeben, für sein Leben geopfert, und davon blieben nichts als Erinnerungen, ein paar Briefe, in denen sie nur ein Phantom war, Glück ohne Ruh'. Vielleicht ließ sie ihn erst dann und darum wissen, wie sie ihn gerettet hatte – und er: er rastete aus, erniedrigte mit jedem Wort diese Frau, die sich für ihn erniedrigt hatte. Doch wer weiß, ob sie ihre Affäre mit Manuel nicht erfand, um sich zu rächen? Es war auf jeden Fall eine Fiktion, auf die Beaumarchais reagierte, weil es schon lange vorbei war und keine Zeugen mehr gab.

Diese Geschichte hat kein Happy End; nur zwei Jahre nach Beaumarchais' Tod ist auch Amélie alias Ninon gestorben. Zuvor hatte sie ihre Erinnerungen aufgeschrieben; postum erschien unter ihrem Namen ein Buch mit dem Titel *Über einige Züge einer großen Leidenschaft*. Ihre Erben wollten die Briefe von Beaumarchais an dessen Witwe verkaufen, was diese aber auf Anraten von Gudin ablehnte.

Im August 1797 verfügte Beaumarchais kaum noch über bares Geld, und Ruhe zum Schreiben fand er auch nicht mehr. Resigniert sagte er: »Die dramatische Literatur erfordert eine Gelassenheit des Geistes, die mir nun fehlt.« Ein neues Stück wie *Die schuldige Mutter* könne er nicht mehr schreiben, wie gut, dass es schon geschrieben sei. »Die Zeit für solche Vergnügungen ist für mich vorbei.«

In seinem großen Haus wurde nun ganz sparsam gelebt. Er ging zu allen Terminen zu Fuß, Marie-Thérèse betätigte sich als seine Sekretärin, was sie zuvor nie tun musste. Noch immer schickte er den Ministern unerbetene Denkschriften. Und er bemühte sich um Klärung seiner finanziellen Ansprüche an den Staat im Zusammenhang mit dem versuchten Ankauf der holländischen Gewehre. Zu diesem Zweck hatten die neuen Machthaber vom Direktorium im Januar 1797 eine Kommission ernannt, deren Arbeit sich in die

Länge zog, in der Zwischenzeit geschah allerlei, ein royalistischer Putsch wurde niedergeschlagen (im September 1797), es war auch wieder die Rede von Sanktionen gegen die Emigranten. Noch immer liefen böse Gerüchte über seine Person um. Seine Feinde verstummten nie.

Im Januar 1798 anerkannte die Kommission, dass der Staat Beaumarchais 997 875 Francs schuldete. Beaumarchais meinte, dass er viel höhere Verluste hatte, und legte Widerspruch ein. Neue Kommission, neue Prüfungen, neues Ergebnis: Beaumarchais seinerseits schulde dem Staat noch 500 000 Francs. Das war das arme Glück, das er immer hatte, wenn er zu kompliziert handelte.

Am 7. Oktober 1797 wurde Talleyrand zum Außenminister ernannt. Beaumarchais schrieb an ihn und bat darum, als Botschafter nach Amerika geschickt zu werden. Aber er war schon 66 Jahre alt, außerdem erschien es nicht opportun, dieses Amt mit jemandem zu besetzen, der private Ansprüche an den amerikanischen Staat geltend machte, weshalb sein Ersuchen brüsk abgelehnt wurde.

In dieser Situation dachte Beaumarchais daran, sein Haus an den neuen Stern am politischen Himmel zu verkaufen, an General Bonaparte. In einem Brief an ihn vom 15. März 1798 beschrieb er es so: »Es ist ein Landhaus wie kein anderes, es wurde in holländischer Schlichtheit und athenischer Reinheit erbaut.«

Der Sieger der Italienfeldzüge bereitete aber gerade eine Militäroperation in Ägypten vor. Ein Treffen mit dem jungen Feldherrn kam nicht zustande. Erhalten ist aber ein Brief von Bonaparte an ihn: »Mit Vergnügen werde ich jede Möglichkeit ergreifen, die sich mir bietet, den Verfasser der *Schuldigen Mutter* kennen zu lernen.«

Für den künftigen Kaiser Napoleon war er also vor allem der Autor dieses Stückes. Und man weiß, dass er in literarischen Dingen kein schlechtes Urteil hatte, konnte er doch Goethe bei ihrem Treffen in Erfurt 1807 überzeugen, dass sein Werther nicht nur an enttäuschter Liebe leide, sondern auch an unerfülltem sozialen Ehrgeiz.

Beaumarchais war voller Bewunderung für den jungen Bonaparte. Er nannte dessen Feldzug in Ägypten ein wahres Epos; wenn er die Berichte darüber lese, habe er ein Gefühl wie bei Geschichten aus 1001 Nacht.

Zeitweilige Protektion erhielt Beaumarchais vom neuen Finanzminister Ramel, der seine Ansprüche ein drittes Mal überprüfen ließ. Beaumarchais glaubte, der Staat schulde ihm etwa 13 Millionen Livres. Doch am 1. Januar 1799 wurde Beaumarchais vom Direktorium zum Schuldner erklärt; man verlangte staatliche Vorschüsse in Höhe von 1 118 000 Livres zurück. Ein jahrelanger Kampf mit zahllosen Briefen endete mit einer völligen Niederlage, mit dem Ruin. Natürlich protestierte Beaumarchais vehement, schrieb Memorandum auf Memorandum gegen die »mörderische« Kommission. Am 7. Mai noch schickte er einen wütenden Brief an Talleyrand, auf den er niemals Antwort erhielt. Und so starb Beaumarchais als geschlagener, ruinierter, missachteter, verhöhnter, von zwei Staaten betrogener Mann, mit unbezahlbaren Schulden. Drei Jahre nach seinem Tod mussten seine Erben ihre Schuld gegenüber dem Staat begleichen, wurden auch sie noch dafür bestraft, dass ihr Ahnherr versucht hatte, Waffen für die bedrohte Republik zu erwerben.

Auf letzten Abbildungen sieht man Beaumarchais gebeugt und am Stock gehend. Er selbst beschrieb sich als groß, grau, dick und vergreist.

Am 17. Mai 1799 war der Buchhändler Martin Bossange sein Gast. Er hatte die vielen Exemplare der Voltaire-Ausgabe gekauft, die Beaumarchais in seinem Keller lagerte. Abends spielte Beaumarchais gerne eine Partie Dame. Bossange war dabei sein Lieblingspartner, denn gegen ihn gewann er fast immer. Auf dem Spielbrett schlug Beaumarchais seine letzte Schlacht. Dass ihn Bossange absichtlich gewinnen ließ, entging ihm.

Seinem Kammerdiener Antoine hatte er eingeschärft, ihn auf jeden Fall um zehn Uhr ins Bett zu schicken, da er am nächsten Tag einen wichtigen Termin habe. Wahrscheinlich wollte er beim Direktorium vorsprechen, immer noch in der leidigen Frage der amerikanischen Schulden. Oder hatte er eine ganz andere Verabredung?

Beaumarchais war bester Laune, so glänzend wie an diesem Abend hatte er noch nie gewonnen, dieses Spiel sollte noch nicht enden. Ja, wenn das ganze Leben eine solche Kette von großen Siegen gewesen wäre. Seine früheren Gegner waren nie so taktvoll wie der freundliche Buchhändler.

Aber dann sagte der verlässliche und unerbittliche Domestike dem Uhrmachersohn, dass es zehn Uhr geschlagen habe. Beaumarchais protestierte wie ein unartiges Kind, das noch nicht zu Bett gehen will. Wortlos und mit kräftiger Hand fegte Antoine das Damespiel beiseite. Die Spielzeit war abgelaufen. Der trotzige und zeternde Spieler wurde vom Diener ins Schlafgemach geführt. Ein grotesk trauriger Abgang. Antoine konnte sich dergleichen erlauben. Er kannte seinen Herrn, und sein Herr ließ sich alles von ihm gefallen.

Antoine brachte ihn zu Bett, achtete sorgfältig darauf, dass er auf der rechten Seite lag, denn Beaumarchais hatte immer wieder Herzbeschwerden. Wie glücklich wäre ich, wenn ich nicht mehr aufwachen würde, hatte er in der letzten Zeit oft gesagt.

Am frühen Morgen klopfte Antoine an die Tür. Keine Antwort. Er trat ein und glaubte, dass Beaumarchais noch schlief, so friedlich lag er da. Aber dieser Schlaf sollte ewig dauern. Es war der 18. Mai 1799, der 29. Floréal des Jahres VII nach dem Revolutionskalender.

Der Buchhändler Bossange übrigens starb erst 1865, im Alter von 100 Jahren. Seinen letzten Abend mit dem Autor des *Figaro* hat er also noch oft erzählen können.

Ein Arzt namens Viale wurde geholt, um ein genaues Protokoll aufzunehmen: »Ich fand ihn leblos vor und vermute, dass er es schon seit etwa sechs oder sieben Uhr war. Er lag auf der rechten Seite. Der Mund war ein wenig geöffnet, die Zunge etwas geschwollen, Speichel war auf das Kissen geflossen. Nach einer allgemeinen Untersuchung steht für mich außer Zweifel, dass der Bürger an einem Gehirnschlag gestorben ist, der durch den Bruch oder das Zerplatzen der Blutgefäße an der rechten Seite verursacht wurde.«

Auf dem schlichten Einladungsbrief zur Beisetzungsfeier schon am nächsten Tag stand sein Name ohne Adelsprädikat, aber mit dem einzigen Beruf, der ihn bedeutend gemacht hatte: *Citoyen Caron Beaumarchais, homme de lettres.*

Die Totenrede am 19. Mai hielt der Freund Collin d'Harleville. Gudin hatte den Text dafür geschrieben, war aber krank zu Hause geblieben.

In ungeweihter Erde wurde Beaumarchais bestattet, den Platz

vor einer Weide in seinem Garten hatte er selbst ausgesucht. Als er beigesetzt wurde, blühten ringsum die ersten Rosen. Das Epitaph auf der Grabplatte war ein lateinischer Spruch: *Tandem quiesco.* Endlich ruhe ich.

Auch das war eine vergebliche Hoffnung. Es kamen Gerüchte auf, er hätte Selbstmord verübt. Es war, als sollte ihn die Verleumdung überleben.

Am Ende war sein Leben sehr durchschnittlich: Er starb mit 67 Jahren, einem mittleren Wert, was die Lebensdauer von Männern in jener Zeit betrifft. Inhaltlich war sein Leben alles andere als durchschnittlich. Es bot Stoff für mehrere Romane, Theaterstücke, Filme, es enthielt viele Möglichkeiten des Untergangs im Duell, auf Reisen, in Hinterhalten, in politischen Prozessen oder zum spurlosen Verschwinden in dunklen Gefängnissen.

Nur eines verstand Beaumarchais nicht: friedlich zu altern. Dazu hatte er zu viel Energie verbraucht, zu gefährlich gelebt. Beaumarchais als Greis um 1810, der seine Memoiren schreibt oder vielleicht noch 1815 Ludwig XVIII. begegnet, der, als er noch *Monsieur* war, der älteste Königsbruder und Graf der Provence, so viel Opposition gegen seinen *Figaro* geleistet hatte? Auf diese Szene im Lebensroman müssen wir leider verzichten. Als Dialog im Jenseits wäre es aber nicht ohne Reiz.

Das Inventar über seinen Besitz, das nach seinem Tod angefertigt wurde, ist erhalten. Es umfasst 588 handschriftliche Seiten.

Bei seinem Tod besaß Beaumarchais neben seinem neuen Haus noch fünf weitere Häuser in Paris. Auch sein Weinkeller war bemerkenswert. Er hatte stets Sätze von 100 oder 200 Flaschen gekauft. Man fand 252 Flaschen roten Burgunderwein, ferner 206 Flaschen alten Weißwein sowie einen großen Vorrat an Rum und 512 leere Flaschen.

Interessanter war natürlich die Bibliothek. Er besaß 40 Bände des *Mercure de France*, der seinen Namen erstmals publik gemacht hatte, Homers Epen in einer vierbändigen französischen Ausgabe, die Werke von Rousseau in 18 Bänden, und natürlich alle 90 Bände seiner eigenen Voltaire-Ausgabe. La Fontaine, La Bruyère, Boileau, Pope, Marmontel, Grandisson durften nicht fehlen. Auch Pufendorfs Weltgeschichte besaß er in französischer Übersetzung. Neben

Corneille und Racine nennt der Notar auch Schakespear (sic) in 20 Bänden. Die Bibel findet sich dort ebenso wie Diderots Enzyklopädie in 17 Bänden. Er besaß auch einen *Neuen Atlas von Amerika.* Besondere Aufmerksamkeit verdient ein Band mit *Neuen deutschen Theaterstücken* in französischer Übersetzung, darunter Goethes *Clavigo*, 1782 herausgegeben von Adrien Chrétien Friedel. Der Zensor Blin hatte damals zweimal an Beaumarchais geschrieben und gefragt, ob er Einwände gegen diese Publikation habe. Seine Antwort ist nicht überliefert, er hat aber wohl darum gebeten, im französischen Text die Figur des Franzosen in Madrid nicht Beaumarchais zu nennen, sondern Ronac. Man kann sich also vorstellen, dass er Goethes Stück heimlich gelesen hat.

Ein schönes Zeugnis über Beaumarchais stammt von der Hand seiner Witwe Marie-Thérèse. Es wurde zehn Jahre nach Beaumarchais' Tod geschrieben in einem Brief vom 22. März 1809, dessen Adressaten man nicht kennt. Dieser verklärende Nachruf antwortet auch auf Argumente der Verleumder, die immer noch nicht verstummt waren. Noch einmal erzählt sie seinen Lebensroman und in allen seinen Facetten.

»Beaumarchais war weder ehrgeizig noch umtriebig; er verfügte über einen tätigen Geist, den er ganz nach seinem Willen und nach den Situationen einsetzte; einen Mut, der allen Prüfungen standhielt; eine Seelenkraft, die ihm half, all die Widerwärtigkeiten zu ertragen, mit denen man sein Leben immerzu bedacht hat; einen stolzen Charakter, der niemals nachgegeben hat; eine unbesiegbare Abneigung gegen jede Art von Ungerechtigkeit.

Niemals hat er jemanden angegriffen, er hat sich immer nur mit Talent und mit Glück verteidigt. Seine Freunde nannten ihn den Anwalt der Abwesenden. Er war von ausgemachter Güte gegenüber seiner Frau, seinen Eltern und seinen Bediensteten.

Sein Haus galt als ein wahres Wohltätigkeitsbüro. Er unterstützte, versorgte und tröstete die Armen, er borgte den Reichen, wenn sie in Schwierigkeiten waren, den Künstlern oder den Manufakturbesitzern, die sich in verzweifelter Lage befanden, weil sie kein Kapital mehr hatten, junge Leute, die am Anfang einer literarischen Laufbahn standen, beriet er und unterstützte sie finanziell.

Er schickte den Amerikanern nicht nur Gewehre, sondern half auch Freiwilligen und französischen Offizieren, die für die Sache der Amerikaner kämpfen wollten.

Als er 1796 zurückkehrte, hatte sich alles verändert, er war fremd geworden. Wem hätte er sich nun anschließen sollen?

Das Verhalten von Beaumarchais während dieser Zeit der Revolution kann als beispielhaft gelten.

Sein Ehrgeiz zielte nur darauf Gutes zu tun, denn ein wirklicher Ehrgeizling lacht niemals.«

Welch schönes Epitaph: Ihm wurde übel mitgespielt, und doch hat er das Lachen nie verlernt!

Nach dem Tod von Beaumarchais zogen seine Witwe und die Familie seiner Tochter in die zweite Etage, die restlichen Räume des großen Hauses wurden vermietet. Dessen Wert wurde 1814 auf 508 000 Francs geschätzt und für diesen Preis von der Familie an die Stadt Paris verkauft. Im Zuge von Arbeiten zur Erweiterung des Boulevards sowie zur Öffnung des neuen Boulevards Lenoir wurde das Haus 1818 abgerissen, dafür wurde der Boulevard Saint-Antoine, an dem es gelegen hatte, im Jahr 1831 in Boulevard Beaumarchais umbenannt. Der Rest des Grundstücks diente bis 1841 als Salzlager.

Die sterblichen Überreste von Beaumarchais wurden 1822 auf eine Grabstätte auf dem Friedhof Père Lachaise überführt. Später fanden auch andere Mitglieder der Familie ihre letzte Ruhestätte unter der Marmorplatte, die wie ein aufgeschlagenes Buch wirkt.

Marie-Thérèse de Beaumarchais starb im April 1816, ihre Tochter Eugénie am 21. Mai 1832. Eugénies Mann wurde 95 Jahre alt, er starb erst 1864.

1816 wurde in Rom Gioacchino Rossinis Oper in zwei Akten *Almaviva o Sia L'Inutile Precauzione* uraufgeführt, die erst drei Jahre später in Paris zu hören war; inzwischen war der Titel geändert worden in *Il Barbiere di Siviglia*. Das Libretto hatte Cesare Sterbini geschrieben. Diese Oper verdrängte das durchaus beachtliche Werk von Giovanni Paisiello von der Bühne.

1809 gab Gudin eine Ausgabe der gesammelten Werke von Beaumarchais heraus. Die von ihm geschriebene Biografie blieb auf

Wunsch von Beaumarchais' Witwe zunächst unveröffentlicht, weil sie antiklerikale Spitzen enthielt. Sie erschien dann erst im Jahre 1888, mit kommentierenden Fußnoten eines Herausgebers versehen.

Das Todesjahr von Beaumarchais war das Geburtsjahr von Balzac, so wie dessen Todesjahr das Geburtsjahr von Maupassant war, doch in solchen magischen Ketten rechnet die Literaturgeschichte ja nicht, obwohl es in diesem Fall durchaus sinnvoll wäre. Im Theater wird Balzac, der deutlich an die Themen und Formen von Beaumarchais anknüpfte, keinen Erfolg haben. Er führte aber dessen Engagement für die Rechte der Autoren fort. Doch als Geschäftsmann war Balzac nicht so erfolgreich.

Am 16. Mai 1897 wurde eine Bildsäule von Beaumarchais in der Comédie Française enthüllt und eine Statue an dem Boulevard eingeweiht, der seinen Namen trägt. So ein großes Leben endet natürlich mit Statuen und Namensgebungen.

In verselbständigter Form überlebte auch der Name Figaro. Das Lexikon war um einen schillernden Begriff bereichert worden, zugleich ein neues Synonym für einen ganzen Berufsstand geschaffen. Im 19. Jahrhundert galt Figaro als Vertreter des Dritten Standes, ja als lebendes Manifest gegen alle gesellschaftlichen Ungerechtigkeiten.

Figaro ist ein Held der freien Meinungsäußerung. Erstmals 1826 benannte sich eine Zeitung nach ihm, *Le Figaro, journal littéraire,* die 1840 ihr Erscheinen einstellte. Die Redakteure dieser täglichen Theaterzeitung zeichneten mit Namen aus den Stücken von Beaumarchais: Almaviva, Figaro, Bartholo, doch ihre Artikel waren so kritisch, dass ihr Blatt in einer wahren Flut von Prozessen Schiffbruch erlitt.

In der Wochenzeitung *Figaro* lebte 1854, im Zweiten Kaiserreich, der Name wieder auf. Dieses regimekritische Organ war so erfolgreich, dass es 1866 zur Tageszeitung wurde und ab seiner zweiten Nummer *Le Figaro* hieß. Bis heute führt die Zeitung als Motto ein Zitat aus Figaros großem Monolog: »Ohne die Freiheit zu tadeln gibt es auch kein gültiges Lob.« Noch im Zweiten Kaiserreich übrigens wurde Figaros Monolog bei Aufführungen zensiert, vor allem die Passage über die Pressefreiheit. Das Stück hatte seine politische Sprengkraft behalten, auch später noch: Unter dem Vichy-Regime von 1940 bis 1944 wurde der *Figaro* nicht gespielt, wohl aber der *Barbier*. Auch in Mussolinis Italien war *Figaro* verboten.

Schon 1802 erschien in Paris ein Buch mit Anekdoten über Beaumarchais. Seither wurden die Anekdoten immer wieder erzählt oder aufgeschrieben und waren bald nicht mehr überprüfbar. Beaumarchais, das war der mit dem turbulenten Leben, das von einer unglaublichen Vielfalt und Widersprüchlichkeit war, ja das Unglaubhafte streifte. Man kann vermuten, dass Alexandre Dumas, als er seinen Roman *Der Graf von Monte Christo* schrieb, auch das Leben von Beaumarchais als Beispiel vor Augen hatte; es gibt jedenfalls einige auffällige Überschneidungen von Themen, Situationen und Motiven in beider »Laufbahn«.

Das literarische Nachleben von Beaumarchais und seinen Figuren (oder soll man sagen: er war selbst eine seiner Figuren?) – das gehörte auch zu Figaros Schicksal. Dass dieser Mensch des Widerspruchs zur literarischen Figur wurde, kann nicht überraschen. Und nicht die Schlechtesten hat er gereizt. Seine bleibenden literarischen Leistungen beruhten ja schon auf der Transposition eigener Erfahrungen, eigener Züge und Phasen seines Lebens.

Goethe machte Beaumarchais, den er für einen »aufgebrachten Abenteurer« hielt, zum Bühnenhelden, als dieser gerade ein erfolgreicher Bühnenautor wurde. Man sollte nicht die Schwächen seines *Clavigo* hervorheben, sondern eher sehen, worin er Recht hatte, ohne Beaumarchais zu kennen. Beaumarchais hatte den Hang, alles in seinem Leben zu theatralisieren. Goethe spricht angemessen von seinem »theatralischen Eifer«, und welche Bezeichnung passt besser auf ihn als »dieser französische Strudelkopf«?

Goethe hatte auch darin Recht: Wenn Beaumarchais sich einmischt, geht garantiert alles schief, wenn auch nicht gleich so tragisch und blutig wie in *Clavigo*. Aber natürlich ging es Goethe nicht um Beaumarchais, der hier Medium und nicht Mittelpunkt ist, sondern um Reflexion von Dingen, die ihn selbst als werdenden Dichter betrafen, vor allem das Thema der Treulosigkeit; in der Figur des Clavigo spiegelte er eigene Möglichkeiten, und die Gestalt der Marie Beaumarchais besitzt Züge von Friederike Brion.

Der Clavigo-Stoff wurde in der ersten Hälfte des 19. Jahrhunderts auch von anderen Autoren immer wieder für das Theater gestaltet.

Als lebensfrohen und etwas oberflächlichen Lebemann gestaltete Sacha Guitry den Autor des *Figaro* in einem Theaterstück, auf dem der Film *L'insolent* (Der Unverschämte) von 1993 beruht, der mit Gudins Ankunft in Paris beginnt und die zehn bewegtesten Jahre von Beaumarchais schildert. Nichts stimmt im Detail, der Geist des Ganzen aber ist richtig. Daran sieht man, dass man Beaumarchais dankbar sein muss für die vielen erzählbaren, verfilmbaren Anekdoten, die er geschaffen hat. Der Film endet mit dem Triumph von *Figaros Hochzeit,* hier als Geburtsstunde der Revolution gezeigt.

Als sich Lion Feuchtwanger 1940 aus Frankreich, seiner ersten Exilstation, in die Vereinigten Staaten gerettet und mit der Villa Aurora in Los Angeles eine neue Bleibe gefunden hatte, wollte er seinem Zufluchtsland einen historischen Roman widmen, der französische und amerikanische Geschichte vermischte, und so wählte er die Geschichte von Beaumarchais als Waffenhändler des amerikanischen Freiheitskampfes. Als die Trilogie 1947 erschien, missfiel Feuchtwangers politischen Freunden in Ost-Berlin der Titel *Waffen für Amerika*, der so gar nicht in die Weltlage des Kalten Krieges passen wollte, und so entschied sich der Romancier für den Gesamttitel *Füchse im Weinberg* (nach einem Bibelzitat), aber selbst sein Freund Bert Brecht gestand, dass er diesen Titel nicht verstehe (nur der erste Teil behielt den ursprünglichen schönen Titel). Außerdem wirkte in diesem Werk, das wegen stilistischer Schwächen nicht sein bestes ist, der Groll auf das 1940 für ihn sehr unholde Frankreich nach, zudem enthält der Roman viele Ungerechtigkeiten gegenüber Beaumarchais; für Feuchtwanger war Benjamin Franklin der große Held jener Geschichte, aber er schrieb ja nun für amerikanische Leser.

Feuchtwangers Mitemigrant Friedrich Wolf schrieb 1940 im französischen Internierungslager ein Stück mit dem Titel *Beaumarchais*, das er seinen Mitgefangenen vorlas. Es wurde 1946 in Berlin uraufgeführt und bald vergessen. Darin gehen Namen und Situationen ziemlich durcheinander, werden Klischees von den Revolutionären bemüht, denen der Zögerer und Zweifler Beaumarchais gegenübersteht, der sich schließlich zum Sturm auf die Bastille mitreißen lässt. Es war der Versuch, in einer Zeit der Niederlage, der Depression, des größten Risikos für Europa und für sich selbst am Mythos der Revolution Trost zu finden, aber damit ist Beaumarchais nicht beizukommen.

Uhrmacherlehrling wird Erfinder, sodann Höfling und später Geschäftsmann, lässt sich auf die große Politik ein und schreibt nebenbei Theaterstücke, von denen zwei, die zusammengehören und doch sehr unterschiedlich sind, trotz einiger Mängel erfolgreich, ja klassisch werden und auch als Opern weiterleben. Das ist die ganze Geschichte. Was reizt daran? Die Widersprüche. Das Exzessive. Und ein Hauch von Tragik.

»Warum wirkt alles, was du unternimmst, gleich so anrüchig?«, fragt Graf Almaviva seinen Diener Figaro. Dieselbe Frage könnte man an Beaumarchais richten. Alles, was er anfasste, bekam einen Beigeschmack von Intrige, Geschäft, Geltungssucht. Lag es wirklich nur daran, dass er so viele Verleumdungen erdulden musste? Hatte er denn nicht selbst sein Erscheinungsbild, sein Auftreten, seine gesellschaftliche Wirkung zu seiner wichtigsten Waffe gemacht – den Gesetzen seiner Gesellschaft gemäß?

Nach welchem Maßstab soll man ihn beurteilen?

Transparenz gab es bei ihm nicht, obwohl er sein Leben zwischen vier Vitrinen begann und hinter 200 Fenstern beendete. Als er die *Bekenntnisse* von Jean-Jacques Rousseau las, war Beaumarchais entsetzt. Er fand, Rousseau habe weder einen Verhaltenscode (*conduite*) noch *caractère*, wenn auch ein gewisses *génie*. An gesellschaftlichen Tugenden habe es ihm also gefehlt. So offenherzig würde er nie über sich schreiben. Er rundete seine Erlebnisse lieber zu Anekdoten. (Oder sind es nur zwei verschiedene Strategien, sich zu verstellen?)

Über alles schrieb Beaumarchais, nur nicht über das, was ihm Kummer machte, über Todesfälle zum Beispiel. Er war kein Mensch für das Schwarze und Tragische. Beaumarchais war ein Mann des Tages, der Aktualität, der Mode. So nimmt es nicht wunder, dass seine Stücke auch die Modemacher inspirierten, nicht nur mit der Turmfrisur Ques-a-co, es gab auch Hüte à la Bazile und Mützen à la Suzanne.

Autor, Uhrmacher, Höfling, Geschäftsmann, Politiker, Geheimagent, Menschenhelfer, Verleger, Liebhaber … Um das Panorama des 18. Jahrhunderts voll zu machen, fehlt eigentlich nur ein geistliches Amt. Die Frage ist, was bei seiner Vielseitigkeit den Vorrang hatte. Für seinen französischen Biografen Maurice Lever war Beaumarchais kein Autor, der auch Politik machte; er war ein Politiker, der zum Spaß auch schrieb.

Überblickt man alle seine Schriften, ergibt sich ein verwirrendes Bild, das uneinheitlichste Werk seines Jahrhunderts. Die verschiedenen Stile und Genres stehen nebeneinander und stellen einander in Frage, es sind nicht Perioden, die aufeinander folgen; es sind die verschiedenen Aspekte seiner Person und seines Handelns.

Nun ist Vielseitigkeit für einen Autor ein zweifelhaftes Kompliment; Beaumarchais wusste es selbst und resümierte seine negativen Erfahrungen damit, dass ihn die anderen niemals einordnen konnten. Es gibt einen undatierten Text, der eine Konfession und ein Selbstporträt ist. Er wird meist als *Retour sur lui-même* bezeichnet, ist 1789 oder 1790 entstanden und war vermutlich an die revolutionären Instanzen in Paris gerichtet. Er ist ganz im Ton von Figaros Tirade im fünften Akt gehalten, ein Monolog in der Nacht der Zeitenwende.

Das Resümee ist einfach: er war nicht einseitig genug, deshalb hat man es ihm so schwer gemacht.

»Obwohl ich doch heiter und sogar gutmütig bin, habe ich Feinde ohne Zahl, und bin doch niemals irgendjemandem in die Quere gekommen. Nach langem Nachdenken ist mir der Grund so vieler Anfeindungen aufgegangen. Es konnte gar nicht anders sein.

In meiner leichtfertigen Jugend habe ich alle möglichen Instrumente gespielt. Aber ich gehörte zu keiner speziellen Musikergruppe. Die Künstler hassten mich.

Ich habe einige nützliche Apparate erfunden, war aber kein Handwerker. Man redete schlecht von mir.

Ich schrieb Verse und Lieder. Aber hätte man mich jemals als Dichter anerkannt? Ich war der Sohn eines Uhrmachers.

Da ich nicht gern Lotterie spielte, schrieb ich Theaterstücke.

Aber man sagte über mich: Was fällt ihm ein? Er ist doch gar kein Autor, schließlich betreibt er unzählige und große Geschäfte.

Da ich niemanden fand, der mich verteidigen wollte, ließ ich lange Streitschriften drucken, um die Prozesse zu gewinnen, die man mir angehängt hatte und die man wohl scheußlich nennen kann. Es hieß aber: man sieht doch gleich, dass es keine Schriftstücke sind, wie sie von Anwälten verfasst werden. *Inde irae.* Er schreibt ja überhaupt nicht sterbenslangweilig. Kann man zulassen, dass ein solcher Mann ohne unsere Hilfe beweist, dass er Recht hat?

Ich habe mit Ministern über die wichtigsten Probleme unserer notwendigen Finanzreform gesprochen, aber es hieß: was mischt er sich da ein? Der Mann ist doch kein Finanzexperte!

Im Kampf gegen alle Machthaber, Geistliche wie Staatsbeamte, habe ich die französische Buchdruckerkunst gefördert durch eine wunderbare Voltaire-Ausgabe, die als ein Werk galt, das über die Kräfte eines einzelnen Menschen ging. Aber ich war ja kein Buchdrucker. Zum Teufel mit ihm, hieß es.

Ich habe die Papiermühlen von drei oder vier Papierfabriken in Gang gehalten. Ohne Manufakturherr zu sein, hatte ich die Fabrikanten und Händler zum Gegner.

Ich habe Fernhandel mit allen vier Ecken der Welt getrieben. Aber ich war nicht als Kaufmann registriert.

Ich hatte mehr als vierzig Schiffe gleichzeitig auf dem Meer, aber ich war kein Reeder. In unseren Häfen hat man mich angeschwärzt. Ein mir gehörendes Kriegsschiff mit zweiundfünfzig Kanonen hatte die Ehre, in einer Reihe mit den Schiffen Ihrer Majestät bei der Einnahme von Grenada zu kämpfen ... Und ich, den man als Eindringling betrachtete, habe dabei meine kleine Flotte verloren.

Ich habe mich in Angelegenheiten der höchsten Politik eingemischt. Aber ich wurde nicht als Diplomat anerkannt.

Von allen Franzosen bin ich derjenige, der am meisten für die Freiheit des amerikanischen Kontinents getan hat, von der unsere Freiheit herstammt, und ich allein wagte es einen Plan zu machen und zu beginnen, gegen den Widerstand von England, Spanien und sogar von Frankreich. Und ich war ein Fremder in allen Ministerbüros. *Inde irae.*

Da ich es leid war, unsere Häuser und Gärten ohne Poesie aufgereiht zu sehen, ließ ich ein beispielhaftes Haus errichten. Aber ich gehörte zu keiner Künstlergilde. *Inde irae.*

Also was war ich denn? Ich war nur ich selbst, so wie ich immer war, faul wie ein Esel und immer bei der Arbeit, tausend Verleumdungen ausgesetzt, aber glücklich in meinen vier Wänden. Frei in so viel Ketten. Gelassen in den größten Gefahren. Ich gehörte keinem literarischen, politischen oder mystischen Zirkel an. Den Gewittern und Stürmen setzte ich eine eherne Stirn entgegen, betrieb mit der einen Hand die Geschäfte und den Krieg mit der anderen. Ich habe niemand den Hof gemacht und wurde so von allen verstoßen. Von wem hätte ich unterstützt werden können, da ich keiner Partei angehören wollte und keinen Ehrgeiz für ein hohes Amt hatte? Ich habe mich nicht darum bemüht.«

Aber dennoch wäre er gern Botschafter in Amerika geworden ... Beaumarchais war am besten, wenn er kämpfen, wenn er sich behaupten musste. Das muss man seinen Feinden zugute halten. Denn nur dann waren seine Schriften mehr als eitle Selbstinszenierungen, verkappte Monologe eines Selbstdarstellers (sie tragen alle Züge davon, auch der eben zitierte Text). Nur in der Defensive konnte Figaros Kampf auch der Kampf seines Publikums werden – und sei es der Kampf um das Recht auf Vergnügen.

Gudin überliefert ein Wortspiel von Beaumarchais (aber warum soll Freund Gudin nicht auch einmal ein Wortspiel oder eine weitere Anekdote über Beaumarchais erfinden?), der das englische Wort *author* bewusst falsch ausgesprochen habe als *oseur*, was in schlechtem Französisch bedeutet: ein Autor ist jemand, der etwas wagen muss, und so einer war Beaumarchais allemal. Als Dramatiker und Verfasser von Memoranden war er alles andere als ein Opportunist.

Er lebte gefährlich aus Prinzip, weil er wusste, dass sich nur im Einsatz der eigenen Kraft der Charakter bildet und das Lebensgefühl steigert: »Leben ist Kämpfen und Kämpfen ist Leben.«

Aber zum Kampf gehörte das Können, das *savoir-faire*, das hatte er gewiss bei seinem Vater gelernt, in der Arbeit als Uhrmacher. Man muss einen Beruf haben, man muss etwas Konkretes können, bis in die kleinsten Handgriffe hinein, man muss wissen, wie es gemacht wird, und am besten dadurch, dass man es gemacht hat. Das galt für ihn bei allen Tätigkeiten und Unternehmungen, auf die er sich einließ. Er dachte immer an die konkreten Abläufe, die Organisation und an die Menschen, die dabei mitwirkten.

Allerdings wagte er manchmal auch zu viel, war er schlicht leichtsinnig. Beaumarchais hatte sich im Fall Kornmann in eine Sache eingemischt, die ihn nichts anging – aber hat er das nicht immer wieder getan, war es nicht geradezu das Prinzip seines Lebens? Doch was wäre, jenseits der Uhrmacherei, seine eigentliche Sphäre gewesen? Er musste sich einmischen, die verdorbenen Verhältnisse zurechtrücken, als wäre er der Hamlet seiner Epoche, das war seine leicht parasitäre und oft prekäre Form der Zeitgenossenschaft.

Es mussten zweihundert Jahre verstreichen, ehe wir verstehen können, was er war: ein Mitglied jener politisch-literarischen Führungsschicht, die bis heute Frankreichs gesellschaftliche Elite bildet, in der ästhetisches Vermögen eine Herrschaftstugend ist. Aber die Gesellschaft, in der er hätte reüssieren können, gab es noch nicht; er musste sie erst schaffen helfen. Das ging nur, wenn er in der vorgefundenen, absterbenden, nicht reformierbaren Gesellschaft den Aufstieg schaffte. Und nichts anderes war sein Ziel. Einen Umsturz der Verhältnisse hat er nicht angestrebt.

Beaumarchais war ein sozialer Mensch; alles was er tat, stand in einem unmittelbaren menschlichen Zusammenhang; auch sein Schreiben. Er war ein geselliger Mensch, der auf die Familie, auf die Öffentlichkeit, auf seine Freunde wie seine Feinde hin ausgerichtet war; er existierte nicht in der Einsamkeit der Schreibstube oder des Kontors. Seine Geschäfte waren immer große öffentliche Angelegenheiten.

Es drängte ihn zur Teilnahme, zur Einmischung, zum Auftritt, zur Selbstdarstellung. Damit ist er seinen Partnern gewiss immer wieder lästig geworden, aber es war bei ihm eine ganz natürliche Regung, wie alle seine Vorzüge und seine Schwächen aus natürlichen Regungen zu stammen scheinen. Er war nicht immer ehrlich, er vergaß nie seinen persönlichen Vorteil, er war nicht treu, aber er war nie berechnend, geizig, kleinlich (na ja, außer gegenüber Pauline le Breton). In der ersten Phase seines Aufstiegs dominierten negative Züge, Ehrgeiz, Ungeduld, Härte; wie viel er sich dabei hat zuschulden kommen lassen, wird man nicht mehr ermitteln können. Er war aber kein Einzelgänger. Er brauchte die Gesellschaft der anderen, nicht nur aus Geltungssucht. Er war ein Mensch der Gegensätze und der Widersprüche, aber doch aus einem Guss. Authentisch war er noch in seinen Verstellungen, die immer etwas Kindisches hatten. Man konnte ihm nichts übel nehmen.

Und so war sein wichtigstes und natürliches Medium das Theater, ein Theater der Geselligkeit; und seine großen Stücke waren Masken der Selbstdarstellung und als solche erfolgreich. Seine Stücke mussten unmittelbaren Erfolg haben, er konnte nicht warten, nicht auf die Nachwelt vertrauen; deshalb war sein Kampf um die Aufführung des *Figaro* so wichtig und richtig; der Welterfolg von *Figaros Hochzeit* ist ein lange nachhallendes Echo der Uraufführung von 1784.

Ein Kind seiner Zeit und doch über sie hinausragend: er war dem technischen Fortschritt gegenüber aufgeschlossen und dachte politisch über seine Zeit hinaus. Als er den Amerikanern riet, sich eine Verfassung zu geben, in der das Gesetz obenan stünde, dachte er schon über die absolute Monarchie hinaus. Und seinen Landsleuten in der Revolution riet er immer wieder, eine republikanische Ordnung an die Stelle von neuer Willkür und Gewalt zu setzen.

Man muss bei ihm eine falsche Idee vom Revolutionär wie vom Künstler revidieren. Ihn als Revolutionär zu bezeichnen, wäre irrig, und doch hat er zur Veränderung der Verhältnisse wesentlich beigetragen; fraglich ist natürlich, ob überhaupt irgendjemand die Revolution gewollt hat – so wie sie geworden ist, wohl nur wenige; einige versuchten, den Tiger zu reiten (wie Mirabeau oder Danton); manche konnten ihre Instinkte und Leidenschaften ausleben (wie Marat) oder ihre Komplexe und Eitelkeiten (wie Robespierre). Nur wenige dachten wirklich politisch, gesellschaftlich und strategisch (Carnot, Bonaparte). Beaumarchais verhielt sich nach 1789 so wie immer, er gab seinen Rat, er mischte sich ein, er verfasste Denkschriften, und er wollte weiter sein Leben leben. In einem schönen, großen Haus mit Garten.

Er verstand die Theatralisierung des öffentlichen Lebens; heute wäre er im Film- oder TV-Geschäft; als Vorläufer und Pionier bleibt er aktuell und interessant, auch wenn seine Stücke langsam zu verstauben beginnen. *Figaro* müsste man heute neu besetzen, vielleicht im Showbusiness angesiedelt.

Einer von Beaumarchais' Fehlern war: er konnte nicht nein sagen. Er hatte die Gier und den Appetit des Emporkömmlings. Er konnte nicht nein sagen, wenn man ihm ein Geschäft vorschlug oder wenn sich ihm eine Frau anbot, und beides war sehr oft der Fall. Und so entpuppte sich seine Persönlichkeit als ein Geflecht aus extremen Widersprüchen: ein treu sorgender Familienvater und ein Casanova, ein Dunkelmann und ein Mann der Öffentlichkeit, ein berechnender Geschäftsmann und ein Verschwender, ein bürgerlicher Emporkömmling und ein Höfling.

Sein Leben bedeutete Arbeit und Kampf und dauernde Behauptung. Er war ein Genießer, aber wahrlich kein Faulenzer. Das eigene Leben als ständige Politik – das ist die Existenzform einer Romanfigur. Er war ein Mensch, der es verstand, das Leben zu genießen, im Schatten der Macht, im Glanz des hellsten Lichtes, aber ohne jeden Untertanengeist.

Seine Stücke entstanden nebenbei, aus Umständen heraus, die er selbst nicht bestimmt hatte, als Teil seines gesellschaftlichen Lebens. Ob dabei ein Werk entstand, war Zufall und immer zweifelhaft. Fast kann man sich fragen, ob der Effekt (literarisch wie gesellschaftlich) nicht wichtiger war als die ästhetische Leistung. Lieben, musizieren, Stücke schreiben, das war sein Leben, sagte er einmal selbst und ließ dabei aus: Geschäfte machen.

Immer war er am rechten Fleck, Zufälle hatten ihn immer dorthin geschickt, wo es für sein Leben nützlich war. Dieser Zufall schien Methode zu haben. Zum Beispiel im wiederholten Auftreten von Feinden.

Warum hat ein Künstler Feinde? Und sagen die Feinde etwas aus über den Autor? Vor diese Fragen stellt einen sein Leben. Immer wieder geriet Beaumarchais an Schurken, Verräter, Kleingeister, die ihm schaden wollten, ihn manchmal in ernste Gefahr brachten. Lag es nur daran, dass er auf zu viel verschiedenen Gebieten erfolgreich war, was den Neid der Spezialisten herausforderte, wie er selbst meinte? Wurden ihm seine zu vielen Liebesaffären geneidet? Wem alles leicht wird, der kränkt die geknechteten Seelen der Mittelmäßigen? Wer seine innere Freiheit und äußere Unabhängigkeit beweist, der provoziert die Subalternen, die kein eigenes Verdienst aufweisen können, keine Kämpfe ausgestanden haben, sich immerzu behindert fühlen, und denen es doch nur an Mut und Willen fehlt?

Man übersieht zu leicht, dass Beaumarchais auch Freunde hatte, Verbündete, die ihm viele Lasten abgenommen und manchmal auch das Leben gerettet haben, seinen Vater, seine Schwester Julie, seine dritte Frau Marie-Thérèse, den Bankier Pâris-Duverney, den Grafen von Conti, den zuverlässigen Gudin.

Er konnte sowohl Menschen gewinnen als auch sie gegen sich aufbringen. Durch dieselben Eigenschaften? Man hat ihn niemals uneingeschränkt und aufrichtig anerkannt; man hat ihn, gelegentlich, gefeiert; man hat ihn immer wieder öffentlich angefeindet. Man hat ihn nie richtig eingeschätzt. Es war sein Schicksal, verkannt zu werden.

»Mein Leben ist ein Kampf« ließ er sich als Motto auf seinen Siegelring prägen. Oft genug aber kämpfte er gegen Windmühlen oder gegen die Folgen seiner eigenen Leichtfertigkeit, seines Übermuts. Manchmal musste man ihn vor sich selber schützen, so als er den *Barbier von Sevilla* im Triumphgefühl über die endlich durchgesetzte Aufführung unnötig aufblähte (erst der Misserfolg brachte ihn zur schnellen Korrektur). Es gibt eine Form der Intelligenz, die von Dummheit nicht mehr zu unterscheiden ist. Soll man sie Überschläue nennen? Kritiker bemerkten, dass er (in seinen Stücken wie im Leben) seine Intrigen sehr geschickt einzufädeln, sie dann aber nicht überzeugend zu entwirren wusste.

Der Krug geht so lange zum Brunnen, bis er sich füllt, lässt er seinen Bazile sagen. Alles im Leben ist Geschäft, gutes oder schlechtes. Auch das Schreiben sah er unter geschäftlichen Aspekten – und das war ein Glück für seine Kollegen, deren Interessen er mitvertreten hat. Er setzte sich vehement für die Autorenrechte ein, er setzte die ersten Gesetzgebungen auf diesem Sektor durch, muss vielleicht als Urheber des Ausdrucks »geistiges Eigentum« gelten. Beaumarchais, Gründer der ersten Autorenvereinigung – unter einem absolutistischen Regime! –, verfocht mehr als zehn Jahre lang diese Sache, trotz der Unzuverlässigkeit und Feigheit vieler Kollegen.

Geld war ihm wichtig, aber niemals Selbstzweck. Er verhielt sich stets generös. Er dachte auch sozial, nicht erst in der Revolutionszeit, als dies opportun war. Zu Gudin sagte er einmal, man dürfe nichts um des Geldes willen tun, das Geld sei die Belohnung der Feiglinge. Und: sich zu beklagen schwächt den Charakter. Man muss sich zur Wehr setzen, nicht nur, um seine Interessen durchzusetzen, sondern auch um seiner selbst willen.

Nein, Beaumarchais war kein *homme de lettres*, eher ein *homme d'affaires*, wenn man das als Wortspiel nimmt, das changiert zwischen Geschäften und Liebesabenteuern. Das Schreiben war keine Nebenbeschäftigung, wie er mit eleganter Bescheidenheit sagte, sondern eine Frucht seines ganzen Lebens, seines Lebensstils, alles öffentlich zu machen und zu verallgemeinern, was ihn betraf, was er erfahren hatte.

Und was wäre, wenn alle Verleumdungen sich plötzlich als wahr herausstellten? Beaumarchais hat seine beiden ersten Frauen vergiftet (und zuvor den Mann seiner ersten Frau), er hat die angebliche Schmähschrift gegen Marie-Antoinette selbst verfasst, er hat die erfolgreichsten Stücke nicht selbst geschrieben, sondern Ideen seiner Schwester Julie übernommen und seines Freundes, Sekretärs und späteren ersten Biografen Gudin de la Brenellerie … halt, halt, auf diesen schwarzen Roman müssen wir verzichten, alles Verleumdung (ein Leitthema seines Lebens und seiner Werke). Die Manuskripte existieren, die seine Handschrift und seine Arbeit am Text, aber auch gelegentliche Zuarbeitungen zeigen. Die genannten Todesfälle brachten eher Nachteile für ihn, nur bei dem Pamphlet gegen die Königin bleiben einige Zweifel. Und zumindest einmal tötete er einen Gegner im Duell.

Dass er die *Unterrichtung der spanischen Nebenlinie* geschrieben hat, kann man nicht beweisen. Er wollte aber damit Politik machen, das ist eigentlich noch schlimmer. Um der Schande des Tadels zu entgehen, tat er Schändliches. Die Niedertracht des Vergehens wurde nur aufgewogen durch die Lächerlichkeit der Mittel, die er einsetzte. Man denkt an Mythomanen späterer Zeiten, die der Öffentlichkeit erfolgreich ein abenteuerliches Leben vorgaukelten und mit ihrem *Image* ihre Werke verkauften.

Den Typus des Abenteurers dürfte es zu allen Zeiten gegeben haben, aber im 18. Jahrhundert war er besonders reich vertreten mit Giacomo Casanova, Robert Challe, dem Abbé Prévost, Cagliostro, dem Grafen von Saint-Germain und auch Mirabeau könnte man dazurechnen oder auch Lorenzo Da Ponte. Manchmal haben sie offizielle und manchmal inoffizielle Funktionen, manchmal sind sie im kriminellen Bereich, manchmal in legalen Geschäften; oft sind oder landen sie in der Literatur; zwischen Gefängnis und Hof, Bordellen und Börsen lernen sie alles kennen.

In diese Kategorie gehörte Beaumarchais nur in einigen Phasen seines Lebens, in einigen Charakterzügen; aber gerade dieser Vergleich zeigt den Unterschied: Beaumarchais war, trotz seiner vielen Reisen, doch sesshafter, stetiger, fleißiger auch; und er war wirklicher Geschäftsmann und Unternehmer. Seine Hauptsphären waren die Politik und die Geschäftswelt. Besser gesagt: die geschäftlichen Möglichkeiten, die ihm Politik und technischer Fortschritt eröffneten; darin war er sehr modern. Und er tendierte auch zu anderen literarischen Formen als den oben genannten. Erinnerungen und Romane als Formen subjektiver Wahrheit und literarischen Schwindels waren nicht seine Sache. Er schrieb Streitschriften und Theaterstücke. Die Bühne war seine Welt, das öffentliche Argumentieren und Singen waren seine Mittel.

Casanovas große Symbolhandlung war die Flucht aus den Bleikammern in Venedig. Beaumarchais' Leben war eine ständige Flucht nach vorn und nach oben. Aber seine Sphäre war legaler und ehrenhafter. Nur seine Undefinierbarkeit, seine Vielfältigkeit, seine Nichtfestlegbarkeit brachten ihm Feinde und Ärger ein.

Sich irgendwo zu fixieren, war für Casanova unmöglich, das sagte er selbst. Das war ein Unterschied zu Beaumarchais, der ein Zentrum hatte, einen Ort, eine Heimat, während Paris für Casanova nur die »Heimat der Fremden« war. Und so baute Beaumarchais sich zuletzt ein Haus in seiner Stadt. Ein Haus, nur für ihn gebaut, das er nie richtig bewohnte und mit dem nach seinem Tod niemand etwas anfangen konnte, ein kaum gelebter Traum also. Sein Feenpalast sprengte alle Dimensionen bürgerlichen Wohnens, und so blieb er leider nicht erhalten, obwohl er sich gut als Museum seines Lebens geeignet hätte, mit Requisiten aus Madrid, London, Wien – und auch aus Amerika, nebst einer geheimen Kammer wie bei Blaubart.

Selbstbehauptung, Charakter, Kampfesmut gehören zu Beaumarchais, aber auch eine grundstämmige Heiterkeit. Ein optimistischer, lebensbejahender Grundzug. Leider auch etwas Pedanterie und Langatmigkeit. Aber dieses freundlich-optimistische Grundwesen machte den Kern und die Einheit seiner facettenreichen Persönlichkeit aus, die Fähigkeit, das Leben trotz allem als Komödie zu sehen.

Und wenn man dieses Leben sorgfältig und mit Feuer nacherzählt und hier und da etwas suggestiv ausgemalt hat und gewiss auch manchen Legenden auf den Leim gegangen ist, dann bekommt man Lust, es so zu erzählen, wie es nicht gewesen ist, die unerfüllten Wünsche, die vermiedenen Katastrophen auszuspielen. Schon allein damit man sieht, wie viele Möglichkeiten es in sich barg und wie unwahrscheinlich es war, dass er zuletzt Erfolg hatte.

Er wird Anführer einer berüchtigten Bande von Pariser Straßenjungen, die vor allem Uhrmacherläden ausraubt.

Er ruiniert sich in Prozessen gegen den königlichen Uhrmacher Lepaute.

Er ist ein erfolgreicher Zuckerplantagen-Besitzer und Sklavenhändler auf Santo Domingo.

Er kommt als Sträfling in Ketten nach Toulon.

Er wird in einem Duell in Madrid getötet.

Er verbringt ein paar Jahre in der Bastille.

Er wird der erste Botschafter Frankreichs in den jungen Vereinigten Staaten von Amerika.

Er stirbt unter der Guillotine oder wird durch den revolutionären Mob umgebracht, vielleicht gar am 14. Juli 1789 als erstes Opfer der Revolution.

Figaros Hochzeit wird niemals aufgeführt, sondern erst 200 Jahre nach dem Tod des Autors auf einem Dachboden entdeckt …

Noch alle diese Varianten leben von der Lust, dieses sonderbare Schicksal nachzuerzählen, ein strahlendes Bild zu malen, jenseits der verstaubten Texte.

Denn irgendwann werden alle Zeugnisse von Witz und Lust, von Geist und Geltung zu vergilbten Zetteln, von fleißigen Leuten in stillen Stuben gesichtet und geordnet, deren Inhalte dann und wann zum Leben erweckt werden, wenn man sie in eine Erzählung einbindet, die plausibel oder zumindest lustvoll ist. Aber wenn man sich durch den Staub der Zeugnisse gewühlt hat, wenn der Witz seiner Sätze in einem selbst wieder aufgeblüht ist, dann sieht man: Die Themen seines Lebens sind auch Themen seines Theaters, Motive und Situationen aus seinen Stücken finden sich in den Anekdoten seiner Biografie wieder, als Varianten und Anspielungen, immer sehr indirekt, als dezente Verflechtung, ohne Systematik, keine Nachbildung, eher ein Umkreisen, eine verlagerte Meditation. Man kann das eine auf das andere projizieren, das eine mit dem anderen illustrieren. Und am Ende lassen sich Taten und Szenen, Leben und Lieder kaum noch unterscheiden.

Und so ist dieses konfuse, chaotische, manchmal absurde und oft wirklich komische Leben im Ganzen ein Kunstwerk, vielleicht das größte Kunstwerk seines Jahrhunderts. Um dieses Leben zu führen, auszuhalten, literarisch zu überwinden, musste man Beaumarchais sein, der gewitzte, ehrgeizige, sinnliche, singende Uhrmachersohn aus Paris. Er war sein Leben lang in Geschichten verstrickt, in jeder Affäre, jedem Geschäft, jeder Mission, jedem Prozess und jedem Theaterstück war er mit aller Energie und mit vollem Risiko engagiert und war doch stets darüber hinaus, weil er immer noch, wenn es vorüber war, ein Lied zu singen wusste, weil er aus jedem Anlass einen tollen Tag, aus jedem Vorwand eine theaterreife Situation machen konnte.

Nein, er war kein großer Schriftsteller im Sinne von Voltaire oder Diderot und schon gar kein Gesellschaftsträumer wie Rousseau, dazu kannte er die Wirklichkeit von Politik, Geschäft und Liebe zu genau. Er war ein Experimentator des Lebens, der Gesellschaft, der Literatur, er gab seiner Epoche Zunder und Würze, und insofern hatte Ludwig Börne Recht, als er schrieb: »Beaumarchais gehört zum Salze seiner Zeit.«

Ein junger Mann namens Gabriel Feydel schrieb an Beaumarchais, er sei zu arm, sich ein Theaterbillet zu leisten, deshalb wende er sich bittend an ihn. *Die Hochzeit des Figaro* zu sehen wäre das letzte Vergnügen in seinem Leben, dessen er ganz und gar überdrüssig wäre; er habe keine Kraft mehr, gegen das ewige Missgeschick anzukämpfen. Gleich nach der Vorstellung wolle er sich in die Seine stürzen. Beaumarchais schickte zwei Boten zur angegebenen Adresse. In einer armseligen Wohnung entdeckten sie einen heruntergekommenen Mann, der aber sehr klug reden konnte. Wir überbringen Ihnen ein Billet für den *Figaro* und die herzliche Bitte von Herrn Beaumarchais, Ihr Leben nicht fortzuwerfen. Er lädt Sie für morgen Vormittag zu sich ein. Beaumarchais sprach mit dem Lebensmüden, erkannte seine besonderen Fähigkeiten und verhalf ihm zu einer guten Anstellung. Der Mann lebte noch lange und glücklich.

Und wenn alles vielleicht auch ganz anders war: so hätte es sein müssen.

Literaturhinweise:

In der Schreibweise der Eigennamen halte ich mich im Allgemeinen an folgendes Lexikon:

LE PETIT ROBERT DES NOMS PROPRES. Paris, Auflage von 1996.

Die Texte von Beaumarchais wurden nach der maßgeblichen französischen Ausgabe in der Reihe der *Bibliothèque de la Pléiade* benutzt, die aber keine Gesamtausgabe ist:

BEAUMARCHAIS: *Œuvres*. Hg. von PIERRE LARTHOMAS, Paris 1988. Alle Zitate wurden von mir, M. F., übersetzt.

Grundlegend für alle Beschäftigung mit Beaumarchais bleibt der erste Versuch einer Gesamtdarstellung:

LOUIS DE LOMÉNIE: *Beaumarchais et son temps*. Erstmals erschienen in Paris 1855; zweite Auflage 1888; Reprint 1974.

Eine ähnliche Untersuchung nach dem heutigen Wissensstand unternimmt:

MAURICE LEVER: *Pierre-Augustin Caron de Beaumarchais*. Paris 1999; bei Abschluss dieses Manuskriptes erschienen war Band I: 1732 – 1774, mit dem Titel: *L'irrésistible ascension*.

Die Memoiren von GIACOMO CASANOVA (*Histoire de ma Vie*) wurden in der Originalfassung benutzt (das heißt ohne die korrigierten Italianismen), die nun auch in drei Bänden der Reihe *Bouquins* (Paris 1993) zu haben ist.

Mémoires de CARLO GOLDONI. Paris 1992.

Eine meisterhafte Analyse von Leben und Werk findet man bei:

RENÉ POMEAU: *Beaumarchais ou la bizarre destinée*. Paris 1987.

Weitere wichtige Titel:
GUDIN DE LA BRENNELLERIE: *Histoire de Beaumarchais*. Hg. von *Maurice Tourneux,* Paris 1888.
ROGER LAFON: *Beaumarchais, le brillant armateur.* Paris 1929.
PATRICE BOUSSEL: *Beaumarchais. Le Parisien universel.* Paris 1983.
LORENZO DA PONTE: *Geschichte meines Lebens. Memoiren eines Venezianers*. Tübingen 1969.
BEAUMARCHAIS, *Lettres à une amoureuse.* Paris 1996.

Der Briefwechsel mit Amélie Houret wurde veröffentlicht von:
RENÉE QUINN: *Beaumarchais et Amélie Houret. Une Correspondance inédite.* In der Zeitschrift Dix-Huitième Siècle, Band 1975, S. 35 ff.

Briefe von Frau Beaumarchais sind zu finden in:
LOUIS BONNEVILLE DE MARSAGNY: *Madame de Beaumarchais d'après sa correspondance inédite*. Paris 1890.
STEFAN ZWEIG: *Marie Antoinette. Bildnis eines mittleren Charakters.* Amsterdam 1948.
LUDWIG BÖRNE: Briefe aus Paris. Hg. von ALFRED ESTERMANN, Frankfurt/M. 1986.

Die Inventarliste des Nachlasses von Beaumarchais veröffentlichte:
DONALD C. SPINELLI: *L'Inventaire après décès de Beaumarchais*. Paris 1997.

Wichtige Dokumente enthält ein Ausstellungskatalog:
Bibliothèque Nationale: *Beaumarchais*. Paris 1966.

Über Beaumarchais unter der Revolution gibt Auskunft:
JANETTE C. GATTY: *Beaumarchais sous la Révolution. L'Affaire des fusils de Hollande*. Leiden 1976.

Nach wie vor eine amüsante, anregende Lektüre ist:
ANTON BETTELHEIM: *Beaumarchais. Eine Biographie*. Das Buch erschien in der ersten Auflage in München 1888 und wurde überarbeitet 1911 noch einmal verlegt. Man bekommt Lust, mehr über diesen geistvollen Verfasser zu erfahren, der so gar nicht zu

der wilhelminischen Periode zu passen scheint, in der sein Buch entstand; es fand auch in Frankreich starke Beachtung, weil es erstmals die Wiener Eskapade von Beaumarchais erhellte.

Eine knappe und gut lesbare Einführung bietet:

Tilly Bergner: *Der unbekannte Beaumarchais. Ein Leben in Streiflichtern*. Berlin 1990.

Über Mozarts *Figaros Hochzeit* als Revolutionsoper und über das musikalische Leben im Paris der Revolution findet sich ein anregendes Kapitel in:

Udo Bermbach: *Wo Macht ganz auf Verbrechen ruht. Politik und Gesellschaft in der Oper*. Hamburg 1997.

Für Anregungen, Hinweise und Unterstützung bedanke ich mich bei Manfred Haedler, Helga Franke, Siegmar Riedel, Frauke Jung-Lindemann.

M. F.